À BEIRA DO APOCALIPSE

O COMEÇO DO FIM

TIM LAHAYE
& CRAIG PARSHALL

À BEIRA DO APOCALIPSE

O COMEÇO DO FIM

Tradução de
Lena Aranha

THOMAS NELSON BRASIL

Rio de Janeiro
2010

Título original
Edge of Apocalypse

EDITOR RESPONSÁVEL
Omar de Souza

SUPERVISÃO EDITORIAL
Clarisse de Athayde Costa Cintra

PRODUÇÃO EDITORIAL
Fernanda Silveira

CAPA
Valter Botosso

TRADUÇÃO
Lena Aranha

REVISÃO
Margarida Seltmann

PROJETO GRÁFICO E DIAGRAMAÇÃO
Trio Studio

CIP-BRASIL. CATALOGAÇÃO NA FONTE
SINDICATO NACIONAL DOS EDITORES DE LIVROS, RJ

L185p

Lahaye, Tim
À beira do apocalipse / Tim LaHaye & Craig Parshall; [tradução Lena Aranha]. - Rio de Janeiro: Thomas Nelson Brasil, 2010.

Tradução de: Edge of apocalypse
ISBN 978-85-7860-139-3

1. Fim do mundo - Ficção. 2. Ficção americana I. Parshall, Craig. II. Aranha, Lena. III. Título.

10-4602. CDD: 813
CDU: 821.111(73)-3

Thomas Nelson Brasil é uma marca licenciada à Vida Melhor Editora S.A.

Rua Nova Jerusalém, 345 – Bonsucesso
Rio de Janeiro – RJ – CEP 21402-325
Tel.: (21) 3882-8200 – Fax: (21) 3882-8212 / 3882-8313
www.thomasnelson.com.br

Àqueles que acreditam que a partir do caos de nosso mundo de mudanças rápidas está para acontecer algo grave...

Àqueles que desejam enfrentar as incertezas do fim das eras com a compreensão da profecia bíblica...

E àqueles que desejam desfrutar o plano maravilhoso de Deus para nosso futuro...

Parte um

Sob a ameaça nuclear

Richard Garwin, desenhista da bomba de hidrogênio, foi chamado por Enrico Fermi, prêmio Nobel, de "o único verdadeiro gênio que conheci". Ao testemunhar no Congresso em março de 2007, o Sr. Garwin estimou que há "20% de probabilidade por ano de uma explosão nuclear em cidades norte-americanas e europeias..." Matthew Bunn, um colega de Harvard, criou um modelo que calcula em 29% a probabilidade de um ataque nuclear terrorista no período de dez anos.

Graham Allison, diretor do Belfer Center for Science and International Affairs, Kennedy School of Government e ex-assistente do Secretário de Defesa (*Washington Times*, 23 de abril de 2008)

Retorno ao remetente
Endereço desconhecido.
Sem número,
Sem zona.

Winfield Scott e Otis Blackwell, 1962

Feliz aquele que lê as palavras desta profecia
e felizes aqueles que ouvem e guardam ao que nela está escrito, porque o tempo está próximo.

Apocalipse 1:3

Um

Em um futuro não muito distante

A 3.600 metros de altura, as campainhas de alarme começaram a disparar em toda a cabine do piloto do avião de caça EA-6B Prowler da Marinha. O capitão Louder, de início, pensou que tivesse colidido com um bando de aves, mas eles estavam muito alto para encontrar aves.

— Capitão — gritou o oficial que era o engenheiro mecânico chefe, Tenente Emmit Wilson — os computadores de bordo estão em pane.

— Aviônica?

— Em pane, senhor.

— Navegação?

— Tudo fora do ar, senhor — disse seu oficial de navegação tenente Jim Stewart, um especialista em eletrônica da Escola Naval de Comunicações de Pensacola.

— Sofremos colisão?

— Não que eu possa ver, senhor.

O capitão Louder deu uma olhada rápida no motor a sua esquerda. Olhou também a sua direita. O outro motor parecia igualmente bem estável. Tudo parecia normal, mas os instrumentos diziam outra coisa: queda de pressão, tanque de combustível vazio, altímetro e indicadores de direção completamente caóticos.

— Preciso de respostas, homens.

Embora a tripulação fosse boa na realização de seu trabalho, eles eram jovens, e a pessoa a quem, em geral, buscavam para obter respostas era o capitão Louder.

— Isso é uma ordem!

— Senhor — disse hesitante o tenente Wilson — tudo que posso imaginar é que colidimos com algum tipo de carga eletromagnética maciça, interna ou externa, que queimou todos nossos instrumentos ou...

— Ou...?

— Ou os coreanos têm algum novo tipo de sistema sofisticado de interferência eletrônica.

— Nós é que deveríamos estar causando a interferência eletrônica, não eles.

A principal missão do Prowler era reconhecimento e supressão de radar, e suas sofisticadas armas de equipamento para interferência eletrônica e um único HARM — míssil antirradiação de alta velocidade — podiam sozinhos encontrar e destruir os radares de defesa do inimigo.

— E uma mancha solar, senhor? — sugeriu o tenente Stewart.

— É mais provável colidirmos com Papai Noel — murmurou o capitão Louder enquanto lutava para manter o controle do manche e manter a aeronave estável — mas ainda estamos em setembro.

Ele não precisava de palpites agora, mas, sim, de soluções — e rápido.

— Quartel Foxfire, aqui é Looking Glass, câmbio — gritou ele no rádio. — Quartel Foxfire, aqui é Looking Glass, você está me ouvindo, câmbio.

— Estamos vinte minutos adiantados em nossa comunicação, senhor. Eles não vão responder — disse o tenente Stewart.

— Ou o rádio também pifou. Não tem nada funcionando nesse avião?

O mais jovem dos três engenheiros mecânicos, tenente Derrick Milius, um rapaz de 21 anos de Lubbock, Texas, com a cara cheia de espinha, tirou, muito sem graça, um *iPod* do bolso da camisa. Ele plugou o aparelho no sistema comunicação interna do avião. A melodia fanhosa de Hank Williams Jr. encheu a cabine.

— Um pouco de inspiração, senhor.

— Quartel Foxfire, aqui é Looking Glass, câmbio... Quartel Foxfire, aqui é Looking Glass, você pode me ouvir, câmbio.

A voz do capitão Louder crepitou nos alto-falantes da Casamata de Comunicação Tática da Base Aérea de Osan, a apenas 77 quilômetros ao sul da zona desmilitarizada.

— Respondemos, senhor?

O comandante de voo Charles Stamper pôs outro chiclete de nicotina na boca. Na verdade, era de um cigarro que ele precisava, mas, recentemente, a base proibira o fumo, e ele tinha de servir de exemplo.

— Não, temos ordens estritas para manter o rádio em silêncio ao longo de todo o paralelo.

Uma versão metálica da música "Born to Boogie" ["Nascido para Girar"], de Hank Williams Jr., chegava pelos alto-falantes seguida das palavras: "Quartel Foxfire, aqui é Looking Glass, temos um problema aqui; peço permissão para interromper este voo e retornar à base, câmbio."

Ninguém no *bunker* de comunicação disse palavra, à espera de que o comandante falasse; agora, o único som era sua mastigação obsessiva do chiclete de nicotina.

O gorjeio de Hank Williams Jr. retornou e, depois: "Quartel Foxfire, aqui é Looking Glass, interrompendo a trajetória deste voo, pedindo lugar alternativo de pouso, copiou, câmbio."

— Respondemos agora, senhor?

O comandante Stamper mordeu a língua acidentalmente. As ordens foram claras. Sem contato de rádio com aviões na zona desmilitarizada. Mas ele conhecia o capitão Louder pessoalmente e era provável que devesse algumas apostas de um ou dois jogos de pôquer a ele, e sabia que ele não desobedeceria à ordem de silêncio no rádio se não tivesse de fazer isso. Ele também sabia que o capitão não gostaria de dar muitas informações pelo rádio. Os dois sabiam que o exército da Coreia do Norte, conhecido como Exército Popular da Coreia ou EPC, sempre estava na escuta, tentando tirar vantagem de cada situação. Mas, calma aí. O capitão Louder estava ouvindo música na cabina. Música *country*. Seria um código para algo? Ele quebrou a cabeça, mas não atinou com nada.

— Dê duas batidinhas no microfone para que saibam que ouvimos.

O comandante virou-se para o oficial de voo e prosseguiu.

— Mande dois aviões de combate para verificar o que houve. Diga a eles para ficarem alto e fora de vista. Se eles puderem, façam contato visual, mas em hipótese nenhuma por rádio.

Ele descobriu que escolhera uma péssima semana para parar de fumar.

O capitão Louder sabia pelo silêncio do rádio que estava por conta própria — pelo menos até sair da zona desmilitarizada. Seu plano de voo exigia que ele permanecesse nela até alcançar as águas internacionais sobre o mar do Japão, mas ele achava que seu avião não conseguiria chegar lá. Fosse lá o que tivesse atacado o sistema eletrônico, isso tinha conseguido confundir os sistemas. Nenhum equipamento respondia. Era como voltar a um velho avião T-2 Buckeye de treino, no qual os músculos e a coragem eram tão importantes quanto a aviônica. Agora, teria de pilotar estritamente na base do manche e leme.

— Vamos tentar fazer esse monstrengo planar — informou o capitão Louder a sua tripulação. — Estamos começando a perder propulsão e equilíbrio, e o sistema hidráulico parou. É impossível manter a altitude e a velocidade. Vamos tentar fazer a navegação manualmente e estabelecer o controle, assim, não corremos o risco de flutuar para o outro lado da Cortina de Bambu.

Sua jovem tripulação começou a trabalhar com afinco na nova tarefa, estimulados pela adrenalina e pelo melancólico devaneio de Hank Williams Jr. Ele sabia que teria um problema sério por causa da música quando retornasse à base, mas parecia que ela focava sua tripulação, então...

O capitão Louder foi o primeiro a vê-los — dois aviões norte-coreanos de combate vindo diretamente do sol nascente em velocidade Mach 2, ou melhor, supersônica.

— Temos companhia, e eles não parecem felizes em nos ver.

Os dois pássaros norte-coreanos passaram em linha e começaram um grande *loop* para manobrar por trás do avião norte-americano avariado.

— Vou fazer uma ação evasiva — vociferou o capitão Louder. — Não precisamos de mais nenhuma surpresa.

Ele tentou manobrar o avião, mas era como andar em cimento fresco, e cada passo ficava mais difícil. Ele sabia que eram um alvo fácil, mas não podia se preocupar com isso agora. Ele precisava trabalhar com o que tinha. Além disso, por que atirariam neles e correriam o risco de iniciar a Terceira Guerra Mundial?

— O radar deles acaba de nos focalizar, senhor — gritou o tenente Milius.

— O quê?

O capitão Louder ficou abalado. *Eles estão nos mirando? Por quê? Será que saímos tanto do curso quando nossos controles de navegação entraram em pane?*

— Míssil à distância, senhor!

O míssil termodirigido deixou uma trilha de um quilômetro quando saiu do jato norte-coreano líder.

— Verifique a contramedida automática!

O tenente Wilson puxou o botão de iniciar.

— A contramedida automática falhou.

— Acione manualmente.

Wilson girou o interruptor de contramedidas direcionais infravermelhas. Depois, girou o segundo interruptor de chama de alto calor para lançar a contramedida e, com sorte, atrapalhar a aproximação do míssil termodirigido.

— Segundo míssil à distância, senhor! — A voz do tenente Miliu subiu algumas oitavas quando um segundo projétil saiu da ponta da asa do jato norte-coreano riscando o céu.

— Vamos ver se essa caçamba velha ainda tem alguns truques.

O capitão Louder comprimiu o manche o mais que pôde para a frente. O avião entrou imediatamente em queda livre, enquanto o primeiro míssil, inofensivo, passava acima do avião.

— O segundo míssil ainda está na trilha, senhor.

O segundo míssil se aproximava do motor do jato quase tão depressa quanto a terra.

— Desligando o motor! — Essa era uma manobra de alto risco, poderiam não conseguir ligá-lo de novo, mas ele estava sem opções.

— Só mais uns segundos...

O capitão puxou para trás com força o leme tentando tirar o avião de seu longo mergulho de cabeça.

— Preciso de alguns flapes, preciso de potência!

O tenente Wilson trabalhava freneticamente em seu console, tentando redirecionar todos os circuitos ativos para dar ao avião uma última chance de evitar uma colisão terrível que os faria explodir pelos ares.

— Agora! — gritou o capitão. De repente, o leme soltou-se, batendo forte no peito do capitão quando o avião fez um *loop* em linha reta de volta para o céu com uma súbita explosão de energia nos dois motores a jato.

O míssil tentou corrigir-se, mas perdeu altitude e lançou-se na terra em um mar de fogo.

Quando os gritos de vitória esmoreceram na cabine, Louder percebeu que tinham se desviado de um projétil apenas para sofrer nova ameaça. O tenente Wilson conseguira sobrecarregar o circuito elétrico nas células de combustível para dar aos motores a propulsão necessária para recomeçar, tirando o avião de sua queda livre. Mas agora ele não tinha truques quando o motor direito expeliu fumaça e chamas.

— A sobretensão elétrica deve ter causado um curto-circuito.

— Você consegue fechar os circuitos?

— Acho que não, senhor. Nada está respondendo.

— Como está nossa altitude?

— Não estamos mais indo direto para o chão, se é isso que quer saber, senhor — disse o tenente Milius com sua fala lenta característica do oeste do Texas. — Acho que isso é um fator positivo, senhor.

O capitão Louder olhou para sua tripulação. Todos os olhos estavam nele, à espera de inspiração. Mas ele não tinha nada para dar. Ele nunca perdera um avião antes e não estava muito satisfeito com a perspectiva de perder este. Mas sabia que não havia nada mais a fazer se quisessem permanecer vivos. Aqueles dois MiGs ainda estavam lá fora à caça deles.

— É melhor abandonarmos a aeronave, afinal não há muito a salvar mesmo.

— O HARM pode ainda estar operando, senhor — falou o tenente Stewart como um tipo de consolo. — Pode dar sorte e acertar o que os coreanos estão usando para bloquear nosso sistema eletrônico.

O capitão Louder pensou nisso por um momento, depois pegou o rádio.

— *Mayday*! *Mayday*! — a voz do capitão Louder crepitou nos rádios dos aviões de combate da Marinha; a seguir, um, dois, três paraquedas saíram da cabine do Prowler avariado e flutuaram lentamente para a terra.

A meio quilômetro de distância, os pilotos dos aviões norte-americanos de guerra olharam um para o outro no estreito espaço de ar que separava os dois caças Lightning Stealth. Onde estava o quarto paraquedas? Onde estava o piloto?

Então, eles viram os dois MiGs voltarem, circulando o avião como chacais devorando uma carcaça.

Um dos jatos coreanos arrancou para trás do claudicante avião norte-americano de reconhecimento, alinhando-se para desferir seu tiro mortal. Os alarmes começaram a explodir no interior da cabine do piloto coreano. O piloto coreano olhou para cima. Tarde demais. Ele não chegou a ver o Lightning Stealth nem o míssil que o atingiu.

O capitão Louder viu o clarão da explosão atrás dele. Os coreanos estavam fazendo outra passagem? Ele só precisava de um pouco mais de altitude calibre máximo para o HARM funcionar e alcançar seu objetivo. Ele sabia que seu próprio avião era história. Ele conseguira que a tripulação saísse em segurança, ele esperava, e, agora, conseguiria um pouco de revanche. Ele só precisava de tempo para dar um tiro...

O MiG riscou o céu acima dele, contorcendo-se e virando-se na luz da manhã. O capitão Louder mergulhou involuntariamente. A seguir, ele viu o que estava causando todas as acrobacias aéreas. Dois jatos norte-americanos passaram com barulho. Ele gritou triunfante, deixando o HARM voar enquanto puxava o cordão de ejeção.

O paraquedas de Louder abriu-se e, de repente, tudo ficou em silêncio. Ele observou enquanto o HARM corria em direção ao horizonte em busca de uma interferência no sinal de luz de algum inimigo invisível em algum lugar no limite norte da fronteira desmilitarizada. Seu avião desapareceu sobre uma pequena elevação e, em seguida, explodiu com um abalo por causa do combustível do jato. A última coisa que viu foi a coluna de fumaça dos dois mísseis dos dois aviões norte-americanos de combate alcançando o desesperado avião de guerra norte-coreano.

Dois

O capitão Han Suk sabia que alguma coisa estava errada antes mesmo de chegar à ponte de seu navio. O *Daedong* era um elegante navio norte-coreano lançador de mísseis de longo alcance. O navio era tudo com que sonhara enquanto passava pelos rigores da Academia Militar Naval da República Democrática Popular da Coreia. Quando ele era um dos jovens marinheiros que chegavam através das fileiras, a Marinha da Coreia Popular era considerada uma "marinha de águas rasas", seus navios eram poucos e pequenos, sem capacidade de longo alcance, operando principalmente em águas costeiras e rios domésticos. Mas com o advento do novo despertar nuclear nas mãos de seu novo "líder supremo", Kim Jong-un, a nação voltou sua energia para repelir a ameaça norte-americana e embarcou em diversos empreendimentos militares ambiciosos. Contudo, ao contrário de outros destroieres lançadores de mísseis da Marinha norte-coreana, o *Daedong* era distinto em um aspecto espetacular: fora projetado para lançar armas de destruição em massa.

O escoadouro de dinheiro no país — que já sofria de carência, e isso para não mencionar os rumores de haver fome nas províncias do norte — foi enorme, mas os benefícios foram incalculáveis. O prestígio da nação como poderio militar internacional atingiu os píncaros. Afinal, a ameaça imperial norte-americana logo se intimidaria com a visão de dezenas de navios alinhados ao longo de sua costa com a estrela vermelha da bandeira da Coreia do Norte tremulando na proa.

Esse era o glorioso futuro que o capitão Han Suk via. Mas, por enquanto, o *Daedong* era o primeiro navio e tinha a tarefa de patrulhar a costa oriental dos odiados Estados Unidos, e ele foi honrado com a incumbência de levar o temível poder desse navio até as fronteiras armadas do inimigo.

Contudo, ele tinha ressalvas. Ressalvas que jamais levantaria diante de algum de seus superiores, ressalvas que só se permitia considerar nos poucos momentos que tinha para si mesmo, entre o sono e suas atribuições.

O navio, um belo, rápido e navegável triunfo da excelência da indústria naval coreana, fora terminado de forma apressada na linha de montagem, e suas metas de produção foram estabelecidas para coincidir com a data da celebração do aniversário do líder. Embora concluído a tempo, foram necessárias algumas adaptações e alguns materiais ficaram faltando. O tempo para o teste apropriado ficou limitado a fim de que pudessem pôr o navio no Atlântico antes que o inverno congelasse a passagem do Ártico Norte.

O capitão conseguira detectar alguns dos defeitos do navio. O mais premente era seu sistema de comunicação. Os norte-americanos tinham uma vasta rede de satélites e estações terrestres recebedoras de sinais que utilizavam tecnologia de ponta para frequências ultrabaixas (ULF), micro-ondas e tecnologia a laser para comunicar-se rapidamente de qualquer lugar do mundo. Para os coreanos, era uma experiência nova estar fora de suas próprias águas territoriais, e, todavia, não dispunham de nenhum sistema para garantir a comunicação protegida, segura e consistente. No momento em que o navio entrou no oceano Atlântico, os norte-americanos o captaram em seu radar.

O capitão também estava preocupado com o isolamento que sentia, ali sozinho em águas inimigas. O navio-irmão do *Daedong* não estaria pronto antes de seis meses, por isso ele recebera a incumbência de fazer a viagem sozinho, por conta própria. Ele conhecia os estritos limites territoriais costeiros de cada país e estava seguro de evitar qualquer costa hostil, mas, ainda assim, sentia-se vulnerável diante de um inimigo que ocupara o sul do território soberano da Coreia por mais de sessenta opressivos anos.

Tudo isso o capitão guardava para si mesmo. Ele tinha obrigação de honrar a bandeira de sua amada Coreia do Norte e trazer glória para sua grande pátria e para seu líder. Isso era especialmente importante, uma vez que o almirante comandante supremo da Marinha Tak Jeong estava ele mesmo a bordo para reportar pessoalmente a gloriosa notícia da viagem triunfante deles.

Quando o capitão subiu o passadiço exterior para a ponte envidraçada, a maioria da tripulação estava embaixo, no refeitório. Quando ele pisou na ponte, pôde sentir algo incomum, uma crescente agitação entre o pequeno grupo pilotando o radar e os controles do navio. A usual eficiência militar de seus oficiais de convés selecionados fora substituída por algo que ele não conseguia detectar bem. Quando ele entrou na ponte, todos ficaram em posição de sentido. Ele deixou-os ali parados de pé por alguns segundos enquanto sentia o ambiente. O que ele sentiu não o tranquilizou — foi medo.

— Voltem a seus postos, homens.

— Capitão! — e, o oficial executivo (OE), imediatamente, adiantou-se.

— Capitão — a segunda voz veio do almirante Jeong, que surgiu das sombras da parte de trás da estrutura octogonal. O capitão não o tinha visto quando entrou, e sua presença na ponte logo cedo só confirmava seus piores temores.

— Capitão, recebemos uma mensagem codificada — o almirante passou um pedaço de papel para ele ler. O texto era curto, mas assustador:

Dois jatos do Exército Popular Coreano emboscados e abatidos sobre território soberano do norte por devastadora força aérea norte-americana invasora. Sem provocação. Sem aviso. Mísseis lançados...

— Por que não fui imediatamente informado disso?

— Porque fui o primeiro a receber a informação — anunciou o almirante. A sugestão era clara. O capitão examinou seus homens em busca de indício de traição. Ninguém o encarou.

O capitão queria saber mais.

— Há mais alguma coisa além da mensagem?

— Os norte-americanos interferiram no nosso sistema de comunicação — adiantou-se o oficial executivo. — Desde então não conseguimos contatar Pyongyang.

— Se ele ainda estiver lá.

A declaração do almirante fez um calafrio descer pela espinha do capitão.

— Temos de virar e voltar para casa a fim de defender nosso amado país e líder — disse o capitão.

— Não foi para isso que ele nos enviou *aqui*?

Mais uma vez, as palavras do almirante provocaram um calafrio no capitão.

— Almirante, ninguém está mais consciente que eu da sabedoria e sensatez de sua longa experiência e conhecimento. Mas acredito que podemos servir melhor nosso país e líder retornando para nos juntarmos à batalha em casa... para repelir o invasor norte-americano de nossa amada costa.

— Discordo.

Todos na ponte congelaram.

— A mensagem diz: "Mísseis lançados" — vociferou o almirante, certificando-se de que ninguém na sala deixasse de entender o que queria dizer, sobretudo o capitão.

— A mensagem foi interrompida, senhor; só podemos imaginar a conclusão.

— A interrupção não aconteceu aqui, capitão; foi em Pyongyang.

O capitão sentiu uma ferroada de raiva: foi pego de surpresa; virou-se para seu oficial executivo, seu OE.

O OE replicou rapidamente.

— Não sei, senhor; não podemos confirmar nenhuma das duas coisas.

— Então, consiga-me a confirmação!

— Não precisamos de confirmação, capitão; precisamos agir.

— *Estamos* agindo, senhor.

— Como covardes, pondo o rabo entre as pernas!

As palavras do almirante ecoaram através da ponte.

— Você tem uma ordem, senhor? — retrucou Han Suk.

— Você precisa de uma ordem, capitão?

O capitão permaneceu em silêncio. O almirante virou-se rapidamente para o inflamado oficial.

— Então, aqui está a ordem. Inicie os procedimentos pré-lançamento...

— Almirante? — gritou o capitão.

— Transmitirei o código de autorização nuclear — prosseguiu o almirante.

— Almirante! — A voz do capitão subia cada vez mais.

O almirante quebrou a alavanca de plástico duro revelando um conjunto de números codificados, depois virou-se friamente para o capitão.

— Preciso da sua chave, senhor.

O capitão deu um passo para trás.

— Isso *é* uma ordem, capitão.

O capitão continuou a se afastar.

O almirante virou para o OE e disse:

— Dê-me sua arma.

O OE hesitou.

— Dê-me sua arma!

O OE desembainhou sua arma e entregou-a para o almirante. O almirante levantou-a e mirou a cabeça do capitão.

— Você vai me dar a chave agora, capitão?

— Almirante, eu imploro, ainda não sabemos o que aconteceu...

O som do disparo da arma em um lugar fechado foi muito mais alto do que o almirante esperava. A bala entrou no osso malar direito do capitão e saiu por trás de sua cabeça, salpicando o painel de aço atrás dele de sangue e massa craniana.

A mão do almirante tremia enquanto ele se agachava, no lugar onde o capitão tombara morto sobre o chão ondulado de metal, para pegar a chave de disparo em uma corrente em torno do pescoço do morto.

Ninguém disse palavra enquanto o almirante, ainda com a arma nas mãos trêmulas, passava a chave ensanguentada para o OE.

O almirante fixou o mar por um momento, depois sorriu com um ar fabricado de confiança.

— Algum dia, escreverão histórias a nosso respeito.

Ele virou-se lentamente para o OE e assentiu com a cabeça.

— Agora, o navio é seu, *capitão*. Deixe-nos orgulhosos.

Um telefone tocou no escritório do presidente do Estado-Maior Conjunto. Eram 19 horas, mas o presidente ainda estava lá. Ele gostava de aproveitar as horas iniciais da noite, quando o resto da equipe já fora embora, para pensar no programa do dia seguinte. Sua secretária já não estava mais ali, então ele atendeu ao telefone.

— É...

A voz do outro lado do telefone não o deixou terminar.

— General, temos um código vermelho, repito, um código vermelho confirmado.

O general pulou da cadeira.

— Qual e onde?

— Dois pássaros entrando na costa leste dos Estados Unidos — anunciou a voz pelo telefone.

— Especifique! — rugiu o general. — Onde?

— Em Nova York.

Três

Para Abigail Jordan, havia alguma coisa incomum naquela noite. Depois de muito esforço, ela e a filha de dezenove anos, Débora, conseguiram reservar entrada para uma ópera no Met. *Madame Butterfly*, de Puccini. Abigail pressionou seu marido, Joshua, para ir com elas, mas teve de rir da improbabilidade de sua tentativa. Além disso, Joshua tinha agendado o voo de volta a Nova York depois da reunião com alguns militares de alta patente em Washington. Ele pegaria a ponte aérea de volta para o JFK e, depois, iria diretamente para seu escritório em Nova York em seu helicóptero privado para trabalhar até tarde da noite com sua equipe de pesquisa e desenvolvimento. O que queria dizer que Joshua Jordan tinha uma desculpa preparada para não ir à ópera. *Para alívio dele*, adivinhava Abigail.

Contudo, Abigail usara seu poder de persuasão. Ela tinha facilidade em encontrar argumentos sagazes. Afinal, era advogada.

— Bem, Josh — dissera-lhe ela mais cedo pelo telefone celular — sei que você não gosta de ópera, mas *Madame Butterfly*, na verdade, é uma história sobre um tenente da Marinha que tem esse conflito.

Seu marido riu, interrompendo-a. Ele até tentou falar em tom sério.

— Marinha? Você está de brincadeira. Abby, querida, mesmo que eu não tivesse que trabalhar até tarde, lembre-se de que estou aposentado da ativa como coronel da Força Aérea. Da *Força Aérea*. Assistir a uma ópera sobre um marinheiro seria uma traição aos meus companheiros de voo...

Ela tentou não rir do astuto troco dele, mas foi difícil. Pelo menos assim ela teria algum tempo a sós com Débora — primeiro, um jantar maravilhoso e, agora, as duas procuravam um táxi para levá-las ao Met a tempo. De várias maneiras, a filha era muito parecida com o pai. Débora, cadete em West Point, preparava-se para a carreira militar. Contudo, Abigail estava deliciada que ela ainda gostasse de coisas de *garotas*. Uma boa história de amor, mesmo em italiano, era exatamente o que queriam ver.

Enquanto as duas andavam rapidamente através daquela praça tão conhecida, a Times Square, à procura de um táxi, ela deu uma olhada em Débora. Ela tinha os olhos escuros e penetrantes de Joshua, e uma versão mais suave e bonita do maxilar quadrado dele. Débora, como sua mãe, era alta, magra e atlética. Abigail sentia saudades dela, embora West Point não fosse longe da cobertura deles em Nova York, e ela e Joshua a tivessem visto diversas vezes durante seu terceiro ano na academia. Contudo, era tão bom tê-la por perto, mesmo que fosse só por um fim de semana.

As duas atravessaram a Broadway, embaixo da iluminação feérica das enormes telas de LED com 90 metros de altura, dos sinais de neon e dos luminosos faiscantes e imensos da Times Square. Abigail e Débora estavam quase na ilha do meio da rua onde ficava a grande cabine envidraçada da TKTS que vende entradas com desconto. Elas teriam que sair da Broadway para encontrar um táxi. Há muitos anos, o trânsito fora desviado da Times Square, assim Abigail e Débora estavam indo para a rua do lado para chamar um táxi.

Mas, exatamente nesse momento, elas ouviram o barulho terrível. Um horrendo estampido metálico.

Abigail e Débora cobriram depressa a cabeça. Um táxi acabara de bater no carrinho do vendedor de cachorro-quente.

Abigail estava atônita. *O que um táxi fazia na Times Square?*

Inacreditavelmente, o táxi não parou. O taxista continuou a acelerar seu carro pela rua 47 abaixo; primeiro, desviando-se dos pedestres e, depois, pulando para a calçada em alta velocidade, derrubando pedestres como se fossem pinos de boliche. Os diversos amantes de teatro na fila para comprar entrada na cabine da TKTS começaram a atravessar a rua correndo para ajudar os pedestres caídos.

Débora virou-se para correr até eles.

— Vamos, mamãe, eles precisam de ajuda!

Mas Abigail viu algo e agarrou o braço da filha.

— Olhe!

Uma grande limusine preta e, depois, uma minivan avançaram pela Times Square e quase mataram os bons samaritanos. Um segundo táxi tentava se desviar da multidão e pulou para o meio-fio; esse táxi batia nas mesas dobráveis em que, pouco antes, os vendedores ambulantes estavam vendendo lembranças dos Yankees e dos Mets.

Abigail olhava em estado de choque. Ela não conseguia assimilar aqueles eventos estranhos. Os veículos, quase como se estivessem orquestrados, corriam na zona proibida ao tráfego da Times Square. Dois motoristas de táxi pularam para a calçada cometendo os mesmos atos insanos no mesmo lugar com diferença de segundos entre um e outro. O que estava acontecendo?

De repente, os telefones celulares começaram a tocar sem parar ao redor dela. Por um momento, foi como se o mundo encerrado naqueles vinte quarteirões da Times Square tivesse parado para atender ao mesmo telefonema comunal. Abigail estava com seu celular, mas o desligara de propósito. Ela cultivava seu tempo a sós com Débora.

Débora olhava, esforçando-se muito para entender tudo aquilo. Tentava ver se havia algum sentido no que estava vendo.

— Algo grande está acontecendo, mamãe.

Abigail agarrou seu *Allfone*, a nova geração de celular multifuncional, para ligá-lo. Agora, todos em volta que estavam com celular moviam-se, como se tivessem agindo no momento correto — alguns correndo, outros chorando, outros ainda gritando em altos brados. Todos os outros estavam apenas lá de pé com cara estupefata.

Abigail acionou a discagem rápida para o marido. A essa altura, Joshua estaria no helicóptero sobre Manhattan a caminho do seu escritório. Mas um homem sem-teto com um casaco encapuzado sujo dos Knicks trombou ao passar por ela e, com um safanão, derrubou o *Allfone* da mão dela.

Ele gritava:

— É o fim, pessoal; é o fim!

Abigail agachou-se para pegar o celular, mas outro veículo temerário, uma *van* do aeroporto, vinha correndo na direção dela. Ela pulou para trás quando o carro passou raspando e atingiu o sem-teto por trás. Ele voou sobre o topo da *van* e caiu na sarjeta a vários centímetros atrás do carro. O motorista não diminuiu a marcha. Mais carros e caminhões começaram a correr em velocidade perigosa na Times Square.

— O que está acontecendo? — gritou uma mulher com sacolas de compras para ninguém em particular.

Ninguém parou para responder. Do ponto de vista de Abigail, lá da ilha, as pessoas serpenteavam loucamente em volta dela, correndo em todas as direções. As calçadas tinham se transformado em pistas de corrida mortais de táxis e carros, esmagando qualquer um e qualquer coisa que estivesse em seu caminho, tentando contornar a intersecção abarrotada de gente com pedestres desorientados e com o trânsito fora de controle.

Abigail não conseguia imaginar que caos fora liberado. Carros e ônibus colidiam, provocando engarrafamentos, forçando mais pessoas a ir para a rua. As entradas do metrô estavam abarrotadas de pessoas tentando escapar da confusão acima da terra. As pessoas pressionavam e empurravam, derrubando outras sobre a calçada em um êxodo insano para lugar nenhum. A vitrine de vidro da loja vazia da Nike foi quebrada por saqueadores que tinham agarrado objetos caros — sapatos, coletes de lã e tudo que conseguiam carregar nas mãos.

Algumas almas confusas se refugiaram com Abigail e Débora na ilha no meio da rua — relativamente calma em vista da loucura reinante. A maioria das pessoas estava simplesmente parada e assistia à terrível confusão. Outros gritavam. Alguns oravam.

Débora girava impotente, assistindo a tudo e sacudindo a cabeça.

— Temos de fazer alguma coisa...

Mas a mente de Abigail rodava. Ela gritou de volta.

— Temos que ver qual local é seguro. Onde está perigoso...

Só nesse momento ela percebeu as pessoas olhando para o céu, hipnotizadas, como se esperassem por algo que estivesse fora do controle delas, algo catastrófico que cairia sobre elas.

Um homem idoso atrás de Abigail pedia:

— Preciso chegar à casa da minha neta. Alguém pode me dizer o que está acontecendo?

Então, Abigail percebeu algo em um dos maiores painéis eletrônicos de um grande prédio. Em vez do anúncio luminoso habitual do último modelo de *jeans* e do filme campeão de bilheteria, havia uma simples tomada aérea do cintilante horizonte de Manhattan, um reflexo aterrador dos arranha-céus elevando-se em torno deles.

— Não entendo — disse alguém na multidão, apontando para o indistinto alimentador de vídeo.

Aí, Abigail viu. Ela apontou rua abaixo para uma fita gigantesca de texto digital circulando em torno de um prédio. O título da notícia rodando bem no alto da Times Square era exorbitante demais para fazer sentido. Então, ela começou a entender. As palavras digitais anunciavam uma manchete terrível demais para ser compreendida:

DUAS OGIVAS NUCLEARES FORAM LANÇADAS POR UM NAVIO NORTE-COREANO DA COSTA DA GROENLÂNDIA... ALVO: MANHATTAN.

Soluços involuntários escaparam da mulher com sacolas de compras. As pessoas berravam horrorizadas.

— Temos que achar um abrigo antibomba — gritou Débora.

Abigail agarrou a mão dela.

— Fique comigo. Vamos correr para o Crowne Plaza. Talvez a gente consiga chegar ao porão...

As duas mulheres começaram a correr juntas através da Broadway em direção ao hotel. Uma enchente humana de pedestres, correndo e berrando, espalhava-se em todas as direções.

Débora gritava enquanto corriam.

— O aviso disse armas nucleares. *Armas nucleares*, mamãe! Um porão não vai nos salvar. Estamos no ponto de impacto de uma explosão nuclear.

— Talvez eles estejam errados. Talvez não sejam armas nucleares.

— E se estiverem certos?

Agora, elas corriam a toda, atravessando o mais rápido que podiam a multidão caótica. Mas Abigail sabia algo que nem mesmo Débora sabia. Alguns detalhes sobre o projeto ultrassecreto de seu marido. Nesse momento, Joshua devia estar bem perto do seu escritório. Sua equipe de pesquisa e desenvolvimento devia estar à espera dele. Talvez. Só talvez...

Abigail gritou para a filha enquanto andavam apressadamente, com os passos sincronizados.

— Se forem armas nucleares, temos de orar para que papai consiga detê-las...

— Papai?

Sem perder o ritmo, Abigail começou a orar. Lágrimas começavam a cair. Mas isso não travou sua voz enquanto ela clamava a Deus em oração.

— Pai celestial, por favor, Deus, por favor, salve-nos... e ajude Josh... ajude-o, Senhor!

Quatro

O helicóptero executivo privado deslizava no alto do céu noturno sobre as luminosas luzes de Nova York. Joshua Jordan, o único passageiro, estava no banco de trás. Quarenta e três anos, ombros largos, atlético e vestido com um caro terno italiano, ele parecia um homem no topo do mundo. Mas ele não se sentia desse jeito.

Em uma noite normal, ao se dirigir ao escritório para trabalhar até tarde da noite, ele estaria navegando no seu *Allfone* — examinando *e-mails* e marcando uma variedade de documentos que tinham sido enviados para ele rever. A revolução digital tinha finalmente fundido todas as principais funções de informação, comunicação e entretenimento em uma plataforma: um pequeno dispositivo portátil que se tornara todas as coisas — telefone celular, máquina de fax, vídeo e câmera de Skype bidirecional, televisão, rádio e, claro, computador de acesso à internet. As versões grandes substituíram a televisão na sala de entretenimento das casas do país. Mas era a pequena unidade portátil, o *Allfone top* de linha e seus imitadores mais baratos, que se tornou o principal meio de comunicação pessoal para o público.

Normalmente, Joshua estaria acessando todos os noticiários — tudo que ele precisasse para estar por dentro da economia, política, negócios e assuntos do mundo.

Em seu *laptop Allfone*, ele estaria examinando as manchetes de quatro publicações-chave: *The Wall Street Journal*, *Barons*, *International Financial Times* e o *Daily Economic Forum*, enquanto mantinha um olho em um segundo *laptop Allfone* aberto em um gráfico do mundo, em que apareciam quadros nos quatro cantos e dados atualizados rolariam sob o título "Risco Global e Avaliação de Segurança".

Se fosse uma noite comum, ele meditaria a respeito dos novos desenvolvimentos perturbadores que estavam devastando o país que ele amava. Ele servira os Estados Unidos como piloto de teste da Força Aérea e oficial de voos secretos de reconhecimento em alguns dos lugares mais explosivos do mundo. Agora, ele servia os Estados Unidos como fornecedor de defesa. Mas à luz dos atuais eventos catastróficos, isso não parecia suficiente para Joshua. Por isso, ele e diversas outras pessoas começaram uma nova e audaciosa aventura. Sob condições normais, tudo aquilo estaria estalando em sua mente feito pipoca.

Mas essa não era uma noite normal, Joshua não conseguia tirar da cabeça sua conversa de ontem com o filho Cal. Por que ele teve de atacar o filho daquela maneira? Tudo que Cal queria era conversar sobre mudar seu campo de especialização na faculdade. Qual era o grande problema disso? Ele já aceitara o fato de que Cal queria ir para a Liberty University; afinal, era uma boa escola e, talvez, Cal não fosse talhado para a carreira militar. O próprio pai de Joshua fora militar. Joshua mesmo passara quase vinte anos na Força Aérea. Até Debbie, sua menininha querida, estava na West Point. Mas Cal era diferente. Ele rejeitara a academia militar e dissera que queria ir para uma faculdade cristã. Cal, como a mãe, Abigail, e até mesmo Debbie, todos eles, em diferentes momentos, disseram que tinham se tornado "cristãos nascidos de novo". Joshua simplesmente não conseguia entender essa coisa toda de cristão, pelo menos não para ele mesmo. Mas ele trabalhara duro para tentar apoiar a decisão de Cal sobre a faculdade. Agora que Cal estava no segundo ano da Liberty, Joshua conseguiu se acostumar com a ideia.

Quer dizer, até essa manhã, quando Cal lhe disse que estava trocando de especialização. Apenas mais uma decisão do seu filho que parecia bater de frente com o senso comum.

Joshua amava o filho mais que tudo, mais que a própria vida. Apenas não o entendia. Cal era muito parecido com a mãe, e, sim, Joshua invejava-o por isso. Era essa a questão? Era inveja? Apesar de Cal, como o pai, acreditar que essa bandeira e país fossem importantes, o que ele realmente queria era se enterrar em tinta a óleo e telas e se afastar do mundo? Essa era uma das coisas que ele amava em Abby. Ela fora uma advogada brilhante, porém conseguia desligar o lado analítico, o lado da lei e da obrigação e enterrar-se em um livro ou em uma galeria de arte, perdendo-se nas nuanças das cores, texturas e luzes.

Por que ele ficava com tanta raiva disso? Ele prometera a si mesmo que quando tivesse filhos não seria como seu pai — contudo, aqui estava ele, fazendo a mesma coisa, fazendo as mesmas exigências que haviam feito para ele. Agora, Cal fora-se, voltara para a faculdade com o eco do desapontamento de seu pai nos ouvidos. Joshua sentia dor por seu filho e, de uma forma estranha, dor por si mesmo.

De repente, o toque da campainha do celular interrompeu a cadeia de pensamentos de Joshua. Ele examinou seu celular *Allfone*, mas ele não estava tocando nem mostrava a entrada de nenhum telefonema. Ele percebeu que o toque que ouvira era muito metálico.

Ele pôs rapidamente a mão no bolso do paletó e pegou o outro telefone. Esse outro era plano e largo de cor azul profundo. Era um telefone especialmente criptografado só para conversas de alto grau de segurança. Ele também não tocava com frequência. Mas quando tocava, havia uma emergência. Do tipo prontidão total.

Joshua apertou o botão do filtro de criptografia e atendeu à chamada.

— Joshua Jordan.

— Coronel Jordan — disse a voz depois do meio segundo da decifração. — É o major Black, adjunto do Estado-Maior, senhor, do departamento de pesquisa e desenvolvimento do Pentágono. Já conversamos uma vez.

— Sim, major.

— Temos uma condição de alerta vermelho.

Joshua parou por uma fração de segundo enquanto sentia um aperto no peito.

— Como posso ajudar?

— Captamos dois pássaros entrando, provavelmente nucleares — soltou o major.

— Fabricação e modelo?

— Norte-coreano. Mísseis Taepo Dong. O que quer dizer que eles devem ter um sistema de orientação compatível com nosso protocolo RTS-RGS.

O sistema RTS-RGS, formalmente conhecido como Retorno ao Remetente — Sistema de Orientação Reconfigurado, era o sistema antibalístico a laser que Joshua e sua equipe estiveram desenvolvendo na maior parte dos últimos dez anos. Ele ainda era considerado experimental e estava programado para fazer seu primeiro teste no mundo real no mês seguinte.

— Temos que adiantar aquele teste, coronel — disse o major lendo a mente de Joshua.

Joshua inclinou-se na direção do piloto do helicóptero e gritou:

— Bert, vamos voltar. E telefone para que a equipe se reúna, e o mais rápido possível!

Joshua voltou ao telefone criptografado. Ele quase não conseguia acreditar nas palavras que proferiu a seguir.

— Qual é o alvo?

— Nova York.

Joshua sentiu o coração parar. Cal não estaria em Nova York a essa altura. Ele devia estar em um trem voltando para a faculdade. Mas Abigail e Debbie estavam na cidade. Talvez elas conseguissem ficar seguras...

— Quanto tempo? — perguntou com voz estrangulada.

— O tempo estimado da detonação sobre Manhattan é de quatorze minutos.

A boca de Joshua estava seca como se tivesse engolido areia.

— Por favor, diga-me que temos opções de apoio para interditar esses mísseis.

— Soltamos nossos jatos, mas talvez eles não cheguem a tempo. O resto do nosso sistema de mísseis na costa mais oriental está prejudicado desde que a Casa Branca nos amarrou ao Tratado sobre os Mísseis de Defesa das Seis Partes. Você e seu sistema podem ser nossa última esperança. Então, oremos para que seu pequeno receptador possa chutar essas duas bolas de volta para o lugar de onde vieram. Se não conseguir, que Deus nos ajude.

Cinco

A estação Grand Central estava quente, abarrotada e barulhenta, o lugar perfeito para ficar anônimo, para escapar e ficar sozinho. Pelo menos, era isso que Cal Jordan pensava enquanto jogava sua mochila sobre um banco e deixava-se cair ao lado dela. Ele mal conseguia esperar para sair da cidade e voltar para a faculdade, não podia esperar para se afastar da família, sobretudo de seu pai, mas ele, especialmente, mal podia esperar o momento para voltar para Karen. Eles tinham acabado de passar um dia e meio juntos em Nova York, mas ele já sentia saudades dela. Ela fora embora antes dele, tomara um avião para casa naquela tarde a fim de ir ao casamento de um primo antes de voltar para a Liberty University. Pensar nela o fez sorrir. Ele conhecera Karen Hester na Liberty no último ano, quando os dois eram calouros, mas foi um milagre que tivessem se conhecido.

Cal, quando chegou à faculdade, era dolorosamente tímido. Ele não ia a muitos eventos no *campus*, a não ser para os jogos de hóquei. Cal amava hóquei desde que seu pai o levara a um jogo do Avalanche, no Colorado, quando era menino. Ele amava a velocidade, a precisão e a graça das jogadas e invejava os jogadores por sua segurança e agressão incontrolada, qualidades que, conforme bem sabia, lhe faltavam. Nos jogos domésticos da Liberty, ele podia vestir seu colete do Avalanche e sentar-se sozinho no alto da tribuna e assistir ao jogo.

Certa noite, uma garota atraente usando uma camiseta do Minnesota Wild aproximou-se de Cal quando ele estava sentado sozinho. Ela cutucou o pé dele.

— Você está no meu lugar.

Cal olhou em volta. Não havia ninguém sentado em uma dezena de filas perto deles.

Ela cutucou-o de novo, insistindo:

— Você está no meu lugar.

Ele levantou-se para mudar de lugar.

Enquanto ele se afastava, ela riu.

— Exatamente como um torcedor do Avalanche, sai sem lutar.

Ela deu um sorriso largo, bonito e caloroso. Foi assim que ele conheceu Karen.

Provavelmente, ele apaixonou-se por ela no mesmo instante, mas levou três meses para admitir isso para si mesmo; e outros três meses para finalmente dizer a ela como se sentia. Tudo que ela fez foi sorrir e dizer:

— Por que você demorou tanto?

Ele amava o jeito despretensioso dela e o modo como ela o fazia se sentir seguro e confiante. E, claro, os dois tinham fé em Cristo. Além disso tudo, ela também apoiava seu desejo de ser artista. Ela mesma queria ser artista, atriz ou cantora. Mas queria fazer mais com seu talento do que apenas ficar famosa e rica.

Cal só contara pouca coisa sobre Karen a seus pais, mas precisara do verão inteiro para reunir coragem para contar-lhes que estava mudando de área. Ele não queria que eles pensassem que Karen tinha alguma coisa que ver com sua decisão. E a verdade é que não tinha. Ela apenas lhe dera a confiança de que precisava para perceber o que realmente queria fazer. Se ao menos seu pai pudesse vê-lo como ela o via, então ele entenderia; então ele não ficaria com tanta raiva e tão desapontado.

Cal puxou a passagem do bolso da camiseta e verificou o horário do trem. Quinze minutos. Mais quinze minutos e, depois, ele poderia deixar tudo isso para trás. Todas as palavras duras, os longos olhares, os longos silêncios.

Então, ele ouviu o primeiro grito.

Ele levantou os olhos e viu uma mulher atravessar a estação. Ela estava pálida como fantasma, olhando fixo para um monitor de televisão do lado oposto da plataforma. Todos ao redor dela faziam o mesmo. Cal voltou-se para o monitor mais próximo. Ele não conseguia ouvir o som, mas podia ver na tela um repórter na Times Square apontando para o céu. O texto abaixo da imagem dele dizia: "NOVA YORK EM PÂNICO, ATAQUE NUCLEAR IMINENTE."

Cal olhava fixo para as palavras como se fosse um pesadelo. Elas não faziam sentido. Ele podia sentir as mãos frias e úmidas. Ele virou-se para examinar a multidão e percebeu que as pessoas começavam a surgir por todas as entradas — pressionando e empurrando, em pânico.

Pelo que ele via nos monitores da televisão, Nova York estava um pandemônio. Os motoristas tentavam sair da cidade de qualquer jeito, subindo nas calçadas, espalhando pedestres assustados, batendo em placas, em caixas de venda de jornal e em carrinhos de cachorro-quente.

Os nova-iorquinos que estavam a pé corriam para salvar sua vida, esquivando-se dos carros e do trânsito congestionado. As pontes estavam cheias de pessoas fugindo apavoradas. Aconteciam badernas nas estações do metrô enquanto os fugitivos brigavam para conseguir lugar no próximo trem a zarpar.

À medida que o senso de Cal voltava aos poucos, o barulho no cavernoso saguão principal ficou insuportável. Ele cobriu os ouvidos, mas o barulho terrível de milhares de pessoas tentando fugir da morte certa ainda chegava aos seus ouvidos.

Ele levantou os olhos e viu uma mulher ser empurrada pelas pessoas correndo para chegar ao túnel dos trens e cair no chão. Cal estava a apenas alguns centímetros dela, pressionado contra a parede de mármore para evitar ser pisado pela enchente humana. Ela esticou a mão para ele em busca de ajuda, para sair da confusão de pés que a pisavam, mas Cal estava congelado, incapaz de se mover. O medo o prendia à parede, apertando seu peito e dando um nó em seu estômago, deixando-o sem ar; o pânico tomava conta dele. Ele olhava fixo para a mulher, para a mão estendida dela e os olhos suplicantes. E se fosse Karen? Mas Cal não conseguia se mover, não conseguia esticar a mão para ajudá-la. Suas pernas ficaram moles, e ele escorregou para o chão, tremendo incontrolavelmente.

Seu celular tocou. Ele não o ouviu, mas sentiu a vibração em seu bolso. Talvez fosse Karen. Ele tenteou o bolso da jaqueta e o pegou. A tela dizia:

"Mamãe ligando." Ele tentou puxar o botão para atender a chamada, mas não conseguiu fazer seus dedos funcionarem. O celular escorregou da sua mão para o chão de mármore e deslizou na direção do corre-corre daquela massa humana. Cal olhou para o corpo sem vida da mulher. A multidão a tinha esmagado.

Cal, cheio de sentimento de culpa e impotência, podia sentir os soluços começarem a brotar em seu íntimo.

Seis

Joshua irrompeu no corredor de vidro de seu escritório na cobertura e fez sinal para os guardas da segurança privada se afastarem. Quando ele entrou na recepção, a secretária, em pânico, pulou da cadeira, gritando algo sobre um anúncio no rádio.

— Ignore isso — ordenou Joshua. — A situação está sob controle.

— A Abigail tentou encontrar você — gritou ela de volta.

— A equipe está no meu escritório? — rosnou ele.

— Sim, mas...

Só nesse momento seu celular pessoal tocou. Ele atendeu seu *Allfone* enquanto se dirigia para a sala executiva.

— Josh! — Abigail gritou do outro lado. — Acabo de ver a manchete no letreiro eletrônico da Times Square. Debbie está comigo. Josh, isso é verdade?

— É, mas estou contando com o Retorno ao Remetente, o interceptador. Acredito que estamos prontos para isso — disse Joshua, tentando parecer otimista.

O telefone ficou mudo por um segundo.

— Diga-me que vou ver você de novo — disse sua esposa com um nó na garganta.

— Querida, vamos passar por isso — disse ele enquanto corria para seu escritório. — O Cal foi embora?

— Acho que sim; ele não atendeu ao celular.

Joshua só podia esperar que fosse porque estava no trem naquele mesmo momento, correndo para a segurança.

— Beije Debbie por mim.

— Farei isso — disse ela tentando controlar a voz.

— Vejo-a hoje à noite, você me entendeu? Abby... prometo... amo você... — assegurou Joshua enquanto entrava apressado em seu escritório; sua equipe já estava a sua espera.

— Também te amo — disse ela. — Tanto... tanto... oh, Josh, vou orar para Deus proteger você... todos nós...

Ele desligou e passou os olhos em torno da sala. Esses eram os melhores e os mais brilhantes engenheiros de pesquisa e desenhistas de armas do mundo. Seu foco passou deles para a ampla vista descortinada do topo dos arranha-céus de Nova York indo para a ilha Ellis e a ilha Liberdade, onde ficava a estátua da Liberdade. Isso tudo podia acabar hoje? O sistema RTS-RGS tinha de funcionar — por todos eles lá, por sua esposa e filhos, por Nova York, pelo país, por todo o mundo. Ele voltou à realidade. Sua equipe encarava-o, à espera de orientação. Ele tomou fôlego e acalmou-se.

— Preciso de uma resposta, concisa e com grande probabilidade de acerto — começou ele. — Um único de nossos interceptadores pode redirecionar não apenas uma, mas duas ogivas nucleares quando a trajetória delas sugere um alvo em comum?

Depois de menos de dez segundos de reflexão, Ted, o engenheiro sênior, falou.

— Testamos esses protocolos. Temos todas as calibrações para fazer isso acontecer...

— Mas nunca disparamos um sistema de redirecionamento duplo — deixou escapar Carolyn, a física de armas. — Não em um teste real.

— Muito bem, mas ou nossos protocolos estão corretos ou não estão... — disparou outro engenheiro.

— E se não estiverem corretos... — começou a dizer um segundo engenheiro.

Mas Joshua interrompeu.

— Se nossos cálculos estiverem errados — disse ele — então estamos encrencados, como também diversos milhões de norte-americanos. Alguém aqui tem alguma sugestão para aumentar a probabilidade de sucesso?

Silêncio. Ted sacudiu a cabeça.

— Então, vou fazer a chamada — disse Joshua, e inclinou-se para uma escrivaninha fechada, digitou um código e uma gaveta de titânio abriu-se, revelando um telefone vermelho, branco e azul. Ele discou um número em um conjunto de botões e, depois, esperou.

Três segundos depois o telefone tocou.

O telefone emitiu um forte som metálico que assustou todos ali. A equipe podia parecer calma, mas seus nervos estavam à flor da pele.

Joshua pegou o receptor.

— Aqui é o major-general Zepak, telefonando em nome do vice-presidente Bolthauer do Estado-Maior. Com quem estou falando?

— Aqui é Joshua Jordan e minha principal equipe de desenho de sistemas...

— Qual é o veredicto? — interrompeu o oficial do Pentágono.

Joshua estava decidido.

— Temos um alto grau de segurança de que se seguirmos os protocolos que desenvolvemos para um ataque múltiplo de mísseis, seremos bem-sucedidos, senhor.

— Está certo, vou conectá-los com o *USS Tiger Shark*. Camaradas, vocês vão comandar o *show* de lá, coordenando com o navio para deixar o alvo do receptador pronto e o aerotransportador em... — ele fez uma pausa — sete minutos.

Então, o oficial do Pentágono acrescentou mais um pensamento sensato.

— E não preciso lembrá-los de que temos apenas um tiro...

No oceano Atlântico, a poucos quilômetros de Long Island, o comandante Bradley, do *USS Tiger Shark*, aguardava na sala de lançamento de armas com uma linha direta para o telefone de segurança do escritório de Joshua. Seu oficial de armas navais estava sentado diante do teclado, digitando comandos. A cada tecla que apertava, o oficial berrava a pista verbal. No escritório de Joshua, a equipe de desenho ouvia e assistia a tudo no videofone de segurança, comparando as dicas verbais do marinheiro com o sistema de protocolo exposto em uma grande tela sobre a parede.

Quando ele terminou, Joshua começou a digitar furiosamente em seu *laptop*, estabelecendo as coordenadas do laser para duas armas nucleares, usando dados de GPS, o sistema de posicionamento global, alimentados diretamente em seu computador pelos satélites de defesa. Com Ted e Carolyn espiando sobre seu ombro, Joshua checou o que fizera e reclinou-se para trás. A seguir, eles revisaram os comandos linha a linha.

— Vamos? — perguntou Joshua.

— Vamos — respondeu Ted.

Joshua olhou para Carolyn.

Carolyn assentiu com a cabeça.

— Sim, vamos.

Joshua voltou ao videofone.

— Comandante, a sequência de lançamento está completa?

O comandante virou-se para seu oficial de armas, com gotas de suor de nervosismo escorrendo por seu rosto.

— Sim, senhor — disse o oficial, com voz aguda.

Joshua voltou ao seu *laptop* e apertou uma chave. Apareceu uma tela vermelha com as palavras: "Protocolos trancados. Lasers armados. Pronto para disparar."

Sete

Na ponte do *Daedong*, a tripulação tentava realizar suas tarefas como se nada tivesse acontecido. O corpo do capitão fora arrastado para outro lugar, mas ainda havia marcas de sangue no lugar onde fora baleado.

O almirante e o oficial executivo estavam debruçados sobre o radar do oficial da estação; a arma ainda estava nas mãos dele. Ao olhar os minúsculos pontos verdes na tela enquanto as duas armas nucleares continuavam sua trajetória para Manhattan, ele demonstrava sua raiva vibrando de modo cruel. O homem de 72 anos estava mais que empolgado. Nem em criança ele conhecera uma Coreia unida. Ele sempre sentira ódio dos ocupantes inimigos ali no sul, tão perto a ponto de quase poder alcançá-los do outro lado da zona desmilitarizada e os estrangular. Ele sonhava em expulsar os norte-americanos de sua pátria sagrada desde que era menino, mas o detonador nuclear sempre impediu cada um dos lados de fazer o primeiro movimento. Mas, agora, eles tinham ativado aquele fio imaginário, e quis o destino que coubesse a ele restaurar a honra de seu povo e de seu país. Quanto ao capitão, ele fora fraco. O fraco precisa ser exterminado quando fica no caminho de homens valentes, como ele mesmo, que exibem força e coragem.

Passara-se exatamente um minuto desde que o míssil Joshua-I saíra do silo de lançamento do *Tiger Shark*. Sessenta segundos, os sessenta segundos mais longos da vida de Joshua Jordan.

Como acontece com todo sistema de base de lançamento de míssil defensivo, havia um limite de tempo estreito para a arma engatar em seu alvo e posicionar seu sistema de defesa. Isso acontecia geralmente nos primeiros trinta ou sessenta segundos de voo. Mas, agora, eles estavam a 75 segundos, e os mísseis coreanos ainda seguiam firmes em dire-ção a Manhattan.

Vários membros de sua equipe não conseguiram mais segurar a emoção. Lágrimas começaram a correr dos olhos deles.

No *Tiger Shark*, o oficial de armas, olhos fixos na tela de seu radar, resmungava baixinho:

— Pare-os, pare-os, faça isso, faça isso...

O comandante, de pé atrás dele, cerrava os dentes com força. Com tanta força que todos no deque de armas podiam ouvir o aflitivo som do rangido de seus dentes.

No piso superior do edifício Jordon, em Nova York, Joshua e sua equipe olhavam fixamente e em silêncio atônito para o videofone à espera de alguma mudança, alguma esperança, alguma chance.

Nada...

Joshua virou-se e pegou seu *Allfone*. Ele digitou o número do celular de Abby. Pelo menos ele ainda tinha tempo de se despedir de sua mulher e de sua filha. Dizer-lhes que sentia muito. Tentar explicar que ele falhara com elas, falhara com todos. Talvez ele até conseguisse falar com seu filho. Com certeza, devia-lhe desculpas. Na verdade, ele devia-lhe muitos pedidos de desculpas. Por onde começaria?

Joshua não podia acreditar que estava para se despedir de sua esposa e família... para sempre.

Quando a esposa atendeu ao telefone, ele pôde perceber que ela estivera chorando.

— Abby — começou a dizer, mas as palavras ficaram presas.

Ele não podia continuar, não havia nada mais que pudesse dizer, mas saber que ela estava lá, do outro lado da linha, já era alguma coisa... algo a que se agarrar até tudo explodir para todos em um inferno flamejante.

— Coronel — a voz que vinha através do videofone era a do comandante. Joshua não estava acostumado a ser chamado por sua antiga patente militar. De início, não ligou a voz a si mesmo... não associou que o homem do outro lado estava falando com ele.

— Coronel Jordan! — gritou a voz de novo.

Joshua girou e olhou o monitor.

— Acho... — mas o comandante não precisava terminar a frase. A tela do radar mostrava claramente os dois mísseis norte-coreanos dando uma volta, em um dueto perfeito, e seguindo na direção oposta, de volta ao seu ponto de origem.

O oficial de armas não conseguia se controlar.

— Pegue-os — gritava ele.

Todo o escritório irrompeu em um tremendo rugido uníssono; a comemoração atravessou o corredor como um fio de detonação até que toda a cobertura estivesse celebrando... era noite de Ano Novo, carnaval e a final do campeonato de futebol — tudo junto. As pessoas começaram a abraçar umas às outras, pulando sobre as mesas, rindo, chorando de alegria, felizes por estarem vivas.

Então, Joshua lembrou-se de Abby.

— Abby!... — gritou ele ao celular.

— Joshua? — ainda havia uma pergunta na voz dela.

— Só queria... queria dizer que a amo muito — gritou ele a plenos pulmões para que todos ouvissem. — Muito, muito, muito. Vamos ficar bem, querida, bem, todos nós ficaremos bem!

— Almirante — falou o oficial executivo com um tom de urgência, interrompendo os pensamentos do almirante a respeito do triunfo da Coreia do Norte.

Ele apontava para a tela do radar. Algo estava errado, algo incompreensível.

— O radar está quebrado? — perguntou o almirante enquanto olhava fixamente os dois pontos na mira: a tela do radar mostrava claramente os dois mísseis coreanos voltando em direção ao navio deles.

O oficial do radar estava muito estarrecido para responder.

— O que isso quer dizer? — exigiu o almirante.

— Eles estão voltando, senhor — respondeu o oficial executivo.

— Voltando?

— Sim, senhor. Os mísseis estão... eles estão voltando...

Os dois homens estavam agachados no posto do oficial de radar, conversando em sussurros apressados. O resto da tripulação, de seus postos, olhava sobre os ombros deles, sem saber o que fazer diante dessa estranha anomalia. Contudo, em instantes, eles entenderiam que todos tinham entrado em um pesadelo coletivo. E esse terrível fato desenrolava-se rapidamente diante deles.

— Como isso é possível? — a voz gutural do almirante estava muitíssimo aflita.

— Não sei, senhor, mas eles estão voltando. Estão muito perto...

— Não entendo... quando seu radar pegou isso...

— Agora mesmo, senhor. Os norte-americanos devem ter interferido em nosso sistema de radar de detecção...

— O que vamos fazer? — perguntou o almirante com um trágico assombro ainda enraizado na negação.

O oficial executivo permaneceu lá, calado, com medo de falar. Ele não tinha resposta.

— O que vamos fazer?

Dessa vez, o almirante gritara para toda a ponte ouvir. De repente, tudo ficou muito quieto; o único som era o bipe do radar enquanto os pontos verdes chegavam cada vez mais perto da imagem digital do navio deles.

— O... que... vamos... *fazer*?

Todavia, ninguém respondeu.

O almirante olhou em torno da ponte para ver o rosto dos homens. No olhar vago deles e na cara de choque, o almirante entendeu algo... ele percebeu que estava fazendo a pergunta errada.

— O que eu fiz?

As palavras saíram de sua boca como uma acusação.

Os homens não responderam. Eles apenas permaneceram em seus postos, à espera de uma resposta que nunca viria.

O almirante arrumou o paletó do seu uniforme e saudou de forma incisiva enquanto atravessava a ponte. Com os olhos erguidos, a arma ainda apertada com firmeza na mão, ele passou pela área ensanguentada onde o capitão fora executado. Sem dar nenhuma olhada, saiu e foi para o deque superior. Uma vez sozinho a céu aberto, olhou para o céu como se tentasse ver os mísseis enquanto voltavam para casa.

— O que eu fiz? — disse ele, agora, em um rouco sussurro, falando apenas consigo mesmo.

Dessa vez, ele não esperou uma resposta. Ele colocou imediatamente o cano da arma na boca.

É irrelevante se o almirante viu a luz clara e cegante da explosão antes de puxar o gatilho, uma vez que a distância entre um evento e outro seria de milésimos de segundos. As duas explosões nucleares vaporizaram, em um cruel tornado de fogo e choque cataclísmico, o navio e toda a tripulação.

No domingo, o choque daquele dia, a tentativa nuclear contra Nova York e a notícia espantosa das armas nucleares incinerando o navio norte-coreano — tudo começava lentamente a se acalmar, mas só um pouquinho.

No púlpito da igreja Eternity, em Manhattan, o pastor Paul Campbell estava de pé diante da congregação. O santuário estava abarrotado de gente. Tiveram de colocar centenas de cadeiras extras. Era o primeiro culto de domingo depois do recente ataque. Uma expectativa entusiástica agitava a multidão, enquanto todos os olhos estavam cravados no púlpito. Campbell sabia por que essas pessoas estavam aqui, algumas com medo, mas todas com expectativa no semblante. À espera de alguma palavra de conforto, de alguma verdade ou talvez de ambos, sobre um mundo que parecia estar saindo de controle.

O pastor Campbell olhava a multidão. Ele viu várias caras novas. Mas ele também reconhecia algumas familiares. Abigail Jordan, frequentadora assídua, estava sentada na quinta fileira a contar da frente, no assento do corredor.

Baixando os olhos para a Bíblia aberta sobre o suporte do púlpito, Campbell fixou os olhos nos versículos marcados. O evangelho de Mateus, capítulo 24. Sua mente estava sobrecarregada com a imensidão do assunto de seu sermão. Mas mais que isso, seu coração fora transpassado pelo olhar vazio dos que vagavam pela rua naquela manhã para ouvir... qualquer coisa. Aparência de perdidos e olhares vagos. Almas atormentadas.

Ele fez uma oração silenciosa.

Depois, começou.

— Alguns de vocês vieram aqui hoje em busca de conforto. Outros, por curiosidade. Ainda outros por um motivo que tem dois mil anos. Perto do fim de seu ministério terreno, Jesus chorou sobre Jerusalém e, depois, fez uma profecia assustadora sobre a destruição do grande templo herodiano daquela cidade, profecia essa que seria cumprida em 70 d.C., apenas algumas décadas depois. Ao sair do templo naquele dia, Jesus subiu ao Monte das Oliveiras, de onde tinha uma visão panorâmica de Jerusalém, sentou-se lá com seus discípulos, talvez sob a sombra de uma das árvores, e os discípulos fizeram-lhe duas perguntas. A primeira era que eles queriam saber quando o templo seria destruído. Mas eles também fizeram outra pergunta, uma que pode estar em nosso coração e em nosso pensamento hoje. Eles queriam saber que sinais indicariam a segunda vinda de Cristo e que sinais marcariam o fim das eras, o capítulo final do mundo como o conhecemos.

Campbell pôs o dedo em sua Bíblia próximo aos versículos 6 a 8.

— Jesus disse que nação se levantará contra nação; e reino, contra reino. Isso sugere conflito mundial. Já vimos duas guerras mundiais no último século. E há apenas alguns dias, por pouco não vimos o que seria o início de outra grande guerra. Jesus também disse que haveria fome. Só no nosso país, na região agrícola dos Estados Unidos, testemunhamos, hoje, muito mais aridez e pestilência que nos tempestuosos anos da grande depressão. Jesus disse que haveria terremotos. Bem, amigos, observem os últimos seis meses. Um terremoto na Indonésia de dez pontos na escala Mercalli, sendo que o de doze pontos foi o pior. Depois, um terremoto que rasgou a Guatemala, onze pontos nessa escala. E, finalmente, um terremoto de 11,5 pontos dessa escala na Turquia.

Ele fechou a Bíblia. O que ele diria agora estava gravado em seu coração.

— Alguns de vocês que me ouvem esta manhã não conhecem Jesus Cristo. Vocês não abriram a porta. Vocês não permitiram que ele entrasse, transformasse vocês e os enchesse da presença dele. Para vocês, imagens do fim das eras, a fissura aberta da terra, a derrubada de reinos, essas coisas não representam nada para vocês além de trevas, desesperança e medo terríveis. Mas não precisa ser assim. Vocês podem se juntar à congregação dos que conhecem e seguem a Jesus. E embora nenhum de nós goste da ideia da destruição que deve ocorrer, temos muito mais para o que olhar além dos escombros causada pela destruição que dura apenas um momento. O reino futuro que será cheio de luz, paz e amor. Temos esperança viva. E vocês também podem ter. Vocês também podem se juntar ao coro do último livro da Bíblia, ao coro do último versículo dos que clamam corajosamente: "Amém. Vem, Senhor Jesus."

Diversas pessoas na multidão disseram: "Amém." Mas a maioria dos que estavam sentados ficou em silêncio. Alguns dos que visitavam a igreja pela primeira vez demonstraram desgosto ou até mesmo cinismo em seu semblante. Muitos meditavam. Alguns, de olhos abertos, pareciam que estavam esperando algo, mas não sabiam exatamente o quê.

Finalmente, Campbell dirigiu-se a seus ouvintes, passando o olhar através do mar de rostos.

— Essas eram as perguntas dos discípulos naquele dia, enquanto estavam sentados lá em cima do Monte das Oliveiras olhando Jerusalém.

Então ele perguntou mais uma coisa, e enquanto fazia sua pergunta, inclinou-se para a frente como se quisesse alcançar fileira a fileira, rosto a rosto.

— Agora é o momento de ser honesto. Quando vocês olham para o futuro, qual é *sua* reação? Medo? Ou fé?

A pergunta reverberou através do grande santuário com sua alta abóbada.

Oito

Duas semanas depois

Depois de todos os discursos políticos e demonstrações públicas de apoio e ajuda, Nova York começava a voltar ao normal. O agente especial do FBI John Gallagher reclamava do trânsito enquanto estava preso na Broadway, indo para a parte residencial da cidade durante o movimento matinal. A seguir, ele voltou a pensar no horror que tinham sentido aquela manhã, enquanto jogava outra bala na boca e estava agradecido por estar guiando em Manhattan hoje.

Gallagher fazia parte de uma unidade de elite contraterrorismo. Na véspera do ataque, ele pegara a balsa para Staten Island a fim de conduzir uma investigação em uma sala de bate-papo em um *site* popular de redes sociais, conversas que pareciam ter a estátua da Liberdade como alvo. Descobriu, por fim, que se tratava apenas de algumas crianças tentando melhorar seu relatório em uma escola de ensino médio local elegendo o termo *terrorista*, de forma muito semelhante à que os *rappers* costumavam usar a palavra *gangster* para construir sua credibilidade de rua. Mesmo assim, fazia parte do seu trabalho checar o assunto.

Ele era o agente mais velho da sua unidade e provavelmente pesava, pelo menos, sete quilos a mais que os outros. Esse era o preço por ter ficado na escravinha a maior parte dos últimos dez anos. Eles o mantinham na unidade por sua habilidade local. Mas a verdade é que — bem lá no fundo, ele sabia — ele era pouco mais que um figurino exaltado. Era bom ter um herói genuíno na equipe.

O recente ataque com míssil não foi sua primeira experiência de terror real em Nova York. Na manhã do dia 11 de setembro, ele entrou no trem no

World Trade Center com a intenção de andar alguns quarteirões até o 26 Federal Plaza, o escritório de campo do FBI em Nova York. Mas, assim que ele saiu da estação Port Authority, o primeiro avião bateu na torre norte. Ele passou a hora seguinte tentando levar tantos feridos quanto conseguia para um lugar seguro.

Às 9h59, ele estava atravessando a praça em frente das torres, ajudando os feridos quando a torre sul veio abaixo. Essa era a última coisa de que se lembrava daquele dia. Mas ele teve sorte. Ele acordou em uma cama de hospital com a coluna, um braço e diversas costelas quebrados, sem falar em toda a poeira tóxica que ingerira. Mas ele estava vivo, o que não poderia ser dito a respeito de mais de 3.000 almas.

Ele recebeu a Medalha de Honra ao Mérito do FBI e a citação honorária de valor do Departamento de Bombeiros e da prefeitura de Nova York.

Depois de 11 de setembro, quando o FBI estava reforçando essa Unidade de Contraterrorismo de Nova York, ele encabeçou a lista. Mas depois de dois anos, seus ferimentos começaram a cobrar seu preço, e ele foi obrigado a diminuir seu trabalho de campo. Por necessidade, tornou-se um tipo de especialista no uso da internet para localizar células terroristas, uma vez que isso não exigia que saísse de sua escrivaninha.

Mas, com frequência, ele era obrigado a sair de sua escrivaninha, em geral por causa de algo incomum, como essa ameaça à estátua da Liberdade. Ele estava a caminho de Staten Island quando surgiu a notícia do lançamento das armas nucleares. Embora, de início, tenha havido pânico no barco, um semblante de calma caiu sobre os passageiros quando o capitão rumou para o mar — para longe de Manhattan — a toda velocidade. Gallagher ficou o tempo todo examinando a linha do horizonte por trás da balsa, dessa vez incapaz de poder ajudar, perguntando-se se essa seria a última vez que veria esse amado horizonte.

O fato de os Estados Unidos não terem destruído toda a Coreia do Norte em retaliação surpreendeu Gallagher. O ataque de 11 de setembro em solo norte-americano dera início a duas guerras. Mas, dessa vez, o líder do mundo livre estava sendo mais cauteloso. Virgil Corland, quando era senador pelo Iowa, apoiara tacitamente a guerra ao terror. Mas agora, como presidente, ele estava oprimido pela indecisão e por uma economia devastada a cada ano mais em dívida com nações estrangeiras.

Os Estados Unidos podiam varrer da face da terra o pequeno ditador com o aperto de um botão, mas o presidente Corland hesitava, temendo que isso mergulhasse o mundo em uma conflagração global. As Nações Unidas aconselharam moderação, depois parecia que o governo de Kim Jung-un admitira indiretamente que o ataque fora causado por um erro de comunicação, e os Estados Unidos recuaram de qualquer tipo de ação contra a Coreia do Norte.

Gallagher achava que podiam, pelo menos, ter lançado um par de armas nucleares ali só para prevenir, mas o país rendera-se aos clamores de "um mundo, uma paz" que surgiam dos novos centros de poder da Europa e da Ásia. A hora de agir teria sido nas primeiras 72 horas; contudo, o aflito e cada vez mais ineficiente presidente Corland falhara. E os Estados Unidos tinham dado outro gigantesco passo atrás aos olhos de boa parte do mundo.

Uma hora depois da destruição do navio norte-coreano, começaram a estourar rumores na internet como pipoca de que, na verdade, o navio coreano não lançara de modo algum os dois mísseis nucleares, mas recebera um primeiro ataque dos Estados Unidos. Boa parte da conversa fiada da rede era bobagem de multidões à caça de conspiração de abduções alienígenas, mas mantinha os sanguessugas da mídia tagarelando e tinha potencial para estimular extremistas do mundo todo, alimentando o ódio deles pelos Estados Unidos.

Tão logo as armas nucleares foram desviadas, Gallagher, ainda na balsa, recebeu uma ligação do oficial de campo em seu celular. Haveria uma nova missão... feita sob medida para ele. Dezenas de pessoas tinham sido mortas no pânico das ruas de Nova York naquela noite e quase mil foram feridas. Alguém do alto posto no governo deixara vazar a informação para a mídia. Isso equivalia a assassinato premeditado ou, no mínimo, a homicídio por negligência — considerando as mortes resultantes e a destruição que a notícia provocou. Uma das primeiras regras que se aprende é que não se deve gritar: "Fogo", em um teatro abarrotado de pessoas. Alguém gritara fogo e, agora, cabia a Gallagher descobrir quem fora.

A primeira pessoa a dar a notícia foi um irreverente radialista, Ivan Teretsky, da rádio WFQL. "Admirado" por seus pronunciamentos políticos bombásticos e por suas façanhas no ar, que já tinham incluído colocar no ar uma fita gravada de um proeminente governador com uma prostituta enquanto eles estavam muito entretidos um com o outro, ele era mais bem conhecido pelos nova-iorquinos como "Ivan, o terrível".

Agora, Gallagher estava nesse trânsito terrível a caminho de entrevistar o apresentador de rádio em sua estação no Upper West Side de Manhattan. Ele dirigiu através da Columbus Circle e guiou ao longo do parque até a rua 66th, depois entrou no estacionamento subterrâneo, um quarteirão antes de a rua virar a Riverside Drive.

No elevador, Gallagher afiava-se para a entrevista. Ele estava bem consciente do tipo de atuação que esse louco poderia ter. Ivan Teretsky podia tentar pô-lo no ar, transformar a coisa toda em uma grande piada. Mas Gallagher não estava achando graça. Pessoas tinham morrido, e alguém tinha de ser responsabilizado por isso.

Ele deu seu nome para uma bonita recepcionista na escrivaninha em que estava escrito para esperar.

— O Sr. Teretsky está terminando seu programa.

Bom, pensou Gallagher, *pelo menos sei que essa entrevista não irá para o ar*. Ele sentou-se no sofá para esperar. Uma televisão pendurada no teto estava ligada sem som. Mostrava imagens de Washington, D.C., com uma manchete embaixo que dizia: "Comitê da Junta do Congresso investiga arma 'retorno ao remetente'."

A câmera passou rapidamente por Joshua Jordan e sua esposa Abigail enquanto subiam as escadas do Capitólio, ladeados por um enxame de repórteres. Gallagher foi golpeado por uma onda de raiva.

Esse camarada era um herói norte-americano e, agora, esses idiotas do Capitólio queriam acabar com ele por causa de seus próprios interesses políticos egoístas. Por quê? Porque ele sozinho salvou Nova York com um sistema de arma que não tinha sido aprovado por eles. Eles estavam loucos? Eles deviam dar a ele uma Medalha de Honra ao Mérito do Congresso, o Prêmio Nobel da Paz, um Prêmio da Academia, talvez até mesmo o Troféu Heisman — tudo que ele quisesse.

É verdade, Gallagher estava fulo da vida. A recepcionista disse-lhe para entrar; o Sr. Teretsky estava preparado para se encontrar com ele. *Não, ele não estava*, pensou Gallagher, *não está nem mesmo perto de estar preparado*. Nesse momento, ele não estava com humor para aguentar Teretsky; na verdade, ele quase sentia pena dele. "Ivan, o terrível" estava para ter um péssimo dia.

Nove

Enquanto Joshua Jordan atravessava os corredores do Congresso a caminho da audiência, Abigail segurava firmemente o braço dele. Por mais de vinte anos, ela esteve ao lado dele, quer em uma base aérea na Europa, quer ensinando na Academia da Força Aérea em Colorado Springs, quer trabalhando enquanto ele estava no MIT em Boston, quer mudando a jovem família para Nova York a fim de começar uma nova vida. Mesmo quando ele estava voando em missões no Oriente Médio durante a guerra, ela sempre estivera lá depois de cada voo, esperando o telefonema dele. Jordan sabia que ela não precisava ter escolhido essa vida. Ela, quando eles se conheceram, já era uma advogada muitíssimo bem-sucedida que trabalhava em uma firma de direito de prestígio em Washington. Ele fora imediatamente arrebatado pelos belos cabelos negros, olhos verdes e corpo atlético alto e bronzeado, mas, no fim, ele foi nocauteado pelo cérebro dela. Ela nunca esquecia um rosto ou caso, podia citar estatísticas futebolísticas, sobretudo do Denver Broncos, o time preferido dela, com a mesma facilidade com que citava casos de direito constitucional ou estatutos federais. Ela nunca fez uma aposta que não ganhasse e era imbatível em jogos de cartas.

Hoje, todavia, ela não poderia ficar ao lado dele o tempo todo. Ele teria uma audiência a portas fechadas na qual só sua sagacidade e seu advogado o ajudariam a enfrentar o poder total do Congresso dos Estados Unidos. Ele queria que Abby estivesse lá, mas ela convencera-o de que era melhor ter um advogado objetivo, em vez de uma esposa amorosa e tendenciosa, para aconselhá-lo. Além disso, acrescentou ela, há anos ela não entrava em uma corte, que dizer em uma sala de audiência do Congresso.

O advogado que ela recomendou era Harry Smythe, mentor e colega da sua época de Washington. Ele era conselheiro legal em D. C. e fizera nome como conselheiro de um ex-presidente, debatendo e vencendo diversos casos diante da Suprema Corte. Jordan deu uma olhada no homem careca de sessenta anos que andava ao seu lado. Vestido de forma impecável, com pequenos óculos redondos, ostentando sua famosa gravata borboleta, ele lembrava vagamente o ator cômico da época do cinema mudo Harold Lloyd; todavia, tinha a reputação de ser uma raposa. Ele não era Abby, mas teria de servir.

Quando se aproximaram do último ponto de checagem de segurança, só os que iam à audiência confidencial podiam seguir adiante. Joshua puxou Abby de lado e lhe deu um abraço. Era incrível que mesmo depois de todo esse tempo ele se sentisse confiante só de estar ao lado dela.

— Queria que você fosse comigo.

— Eu sei — disse ela com um sorriso. — Você vai se sair bem, você sempre se sai.

Ela deu um último aperto na mão dele e complementou:

— Não se esqueça, vou orar por você.

Joshua ia dizer algo de volta, mas apertou a mão dela e seguiu em direção à porta da sala de audiência.

Quando Joshua desapareceu pela porta com seu advogado, Abigail não conseguiu evitar que surgissem algumas dúvidas. Depois da euforia daquele dia quando os mísseis retornaram para o navio, começaram a pipocar as perguntas. No começo, foi apenas um baixo murmúrio de fundo, mas, agora, esse murmúrio transformara-se em um fluxo de perguntas ácidas. Quem autorizara o uso de um sistema não testado como o RTS-RGS? Por que as bombas foram redirecionadas para um alvo vivo? Por que elas não foram destruídas de forma inofensiva no meio do oceano Atlântico? Por que os comitês de inteligência e de defesa do Congresso não tinham nem mesmo conhecimento desse sistema? Quem Joshua Jordan achava que era para tomar essas decisões? Ele, como fornecedor militar particular, estava fazendo a política de defesa nacional por todo o país?

Abigail vivera tempo suficiente nessa cidade para saber que o dia de hoje não seria fácil para seu marido. Carreiras eram construídas esmagando homens honrados como ele. Era um jogo sem ganhadores. Tudo era considerado como ganho político futuro — uma vantagem que você pudesse encontrar, uma fraqueza que pudesse encontrar, uma brecha que pudesse bisbilhotar e ser explorada. Ela tentou preparar o marido para o que pudesse esperar, mas ele parecia confiante de ter a atitude correta do seu lado. E Harry Smythe. Graças por Harry. Ele era escolado e sabia que a maior parte do trabalho em Washington era realmente feita nos corredores da política. Ele não deixaria Joshua pisar nas minas que esses senadores e congressistas pudessem espalhar em seu caminho.

Mas a verdadeira questão era se ele conseguiria salvar Joshua de si mesmo. Quando Joshua punha uma ideia na cabeça, era como um cachorro agarrado ao osso — nada o faria recuar. Era isso que o tornava tão brilhante, tão bem-sucedido, mas também irritante. Joshua não fazia concessão. Esse era o maior problema entre pai e filho. Joshua tinha expectativas às quais Cal nunca corresponderia.

Abigail não contara a Joshua o que realmente acontecera com Cal no dia do ataque. Ela descobriu alguns dias depois quando Cal lhe confidenciou seu terror. Joshua presumira que Cal estava no trem, bem longe de Nova York, quando o pânico assolou a todos na cidade; mas ele estava bem no meio de tudo. Ela não gostava de esconder coisas do marido, mas ele estava muito preocupado com a audiência em Washington. Além disso, as coisas tinham ficado delicadas entre ele e Cal antes deste voltar para a faculdade. Agora, tudo parecia estar melhor. A proximidade da tragédia unira a família. Debbie fora como uma rocha para o irmão mais novo, e Joshua parecia, pelo menos, estar tentando entender a decisão de Cal de estudar arte na faculdade Liberty. Ela não queria tirar isso deles. Não agora; não ainda.

Mas enquanto descia o corredor, ela prometeu a si mesma que depois que tudo isso acabasse e as coisas tivessem se acalmado, ela contaria a verdade ao marido. Ele merecia isso e Cal também.

Dez

O público foi impedido de participar da audiência secreta de alta segurança, e a portas fechadas, mas foi permitido que a imprensa tirasse fotos durante alguns minutos antes do início da audiência. Joshua estava sentado de frente a uma mesa longa coberta com um pano verde, parecendo desconfortável, enquanto os flashes das câmeras eram disparados no seu rosto. Ele não gostava de tirar fotos e não tentava esconder; para demonstrar isso, inclinava-se para o advogado sentado ao seu lado.

— Faria qualquer coisa com um senador desses por me fazer passar por esse tipo de tortura.

Com um sorriso enviesado o advogado respondeu:

— Espero que você ainda se sinta dessa maneira depois da audiência.

A seguir, como se houvesse uma dica secreta, os fotógrafos pararam, fecharam as câmeras e saíram da sala. Joshua perguntava-se, rindo consigo mesmo, se havia algum tipo de apito de chamar cachorros que só os cães de caça dos jornais podiam ouvir. Independentemente do que fosse, ele estava feliz de ser poupado da atenção embaraçosa da imprensa.

Ele passou os olhos em torno da sala. Apesar de não ser permitida a presença do público, havia alguns espectadores importantes sentados na seção destinada à audiência praticamente vazia atrás dele: o conselheiro de segurança nacional do presidente, o vice-presidente do Estado-Maior, um chefe adjunto do Estado-Maior que ele, certa vez, conhecera, mas cujo nome não conseguia lembrar, e vários outros conselheiros das altas esferas e pessoal militar. Era uma audiência e tanto.

Os senadores e representantes começaram a entrar na sala em fila, dois a dois ou um a um, assumindo seu lugar no estrado posto na parte da frente da sala. Alguns vieram apertar a mão de Joshua com entusiasmo, mas a maioria sentou-se e verificou suas anotações ou conferenciou com seu assistente. Eles formavam um grupo de experientes legisladores, o chamado grupo dos oito, como eram comumente mencionados no linguajar de Washington: aqueles membros do Congresso com quem, tradicionalmente, o presidente conferenciava em momentos de grande ameaça para a segurança nacional, os líderes democratas e republicanos da Casa e do Senado e presidentes e membros de alto escalão de seus respectivos comitês de inteligência.

O senador Wendell Straworth, presidente desse seleto comitê, era um poderoso veterano dos políticos de Washington. Ele estava sentado na cadeira de encosto alto localizada no meio do estrado, o que o destacava dos outros. Um homem grande e imponente com uma careca brilhante e sobrancelhas espessas e enroladas, ele levou um minuto para examinar a sala, olhando por cima dos óculos de leitura postos na ponta do nariz.

— Senhoras e senhores — começou o senador — essa será uma seção fechada e confidencial desse comitê especial... criado para investigar o que considero ser um dos eventos mais chocantes e perturbadores de segurança nacional na história dessa grande nação.

O senador Straworth fez uma longa pausa antes de continuar.

— Bem, todos nós estamos dolorosamente conscientes de que esse comitê emitiu cartas de pedido de vários documentos pertinentes a essa investigação. Cartas enviadas ao Sr. Joshua Jordan, um fornecedor privado de armas, como também ao conselho dele. Até o momento, o Sr. Jordan recusou-se a produzir um único documento. Observo que o Sr. Jordan está presente nessa audiência acompanhado de seu conselheiro, Sr. Harry Smythe.

O senador Straworth voltou lentamente o olhar para Joshua.

— Esse comitê — anunciou ele com voz retumbante — chama sua primeira testemunha, o Sr. Joshua Jordan.

Joshua levantou-se e ergueu sua mão direita. A seguir, ele pegou o juramento e jurou dizer a verdade sob a pena de incorrer nas penalidades federais para perjúrio. Fez todo o juramento, terminando-o do modo habitual.

— E que Deus me ajude.

A seguir, ele sentou-se.

Joshua não era um homem religioso, não da forma como Abigail o era. Mas, naquele momento, enquanto olhava a lista de congressista reunidos ali diante dele, tendo plena consciência da areia movediça política e legal que estava em torno dele, ele ficou feliz em saber uma coisa: Abigail estava orando por ele.

Onze

O senador Straworth estava ansioso para atacar Joshua Jordan. O incidente norte-coreano de arma nuclear e o sistema antimíssil RTS de Jordan provocavam uma tempestade cada vez maior na mídia. Havia alegações de que o sistema experimental era muito arriscado para ser usado e que os mísseis poderiam ter sido desarmados por meios convencionais, que já estavam à disposição do Pentágono. Diversas mídias importantes começavam a chamar o incidente de "lasergate" e os *blogs* estavam saindo do controle com uma avalanche de teorias conspiratórias.

No meio desse fogo cruzado da mídia, o senador Straworth mantinha uma face pública de preocupação perturbada misturada com tensa neutralidade. Afinal, era uma realidade política inegável que Nova York e seus residentes foram salvos.

Mas os que conheciam o senador entendiam que, por trás de seu cauteloso controle exterior, havia um cão feroz pronto para livrar-se da coleira e atacar. Ele deixara sua posição clara nos corredores do Congresso. O Pentágono lidara mal com o incidente norte-coreano. A seu ver, a política da Casa Branca e o procedimento usual do Pentágono foram desconsiderados de forma arrogante. Isso para não mencionar a questão sobre se a escolha militar de responder com antimíssil mandando as duas armas nucleares de volta para o lugar de onde tinham vindo, na verdade, violava os tratados internacionais de antimísseis de defesa. Como Straworth tinha defendido pessoalmente esses tratados no Senado, o uso da tecnologia das armas RTS de Joshua foi vista pelo senador como uma punhalada nas costas.

Todavia, Straworth tinha de primeiro seguir o protocolo senatorial. Depois disso, poderia começar sua contundente apresentação política.

Straworth sorriu e, voltando-se para o senador sentado ao seu lado, disse:

— Primeiro, a ordem dos assuntos, a presidência reconhece o honorável senador de Wyoming. Bem, entendo, senador Hewbright, que o senhor tem de cuidar de outros assuntos em outro comitê que preside. Assim, senador, embora o senhor seja membro mais antigo de um partido minoritário, cedo a vez e, hoje, o senhor pode falar primeiro.

— Obrigado, senhor presidente — disse o senador Hewbright, um homem de rosto quadrado com o cabelo escuro cortado bem curto, quase ao estilo militar, virando-se para olhar a testemunha Joshua Jordan. — Coronel Jordan, deixe-me dizer, senhor, que o considero um verdadeiro herói norte-americano. Conheço sua carreira militar estelar como piloto da Força Aérea. Estou ciente dos grandes riscos que assumiu para voar em missões secretas da inteligência no Irã a fim de nos ajudar a determinar a extensão da ambição nuclear deles. Todos nós temos uma cópia de seu impressionante currículo: suas atividades depois de deixar a ativa, seu diploma do MIT em física e seu brilhante trabalho como fornecedor de defesa. Portanto, deixe-me agradecer-lhe, senhor, por sua coragem e serviço para essa nação.

Joshua anuiu polidamente com a cabeça, inclinando-se um pouco em direção ao microfone e respondeu com um sorriso.

— Obrigado.

O senador Hewbright continuou, mas conforme continuava, seu tom mudava.

— Contudo, nem todos ficaram tão entusiasmados com suas recentes realizações armamentísticas como eu. Esse comitê especial, segundo entendo, tem a tarefa de tratar de diversas questões. Primeiro, há uma preocupação com o uso da chamada tecnologia de armas que retornam ao remetente, sobretudo quando esse uso envolve reverter a trajetória de uma ogiva nuclear e se isso viola o Tratado sobre os Mísseis de Defesa das Seis Partes, tratado esse, devo acrescentar, ao qual me opus pessoalmente e com veemência. O tratado *não* incluía como signatários as maiores ameaças nucleares do mundo, a saber, Coreia do Norte, Irã, Índia e Paquistão. Por outro lado, ele *incluía* entidades, não Estados, como as Nações Unidas e a União Europeia, o que não acho apropriado. Mas pior ainda, a meu ver, esse tratado representa apenas uma erosão maior na soberania nacional dos Estados Unidos.

— Com todo respeito — interrompeu o senador Straworth com apenas um verniz de comedimento. — Vou pedir ao senador que se atenha ao assunto em questão. Ou seja, o uso da tecnologia de armas pelo Sr. Jordan, não autorizado pela Casa Branca no dia em que as armas foram usadas, e que *não* foi adequadamente aprovado por meio dos canais adequados no Congresso nem por meio do exame do próprio Departamento de Defesa. Em suma, essa arma não fora testada de forma alguma e era realmente perigosa.

— Senhor presidente — desferiu de volta o senador Hewbright — a tecnologia desse homem salvou Nova York e seus habitantes de um holocausto nuclear.

— Senador — interrompeu Straworth — acredito que essa audiência vai mostrar que os jatos da Força Aérea enviados naquele dia eram perfeitamente capazes de parar aquelas ogivas no meio do ar sem detoná-las, sem usar a arma a laser de retorno ao remetente altamente experimental, conforme a ação do Sr. Jordan, e, posso acrescentar, sem a perda de *nenhuma* vida e sem criar uma crise internacional.

— Posso continuar? — o senador Hewbright interrompeu o discurso de Straworth. — Pressuponho que tenho a palavra...

Os olhos de Straworth fulminavam e ele ajeitou o ombro como um boxer.

— O senhor tem a palavra, uma vez que acate a razão por que esse comitê se reuniu e não se desvie desse objetivo.

O senador Hewbright venceu esse assalto, mas por pouco. Sua voz estava firme, mas moderada.

— Como estava dizendo, estou menos preocupado com quaisquer questões de cadeia de comando percebidas e mais com a perda da soberania nacional e, com ela, grande parte de nossa defesa nacional. Esse incidente com os norte-coreanos deve forçar-nos a avaliar onde nossa nação está neste momento. Como pudemos ficar em um apuro terrível desses?

Como? Bem, faço bem ideia de como isso ocorreu, e esse fato não começa com a política externa nem com a defesa militar. Não, começa como uma questão de simples economia. Quando a OPEP, a Organização dos Países exportadores de Petróleo, como todos bem sabem, decidiu diminuir nossa importação de petróleo para que a Índia e a China pudessem conseguir uma cota maior; e todos nós sabíamos como isso causaria uma crise de energia aqui. Falhamos em conseguir avanços suficientes em fontes alternativas de energia, por isso, em nossa busca por outras fontes de energia, saímos implorando ao mundo fornecedores igualmente ruins: Rússia, Venezuela e Brasil. Agora, suponho que poderíamos ter superado tudo isso, mas quis o destino, a mão da providência ou a mãe natureza, independentemente de como queiram chamar, tivesse outros planos. Dois anos de seca no meio-oeste junto com doenças devastando rebanhos tiveram um impacto catastrófico sobre nossa agricultura. Todos nós vimos o boletim Dow Jones, a queda do índice do mercado de valores, a coisa mais próxima da crise na bolsa de valores desde a grande quebra da...

— Senador — interrompeu o presidente Straworth — fiz a cortesia ao senhor de poder fazer seus comentários fora da ordem, agora, faça-me o mesmo favor concluindo seu discurso sobre a economia dos Estados Unidos e, *por favor*, volte ao ponto em questão.

Agora, o rosto do senador Hewbright ficou levemente ruborizado.

— O *ponto*, senhoras e senhores, é que os catastróficos problemas econômicos dos Estados Unidos, a deterioração do dólar no mercado monetário internacional, nossa perda global de crédito, a taxa de 15% de desemprego — tudo isso, se posso ser direto, simplesmente alarmou-nos muitíssimo, a ponto de assinarmos tratados desastrosos em troca da promessa de conseguirmos comércio e termos de crédito favoráveis com a União Europeia, a China e outras nações que, do ponto de vista econômico, hoje nos mantêm reféns. Nossa liberdade e segurança em troca de um pouco mais de dinheiro no nosso bolso, de um pouco mais de petróleo e de muito mais dívida...

— Senador — implorou o presidente Straworth.

Mas o membro mais antigo de um partido minotário continuou a falar:

— Não estou falando *apenas* desse malfadado tratado de defesa com míssil do qual essa audiência quer tratar.

O senador Hewbright esticou os braços enquanto se dirigia aos outros senadores e representantes assentados sobre o estrado.

— Um tratado de míssil de defesa que negociamos a partir de nosso medo financeiro. Também estou falando da Aliança de Tolerância e Direitos Humanos das Nações Unidas que, tenho vergonha de dizer, o Senado dos Estados Unidos também ratificou. E qual é o resultado disso? Agora, temos monitores da ONU colocados em muitas de nossas principais cidades. Monitores da ONU em solo norte-americano, aconselhando-nos sobre como administrar nossas próprias liberdades civis e nossas próprias leis!

O presidente Straworth estava para censurar seu colega. Mas Hewbright percebeu e recuou a tempo.

— Contudo, tudo isso é apenas um prelúdio. Fiz apenas uma introdução para minha primeira pergunta para o coronel Jordan.

Straworth recostou-se, satisfeito por ter refreado seu oponente político.

— Coronel Jordan — disse Hewbright — tenho grande respeito pela inovação empregada em seus sistema de defesa RTS. Por favor, quero que saiba isso. Mas, por outro lado, essa corporação solicitou todos seus documentos sobre esse projeto experimental. Seu advogado respondeu em seu nome, indicando que o senhor não forneceria esses documentos. Por favor, ajude-nos a entender sua relutância em atender a essa exigência. Explique-nos com o máximo de detalhes que puder. Porque eu, por exemplo, quero dar-lhe todo o benefício da dúvida.

Joshua Jordan precisou de um momento para organizar os pensamentos. Depois, ele inclinou-se em direção ao microfone, com as mãos cruzadas a sua frente e começou:

— Senador, meu advogado, o Sr. Smythe, já explicou em sua carta nossas objeções legais ao pedido desse comitê. Então, deixe-me tentar explicar os problemas práticos. A tecnologia RTS desenvolvida pela minha empresa e que foi usada com sucesso durante essa crise norte-coreana é realmente única e patenteada. Francamente, acreditamos que não devemos compartilhar essa informação com ninguém além do Pentágono.

— Concordo, mas o senhor ainda não fez isso de forma completa.

— Não, porque esse comitê não nos deu plena garantia de que manteria minha tecnologia confidencial e não a passaria para terceiros.

— Sr. Jordan, existe algum motivo para o senhor não confiar nesse comitê?

— Senhor, com todo o respeito, não acredito que os complexos detalhes técnicos de qualquer sistema de armas seja da alçada de algum comitê de congressistas. O funcionamento altamente confidencial de nossa tecnologia mais secreta deve permanecer assim — secreta.

— E se esse comitê o intimar, coronel Jordan? O que acontecerá então?

O semblante do senador Hewbright revelava o profundo desejo de tentar ajudar Joshua a deslindar-se.

— Odiaria ver as coisas chegarem a isso. Além disso, parte da tecnologia que o senhor tenta manter secreta já não está no mercado, o que quer dizer que ela não é assim tão única. O que quer dizer que seus fundamentos legais para se recusar a atender nosso pedido, francamente, parecem bem fracos.

Joshua anuiu com a cabeça.

— Em certo sentido, o senhor está certo. O uso de laser para transmitir dados já foi usado recentemente em outras aplicações limitadas. Sabe, no passado o laser só era usado para destruir coisas. Como projéteis de alta energia. Armas a laser. Então alguns de nós que trabalhamos nessa área começamos a ver outras possibilidades. Alguns anos atrás, os fios ligando os circuitos dos computadores foram substituídos por minúsculos *lasers* que podiam carregar e descarregar os dados dos *chips* em velocidade muito mais alta que o fio de energia. Depois, houve o teste bem-sucedido em que um satélite alemão e um da nossa Agência de Míssil de Defesa transmitiram informações de um lado para outro, a uma distância de mais de cinco mil quilômetros, usando apenas laser. O que fizemos na Jordan Technologies foi refinar consideravelmente esses conceitos, e com uma aplicação revolucionária. Como resultado disso, nosso RTS pode enviar uma mensagem a laser para o computador da ogiva que se aproxima com um dado diretivo, e essa mensagem interrompe a trajetória do plano de voo. A seguir, um segundo raio laser transmite o espelho oposto dessa trajetória, revertendo-o a 180º. O ponto é este, senador, não podemos, nossa nação não pode, permitir que essa tecnologia caia nas mãos erradas.

O senador Hewbright deu uma olhada em seu relógio, anuiu com a cabeça e, a seguir, desejou rapidamente boa sorte e desculpou-se.

Agora, era a vez do senador Straworth. E ele olhou diretamente nos olhos de Joshua.

Doze

— Sr. Jordan — disse o senador Straworth com um sorriso quando começou a interrogar Joshua — o senhor acaba de falar de sua preocupação para que sua tecnologia RTS não caia nas mãos erradas. Correto?

— Sim, senhor.

— E *quem* exatamente o senhor considera "mãos erradas"?

— Considero que mãos erradas representam qualquer um de fora dos Estados Unidos.

— Por "de fora dos Estados Unidos", o senhor também se refere aos aliados?

— Sim, senhor — respondeu firmemente Joshua.

— Então, o senhor negaria a nossos aliados os mesmos sistemas de defesa que possuímos?

— Não, senhor — o advogado de Joshua inclinou-se para sussurrar alguma coisa urgente para Joshua, mas este o afastou. — Acredito que devemos compartilhar nossa tecnologia com os aliados mais confiáveis, mas não devemos apenas transferi-la para eles.

— Transferi-la? — Straworth fingiu não entender.

— Esse não é só outro sistema de arma que podemos vender pelo lance mais alto. Esse sistema — meu sistema — pode alterar o equilíbrio nuclear para o bem de nosso país, para o bem do mundo, mas apenas se mantivermos o controle estrito dele. Imagine se todo míssil, se algum míssil disparado por nós pudesse voltar por si mesmo. Com meu sistema de retorno ao remetente há uma certeza verossímil de que qualquer míssil disparado por uma nação beligerante que não respeita os tratados internacionais resultaria na autodestruição de nossa nação. Assim, a ameaça de um ataque nuclear maciço sobre nosso país ou nossos aliados torna-se praticamente nula.

— *Se* seu sistema funcionar da maneira que o senhor diz que funciona — interferiu Straworth.

— Acho que provamos isso há duas semanas, o senhor não concorda? — desferiu Joshua. — Nem mesmo quando, na década de 1980, pusemos armas nucleares na Europa Ocidental para deter a ameaça soviética, não entregamos nosso arsenal nuclear para os europeus, embora eles fossem nossos aliados. Dessa maneira, podíamos assegurar ao mundo que as armas não cairiam nas mãos erradas.

— E estou aqui, Sr. Jordan, para assegurar-lhe — disse o senador Straworth — que temos a mesma preocupação hoje.

— É bom saber isso — disse Joshua relaxando.

Tudo estava correndo de forma mais fácil do que ele pensara que seria.

— Mas acho que o senhor vê as coisas distorcidas, Sr. Jordan.

— Hã?

— Sim! — disse o senador, agora, com a voz ficando mais intensa. — Veja, com todo respeito, proteger segredos militares não é da alçada de alguns homens de negócios do setor privado, como o senhor. É da alçada do governo dos Estados Unidos. Esse trabalho é nosso, não seu.

— Acho que o senhor está se esquecendo de algo — disse Joshua.

— E o que é?

— Faço parte do governo dos Estados Unidos. Não porque trabalho para o Pentágono, mas porque sou cidadão norte-americano. Faço parte do "nós, o povo" existente no preâmbulo da constituição. Nesse aspecto, senador, aposto que poderíamos dizer que o senhor trabalha para mim... e para todos nós.

Agora, Straworth pôde perceber que as luvas de pelicas tinham sido tiradas.

— Está certo, Sr. Jordan, está certo. Trabalho para o senhor. Fui eleito pelos norte-americanos como o senhor e posto em um cargo de autoridade a fim de tomar as difíceis decisões que afetam a segurança do meu país. Foi esse trabalho que me foi dado pelo povo deste país. Esse trabalho, no entanto, não lhe foi dado, senhor Jordan.

O rosto do senador estava ficando rubro, e ele apenas começara. A voz dele ribombou.

— Há um determinado excesso de confiança, senhor, em sua recusa em entregar seus documentos sobre esse projeto, uma arrogância em tomar a seu encargo a decisão de quando e como segredos militares devem ser compartilhados com o Congresso dos Estados Unidos. Atitude que, honestamente, acho chocante e, ouso dizer, impatriótica.

Harry Smythe deu um pulo para seu microfone antes que Joshua Jordan pudesse alcançar o dele.

— Senhor, não há necessidade de impugnar o patriotismo de meu cliente.

O advogado mantinha a mão sobre o microfone de Joshua para garantir que seu cliente não começasse a praguejar.

— É precisamente por seu registro anterior de patriotismo e serviço prestado a este país que acho particularmente incompreensível o senhor não cumprir um pedido simples de seu governo — continuou Straworth.

Joshua já ouvira o bastante. Ele afastou a mão do seu advogado do microfone.

— Porque não quero dar um único fragmento da tecnologia que pode salvar nosso país para as mesmas pessoas que tentam destruí-lo!

O senador Straworth reclinou-se para trás como uma aranha assistindo a sua presa cair diretamente em sua teia. Ele sorriu, depois inclinou-se para a frente de novo.

— O senhor refere-se às Nações Unidas e aos signatários do Tratado sobre os Mísseis de Defesa das Seis Partes? — proferiu Straworth.

— Exatamente — revelou Joshua.

— Então, o senhor refere-se aos nossos aliados?

— Aliados?

— Sim — confirmou o senador.

— Aliados como Rússia e China? — falou Joshua em tom de zombaria.

Harry Smythe sabia que não podia parar seu cliente, então simplesmente reclinou-se para assistir a esses dois homens atacarem-se como pesos-pesados no ringue.

— Eles são nossos aliados, Sr. Jordan — disse Straworth, agora claramente divertindo-se.

— Está certo — disse Joshua — mas só porque precisamos do petróleo de um e de um trilhão de dólares do outro.

— Então, deveríamos abrir mão de todos nossos aliados por causa de um sentimento de orgulho ferido? — disse o senador, agora brincando com ele. — Então, em quem podemos confiar neste mundo?

— Esse *é* o problema, não é mesmo, senador? — agora, era a vez de Joshua revidar. — Em quem podemos confiar?

Ele voltou-se para seu advogado antes de prosseguir.

— Sei que posso confiar no Harry porque ele fez um juramento, se ele repetir alguma coisa que digo a ele em confiança, ele pode perder sua licença de advogado, talvez até ir preso. Confio na minha esposa porque sei que ela me ama e jamais me trairia. Confio na constituição porque sei que ela traz em seu cerne o bem maior do nosso país.

Ele parou por um segundo, pensando cuidadosamente antes de continuar.

— Mas a questão é a seguinte: em quem posso confiar nesta sala?... A verdade é que simplesmente não encontro uma resposta satisfatória para essa pergunta.

O alvoroço tomou conta da sala: todos os senadores e representantes estavam de pé falando e gritando ao mesmo tempo. O senador Straworth bateu seu martelo com força e trouxe a ordem de volta à sala.

— Sr. Smythe — os olhos do senador pareciam feitos de aço enquanto olhava para o advogado — por favor, informe seu cliente como ele está perto de receber uma citação de desrespeito.

— Estou bem aqui, senador — disparou Joshua — portanto, o senhor pode falar diretamente comigo. E estou bem ciente das implicações da citação de desrespeito.

— Acho que não, senhor. Do contrário, o senhor não teria insultado esses honoráveis membros como o fez. É ultrajante a maneira como o senhor entrou aqui hoje, achando que pode provocar este comitê com suas asserções autocentradas sobre dever e honra. Digo ao senhor que é sua obrigação entregar seu trabalho sobre o projeto RTS. É sua obrigação, senhor, para o bem do seu país. Advirto-o, se o senhor ou seu advogado tentarem atrasar-nos nisso, nós o intimaremos, usando todo o poder das duas casas do Congresso e do governo dos Estados Unidos, e é sua obrigação, como cidadão deste grande país que professa amar, atender a essa intimação. Qualquer coisa menos que isso, Sr. Jordan, seria uma afronta a este comitê e aos homens e mulheres honráveis que servem nele e a todos os cidadãos dos Estados Unidos, além de ser um ultraje e um crime. Caso seja necessário, nós o prenderemos, senhor, se persistir em sua recusa em cooperar.

O senador, antes de prosseguir, esperou que suas palavras penetrassem para dar a ênfase necessária.

— Tenho certeza de que meus colegas deste comitê compartilham meus sentimentos.

O senador sentou-se, fingindo estar desgostoso.

— Vou dizer-lhe o que acho um ultraje e um crime — disse calmamente Jordan. — Mas, senador, isso não tem nada que ver com esse comitê. Tem que ver com o fato de que lá fora, neste instante, em células terroristas, em salas escuras, em nações beligerantes que não respeitam os tratados internacionais e nos palácios de ditadores e senhores internacionais das drogas, há homens que estão dispostos a fazer absolutamente *qualquer coisa* para pôr as mãos na minha tecnologia.

Joshua não tinha mais o que dizer sobre o assunto. Ele falou como se estivesse cuspindo um pedaço de maçã podre.

— *Qualquer coisa...*

Treze

Bucareste, Romênia

Atta Zimler, também conhecido como o argelino, abriu a porta de estilo francês, fazendo com que os primeiros raios do amanhecer invadissem a suíte do sexto andar do elegante hotel Athenee Palace. Quando ele espiou do estreito balcão, de onde tinha vista panorâmica da famosa praça Revolutiei abaixo, não pôde deixar de notar a longa e estranha sombra criada pela estátua de Iuliu Maniu, colocada no centro dessa praça histórica. Zimler, envolto em um luxuoso roupão do hotel, bebericava seu café turco expresso e pensava nos eventos a acontecer no dia. Ele enxugou a boca com o guardanapo enquanto repassava mentalmente a lista de providências a tomar.

Ele sempre fora um homem cuidadoso, organizado e, alguns até diriam, obsessivamente meticuloso. Ele sabia de antemão o resultado de cada um de seus atos, além das possíveis reações das pessoas a sua volta, e planejava ações para cada cenário possível. Ele creditava a essa preparação seu contínuo sucesso na linha de trabalho que escolhera — preparação e ausência total de emoção. Se houvesse mais alguém no quarto, não conseguiria discernir a partir de seu comportamento calmo que ele estava no processo de programar os detalhes do assassinato que estava para cometer.

Voltando para o quarto, ele colocou sua xícara sobre a mesa de jantar, tirou o roupão e dobrou-o cuidadosamente sobre a cadeira. Apenas com a roupa de baixo, ele deitou-se sobre o tapete oriental e começou sua rápida rotina de dois tipos de flexão com uma série de cinquenta flexões de cada tipo e com quantos levantamentos de pernas achasse necessário.

No fim do exercício, ele estava com a respiração pesada, embora não estivesse nem um pouco cansado.

Há anos ele treinava seu corpo muito além da capacidade da maioria dos seres humanos. Ele dominava o caratê, o judô e o aikidô. Sua força não era evidente como a dos fisiculturistas e jogadores de futebol norte-americanos, mas era o ideal para ele. Ele era mais forte que a maioria dos atletas, todavia, na rua, ele tinha a aparência de qualquer outra pessoa. Ele aceitava o fato de que a maioria das pessoas ou era muito estúpida ou estava muito envolvida consigo mesma até mesmo para notá-lo.

Depois de tomar uma chuveirada, Zimler pegou algumas roupas em sua mala Louis Vuitton. Hoje, ele usaria uma roupa esporte — uma camisa de seda importada da Itália, calça de linho muito bem talhada e sapatos de couro da Espanha. Enquanto se vestia, ocorreu-lhe, embora rapidamente, que seria a última vez que usaria esses itens específicos.

O telefone tocou. Uma voz masculina direta e indiferente falou do outro lado da linha.

— É o argelino?

— Quem está falando? — perguntou Zimler enquanto, ao mesmo tempo, abotoava o último botão de sua camisa.

— Estou telefonando em nome de alguém que tem um problema sério.

— Oh?

— Sua correspondência continua retornando...

— Parece que ele tem um carteiro ruim.

— Sim — respondeu a voz. — Um carteiro péssimo. O carteiro precisa ser eliminado.

— Isso é o que você realmente quer? — perguntou Zimler. — O carteiro?

— Bem... o problema maior está no sistema de entrega.

— Tenho de concordar. Presumo que esteja ligando porque concordou com o preço?

— Sim.

— E com os outros termos também?

— Sim, sim — replicou a voz do outro lado da linha.

— Então temos um acordo — concluiu Zimler. — Contudo, se em algum momento futuro você deixar de fazer o depósito certo nas contas designadas no momento certo, interromperei imediatamente nosso relacionamento.

— Sim, entendemos isso. Quando você começará seu trabalho? Meu superior gostaria de ter a tecnologia em mãos o mais rápido possível.

— Certos eventos já começaram — assegurou o argelino.

— Sabe — disse o homem do outro lado — escolhemos você... bem... por causa da sua reputação.

— Claro.

— Por favor, não falhe conosco.

— Não precisa se preocupar com isso — afirmou confiante Zimler. — Não vou comprometer minha reputação.

Com isso, Zimler terminou a conversa.

Vinte e cinco minutos depois, o argelino desceu dois andares pelo elevador cheio de espelhos do hotel até o quarto andar. Ele esperou até o corredor ficar vazio antes de se encaminhar para o quarto 417, que ele sabia estar desocupado. Do bolso direito de sua calça, ele tirou um par de luvas de látex e as colocou. Do bolso esquerdo, ele tirou um dispositivo de programação magnética, de tamanho semelhante ao de uma carta padrão de baralho. A seguir, Zimler extraiu um cartão de chave de hotel em branco da caixa magnética e inseriu-o na fechadura do quarto.

Não aconteceu nada.

Então, ele pôs o cartão de chave eletrônica de volta ao dispositivo e digitou um novo código usando o teclado numérico no topo da caixa. Ele tentou a chave de novo.

A porta abriu.

Zimler sorriu, entrou no quarto vazio e fechou firmemente a porta atrás dele.

E esperou.

Yergi Banica estava claramente nervoso — e não era apenas porque estava atrasado alguns minutos. Depois de estacionar o carro do lado norte da praça Revolutiei, conforme fora instruído, ele atravessou rapidamente a praça em direção ao hotel. Sua mente estava nos euros — em dez mil deles para ser exato. Seu emprego, ensinar Ciências Políticas na Universidade Romena da Craiova, pagava pouco, mal dava para sobreviver em seu pequeno apartamento com sua nova esposa muito mais nova que ele. Pessoalmente, ele não se importava com a vizinhança, mas sabia que Elena aspirava a coisas melhores.

Yergi tinha peso mediano e, embora não deixasse de ser atraente, tinha aqueles poucos quilos a mais que vêm com a idade. Ele sabia que tinha sorte de ter encontrado sua bela Elena, sorte por ela achá-lo interessante, sorte por ela ter concordado em casar-se com ele. Ele conhecia o passado desagradável dela, mas não se importava e nunca conversava sobre isso com ela. E ele estava bem consciente do fato de que, se sua situação financeira não mudasse, sua sorte podia acabar. Mas com sorte, suas finanças estavam para melhorar.

Um ano antes, Yergi fora abordado por um estudante russo de uma de suas classes de Ciências Políticas. O estudante era amigável e brilhante e estava envolvido em seus estudos, mas aquilo era apenas uma fachada. Na verdade, o jovem queria saber se o professor estava interessado em ganhar um dinheirinho extra. Tudo que Yergi teria de fazer era passar para ele alguns detalhes da convicção política de alguns dos professores mais radicais e estudantes ricos do *campus*. Yergi tinha idade suficiente para ter sobrevivido à KGB e seus sucessores, o Serviço Federal de Segurança da Rússia. Portanto, ele sabia o que estavam lhe pedindo: para ser informante deles. Ele não estaria, de fato, fazendo mal a ninguém, racionalizou ele, apenas passando alguns bocados de informação inocente. Além disso, o dinheiro extra seria útil.

Como efeito colateral involuntário, esse novo arranjo, na verdade, trouxe um recém-encontrado senso de segurança a Yergi. Ele, sempre tentando impressionar os amigos mais jovens da esposa, deixou escapar algumas vezes, depois de diversos drinques, que era um homem que sabia das coisas, um homem com ligações. Ele referia-se até mesmo de brincadeira a si mesmo como espião. Sim, ele divertia-se privadamente com a ideia de que era o equivalente de James Bond do bloco oriental.

Mas, então, há três semanas, Yergi recebeu um telefonema estranho. Um homem alegando ser argelino disse que soubera a respeito dele através de um associado e perguntou se ele podia fornecer informações a respeito de um determinado fornecedor norte-americano de defesa. De início, Yergi ficou desconfiado. Por que esse homem pensaria que ele podia conseguir essa informação? Será que ele sabia da ligação de Yergi com o SFS, o conhecido Serviço Federal de Segurança?

A seguir, ele foi mais prático. O argelino estava oferecendo vinte mil euros pela informação, metade agora e metade na entrega. Era mais que suficiente para ele e Elena se mudarem e começarem uma vida nova em outro lugar. Assim, ele procurou o jovem agente do SFS para quem tinha trabalhado e propôs um acordo para ele — trocar metade de seu pagamento adiantado pela informação que pudesse conseguir a respeito do norte-americano Joshua Jordan. Mas o jovem agente do SFS tinha acesso a isso? Ele disse que veria o que poderia conseguir.

Uma semana depois, Yergi recebeu uma cópia do abrangente dossiê do SFS, o Serviço Federal de Segurança (SFS), que incluía fotos, biografia, dados pessoais e todo tipo de detalhes confidenciais sobre o norte-americano em questão. Isso deixaria o argelino feliz, pensou ele. Mais uma vez, Yergi deixou sua imaginação divagar livremente. Talvez ele e Elena pudessem se mudar para perto do mar. E ela o amaria.

Quando ele virou a esquina, e a entrada do hotel Athenee Palace ficou em seu campo de visão, repentinamente os sonhos de Yergi sobre seu futuro deram lugar ao nervosismo. Abalado, ele concluiu que era a promessa de riqueza que abalava seus nervos, e não algum perigo em potencial. Com certeza ele podia confiar no argelino. Afinal, já pagara dez mil euros adiantados, metade desse valor estava seguro no pequeno apartamento de Yergi próximo da universidade. E ele estava a momentos de ter os outros dez mil nas mãos. Sim, a transação aconteceria sem percalços. Ele tinha exatamente o que o argelino queria.

Quatorze

Às 9h35, houve uma batida à porta do quarto 417. Zimler abriu a porta para encontrar o levemente rechonchudo romeno, com seus óculos e uma pequena bolsa sob o braço.

— Sou Yergi. Você é... o argelino?

Zimler anuiu com a cabeça e puxou-o para dentro do quarto. Apontando para uma mesa de café na área de estar do quarto, ele convenceu o mensageiro a pôr seu pacote sobre ela.

O professor estava claramente nervoso. Seus olhos examinaram o quarto e, depois, seu anfitrião.

— Engraçado, você não parece realmente argelino — gaguejou ele.

Zimler sorriu; a seguir, caminhou para as portas francesas do balcão e abriu-as para deixar entrar ar fresco.

Ele começou com uma pergunta.

— As informações que você tem no pacote — começou ele apontando para a bolsa — são atuais?

— Sim, muito atuais. O agente russo com quem as obtive garantiu a autenticidade delas. Tenho aqui um bom bocado de informações para você, incluindo a pesquisa básica e o acordo de desenvolvimento entre o Sr. Jordan e o Pentágono em relação ao seu trabalho na tecnologia de retorno ao remetente. Claro que ninguém tem os verdadeiros diagramas do sistema... mas isso pode lhe fornecer um excelente ponto de partida — Yergi esperava que tudo terminasse logo. — Assim, em relação ao meu pagamento...

— Você trouxe seu passaporte como eu pedi? — respondeu Zimler.

A despeito da fria brisa da manhã de Bucareste entrando no quarto, o romeno começava a sentir os primeiros sinais de suor na fronte.

— Preciso verificar se você é quem diz ser — continuou Zimler.

— Claro — Yergi tateou um pouco o paletó, tirou o passaporte do bolso e, a seguir, o entregou a Zimler, que o folheou.

— Então, você não esteve nos Estados Unidos?

O professor, que já se sentia desconfortável, acrescentou, nesse momento, a confusão à sua lista cada vez maior de ansiedades.

— Não, por quê?

— Esperava que você pudesse me contar um pouco sobre alguma experiência que tivesse tido lá. Planejo ir para lá algum dia — disse Zimler, e com um sorriso, devolveu o passaporte e virou-se para o balcão.

— Você não diria, Yergi, que esta é uma bela vista da praça Revolutiei? — perguntou ele convidando o professor a se aproximar das portas francesas abertas com gesto.

Claro que Yergi já estava familiarizado com a vista. Na verdade, ele levara Elena, no primeiro encontro deles, ao restaurante desse mesmo hotel, que ficava no mesmo andar. Ele quis impressioná-la e, obviamente, tinha usado de artimanha. O que ela não sabia é que Yergi tinha um aluno que trabalhava no restaurante e tinha oferecido uma refeição grátis em troca de nota para passar de ano.

Contudo, a vista era espetacular e, na verdade, esse seria um dia bonito.

Então, Zimler acrescentou algo inesperado.

— Oh, olhe lá, é seu carro... sendo rebocado?

Yergi correu em direção à porta aberta e olhou a rua na direção do lado norte da praça.

— Não, acho que não... acho que não estou conseguindo ver a cena sobre a qual você está falando...

Antes que Yergi pudesse se virar, Zimler, agora atrás dele, passou por cima da cabeça do homem um garrote em torno do pescoço dele — como um laço corrediço.

A primeira reação de Yergi foi agarrar o fio de aço comprimindo sua garganta e tentar soltá-lo. O pânico estabeleceu-se instantaneamente. Ele queria respirar, mas não conseguia. A seguir, ele esticou o braço para trás e agarrou o braço do argelino. O braço parecia feito de aço. Ele estava começando a perder a consciência nas garras de seu assassino.

Zimler sabia, pela experiência de anos, que o processo de tirar a vida de alguém dessa maneira levava menos de dois minutos.

Em vão o romeno tentava gritar para as pessoas abaixo que estavam ao alcance de sua voz através das portas abertas do balcão, mas só conseguiu soltar alguns fracos murmúrios. Ele continuava a segurar inutilmente seu pescoço e o braço do argelino.

Zimler apertou com mais força.

Os joelhos de Yergi se dobraram.

As ondas rolavam gentilmente em direção à praia sob o sol do mar Adriático. O dia estava muito silencioso. Yergi podia sentir o cheiro do ar marinho, sentir o calor sobre sua pele. E lá estava ela, Elena, com seu boné norte-americano de basebol, acenando e sorrindo para ele. Essa foi a última imagem que atravessou sua mente.

Um momento depois a luta parou... junto com a respiração dele. O corpo sem vida de Yergi desmoronou no chão.

O assassino levantou-se calmamente, alisou sua calça amassada de linho, ajeitou sua camisa de seda, enrolou o fio de aço e o pôs de volta no bolso. A seguir, ele arrancou o passaporte da mão do romeno e pegou a sacola sobre a mesa.

Certificando-se mais uma vez de que o corredor estava vazio, Zimler pendurou o sinal de "Não Perturbe" no trinco da porta antes de fechá-la com firmeza atrás de si com a mão protegida pelas luvas de látex.

Retornando rapidamente ao seu próprio quarto, Zimler tirou a camisa, a calça e os sapatos e jogou-os em um saco plástico, que colocou em sua mala Louis Vuitton. Vestiu outra roupa e desceu para a portaria do hotel para fechar a conta.

— Visita agradável? — perguntou o atendente do hotel com forte sotaque romeno.

— Muito — respondeu Zimler, dando um largo sorriso.

O assassino saiu calmamente do hotel e desceu a rua. Em uma viela três quarteirões adiante, atrás da rua Grivitei, ele tirou o saco plástico da sua mala e o colocou na grande lata de lixo exatamente quando o caminhão de lixo entrava na rua para fazer sua coleta semanal.

Minutos depois, no banco de trás de um táxi que se dirigia para a avenida Dimitrie Cantemir, o argelino abriu a pasta e tirou parte de seu conteúdo. A foto do currículo de Joshua Jordan foi o primeiro item a chamar sua atenção.

Zimler estreitou os olhos para focar bem a foto enquanto estudava seu alvo.

A seguir, ele colocou o currículo e os outros papéis de volta na bolsa e fechou-a.

— Por favor, ande rápido — recomendou Zimler ao motorista do táxi. — Tenho um dia um tanto atribulado pela frente.

Quinze

Na Casa Branca, as imagens violentas passando no painel de telas da televisão da internet perturbaram profundamente o presidente Virgil Corland. Ele sacudiu a cabeça e perguntou-se exatamente quanto dano causaria a cobertura do batalhão de choque da polícia pesadamente equipada para dominar caminhoneiros desarmados no coração da capital do país.

Corland remexia-se desconfortável em sua cadeira giratória como um homem que estivesse com um problema na coluna.

— Não gosto do que estou vendo aqui, Hank. Você diria que isso é a Somália, não Washington.

O chefe do Estado-Maior Henry Strand estava sentado perto do presidente em um sofá de couro branco concordando com a cabeça. Ele também estava preocupado com o fiasco que estava acontecendo na rua e com as transmissões pelo rádio e televisão, mas não estava disposto a demonstrar seus sentimentos.

A seguir, o olhar do presidente foi atraído para a terceira tela a partir da esquerda em que uma jovem repórter, de pé com um microfone na mão, junto à avenida Constitution, estava para entrar ao vivo. Com o controle remoto, Corland selecionou o som dessa tela específica e o aumentou.

— Os caminhoneiros que protestam — anunciou a repórter — estão com raiva por causa da recente decisão da administração de permitir que a iniciativa federal de quatro meses atrás de racionar gasolina continue para o setor de transporte rodoviário. No último mês, o presidente Corland mandou enviados especiais para a OPEP e a Rússia para tentar resolver a crise do petróleo que tem aumentado desde agosto do último ano. A decisão da administração de suspender o racionamento para algumas indústrias, e não para outras, é controversa, sobretudo com a continuação da nossa crise financeira.

A maioria dos norte-americanos percebe que um setor de transportes debilitado levará as mercadorias a ter um preço mais elevado ainda. E com a queda do índice de aprovação do presidente nas últimas semanas por causa...

Corland bufava de raiva enquanto apertava o botão, com força um tanto maior que a necessária, para emudecer a televisão.

— Quem é essa mulher? Não a reconheço. Ela deve ser nova.

— Uma contratação recente — respondeu Strand. — Pedirei a Finley para conversar com o chefe dela esta tarde. Como sabe, senhor presidente, às vezes, é difícil controlar esses tipos de eventos da mídia quando acontecem ao vivo. Não me preocuparia demais com isso. Afinal, às 19 horas, quando os âncoras da emissora terminarem a edição noturna do noticiário, a maioria dos norte-americanos acreditará que o senhor é o herói e que esses caminhoneiros desbocados são os bandidos. Pois é isso que eles vão lhes noticiar para que acreditem em nossa versão.

Corland olhou para Strand, que simplesmente sorriu. Os dois homens reconheciam que fazer uma declaração dessas era o máximo da arrogância e do elitismo. Não obstante, os dois homens sabiam que isso era verdade.

— Não sei a que ponto as coisas chegarão, mas, só por precaução, é melhor garantir que nosso pessoal de relações-públicas reserve espaço para nós nos programas de domingo. Podemos enviar nosso secretário-adjunto de comércio, Bud Meyerling, para lidar com o pessoal da televisão. Ele é ótimo em programas de bate-papo. Daqui duas semanas, ninguém vai se lembrar de nada disso. As ruas vão estar limpas.

— Hank, espero que você esteja certo. Mas você e eu sabemos que ninguém assiste a esses programas de domingo — replicou Corland dando uma leve risada. — Pro inferno, eles não estão mais nem mesmo assistindo ao noticiário noturno. Quem sabe? Talvez os conservadores estejam a nosso favor.

Strand parou por um momento antes de reagir; não tinha certeza se Corland estava tentando ser engraçado ou não.

— Tenho certeza de que alguns deles estão, senhor presidente.

— Então, qual é o prazo final para impedir que esse negócio de inflação continue? Lembre-se de que sou eu quem leva a maior parte da culpa por isso.

— Como o senhor sabe, essa crise econômica, na verdade, é útil para levarmos adiante nosso programa global. Conseguimos muito mais coisas quando o povo norte-americano deixa os assuntos de lado por causa da preocupação com suas finanças. Os camaradas do Obama provaram isso há poucos anos. Os conservadores iriam querer nossa cabeça se soubessem o que estamos fazendo, exatamente como quiseram a do Barack. Mas é para o benefício de todos que buscamos o mercado global, até mesmo o pessoal de transporte de caminhonete do Cinturão Bíblico reconhece isso.

— Hank, você está se esquivando. Quanto tempo?

— Até o fim do ano que vem.

— O quê? Isso está perto demais — retorquiu Corland.

— Isso nos dá dez meses para pôr a economia de volta nos trilhos antes da eleição de novembro; e é claro que essa volta aos trilhos será um resultado direto das suas políticas. O senhor conseguirá a reeleição com facilidade. Na verdade, prevejo uma vitória esmagadora — assegurou Strand.

— E se a economia não reagir a tempo?

— Senhor, gosto de estar na Casa Branca. Quero tanto quanto o senhor estar aqui para outro mandato. Não deixaremos isso acontecer.

— Está bem, mantenha-me informado.

Satisfeito, Corland fez uma pausa, depois, voltou sua atenção para outro desafio.

— Agora, falemos um pouco sobre a defesa nacional. O secretário de Estado vai estar no informe oficial para a imprensa?

— Acredito que sim, senhor presidente.

— E o camarada da Junta de Chefes do Estado-Maior?

— Sim, senhor. O Pentágono está enviando o vice-presidente.

— Qual é a posição dele em relação ao incidente norte-coreano?

— O chefe da Junta foi informado a respeito da sugestão do secretário de que compartilhássemos a tecnologia das nossas armas de retorno ao remetente com diversas outras nações. Contudo, diversas pessoas do Pentágono se opõem à ideia — relatou Strand. — Com sorte, conseguiremos convencê-las.

— Bem, a tecnologia de retorno ao remetente seria uma grande ferramenta de alavancagem. Seria bom conseguir mais petróleo fluindo na nossa direção. E mais crédito. Nunca temos demais dessas coisas. Então, qual é a objeção deles? — perguntou Corland.

— Eles ainda têm preocupação com a segurança nacional, principalmente em relação a outras nações terem a tecnologia. O senhor sabe, o risco de a tecnologia escapar para nações beligerantes que não respeitam os tratados internacionais ou terroristas. Infelizmente, esses camaradas do Pentágono estão realmente entrincheirados nessa posição. Eles estão até mesmo argumentando que o comitê do Congresso deve relaxar um pouco com Joshua Jordan. Eles não querem que ele seja pressionado a entregar seus documentos.

Nesse exato momento, o telefone de Hank Strand tocou.

— Desculpe-me, senhor presidente. A senhora vice-presidente está aqui.

— Está bem, vamos deixá-la assumir tudo isso.

A porta da Sala Oval se abriu, e a vice-presidente Jessica Tulrude entrou confiante. A ex-senadora morena de 46 anos tinha ajudado Corland a conseguir os estados indecisos na última eleição — ajudado pelo palpável amor da mídia por essa sincera feminista.

— Senhor presidente... Henry — começou ela, sorrindo polidamente.

— Jessica, vamos conversar sobre esse informe oficial à imprensa.

— Obrigada, senhor presidente — respondeu Tulrude, seguindo em frente sem esperar por uma abertura maior. — É fundamental que apoiemos o secretário Danburg. Ele quer começar negociações imediatas com a União Europeia, a Rússia, a Índia e, claro, a China, que afinal continua a ser nosso maior credor financeiro, para tentar conseguir algo em termos de permuta, o *chip* econômico deles para nós em troca da tecnologia RTS.

— Como você sugere que abordemos o assunto? — perguntou o presidente.

— Bem — propôs Tulrude — a conferência de paz em Davos, Suíça, será logo. Ainda não respondemos ao convite deles. Muitas nações estão indignadas conosco por causa desse incidente norte-coreano. O presidente da União Europeia chamou-nos de "chefes militares" por causa do uso do sistema RTS.

— Ele ainda está pedindo prova de que não provocamos o navio norte-coreano para que disparassem as armas nucleares?

— Sim, para dizer a verdade, realmente está — respondeu Tulrude levantando as sobrancelhas. — Assim, essa conferência seria uma ótima tribuna para a administração tratar desse problema.

— Você diria que é uma boa ocasião para eu começar a revelar alguma coisa do nosso programa global? — perguntou Corland.

— Na verdade — replicou Tulrude — não o aconselharia a fazer isso, senhor presidente. Esse conclave de paz não é proeminente o bastante para a aparição do presidente dos Estados Unidos. Francamente, acho que Vance Danburg devia estar lá. Vamos enviar nosso Secretário de Estado para fazer um discurso curto. Deixar no ar que talvez estejamos dispostos a compartilhar a tecnologia das nossas armas. Iniciar algum diálogo... esse tipo de coisa.

— Está bem — Corland fez uma pausa para pensar. — Alguma outra sugestão, Jessica?

— Sim, senhor presidente... sobre as audiências no Congresso.

— Sim?

— É um embaraço internacional que esse Joshua Jordan, um fornecedor privado de segurança, dê a impressão de que mantém o presidente e o Congresso dos Estados Unidos reféns ao recusar liberar informações sobre a tecnologia de suas armas.

— Esse é um ponto válido — concordou Corland. — Não podemos permitir que um único cidadão dirija nossa política de defesa nacional.

— Envie uma mensagem para o Congresso — continuou Tulrude — que é melhor eles fazerem seu trabalho. Não tolere o desafio desse homem. Você tem que encostar esse Joshua Jordan na parede.

A seguir, Tulrude virou-se para as tremeluzentes telas de televisão que estavam cheias de imagens de caminhoneiros, com os pulsos algemados, sendo puxados pelo batalhão de choque.

— Encoste-o contra a parede como faria com qualquer outro criminoso — acrescentou ela.

Dezesseis

Joshua Jordan estava relaxado, com sua calça cinza de moletom e uma de suas antigas camisetas da Academia de Força Aérea, esticado em uma espreguiçadeira. Essa era uma de suas escapadas preferidas. Privacidade. Isolamento. Embora seu refúgio ficasse em uma área movimentada de Nova York. Da pródiga vista do terraço de sua cobertura, ele descortinava quilômetros de horizonte e, mais distante, o lado do porto. Rodeado por algumas árvores pequenas em vasos, uma bem cuidada estufa de plantas e várias plantas em flor onde os pássaros planavam, e, com a cidade estendida abaixo dele, ele sentia-se isolado... e, ao mesmo tempo, livre. Mas ele sabia que esse momento não duraria muito.

Essa eufórica sensação de paz estava se tornando cada vez mais tênue. Joshua estava contente de ter escapado da artilharia política e legal que estava explodindo em torno dele em Washington.

Mas nessa manhã de domingo, pelo menos por alguns poucos e preciosos minutos, ele tinha um abrigo. Apenas outro lugar do planeta poderia lhe dar mais paz — sua sólida cabana de troncos maciços isolada nas montanhas do Colorado. Logo, ele e Abby iriam para lá. Mas não tão prontamente quanto desejaria. Agora, ele simplesmente tentava esquecer o senador Straworth e seu teatral empertigamento e arrogantes ameaças de citar Joshua por desrespeito ao Congresso.

Enquanto tomava um gole de seu café matinal, ele ouviu os passos de Abby no pavimento do terraço. Ela vestia um vestido brilhante, cor de pêssego, e sacudia um colar, uma bela corrente de ouro.

— Querido, você fecha isso para mim?

Ela sentou-se ao lado dele e puxou o cabelo para o lado a fim de expor a parte de trás do pescoço.

Os dedos grossos dele tatearam um pouco até que ele finalmente conseguiu fechar o delicado fio da corrente.

— Pronto. Cara, esse foi difícil.

A seguir, ele inclinou-se e beijou a parte de trás do pescoço dela.

— Você se lembra de como consegui esse colar? — perguntou ela com o lampejo de um grande sorriso.

Joshua pensou por um momento e, depois, sacudiu a cabeça anuindo.

— Foi a primeira coisa que você me deu quando começamos a namorar — disse ela.

— Não muito vistoso — replicou ele com um sorriso. — Estou surpreso por você ter ficado comigo.

— Não preciso de nada vistoso — disse ela, agradando o rosto dele. — Só preciso de você.

— Oh, dois pontos por essa — disse ele com uma gargalhada. *Bonita e inteligente. Sou um camarada de sorte*, pensou ele.

Abigail deu um tipo de franzida rápida e sutil acima do nariz. Dificilmente perceptível; mas Joshua reconheceu o sinal. Ele sabia que estava acontecendo alguma coisa.

— Você costumava fazer isso quando entrava na corte para defender um caso — disse ele.

— Fazer o quê?

— Esse cacoete com o nariz — provocou ele. — É algo que trai você. Fico espantado que os advogados oponentes não tenham percebido seu cacoete. Sei que você tem algo em mente.

— Então, conte-me — propôs ela, desafiando-o. — O que tenho em mente?

— Ei, não consigo nem começar a imaginar.

— Bem, nem os outros advogados conseguiam esse feito — disse ela com um sorriso malicioso.

— Vê, eu devia saber bem que não devo tentar superar em nenhuma discussão minha esposa, a advogada...

Então, Abigail respirou fundo e ficou em silêncio.

Agora, ele realmente sabia que algo a estava incomodando.

— Está certo, bota para fora. O que é?

— É a respeito do Cal — disse ela. O sorriso fora-se; foi substituído por uma expressão gentil e maternal.

— Aconteceu alguma coisa com ele?

— Ele está bem. Mas aconteceu algo recentemente. Achei que você devia saber a respeito.

— O que foi?

Joshua esperava. Abigail continuou:

— Cal estava em Nova York quando tudo aconteceu...

— Não, ele não podia estar. Ele já estava voltando para a faculdade — disse Joshua, corrigindo-a.

— Foi isso que ele nos disse, Josh. Mas, na verdade, ele foi pego no meio de tudo. Ele acabara de chegar na estação de trem. Ele estava bem ao lado de uma mulher... Josh, a pobre mulher foi pisoteada até morrer. Bem na frente do nosso filho.

— Espera... por que ele ainda estava em Nova York? Achei que ele tinha ido cedo e saído em segurança da cidade.

— Bem, ele não tinha. Ele queria passar o dia com Karen em uma palestra de artes. Então, ele tentou ir naquela noite, que foi quando tudo aconteceu.

— Então Cal mentiu para nós? — Joshua sacudia a cabeça com um olhar como se o filho tivesse ousado bater em seu rosto. Ele jamais tolerara que seus filhos mentissem. Jamais. E ele os fez saber disso. Por que Cal o desrespeitaria dessa maneira?

— Josh, querido, você está esquecendo a verdadeira história aqui.

— Não, vou lhe contar a verdadeira história. No dia anterior ao ataque norte-coreano, ele não estava aqui conosco. Presumi que ele já tinha tomado o trem de volta para a Liberty. Então, onde ele estava? Ele passou a noite com aquela moça?

— Ele só queria passar o dia em Nova York antes de voltar para a faculdade. Ele estava tentando fazer com que sua vida fizesse sentido.

A voz de Abigail era tensa e de súplica. Ela segurava as mãos do marido com as mãos em concha como se acariciasse algo delicado como uma peça de porcelana chinesa.

Os dois ficaram em silêncio por um momento. O rosto de Joshua estava contraído. Abigail podia ver. Aquela firmeza, a determinação inflexível e inabalável que sempre o serviu bem em batalha e nos negócios, mas que, com frequência, era sua ruína quando se tratava do próprio filho.

— Deixe-me terminar antes de você julgar, Josh. — Finalmente, declarou ela. — O ponto todo é que ele estava aqui em Nova York quando o ataque foi lançado. Ele estava sozinho, encurralado. Ele viu uma mulher ser morta pela multidão apavorada. Ele mesmo quase ficou totalmente encurralado na estação de trem! E ele ficou muitíssimo assustado.

Ela parou para deixar que o que dissera penetrasse na mente do marido. Os olhos de Joshua estavam fixos nela, mas era como se ele tentasse enxergar através dela para alguém, ou algo, distante.

— Seu filho — continuou Abigail — ficou paralisado de medo. Mas ele não conseguiu admitir isso para você. Nunca. Porque você é herói de guerra. O camarada que voava em zonas de guerra sem piscar. Você é o homem que salvou Nova York. Como ele poderia te contar que estava com medo? Assim, por causa disso, essa situação toda tornou extremamente difícil para Cal revelar sua alma.

Joshua balançava de leve a cabeça para trás e para frente, como se chacoalhasse a ideia de um lado para o outro de seu cérebro para que pudesse fazê-la cair no buraco certo. Mas não adiantou.

— Então ele mente, e *eu* sou o cara ruim, é isso?

— Não disse isso — falou ela — mas acho que você é parte do problema. E você vai ter que ser parte da solução.

Houve silêncio de novo entre eles.

Por fim, Abigail levantou-se.

— Vou para a igreja. Amaria que você fosse comigo, mas... isso é com você.

Joshua não se moveu.

— Então, você vai ficar aqui — disse ela com uma nota de finalização.

Silêncio de novo.

— Está bem! — e ela, dizendo isso, virou-se e saiu.

Joshua ficou sozinho em seu tumulto particular. Seus pensamentos giravam em torno das duas das pessoas mais importantes de sua vida.

Seu filho mentira-lhe deslavadamente. Mas havia mais do que isso. Joshua lembrava-se de seus sentimentos em relação ao seu filho quando ele decidiu não seguir a escola militar. Depois, sua decisão de abandonar a engenharia e ir para artes. A cada passo, a cada encruzilhada, Cal ignorara o conselho de Joshua. Até mesmo o aviso de Joshua em relação à namorada do filho caíra em ouvidos moucos.

Agora, Cal estava lidando com muita coisa tendo passado pelo pânico na estação Grand Central. Joshua sabia como era ver alguém morrer na sua frente, e isso, como nada mais era capaz de ter esse efeito, podia abalar até mesmo um militar veterano. E Cal estava com vergonha de falar sobre isso com o pai.

Depois, tinha Abby. Ele amava-a loucamente; mas havia um tipo de incerteza entre eles desde que ela iniciara essa sua jornada espiritual. Não que ele se ressentisse com a recente busca dela de um propósito mais alto. Não se ressentia realmente. Ele tentava respeitar sua escolha de desaparecer nesse novo mundo de leitura da Bíblia, visitas à igreja e conversas sobre Deus. Ela parecia bastante contente. Mas ele tinha seus próprios objetivos. Sobretudo agora que ele fora arrastado para essa crise nacional a respeito do ataque norte-coreano e seu projeto RTS. Sentia que a qualquer momento algum fato poderia ser a gota d'água.

Ele era um camarada de uma missão específica. E Deus não fazia parte da sua missão. Ele não tinha nada contra religião. Na verdade, nos momentos de quietude, com frequência, ele perguntava-se o que Abby encontrara que funcionava tão bem em sua vida. Ele até mesmo questionou-se quais eram os verdadeiros motivos para manter Deus a uma distância segura.

Seria a necessidade de um piloto perfeccionista de ter total controle sobre sua própria vida, sobre seu próprio "padrão de voo"? Talvez fosse sua necessidade demasiada de ter controle... Seria esse também o problema entre ele e Cal? Tentar exercer controle demais sobre o filho?

Exatamente como meu pai? Déjà vu?

O pai de Joshua era um aviador de carreira, sargento-chefe da Força Aérea. Em sua casa, nada ficava fora de lugar. Nem um lençol fora do armário. Nenhuma louça suja. Nenhuma bicicleta deixada no gramado. Nada. Deus só recebia um cumprimento gentil. Mas, ultimamente, em sua própria casa, você descobriu as coisas por si mesmo. Assumiu a responsabilidade por si mesmo. Seus problemas eram seus, e você resolveu-os.

Claro que, mais tarde, esse tipo de ordem e disciplina ajudou bastante Joshua em sua própria carreira. A resistência mental era imprescindível. Como quando ele fez cinco voos secretos de reconhecimento sobre o Irã, tirando fotos dos lugares onde desenvolviam energia nuclear. Em seu quinto voo, ele recebeu um código cifrado de seu suporte aéreo de que ele "acabara". Aparentemente, o radar iraniano o captara. O espião estava para ser abatido com mísseis solo-ar — todos apontados para ele. Mas ele não acabara ali. Joshua manteve pacientemente sua câmera de reconhecimento rodando para que cada detalhe de último minuto das plantas nucleares pudesse ser documentado, sabendo que podia explodir no ar a qualquer minuto.

Mas os mísseis não chegaram. Só meses depois ele soube a razão para isso. Uma posição israelita no espaço aéreo da defesa iraniana sabotou o radar deles no último minuto. O agente israelita da Mossad foi encontrado e brutalmente executado pelos iranianos. Mas Joshua e sua missão foram salvos.

Assim, da perspectiva de Joshua, o mundo era um lugar brutal e perigoso.

Mas ainda havia as persistentes perguntas de Joshua; não a respeito do mundo exterior, mas de sua própria família.

Lá em cima, no seu terraço "ninho de corvo", como o apelidara, Joshua não tinha respostas para os fios soltos aparentemente impossíveis de serem amarrados, de forma firme e segura, uns aos outros. Coisas pessoais que pareciam desafiar uma solução projetada de forma esquematizada. Ele era um tomador de decisões. Um solucionador de problemas. A falta de solução era algo com que se sentia desconfortável. Ainda mais em relação aos seus próprios filhos.

Sentado sozinho lá em cima, ele sabia que precisava mudar seu foco para algo mais tangível.

Ele pegou seu pequeno leitor de notícias digital na mesa do jardim e ligou na função noticiário ao vivo. Depois de passar por algumas seções, uma manchete chamou sua atenção.

Jordan desafia o Congresso na investigação sobre o míssil

— Era uma audiência fechada gritou Joshua para o ar. — Quem vazou a notícia?

À medida que lia o artigo eletrônico do *New York Examiner*, ele percebeu que alguém passara para a imprensa um relato detalhado da sessão secreta. Pior ainda, era a maneira como Joshua fora *deturpado* no artigo: "instigador de guerra... especulador".

O artigo terminava com uma mordaz acusação pessoal:

Fontes sugerem que Joshua Jordan pode estar tentando subir o preço de seu sistema RTS enquanto discute com o Congresso sobre os documentos do seu projeto.

Joshua agarrou seu *Allfone* e discou o número do celular privado de Harry Smythe. Depois de vários toques, seu advogado atendeu:

— Harry, é o Jordan.

— Eu sei, eu vi — respondeu rapidamente o advogado. — Acabei de ler.

— Uma pergunta — exigiu Joshua.

— Faça.

— Quando podemos começar a responder? Espero que seja o mais rápido possível.

Dezessete

O agente John Gallagher estava sozinho, esperando pacientemente na sala de conferência de imprensa do escritório do FBI em Nova York, sentado de forma relaxada em uma das seis cadeiras pretas acolchoadas que rodeavam a grande mesa de vidro. Uma tela plana de alta definição, desligada, cobria uma das paredes da sala, na qual os agentes reuniam-se rotineiramente para assistir às entrevistas de testemunhas gravadas, dissecá-las e revê-las para inspecionar o filme todo. A entrevista gravada de Gallagher com o entrevistador agressivo de rádio, "Ivan, o terrível", o favorito de Nova York, estava pronta para ser transmitida. Mas o diretor regional Miles Zadernack estava atrasado. Gallagher tentava passar o tempo imaginando qual seria a reação de Zadernack à entrevista, embora ele já tivesse uma boa noção do que esperar.

Zadernack era fanático pelo livro das regras. Austero ao extremo. As técnicas de investigação de Gallagher, embora eficazes, às vezes, eram reconhecidamente excêntricas. E se havia uma coisa para a qual seu chefe Miles Zadernack não tinha estômago era para qualquer coisa que não estivesse de acordo com o livro das regras.

Gallagher deu dois goles no leite em caixinha que levara com ele. Era a única coisa que conseguia acabar com a sensação de aperto e queimação no peito. O doutor dissera que era refluxo gástrico. Estresse relacionado ao trabalho... mas isso era para os *yuppies* de Wall Street, não para ele. Gallagher tinha seu diagnóstico pessoal e imaginava que a poeira tóxica que tinha inalado no 11 de setembro finalmente o pegara. Por isso, ele não se incomodava em seguir a prescrição médica. Tomar leite parecia ajudar. Isso já era o suficiente.

— Qual é — murmurou enquanto dava uma olhada em seu relógio. — Está na hora do *show*, vamos.

Então, ele ouviu os passos de Zadernack no corredor. Passos compassados. Não muito rápidos nem muito lentos. Seu chefe entrou na sala, vestindo um terno escuro da Marinha e uma sóbria gravata lisa como era usual. E a gravata de Zadernack, ao contrário da de Gallagher, nunca tinha nenhum vestígio de manchas do último cachorro-quente que comera.

— Bom-dia, John! — começou Miles em seu tom monocórdio. — Vejamos o que você tem para nós hoje.

— Teretsky, o camarada do bate-papo no rádio mais conhecido como Ivan, o terrível — começou Gallagher. — Filmei minha entrevista com ele. Mal pude acreditar que ele tenha concordado sem discutir. E também não tinha nenhum advogado com ele. Isso foi um choque.

— Vejo que o homem gosta de litígio — replicou Miles, olhando o arquivo de investigação sobre Teretsky. — Ele deve ser bem conhecido pelos escreventes dos escritórios dos tribunais.

— Sim, ouvi dizer que tiveram que construir uma nova ala só para arquivar todos os processos dele — gracejou Gallagher.

Miles deu um sorriso cordial e disse.

— Aqui diz que ele processou o Departamento de Polícia de Nova York... duas vezes.

A seguir, em uma tentativa de fazer graça, Miles acrescentou.

— Parece que ele processa qualquer camarada que use calças.

Sim e alguns que não as usam — ele não queria que Miles, o protótipo da falta de humor, tivesse a última palavra sobre nada, sobretudo em comentários divertidos.

Miles fechou a pasta e inclinou-se em direção ao controle remoto. Gallagher clicou o controle e tomou outro gole de leite.

Na tela, Ivan estava sentado na cadeira do seu estúdio. Antes de começar a falar, ele alcançou o microfone e tirou-o da frente para que pudesse olhar o interrogador do FBI bem nos olhos.

Ivan era careca, tinha barba preta cheia e um olhar levemente selvagem. Ele ajeitou os óculos de aro escuro.

— Está bem, senhor homem do FBI — começou Ivan — você pediu essa reunião. Portanto, vamos nos di-ver-tir...

Gallagher começou com a fórmula usual. Ele declarou, para deixar isso bem registrado, que Ivan dera sua permissão para a gravação. Forneceu a data, o horário e o lugar da entrevista e disse que Ivan falava com ele voluntariamente e não sob coerção nem à força, além de salientar que o entrevistador sabia que tinha o direito a ter um advogado presente, mas abrira mão desse direito.

Gallagher, por dois motivos, decidira não dar a ele os direitos da lei Miranda. Tecnicamente, ele era apenas uma testemunha, não um suspeito. Mas mais importante, ele não queria permitir que a artilharia de Ivan entrasse em ação. Pelo menos, ainda não. Não antes de eles começarem.

O agente do FBI identificou o escopo da entrevista para seu entrevistado. Ele disse a Ivan que estavam investigando a crise dos mísseis norte-coreanos, e as informações que Ivan recebera em relação à vinda das armas nucleares na direção de Nova York.

A seguir, Gallagher entrou nos detalhes daquele dia. A hora que Ivan chegou ao estúdio naquela tarde. A hora que ele soube sobre os mísseis. E mais importante, *como* ele soube sobre eles.

— Um telefonema — disse Ivan. — Foi de uma mulher.

— Quem?

— Ela disse seu primeiro nome... como se eu devesse conhecê-la ou algo assim, mas não a conhecia. Não consigo me lembrar de seu nome agora. Acho que apaguei isso da minha mente por causa do que ela disse a seguir.

— O que ela disse?

— Ela começou a falar com voz realmente intensa a meu ver, mas não alta, uma espécie de sussurro como se não quisesse que alguém a ouvisse o que tinha para dizer: "Saia de Nova York agora"... ou, que se não pudesse fazer isso então devia ir para o porão. Disse que havia dois mísseis norte-coreanos vindo para Nova York. Depois, ela desligou.

— Você pôs no ar o fato de que Nova York estava sob ataque nuclear baseado em um telefonema de uma mulher que não conhecia?

— Claro que não. Você acha que sou estúpido? Não, a seguir, demos um telefonema para um contato no Pentágono. Ele pareceu um bocadinho nervoso e não quis comentar nada. Demos mais outro telefonema para a mulher do escritório local de prontidão em emergência. Apresentei-me como oficial do Departamento de Polícia de Nova York e agi como se soubesse o que estava acontecendo... ela deu o serviço em dois segundos.

— Em que linha telefônica você estava quando recebeu a chamada original sobre a vinda dos mísseis?

— A ligação veio diretamente para a linha do estúdio — disse Ivan apontando para o telefone em cima da sua escrivaninha.

— Esse é o mesmo número que o público usa para telefonar para o seu programa?

— Não. A linha pública é outra. Usamos esse aqui no estúdio para assuntos internos. Os convidados do programa telefonam para esse número. Nossos técnicos também telefonam para essa linha.

— Você tem algum tipo de registro eletrônico ou identificador de chamada nessa linha?

— Não. Só na linha pública.

— Mas sua equipe técnica e alguns convidados especiais do seu programa, alguém que você vá entrevistar no ar, eles podem ter o número dessa linha do estúdio?

— Podem sim.

— Gostaria de ver uma lista de todos seus convidados dos últimos doze meses — pediu Gallagher do outro lado da câmera. — E a lista de todo seu pessoal técnico. Todos com acesso a essa linha. Vamos começar por aí.

— Você está maluco? — deixou escapar Ivan. Agora, ele estava sentado totalmente ereto em sua cadeira como se tivesse acabado de receber uma descarga elétrica de baixa voltagem.

— Isso é informação confidencial — disse Ivan. — Temos direitos. Meu advogado disse que temos o privilégio concedido aos jornalistas de não revelar informações para pessoas como você.

— Diga ao seu advogado para voltar para a faculdade de direito, Ivan — disparou Gallagher. — A lista de convidados é informação pública porque você já a apresentou publicamente. E provavelmente a pôs no seu *site*. Além disso, posso consegui-la na Comissão Federal de Telecomunicações ou no seu arquivo público. Você quer realmente jogar esse jogo legal comigo? Posso conseguir uma intimação para você comparecer diante do grande júri. Então, você pode ser forçado a testemunhar. A menos que queira apelar para o direito à quinta emenda. Então, você quer recorrer ao seu direito de permanecer calado porque pode se incriminar, Ivan? Você sente culpa pelas mortes dos nova-iorquinos que foram mortos na confusão que aconteceu porque você abriu seu bocão no ar sem nos consultar antes?

— Não acredito nisso! — explodiu Ivan. — Você está dizendo que sou assassino?

Agora, o radialista mordaz estava de pé, xingando seu interrogador e gritando com ele, com os punhos do lado da cabeça como se participasse de algum tipo bizarro de ritual de dança.

Mas Gallagher continuou gravando.

— Agora, você não precisa responder a minhas perguntas. Chame seu advogado. Podemos parar agora mesmo. Você tem esse direito, Ivan. No meio tempo, vou conversar com meus advogados. A única diferença é que meus advogados federais têm poder para prender as pessoas. Seu advogado, por sua vez, só tem poder de enviar para você e sua estação de rádio uma conta no valor próximo ao orçamento de um país pequeno. Então, você quer brigar? Vamos lá...

Ivan continuava a soltar faíscas. O que o vídeo não captava era o rosto de Gallagher que estava fora da câmera, sorrindo para o entrevistador fora de controle. Finalmente, Ivan começou a se recompor. Então, ele apontou para a câmera e gritou:

— Desligue isso!

A imagem escureceu.

— O que aconteceu a seguir? — perguntou Miles.

Gallagher conhecia seu chefe e reconheceu em sua voz aquela tensa tentativa para se manter calmo.

Gallagher alcançou sua pasta, tirou uma substancial pilha de papéis e espalhou-os pela mesa.

— Todos os nomes e endereços de cada convidado do programa de Ivan do último ano. Além da informação de contato com a equipe técnica da emissora.

— Sua abordagem não foi protocolar — disse Miles sem rodeios, mas seus olhos se fecharam nervosamente quando prosseguiu. — Você conhece o procedimento padrão. Você vai ao escritório do promotor federal. Eles vão ao Departamento de Justiça e conseguem permissão para intimar a empresa telefônica para a lista de telefonemas recebidos pelo estúdio do Sr. Teretsky. A corte define uma data. A empresa telefônica responde.

— Meu método é mais rápido.

Miles apontou para a tela do vídeo.

— Não gosto do que acabei de ver — advertiu ele. — Tenho de decidir se vou dar queixa por escrito de você.

— Miles, pense nisso. Ainda podemos pedir uma intimação se você quiser. Enquanto essa investigação continuar.

— *Se* essa investigação continuar — ameaçou Miles com um tom de voz um pouco menos monótono que o usual.

A seguir, ele levantou-se.

— Por favor, tranque esse vídeo na sala de evidência — exigiu ele, e virou-se para sair.

Gallagher estava atônito. Ele teve de pensar naquilo por um minuto enquanto continuava na cadeira. Finalmente, ele pegou os papéis espalhados sobre a mesa. Ele não conseguia acreditar no que seu chefe sugerira. O FBI largaria mesmo uma investigação de vazamento de informação que comprometia a segurança nacional.

Vamos, Miles, o que está acontecendo?

Dezoito

Davos, Suíça

Dois andares inteiros do hotel Belvedere foram alugados por Caesar Demas para acomodar a grande equipe que operava sua fundação privada. Não obstante, para seu próprio conforto, o bilionário garantira uma espaçosa vila próxima das montanhas. Ele era um homem que, sempre que possível, amava a tranquilidade. E no dia anterior ao início da quinta reunião anual da Cúpula Mundial de Paz de sua organização, ele tinha muita coisa em que pensar.

Demas, com sua barba perfeitamente aparada e seu cabelo mesclado de tons claros e escuros cuidadosamente penteados, estava na imensa varanda com uma xícara de chá de menta na mão. A vista dos Alpes, com certeza, era magnífica, mas, naquele momento específico, ele não contemplava o cenário.

Naquela tarde, Demas esperava um visitante que talvez pudesse ajudá-lo a se aproximar um pouco mais de seu objetivo supremo.

Ele ainda não terminara o chá quando Alexi, chefe administrativo de Demas de longa data, entrou no vestíbulo da entrada de segurança dos cômodos privados da vila junto com o visitante do Departamento de Estado dos Estados Unidos e apertou a campainha avisando a respeito da chegada deles.

Com o controle remoto, Demas destrancou a porta. Ele deu boas-vindas calorosas ao visitante, enquanto, ao mesmo tempo, Alexi sumia da sala.

Passeando pela varanda, Demas entabulou uma rápida conversa com o Sr. Burke até que sentiu que era o momento de tratar de negócios. Então, ele foi direto ao ponto.

— Fiquei muito contente em saber que o Secretário de Estado Danburg discursará em nossa conferência de paz. Ele já chegou?

— Já, viajamos juntos. As acomodações são muito boas. O secretário Danburg deve ser acomodado em sua suíte tão logo nosso pessoal de segurança complete a varredura.

— Tinha esperança de conseguir o teor das declarações dele.

— Sabemos disso — replicou Burke com um sorriso e entregou um envelope a Demas. — Aqui está o rascunho do discurso. Tive o privilégio de ajudá-lo a trabalhar no discurso. Pedimos que o teor permaneça secreto até trinta minutos antes das declarações do secretário amanhã à tarde.

— Claro — disse Demas cortesmente. Ele entendia as regras. Abriu o envelope e examinou o rascunho. Depois de um minuto, Demas levantou os olhos.

— Há implicações fortes aqui — comentou Demas batendo com os dedos no discurso impresso — de que os Estados Unidos estão dispostos a iniciar uma oferta unilateral de compartilhar algumas das tecnologias de suas armas na esperança de obter o que vocês mencionam como "esperança de retrocesso universal".

— Sim, no interesse da paz — replicou Burke. — Sr. Demas, a administração também quer que o senhor saiba que reconhecemos o fato de que tem sido um bom amigo da administração Corland. Quando o resto do mundo denunciou nosso uso do sistema de arma RTS, sei que o senhor intercedeu a nosso favor com Beragund, o secretário-geral das Nações Unidas. As declarações conciliatórias do secretário-geral referentes aos Estados Unidos foram profundamente apreciadas pelo presidente Corland. Tenho certeza de que o senhor desempenhou um papel fundamental para que isso acontecesse.

— Os Estados Unidos são uma peça essencial na nossa esperança de paz global. Qualquer coisa que eu possa fazer para ajudar, é só pedir. E ainda...

O enviado do Departamento de Estado ouvia atentamente enquanto ficava à espera de que Demas concluísse seu pensamento.

— E ainda — continuou Demas — se os Estados Unidos estiverem seriamente dispostos a considerar o compartilhamento da tecnologia de suas armas com outras nações, então permanece a questão...

— Sim?

— De que sistemas de armas especificamente estamos falando?

— Claro, essa é uma questão fundamental — replicou Burke, observando seu anfitrião de perto.

— Por exemplo, os Estados Unidos estariam dispostos a compartilhar sua tecnologia RTS?

Por alguns momentos houve silêncio absoluto. A expressão de Burke não mostrava surpresa. Ele sabia para onde a conversa caminharia. Mas ele tinha de evitar entrar nesse tópico muito depressa. Ele, com certeza, não estava ali para revelar nenhum detalhe da disposição do presidente Corland de negociar um crédito para o comércio internacional de armas.

Caesar Demas era um mestre em chegar à essência de uma questão, enquanto mantinha o comportamento exatamente como o de um jogador de pôquer. Não havia um grama de emoção em sua expressão. Nada revelava a importância do sistema de armas RTS para a derradeira missão de Demas.

Finalmente, o Sr. Burke respondeu.

— Sim, pode haver potencial para dialogar sobre esse assunto. E esse é o motivo de eu estar trazendo esse assunto primeiro para o senhor. Em vez de usar os canais diplomáticos oficiais usuais de investigação, pensamos que poderíamos abordá-lo diretamente. Aqui na conferência. Como o senhor pode imaginar, essa é uma questão muito delicada.

— Claro que sim — concordou Demas. — Pode ser difícil de controlar o uso dos métodos diplomáticos formais entre as nações. E são muito públicos. E se as coisas não funcionarem... poderia ser um embaraço para sua administração. Comigo, por sua vez, posso agir por sua posição como um enviado não oficial. Posso fazer alguma investigação em relação ao compartilhamento do sistema RTS com as nações que podem fornecer assistência econômica e comercial para os Estados Unidos. Posso testar as águas... descobrir seu valor líquido. Posso fazer boa parte disso por intermédio da ONU. E se meus esforços fracassarem, e a imprensa tomar conhecimento disso... vocês podem simplesmente me denunciar para a imprensa como um bisbilhoteiro intrometido!

Burke e Demas trocaram um sorriso polido. Por fim, o funcionário do Departamento de Estado estendeu a mão para o bilionário.

— Acho que temos um acordo — disse Burke.

— Ao mesmo tempo — acrescentou Demas com uma ponta de hesitação — estou ciente de que o projetista do sistema RTS, um ex-piloto da Força Aérea, está envolvido em uma disputa com o Congresso. Um ato descarado, se você quer saber... negar-se a divulgar seu projeto para seu próprio governo. Você tem certeza de que, em algum momento, as especificações para seu sistema de arma estará disponível para ser compartilhado com outras nações?

— Essa é apenas uma questão menor. Joshua Jordan será forçado a obedecer. Não precisa se preocupar com isso.

— Apenas uma sugestão final — declarou Demas enquanto acompanhava seu convidado através da cavernosa sala de estar até a porta da frente dos cômodos privados da vila. — Espero que não me considere arrogante por dizer isso, mas talvez vocês queiram modificar um pouco o discurso do secretário Danburg.

— Oh? Como?

— Deixaria a intenção de vocês de compartilhar tecnologia de armas ainda mais ambígua. Não deixaria esse assunto tão óbvio. Isso pode dar-me mais alavancagem em minhas negociações privadas, nos bastidores. Apenas pense nisso.

O Sr. Burke reconheceu o pedido com um aceno de cabeça.

Tão logo Burke saiu, Demas imediatamente fez uma ligação para um escritório da marinha mercante no porto industrial de Roterdã.

O telefone tocou no pequeno escritório de importação-exportação enfiado no meio de quilômetros de docas e dos gigantescos guindastes industriais de carga que se estendiam ao longo da costa holandesa.

Petri Feditzch, o gerente do escritório, atendeu ao telefonema.

— Sou eu — começou Caesar Demas.

Feditzch era um bom soldado do pequeno exército de Demas. Ele sabia que era melhor não interromper. Ele esperou seu chefe continuar.

— Você precisa informar o mensageiro que nosso projeto tem de ser adiado temporariamente.

— Devo dar uma previsão de tempo para ele? Quanto ele deve esperar?

— Diga ao mensageiro — continuou Demas — que demorará, pelo menos, alguns dias. Talvez mais tempo. Talvez seja permanente. Diga-lhe para esperar até ter mais notícia. Ficou claro?

Petri Feditzch desligou o telefone e esfregou a boca. Acendeu um cigarro. Ele adiaria o telefonema até terminar seu cigarro. O histórico de Feditzch com o ex-membro da KGB soviética ajudou a torná-lo um indivíduo duro.

Mas mesmo assim, ele não estava ansioso para fazer a ligação que tinha de fazer.

Dezenove

— Então, você contou para ele... quero dizer, para o papai?

— Contei, Cal, ele é seu pai. Ele tem o direito de saber. Você confiou em mim como sua mãe e estou contente que tenha feito isso. Mas seu pai e eu não temos segredos um com o outro.

— Então, qualquer coisa que eu conte para você, você vai correndo contar para o papai. É isso?

— Ainda não entendo por que isso se transformou nesse problema enorme.

Cal Jordan estava saindo do Centro de Aprendizagem Demoss da Universidade Liberty com a mochila pendurada em um ombro e o *Allfone* no ouvido. À distância, ele viu Karen Hester com sua amiga Julie atravessando o *campus*. Karen viu-o e acenou.

— Porque você está sofrendo — replicou firmemente Abigail Jordan do outro lado da linha. — Isso sempre é um grande problema. Se não fosse por causa do ataque nuclear, ainda não saberíamos que você ficou em Nova York, saberíamos? Além disso, se isso era uma coisa sem importância, por que você me contou?

— Não aguentava mais ficar calado. Os mísseis estavam voando. As pessoas estavam encurraladas. Nova York estava em todos os canais de televisão. E minha família estava bem no meio dessa coisa toda. *Meu pai*. Não o pai de qualquer outra pessoa. Meu pai! Ele é o grande herói, mas não consegui nem mesmo ajudar uma mulher a três passos de distância. Fiquei congelado, mortalmente apavorado. É com isso que tenho de lidar.

— Sabia que tinha de ser algo devastador.

— Foi...

— Mas ponha-se no lugar do seu pai. Ele achou que você estava seguro, fora da cidade, durante aquele desastre terrível e, depois, descobre que você não estava porque mentiu para nós sobre onde estava e o que estava fazendo.

— Então a coisa toda é porque não fiz o relato completo para vocês? Em vez de partir na noite anterior para a escola como disse para vocês, fiquei em Nova York para ficar com Karen. Está bem, não disse a verdade. Olhe, sei que o papai não gosta da Karen. E sei que ele ficou com raiva de nós dois passarmos a noite em Nova York, apesar de não termos dormido no mesmo quarto. Só não entendo como isso se transformou em um grande problema.

— Cal, você sabe que espero que você seja honesto. E isso só porque você é meu filho.

— Tudo bem, já entendi.

— Mas ainda mais importante que isso, você é cristão. Você tomou a mesma decisão que eu de pôr sua fé em Jesus Cristo.

— Com certeza.

— E por você ser cristão, a verdade deve ser uma prioridade.

— Tá legal...

— Isso não está certo?

— Está...

— E da mesma forma a verdade é uma prioridade para mim.

— Certo, mamãe, tá legal.

A essa altura, Karen estava apenas a poucos passos. Cal pôs o dedo nos lábios a fim de impedi-la de dizer alguma coisa. A resposta dela foi pôr uma mão no quadril e fingir uma demonstração de raiva, quase fazendo Cal rir.

— E seu pai considera muito importante falar a verdade — continuou sua mãe.

— Nem me fale — replicou Cal.

— Portanto, mentir para seus pais, afinal, *é* um assunto importante.

Cal formou com os lábios as palavras *minha mãe* para Karen.

— Sim ou não? — repetiu Abigail com um pouco mais de firmeza que antes. — Sim ou não, Cal, afinal, a mentira que nos contou é importante...

— Mamãe, não dê uma de advogada comigo. Isso me deixa louco da vida.

— Não estou dando de advogada, estou sendo só sua mãe. São duas coisas muito diferentes, Cal.

— Está bem. Então isso é importante. Eu estava errado. Papai está irritado comigo. Uau, tem alguma novidade nisso...

— Cal, quero que você me ouça com atenção. Ele ama você. Seu pai o ama muito.

A voz de Abigail ficou um pouco embargada. Cal percebeu. Ele pôde ouvir a ternura. Era isso que ele mais amava na mãe. Contudo, odiava quando isso acontecia. Quando o amor e a paixão dela atingiam o ponto máximo, e as lágrimas começavam a encher seus olhos. Agora, ele também começava a ficar com os olhos marejados de lágrimas. Cal deu rapidamente as costas para Karen para que ela não pudesse ver seu semblante.

— Você é *tão* importante para ele — disse Abigail.

Ela estava medindo suas palavras, formando-as com um tipo esquisito de cuidado. A voz dela era suave, e a fala, vagarosa.

— Ele daria a *vida* por você...

Cal não falou por alguns segundos. Nem sua mãe.

— É só que... — Cal tentava parecer seguro de si mesmo.

Depois de alguns segundos, ele continuou.

— É só que ele está sempre em cima de mim, a respeito de tudo, todos os dias, vinte e quatro horas por dia, sete...

— Cal, você tem que amar seu pai do jeito que ele é — acrescentou Abigail. — Eu o amo. Ele é um homem maravilhoso. Ele não quer nada menos que o melhor possível para você. Isso o torna exigente, eu sei. Isso faz com que ele perca sua graça, Cal. Mas tem uma coisa que você precisa saber...

Karen moveu-se em torno de Cal, portanto, agora, ela o estava encarando. Mas, dessa vez, sem fazer graça, sem tentar fazê-lo rir. Ela podia ver como os olhos dele estavam marejados.

— Preciso ir, mamãe.

— Está bem. Amo você, Cal. Seu pai também. Mantenha contato. *Telefone* para nós...

Cal desligou o telefone e, depois, olhou para Karen.

— Desculpe por isso...

— Era sua mãe?

— Era.

— Parecia sério.

— A mesma cantinela de sempre, uma melodia diferente.

— Oooh — disse ela com um grande sorriso. — Bela metáfora. Achava que *eu* estudava música; e você, artes.

Ele sorriu e encolheu os ombros. A seguir, perguntou-lhe se queria tomar um café antes da aula seguinte. Karen concordou e pendurou-se no braço dele enquanto caminhavam juntos.

— Então, você quer contar alguma coisa?

— Na verdade, não. Problemas constantes com meu pai.

— Por causa de Nova York?

— Isso mesmo.

— Você está encrencado?

— Nada com que não possa lidar.

— Agora, você falou exatamente como seu pai falaria.

— Como você sabe? Você só o viu uma vez.

— Duas vezes. Lembra-se do jogo de futebol? Na arquibancada, sentamos todos juntos.

— O ponto é... — começou Cal.

— O ponto é — disse ela terminando o pensamento — que talvez você seja mais parecido com seu pai do que quer admitir.

— E daí? Agora, você trocou a música pela psicologia? — brincou ele. Depois, acrescentou. — Ei, espero que ainda tenha bolinho. Adoraria comer dois com meu café.

— Bela jogada, Sr. Jordan. Tentando me despistar, mudando de assunto.

Enquanto eles caminhavam para a cantina, Karen percebia que Cal estava muito pensativo.

Por fim, ele desabafou.

— Tenho uma pergunta para você. Uma pergunta séria.

— Está bem! — disse ela. — Qual?

Ele fez uma pausa e parou. Ela parou com ele e inclinou um pouco a cabeça, estudando-o de perto. Então, Cal perguntou.

— Por quem *você* estaria disposta a morrer?

Vinte

A repórter estava tendo dificuldade em prender seu entrevistado. O objeto de sua atenção, um homem de meia-idade impecavelmente vestido que viera do Paquistão, caminhava a passos rápidos em direção ao elevador reservado só para diplomatas no Centro de Conferências Davos. A repórter fazia todo seu esforço para conseguir fazer o maior número possível de perguntas antes que Hamad Katchi desaparecesse no santuário do elevador — fora do alcance da imprensa.

Seis metros à frente, o assistente executivo de Katchi segurava, para ele, a porta do elevador aberta.

— Sr. Katchi — continuou a repórter — certa época, o senhor foi o comerciante de armas mais famoso do mundo. Fornecendo avançados sistemas de armas para uma ampla variedade de países, nações beligerantes que não respeitam os tratados internacionais, e também para grupos terroristas.

— Correção, jamais fiz negócio com terroristas — retorquiu Katchi com um sorriso.

Bem à entrada do elevador, ele parou, depois virou-se.

— Além disso, agora estou completamente fora do negócio de armas.

— Entendo — replicou ela. — Contudo, muitos acreditam que sua decisão de se alinhar com a Sociedade para a Mudança Global, organização da qual é cofundador com Caesar Demas, foi para camuflar seu passado.

— Hoje estou totalmente comprometido com a construção da paz, não em expandir a guerra — afirmou Katchi. — Você já deve ter ouvido a história sobre a morte do meu irmão provocada por um dos mesmos sistemas de arma que eu vendia. Por isso, há vários anos, escolhi redirecionar minha energia para causas humanitárias. Agora, por favor, desculpe-me, tenho outro compromisso...

Katchi virou-se de novo e entrou no elevador vazio junto com seu assistente.

Os dois ficaram em silêncio até o elevador parar e a porta se abrir com um silvo.

Caesar Demas esperava-os no pequeno corredor, ladeado por dois seguranças em roupa civil. Katchi e seu assistente pararam para saudá-lo.

— Vamos dar uma caminhada sozinhos — insistiu Demas, e moveu-se em direção a Katchi a fim de segui-lo pelo corredor, enquanto o assistente ficou perto do elevador.

Demas apontou o dedo em direção à porta de um banheiro. A seguir, ele atravessou a porta com Katchi logo atrás dele. Os dois seguranças assumiram rapidamente posição para bloquear a porta do banheiro masculino.

Demas e Katchi examinaram o local, abrindo a porta de cada cabine para ter certeza de que estavam sozinhos.

Demas, a seguir, explorou os dois secadores de mão pregados na parede e socou-os até que o som estrondoso deles enchesse o cômodo.

Ele inclinou-se para Katchi e falou diretamente no ouvido dele.

— Dei ordem para o mensageiro abrir mão do projeto. Pelo menos, temporariamente.

— Sério? Eu teria esperado. Sei seu motivo para fazer isso. Você está apostando que os Estados Unidos vão ceder. Bem, talvez eles cedam. Talvez não. Acho que você deveria primeiro ter posto o mensageiro seguramente no lugar antes de adiar sua missão.

— Por quê? Para que ele estivesse bem estabilizado para pegar primeiro a informação do RTS? E depois nos passar para trás e vender os dados diretamente para outra pessoa? Hamad, achava que você era mais esperto que isso.

— Se os Estados Unidos decidirem não compartilhar as especificações RTS, então, pelo nosso plano, nosso homem ainda conseguirá pôr as mãos no projeto de algum jeito.

— Sim — replicou Demas — mas nesse momento terei minha própria pessoa perto dele para garantir que ele não nos engane.

Naquele mesmo momento, do outro lado do Atlântico, carros alinhavam-se em uma longa fila na fronteira do Canadá com os Estados Unidos. Os que queriam atravessar de Lacolle, Quebec, para Champlain, Nova York, podiam contar com uma demora de mais de 45 minutos. Os guardas da alfândega norte-americana estavam checando cuidadosamente os passaportes de todos os motoristas que entravam nos Estados Unidos.

O argelino, atrás da direção do carro alugado, examinou-se no espelho retrovisor durante alguns momentos. Ele estava com o passaporte de Yergi Banica aberto no banco ao seu lado. Ele olhou para a foto do passaporte e, depois, para o próprio rosto no espelho.

Os rostos eram bem parecidos.

Zimler deixara crescer o bigode para combinar com o de Yergi Banica. Ele tinha deixado o bigode crescer antes mesmo de matá-lo. Engraçado, pensou Zimler, que Yergi não tivesse nem mesmo notado a semelhança antes do fio estar enrolado em seu pescoço. Yergi Banica, apesar de seu grande talento acadêmico, falhara em perceber que, na verdade, seu executor tivera muito trabalho para criar um semblante semelhante ao dele. Para completar sua transformação no professor romeno de meia-idade, Zimler conseguiu um par de óculos e tingira levemente bocados do seu cabelo.

Agora, tudo que faltava era atravessar o posto da fronteira sem incidentes. E, se isso desse certo, então um dos assassinos mais mortíferos do mundo estaria perambulando livremente nos Estados Unidos continental.

O *Allfone* de Zimler começou a tocar.

Ele abaixou o olhar e viu a palavra "restrito", mas não atendeu. Ele tinha negócios mais importantes nesse momento. Nenhum movimento suspeito. Ele tinha visão plena dos guardas da fronteira, havendo apenas dois carros entre ele e o ponto de checagem.

Não deixaram nenhuma mensagem no seu *Allfone*. Ele tirou o som da campainha.

Agora, só havia um carro entre Zimler e a parada na fronteira.

Zimler ligou o rádio do carro em uma emissora canadense tocando música clássica. Ele ouviu por alguns momentos, mantendo o volume suave. Ele já ouvira esse concerto antes? Ele achava que podia ser Debussy, um de seus compositores favoritos. Talvez fosse a peça *Estampas* para piano. Era uma pena, pensou ele, que o negócio de sua "vida profissional", com frequência, o impedisse de desfrutar as coisas verdadeiramente mais magníficas da vida. Como a beleza e a complexidade da música.

Mas não ligara a música apenas por prazer. Ela também o ajudaria a focar o que tinha de fazer. A desacelerar o ritmo do coração. A relaxar os músculos faciais, criando uma expressão relaxada. Tudo tinha de parecer normal.

Seu carro era o próximo. Ele aproximou-se da janela.

— Boa tarde — saudou Zimler, entregando confiantemente o passaporte roubado para o oficial da fronteira norte-americana.

O guarda sorriu. A seguir, examinou o passaporte. Depois, olhou firme para Zimler.

— O que o traz aos Estados Unidos?

— Sempre quis conhecer os Estados Unidos — disse Zimler com um educado sotaque romeno. — Essa é minha oportunidade de fazer isso. Venho principalmente a negócios. Estudarei alguns documentos na Biblioteca do Congresso para minha pesquisa.

O guarda da fronteira sorriu, mas não tirou os olhos de Zimler.

— Posso perguntar por que não voou diretamente da Romênia para os Estados Unidos, Sr. Banica?

Bem — disse Zimler com uma leve risada — claro que o voo para Quebec era mais barato que o voo direto para Washington. Mas se você quiser saber um segredo... Sempre quis conhecer a Nova Inglaterra. Posso conhecer um pouco da parte norte do estado de Nova York enquanto dirijo. Apenas espero encontrar postos de gasolina que tenham combustível... sabe, com esse plano de racionamento do seu presidente.

O guarda da fronteira sorriu de volta e, a seguir, devolveu o passaporte para Zimler.

— Faça uma boa viagem, Sr. Banica.

Zimler seguiu em frente, atravessando o posto de fronteira dos Estados Unidos e deixando Quebec para trás.

Entrei.

Poucos quilômetros adiante, seu *Allfone* vibrou. Mais uma vez, a palavra "restrito".

Ele desligou a música e atendeu ao celular.

— Gostaria de falar com o mensageiro — anunciou Petri do outro lado da linha.

Em seu escritório no Europort, em Roterdã, Petri Feditzch agitou de leve a ponta de outro cigarro que acabara de acender. Ele olhava através da janela engordurada para a junção dos rios Rhine e Meuse. Ele decidira esperar um pouco antes de telefonar para Zimler. Apenas para o caso de os superiores de Petri mudarem de ideia e, afinal, resolverem não adiar o projeto. Se isso ocorresse, Petri teria que fazer múltiplos contatos com Zimler, em vez de apenas um. E isso era algo que Petri queria evitar. Seus dias na KGB ensinaram-lhe algumas coisas sobre o lado mais perverso da natureza humana. Deve-se lidar de maneira simples com pessoas perigosas e imprevisíveis. Bem, a complexidade desnecessária não era uma coisa boa — sobretudo ao negociar com um sociopata como Zimler. O negócio era manter as coisas diretas. Previsíveis.

— Por favor, preciso falar com o mensageiro — repetiu Petri.

— Fale — respondeu Zimler.

— É o mensageiro?

— Se você for o exportador, então sou o mensageiro.

— Ótimo — disse Petri — nesse caso tenho uma mensagem para você.

Houve silêncio.

— Meus superiores querem que você adie o projeto.

Houve mais silêncio... a seguir, um bafejo de desgosto.

— Não gosto de adiamentos. Raramente os tolero.

— Entendo, mas neste caso, temo que o adiamento seja essencial.

— Por quanto tempo?

— Não tenho certeza.

Houve outra pausa. O ex-agente da KGB sabia que a raiva efervescente de Zimler estava para se voltar contra ele.

— Tenho um cronograma muito rígido — soltou Zimler — e cretenses como você não conseguem apreciar isso.

Petri deu outra tragada no cigarro, então simplesmente replicou:

— Tinha de transmitir a mensagem. Fiz isso. As instruções que devo transmitir a você são claras. Deve parar o projeto até receber mais instruções minhas.

Zimler não respondeu. Em vez disso, ele desligou a chamada e aumentou o volume do rádio.

Enquanto guiava, Zimler alcançou sua pasta e tirou um arquivo com uma mão e o pôs sobre o assento ao seu lado. Ele abriu-o com brusquidão. O retrato de Joshua Jordan estava lá. Junto com os outros documentos que recebera do falecido Yergi Banica. Havia também vários novos recortes de jornal sobre Joshua e a controvérsia do RTS.

Zimler não ficou ruminando o telefonema de Petri por muito tempo. Ele não adiaria sua missão. Recusava-se a ser tratado como um menino de escola à espera de que o professor lhe desse a próxima tarefa. Com quem eles pensavam que estavam lidando?

Ele já sabia exatamente o que faria e como o faria. Zimler olhou mais uma vez para a fotografia do seu alvo.

Enquanto continuava a guiar, ouvindo o concerto para piano que chegava ao fim, um sorriso de satisfação despontou em sua face.

Isso mesmo, ele estava certo. Afinal, era Debussy.

Vinte e um

Três quarteirões a oeste da rua Market, em São Francisco, perto do prédio da Prefeitura, dois guardas armados tinham acabado de desembarcar de seu veículo estacionado ali. Os dois usavam jaqueta azul escuro com as palavras *U. S. Marshal* [*Polícia Federal dos Estados Unidos*], bordadas nas costas em grossas letras douradas. Estava óbvio que o oficial sênior, o delegado suplente Jim Talbot, estava menos que entusiasmado com o que acabara tendo que fazer durante esse dia.

Esse era o distrito de renda alta da área central de São Francisco, e o prédio em frente do qual os dois oficiais estavam ficava bem afastado do meio-fio. Levantando os olhos para a alta fachada de aço e vidro esfumaçado, eles podiam adivinhar que o interior do prédio era ricamente mobiliado, muito alumínio brilhante e mármore polido, embora nenhum deles já tivesse entrado ali. Talbot só podia sacudir a cabeça enquanto pensava consigo mesmo: *É um absoluto desperdício do dinheiro do contribuinte.*

Mas foi o item localizado diretamente no centro acima da requintada entrada de vidro do prédio que prendeu a atenção de Talbot. Embora ele já tivesse visto o grande símbolo azul em forma de globo incontáveis vezes no noticiário da noite e, uma vez, quando passou pela sede da conhecida organização mundial enquanto visitava Nova York, esse símbolo ainda o incomodava muito. Os familiares ramos de oliveira, um de cada lado, abraçando o desenho dos continentes do mundo, bem no centro.

Para Talbot, a coisa toda parecia estranha. Ter esse prédio com esse logotipo bem aqui em São Francisco. Em sua própria cidade. Como isso acontecera?

A transformação da sua casa... de seu país... ocorrera silenciosamente... quando ninguém estava prestando atenção.

Logo acima do símbolo estavam as palavras:

Supervisão das Nações Unidas para os Direitos Humanos
Divisão da Califórnia

Talbot queria dizer o que lhe passava pela mente naquele momento e exatamente ali. *O que estava acontecendo com os Estados Unidos?* Mas não disse. Ele era um homem de honra. Ele amava os Estados Unidos. E isso queria dizer que ele estava moralmente obrigado a fazer cumprir suas leis; incluindo o infeliz tratado com as Nações Unidas que sua amada terra natal assinara.

Talbot e seu delegado júnior entraram no prédio e se apresentaram para a mulher da recepção. Acima e atrás dela, havia na parede uma réplica menor das mesmas palavras e do símbolo exibidos com destaque do lado de fora. Ela falou com um sotaque distinto, mas difícil de reconhecer. Os dois delegados estavam lá para ver a supervisora chefe das Nações Unidas, Catalina Obreras, uma advogada da Espanha. O escritório dela, disse a recepcionista, ficava no terceiro andar.

Ao entrar no santuário do chefe das Nações Unidas, cujas paredes estavam forradas de fotos dela posando com vários chefes de Estado de todo o mundo, Talbot percebeu que a Srta. Obreras não era o tipo de pessoa à qual se ligaria socialmente. Talvez isso tivesse algo que ver com o trabalho dela.

Duas cópias do relatório em questão estavam sobre sua escrivaninha. Depois da apresentação e gracejos obrigatórios, ela entregou uma cópia para Talbot, que o agarrou.

— Está tudo aqui, delegado Talbot — explicou Obreras. — A queixa original contra o reverendo Teddy Berne feita três meses atrás. Na época, ele recebeu apenas uma advertência na forma de uma citação escrita e não foi preso. Isso estava de acordo com o Pacto de Protocolo dos Estados Unidos-Nações Unidas. Como o senhor sabe, as advertências são dadas quando ocorre o primeiro delito por respeito ao costume de livre expressão aqui dos Estados Unidos. Mas a despeito de ser informado para parar e desistir, o reverendo Berne continua com seus discursos ilegais e com suas perigosas demonstrações públicas. Ele está programado para presidir uma reunião aqui na cidade dentro de aproximadamente dez minutos. A localização da reunião está na primeira página do relatório. Nele, o senhor também encontrará o certificado do Departamento de Justiça dos Estados Unidos aceitando nossa orientação para processar o reverendo Berne, com a qual eles concordaram.

Talbot folheou os papéis até chegar à carta do Departamento de Justiça autorizando-o a levar o pastor em custódia. O documento declarava que Berne era o chefe de um grupo chamado Fundação para uma América Cristã. Ele especificava que o reverendo Berne era acusado de violação da Aliança de Tolerância e Direitos Humanos das Nações Unidas (UN-CTHR), conforme ratificado pelo Senado dos Estados Unidos e assinado pelo presidente Corland. A carta dizia:

> O reverendo Theodore Obadiah Berne violou repetidamente o UN-CTHR, seção IV, subseção 6 (difamação da religião), parte das leis dos Estados Unidos pelo ato do Senado dos Estados Unidos e assinada pelo presidente dos Estados Unidos. O dito reverendo Berne envolveu-se na irracional e ofensiva difamação da religião de outros de maneira a sujeitar essa religião ao desprezo e tendendo a provocar, ou ameaçando provocar, um possível distúrbio público; a saber, por meio da proclamação e comunicados públicos que denigrem a religião do Islã e seus seguidores.

O delegado suplente Talbot entregou a papelada para seu parceiro e desejou um "bom-dia" não muito convincente para a Srta. Obreras. A seguir, ele virou-se e saiu do escritório da supervisora das Nações Unidas.

Quando os delegados dos Estados Unidos chegaram à praça Justin Herman, o reverendo Berne — de pé, em cima de uma pequena plataforma, em frente à grande fonte diante de uma multidão de cerca de duzentas pessoas — estava no meio de seu discurso.

E as coisas começavam a ficar descontroladas.

Um pequeno grupo de protestantes pró-islamismo acabara de chegar ao lugar carregando placas com os dizeres: "Pare a cruzada cristã contra os mulçumanos"; e "Adeus à intolerância da Bíblia."

Talbot e seu parceiro saíram do carro.

No mesmo momento, um dos que protestavam ali decidiu correr para o lado do palco e tirar o plugue do sistema de som da tomada. A seguir, ele pulou na plataforma e acusou diretamente o reverendo Berne. O assistente do reverendo inclinou-se e bloqueou o caminho do atacante com o antebraço, fazendo este cair. Enquanto estava no chão, o protestante tirou rapidamente uma de suas botas e acertou o assistente do reverente Berne na testa com o calcanhar da bota, fazendo com que ele cambaleasse levemente para trás e caísse de joelhos.

Talbot assistia a tudo enquanto diversos oficiais da polícia de São Francisco, que já estavam a postos perto do perímetro da praça, correram em direção ao palco com os cassetetes levantados. Dois dos policiais pularam na plataforma e desceram com força o cassetete nos ombros e braços do assistente do reverendo Berne, que já estava caído, enquanto um terceiro policial retirava o homem mulçumano que protestava contra o pastor, repreendendo-o e apenas ordenando que fosse embora.

Berne começou a gritar com os policiais para que parassem de bater em seu amigo.

— Vocês pegaram o homem errado — gritou ele.

Enquanto Talbot e seu parceiro se aproximavam da plataforma, tudo que ele podia fazer era manter seus pensamentos raivosos para si mesmo. *Devo capturar perigosos fugitivos da justiça. Não algemar um pregador e assistir à polícia local bater em gente inocente.*

Talbot ordenou que o policial segurando o cassetete parasse.

— Desçam, policiais. Cuidaremos disso daqui em diante.

Os dois policiais de São Francisco fizeram relutantemente o que lhes fora ordenado.

— O senhor é o reverendo Teddy Obadiah Bernes? — perguntou Talbot quando estava na frente do pregador.

Berne não ficou surpreso. Ele esperava por isso. Ele levantou só um pouco mais a cabeça quando respondeu:

— Sou sim.

— Senhor, sou delegado federal dos Estados Unidos. Reverendo Berne, o senhor está preso por violar a Aliança de Tolerância e de Direitos Humanos.

A declaração de Talbot provocou um coro imediato de vaias de um pequeno número de apoiadores de Berne que estavam no meio da multidão, junto com igual número de aplausos dos que protestavam contra ele. Contudo, ficou evidente que aquela multidão não estava prestes a ficar descontrolada. Por isso, Talbot soltou um suspiro de alívio. Não havia necessidade de alertar o batalhão de choque. A maioria dos que haviam se reunido para ouvir o pregador estavam apenas curiosos e não se importavam nem um pouco com o resultado de tudo aquilo. O *show* estava para terminar.

— Deus salve os Estados Unidos da América! — berrou Berne para a muitíssimo desinteressada multidão, que começava a dispersar. — Que Jeová possa salvar esse país da tirania dos senhores globais, e das Nações Unidas, e da opressão da força policial de São Francisco!

Duas horas depois, Berne estava em custódia, depois de ser registrado no prédio federal. O reverendo teve permissão para dar um telefonema, mas não telefonou para seu advogado. Telefonou para um amigo. E o amigo telefonou para um sócio que conhecia Rocky Bridger, um general aposentado da Força Aérea.

O general Rocky Bridger, no mesmo instante, recebeu um telefonema em seu *Allfone*. Seu barco de pesca estava para aportar no porto Charleston na costa da Carolina do Sul. O homem do outro lado da linha explicou o que tinha acontecido com o reverendo Berne.

O general ouvia com atenção enquanto acenava para o mestre da marina, que amarrava seu barco ao porto. Rocky Bridger prometeu ao interlocutor que veria o que poderia fazer em relação a esse assunto.

— Estou para me encontrar com algumas pessoas que gostarão de ouvir sobre isso — explicou ele. — Não sei nada sobre esse reverendo Berne além do que você acaba de me contar. Não tenho ideia se ele é um homem honrável ou não. Mas diga a ele que seu caso não será esquecido.

Depois de desligar, o general Bridger discou o número de seu amigo Joshua Jordan.

Joshua examinava uma papelada em seu escritório na cobertura de seu escritório em Nova York quando o telefone tocou.

— Josh, é Rocky. Sei que estamos com a agenda lotada para a Mesa Redonda, mas consegui algo que gostaria de jogar no bolo.

— General, independentemente do que seja, tenho certeza de que merece ser discutido. Que tal enviar um *e-mail* criptografado para todos os membros? Faça com que eles saibam o que conseguiu.

— Está certo.

— Abby e eu estamos realmente esperando vê-lo no Colorado. Talvez possamos combinar para jogar dezoito buracos no clube de golfe enquanto conversamos.

— Só se você me der uma vantagem decente. Na verdade, como oficial comandante, transformarei isso em uma ordem.

Joshua riu. O general Rocky Bridger era um dos homens mais agradáveis que conhecia. Joshua servira sob as ordens dele quando foi destacado para um cargo no Pentágono e reportava-se diretamente a ele quando fez diversos voos nas missões secretas U-2 no Irã, evitando a cadeia da hierarquia do comando militar.

Eles despediram-se, e Joshua pegou seu caderno de instruções para a Mesa Redonda. Ele abriu na primeira página com o programa datilografado. No topo da página, ele escreveu com sua caneta: "Preocupação de Rocky Bridger."

A seguir, ele fechou o caderno. Tudo nele indicava que o momento para a iminente viagem para o Colorado e subsequente reunião secreta não podia ser melhor.

Vinte e dois

Casa Branca
Washington, D.C.
Sr. Joshua Hunter Jordan
1 Plaza Court Towers
Cidade de Nova York, Nova York, 10004

Prezado Sr. Jordan,

Em nome dos Estados Unidos da América, apresento meu apreço por seu auxílio durante a crise dos mísseis norte-coreanos. Sua cooperação durante esse momento perigoso forneceu um importante serviço para nosso país.

Atenciosamente,
Virgil S. Corland
Presidente

Abigail estava relendo a carta. Ela fora enviada da Casa Branca para seu marido alguns dias após a quase destruição de Nova York. Ela já não relia esse documento havia algum tempo e dedicou algum tempo para examinar mais de perto o selo dourado em alto relevo no topo da carta. Ele ostentava o familiar símbolo de seu país, aquele com a águia segurando os ramos de oliveira em uma pata e um punhado de flechas na outra — exatamente igual ao símbolo nas costas da nota de um dólar. Agora, à luz do feroz ataque contra seu marido desferido pelo Congresso e a recente falta de apoio da Casa Branca, ela relia a carta sob um novo ângulo.

— Afinal, o agradecimento do presidente Corland não fora realmente um agradecimento — murmurou ela consigo mesma.

Ela recostou-se no assento ao lado do marido no jatinho particular, o Citation X. O céu estava claro e sem nuvens enquanto eles voavam de Nova York para Denver. Enquanto Abigail olhava o azul profundo do lado de fora da janela, ela continuava a examinar tudo que transpirara do assunto, tentando entender.

— Você disse alguma coisa?

Ela virou-se e viu que Joshua a examinava. Ela não percebera que falara em voz alta. Agora, Joshua olhava sua grossa pasta de documentos de trabalho.

— Apenas pensava em voz alta, só isso.

Joshua foi mais fundo.

— Sobre o quê?

— Isso...

Ela entregou a carta da Casa Branca para Joshua, que acabou por dar um sorriso forçado.

— Então, você esteve pesquisando a minha vida.

— Aconteceu de ver isso no meio desses papéis nos quais você esteve trabalhando.

— E?

— Acho que a carta de Corland de agradecimento para você foi muito morna. Cautelosa demais, ainda mais considerando que você tinha acabado de salvar toda a população de Nova York de ser incinerada.

— Bem, não foi exatamente isso que aconteceu — reagiu Joshua. — Os verdadeiros heróis foram minha equipe técnica, os camaradas do Pentágono e a tripulação do *Tiger Shark*...

— Está certo, entendi. Meu marido, humilde como sempre. Mas meu ponto é em relação aos motivos do presidente. A política está em toda essa carta...

— Bem, afinal, ele *é* político. Uma coisa engraçada em relação aos políticos: você sempre pode esperar que eles sejam políticos.

— Mas Josh, não assim — argumentou ela, batendo uma unha esmaltada sobre a carta, agora descansando no topo da pasta dele. — Vamos... "apresento meu apreço por seu auxílio..."? E a forma como eles o "honraram"? Uma pequena recepção privada na ala oeste. Não na Sala Oval. Sem a presença da imprensa. Só o fotógrafo da Casa Branca. O presidente, o chefe do Estado-Maior e, o que mais... um ou dois representantes do Pentágono? Isso foi tudo. Eles enviaram um breve comunicado à imprensa já no fim da tarde de sexta-feira. É isso que eles fazem em Washington quando querem enterrar uma história. E foi exatamente isso que aconteceu. Josh, querido, você merecia mais.

— Concordo, papai. Você merecia *muito* mais.

Débora estava sentada na fila atrás deles, ouvindo.

Sua filha inclinou-se no banco e abraçou o pescoço dele.

— Esqueça os políticos, papai. Todos os cadetes de West Point acham que você é o máximo.

— Faça com que telefonem para o Congresso e digam isso, certo? — sugeriu o pai com um meio sorriso.

— Debbie, estamos tão felizes por você ter podido vir conosco. Estou contente por você ter um descanso da academia. Na hora perfeita. Aposto que você está louca para montar seu cavalo — acrescentou Abigail.

— Sim, já faz algum tempo que não cavalgo. Como está o Sargent Pepper?

— Frank diz que ele está bem — assegurou Abigail. — E também os outros. Ele acabou de ferrá-los. Mas disse-lhe para não escovar nenhum dos cavalos porque sabia que, provavelmente, você gostaria de fazer isso.

— Ótimo. Ei, por que todos nós não vamos andar a cavalo? Nós três juntos?

Joshua deu imediatamente aquele "olhar" para Abigail. Ela sabia o que isso queria dizer. Ele nunca gostara de ficar dividido entre a família e os compromissos profissionais. Mas Joshua era um homem focado, sobretudo quando estava no Ninho do Falcão para uma de suas reuniões secretas da Mesa Redonda. Era um homem com propósito único. Focado como um raio laser na programação. Essa reunião específica era crítica.

— Veremos — replicou Joshua.

— Oh, conheço essa voz — respondeu Débora, olhando para o teto do jatinho. — Ela quer dizer: "Pedido negado. Desista."

Abigail pressionou o braço dele.

— Oh, Josh, vamos tentar. Seria maravilhoso. Nós três juntos em uma trilha de novo.

Joshua sempre teve dificuldade de resistir a suas duas garotas. E elas sabiam disso. Um sorriso iluminou o rosto de Abigail quando ela olhou para ele. Joshua tentava ficar sério, mas, após alguns segundos absorvendo o esplendor da esposa, ele não conseguiu continuar. E um sorriso começou a se formar no canto de sua boca.

— Está bem, arrumarei tempo para andar a cavalo com vocês, prometo.

— Ótimo — Débora voltou ao seu assento e colocou o fone do *iPod* no ouvido, mas, a seguir, tirou-os.

— Ei... ouvi vocês dois falando alguma coisa no hangar do avião antes de embarcarmos... alguma coisa sobre questões de segurança no Ninho do Falcão?

Joshua e Abigail trocaram rapidamente um olhar. O pai decidiu tratar do assunto.

— Meu advogado, Harry Smythe, sugeriu que reforçasse um pouco a segurança ao redor do lugar.

— Existe algum problema?

— Não de verdade, Debbie — interrompeu Abigail. — É só uma precaução.

— Uma precaução contra o quê?

— Por causa da história do vazamento do meu testemunho no Congresso — acrescentou Joshua — e a cobertura de toda a mídia desde que isso aconteceu, em sua maioria negativa. Ele só achou que seria prudente reforçar a segurança. Você sabe, só porque é possível que haja alguns palhaços querendo seus quinze minutos de fama ao aparecer na nossa porta. Esse tipo de coisa.

— Ei, já aprendi princípios de combate — exclamou Débora. — E este semestre, estudei inteligência de segurança. Portanto, enquanto eu estiver por aqui, vocês não precisam se preocupar.

Todos riram. Contudo, a seguir, Débora parou de rir e falou sério.

— Papai, você não disse realmente o que vai fazer em relação à segurança.

— Bem, nós pegamos o Bill Lawrence — assegurou Joshua. — Ele conhece o Ninho do Falcão, esteve lá há dois anos.

Débora não ficou impressionada.

— Está bem, mas ele, bem... já está bem velho. Ele não está aposentado?

— Detetive aposentado da Força Policial de Denver — observou seu pai. — Ele está em ótima forma. Ainda é a mão mais firme que conheço no estande de tiro, com grande amplitude de visão. Ele me faz passar vergonha.

— Mas, papai, um camarada só.

— E temos nossa vigilância eletrônica. Ela é moderna. Por isso, Debbie querida, não estou preocupado com isso. Acho que Harry Smythe exagerou. Advogados são pagos para agir dessa forma.

Com isso, Joshua olhou para a esposa com um sorriso forçado, ela retribuiu o sorriso e sacudiu a cabeça em anuência.

Débora desistiu e voltou para sua música.

Joshua voltou para seus papéis.

Mas um minuto depois, Abigail voltou ao assunto.

— Está bem — sussurrou, inclinando-se na direção do marido. — Apenas entre nós dois. O que haveria de tão terrível em aumentar a segurança na propriedade?

— Não é necessário.

— Nunca é necessário até ser tarde demais.

— Você não acha que Bill e eu não somos capazes de cuidar das coisas se houver necessidade?

— Não estou dizendo isso.

— Bem, então, o que você está dizendo?

— Só isso, que desde que Harry trouxe o assunto à tona... não sei... tenho um pressentimento. Desde a coisa da Coreia do Norte, você se tornou um tipo de alvo nacional, é isso.

— Hoje, todo mundo que tem a infelicidade de, por algum motivo, transformar-se em manchete nacional acabar por finalmente ganhar alguns inimigos. É a vida. Abby, escute... — ele segurou as mãos dela nas dele — se eu achasse que houvesse algum risco, faria o que fosse necessário para proteger minha família. Você sabe disso. Mas apenas não estou tão preocupado assim com o que o Harry disse, isso é tudo. Está tudo sob controle. Portanto, não vamos nos preocupar com isso, querida. Está bem?

Abigail sentia o calor e a força das mãos dele. Havia segurança no aperto das mãos dele. Abigail sempre se sentira segura com Joshua. Ele era um homem de enorme coragem em face do perigo. Mas, desta vez, era diferente. Ela podia sentir isso. Um senso de medo que ela não conseguia deixar de sentir. Como se em algum lugar lá fora houvesse algum tipo de ameaça anônima, invisível, rasgando seu caminho até eles. E como não conseguia identificar o que era, ela não compartilhou esse sentimento com Joshua.

Em seu relacionamento cada vez maior com Deus, ela aprendia uma importante lição sempre que se defrontava com os desafios da vida que eram de tirar o fôlego ou assustadores. Nessas situações, as opções eram bem claras: agir com fé ou ser governado pelo medo.

Sem saber exatamente quando nem a razão para isso, ela perguntava-se se teria de enfrentar essa escolha.

Vinte e três

— Tenho autorização para dividir isso com você.

— É mesmo?

— É claro, você acha que estou mentindo?

O agente especial do FBI John Gallagher não estava afastando nenhuma possibilidade. Por isso, ele perguntou de novo.

— Você tem certeza?

— Vamos, John, o que está acontecendo?

A expressão nos olhos de Gallagher indicava claramente que ele não estava brincando. O oficial de inteligência da CIA Ken Leary decidiu investigar um pouco mais.

— Por que você está tão tímido, John? Você não é assim. Cadê o intempestivo John Gallagher que todos nós conhecemos e amamos?

— Bem... meu supervisor anda na minha cola ultimamente.

— Você quer dizer o empertigado Miles Zadernack?

— Isso mesmo. O camarada vai toda noite para a cama usando uma camisa branca engomada e gravata.

— Em que tipo de problema você se meteu?

— Vamos apenas dizer que ele não aprova minha técnica de interrogatório.

— Ei, cara, aposto que você não leu o memo — disse Leary com falsa seriedade. — Agora, os liberais estão dirigindo o espetáculo... nada mais de "torturar" os suspeitos.

Isso provocou uma grande gargalhada em Gallagher. Leary era um dos camaradas da comunidade de inteligência que compartilhava o sombrio senso de humor cínico de Gallagher. De algum modo, rir sempre ajudava a aliviar algumas das coisas terríveis com que tinham de lidar regularmente. De vez em quando, Gallagher ia para o quartel-general do escritório da agência em Nova York para ter conversas informais com Leary. Gallagher supervisionava diversas investigações. Mas ele também mantinha uma pequena lista de alguns terroristas especiais que eram seus principais alvos. Ele estava na pista de alguns deles havia anos.

Dessa vez, Leary telefonara-lhe para conversar sobre a Agência, mas não dissera exatamente a razão.

— Está bem, vamos aos negócios — anunciou Leary. — Como você ainda está trabalhando com contraterrorismo, achei que você podia estar interessado nisso...

Leary colocou um boletim sobre a escrivaninha na frente de Gallagher.

Pedido secretíssimo de autorização

Bucareste, Romênia: o corpo encontrado no quarto 417 do hotel Athenee Palace, em Bucareste, foi identificado como o do Dr. Yergi Banica. O professor romeno de Estudos Internacionais da Universidade da Craiova era uma pessoa de interesse para a Agência. A causa da morte foi estrangulamento. O Dr. Yergi Banica tinha a reputação de ter ligação com pessoas que também são de interesse da Agência, incluindo pessoas que investigam sistemas e projetos de armas internacionais. Yergi Banica não era da Agência.

— Ok, medianamente interessante — reagiu Gallagher. — O que mais você tem sobre esse camarada?

— Estivemos pesquisando as idas e vindas do Dr. Yergi Banica. Em grande parte, encontramos apenas o habitual. Exceto por uma recente viagem que está um tanto estranha. Parece que nosso amigo viajou de Bucareste para Glasgow. E de lá para a Islândia com uma rápida parada em Reykjavik e, depois, seguiu para Quebec.

— E qual o motivo para a viagem?

— Não conseguimos determinar nenhum.

— Está bem, o que estou deixando escapar? — perguntou Gallagher. Leary o teria feito atravessar a cidade apenas para falar do assassinato de um informante inimigo?

— Conseguimos um protocolo confiável da autopsia de Yergi Banica junto com uma estimativa da hora da morte. O horário estimado da morte é importante.

— Por quê?

— Bem, você conhece aquele velho ditado... homens mortos não voam — explicou Leardy com um sorriso enviesado nos lábios. — Pelo menos, não de primeira classe.

— Você rastreou o passaporte dele? — perguntou o agente do FBI.

— De acordo com a imigração, a alfândega e a empresa aérea, o Dr. Yergi Banica estava no ar bebericando vinho branco e comendo frango quatorze horas depois de ter sido estrangulado.

— Algum ideia de quem está usando o passaporte dele?

— Não exatamente. Temos um tanto do filme de vigilância do aeroporto que mostra um camarada que era bem parecido com Yergi Banica. Nenhum *close*.

— Por que o passaporte de Yergi Banica não estava na lista de observação?

Leary deu uma leve gargalhada, do tipo que você deixa escapar quando alguma coisa não é realmente divertida.

— Essa é uma história muito longa, complexa e tristíssima. É desnecessário dizer que os procedimentos da lista de observação de viagens não é à prova de tolos. E só porque a CIA considera alguém suspeito, isso não garante que a segurança de nosso país vai concordar com essa opinião. Há algumas políticas de julgamento um tanto intrincadas envolvidas no processo.

Gallagher lançou um olhar dúbio para Leary. Então, o oficial da CIA simplificou.

— Para deixar claro, a administração Corland despejou um caminhão de políticas nos negócios de inteligência e contraterrorismo.

— Saquei o todo — comentou Gallagher. — Então, temos alguém, que não sabemos quem é, usando o passaporte do Dr. Yergi Banica depois de ele ser morto. Seu boletim diz que o professor podia estar associado a alguns camaradas com interesse nada saudável em armas. Está bem, então talvez um deles esteja usando o passaporte dele. Você tem mais alguma informação?

— Só posso lhe passar essa outra informação verbalmente, sem documentos — indicou Leary. — Isso é assunto só da Agência, John. Estou pisando em ovos ao conversar com você. Por isso, vamos ter de usar um pouco aquele jogo de perguntas & respostas. Bem, não posso lhe dar as respostas. Mas nada me impede de fazer as perguntas certas a você.

— Estou sempre pronto para um desafio.

— Aqui vamos nós. Quantos terroristas especiais você ainda tem na sua lista pessoal no Bureau?

— Está bem, vejamos — Gallagher precisou de apenas alguns segundos. — Cinco. Costumava ter mais, mas o resto deles foi morto, está preso ou presume-se que esteja morto.

— Cinco?

— Isso mesmo.

— E quem é o camarada número um da sua lista de pessoas nocivas?

— Todos eles são nocivos.

— Eu sei disso, mas quem é o pior dos camaradas nocivos da sua lista?

Gallagher olhou para Leary. Este o olhou de volta e sorriu. Então, Gallagher começou a sacudir a cabeça. Ele tinha de saber.

— Você quer dizer Atta Zimler? Assassino de aluguel. Matador contratado pelo Al-Qaeda, Hamas, rebeldes chechenos... Usado de vez em quando pela antiga KGB que, depois, não cumpriu um contrato, virou de lado e matou alguns deles também. Fez alguns projetos de assassinato para facções guerreiras do Chipre. Também é habilidoso em roubos de inteligência, crime cibernético e falsa identidade. É esse Atta Zimler? A mãe era argelina; e o pai, austríaco. Nunca foi pego. Nunca chegou nem mesmo perto de ser pego.

— Aqui está o que sabemos. De acordo com uma única fonte, um dos contatos de Yergi Banica pode ter sido Atta Zimler.

— Então, vocês acham que há uma ligação entre o interesse de Yergi Barnica em sistemas de armas e sua possível ligação com Zimler?

— Não temos essa informação. Realmente não sabemos isso.

Os olhos de Gallagher estavam começando a ficar vitrificados, e o cérebro dele rodopiava. Ele recostou-se em sua cadeira, e seu olhar parecia agitado.

Ele enfiou o dedo no ouvido e sacudiu-o como se tentasse tirar o ar, depois, colocou as mãos no colo.

— John, tem mais uma coisa — anunciou Leary, quebrando o silêncio.

Gallagher não falou nada. Ele não se moveu.

— Temos um rastro do passaporte de Yergi Banica.

Gallagher continuou imóvel.

— A última vez que ele foi examinado foi na fronteira do Canadá com os Estados Unidos atravessando em Lacolle, Quebec. Quem o está usando entrou em Champlain, Nova York.

Gallagher continuava a processar tudo que Leary dizia.

Leary abaixou um pouco a cabeça a fim de poder olhar para Gallagher diretamente no meio das pupilas e inclinou-se para a frente.

— Isso quer dizer, John, que esse camarada, seja quem for ele, está agora nos Estados Unidos.

Vinte e quatro

Matt Christensen esforçava-se muito para manter tudo bem. Ainda faltando dezoito minutos no ar, ele sabia que seria melhor recuperar algum controle do programa. Por ser o entrevistador desse longo programa chamado *Ponto Crítico*, entrevistas com personalidades com transmissão simultânea na televisão e na internet, era trabalho dele ajudar a levar a programação adiante dando a impressão de que era imparcial. E ele era bom nisso. E, para isso, recebia um bom salário.

O programa da semana passada correra sem percalços. Os caminhoneiros foram deixados em uma posição secundária exatamente como a Casa Branca queria. Claro que os dois convidados de Matt, um jornalista de esquerda e um estrategista liberal, tinham sido escolhidos pessoalmente pelo secretário de imprensa de Corland. E o programa resultante disso serviu aos seus propósitos. Mas os índices de audiência, como também o próprio programa, não brilharam. Não houve conflito. Não havia motivo para assistir ao programa.

No entanto, o programa de hoje estava provando ser uma história bem diferente. No estúdio de Nova York da Global News Network, estourou uma competição verbal livre. E embora esse tipo de discussão aumentasse a audiência e a receita publicitária, se a pauta não fosse cumprida, cabeças rolariam. Os mesmos convidados confiáveis da semana anterior já tinham sido escalados. Por isso, o novo diretor do programa, a fim de apimentar um pouco as coisas, decidira acrescentar um terceiro convidado para apimentar as discussões. Esse seria seu primeiro e último erro.

Matt tentara desencorajar esse jovem novo produtor de convidar Patrick Forester porque Patrick era... bem, ele era articulado. E não perdia o prumo quando sob pressão. A despeito do bombardeio de interrupções e constantes ridicularizações de seus oponentes, o estrategista conservador conseguiu apresentar muitos pontos-chave, embora ele estivesse em minoria numérica por uma margem de dois a um — ou três a um, se Matt for incluído nesses números.

— Cinquenta e oito por cento dos norte-americanos acham que o discurso do secretário de Estado Danburg na Conferência de Paz de Davos, foi longe demais — anunciou Patrick. — Eles acreditam que os Estados Unidos não deviam se apressar tanto em negociar nossa tecnologia de armas RTS com outros países. Cinquenta e oito por cento! E isso usando os números pesquisados por *eles mesmos*! Imagino que o número verdadeiro seja bem mais alto.

Michael Kaufman, o jornalista, disparou:

— Espere, espere! Então, agora, você está afirmando que as pesquisas são maquiadas?

— A matriz que é dona desse mesmo serviço de notícias para o qual você trabalha, Mike, conduziu a pesquisa. E todos sabem que vocês, camaradas, não são nada além de porta-vozes da administração Corland. Vocês não saberiam como conduzir uma pesquisa imparcial se a administração se esgueirar sorrateiramente e passar por cima de vocês.

— Está certo, amigos. Vamos nos acalmar — interrompeu Matt. — Veja, ainda não sabemos exatamente o que esse sistema de armas pode fazer. Tudo que sabemos é que tivemos um teste durante a crise de Nova York e que ele liquidou um navio norte-coreano.

— Sim, e isso criou um escândalo internacional — acrescentou o estrategista liberal. — E um monte de perguntas sem respostas. A Coreia do Norte declara que o navio estava desarmado.

— Não me surpreende que vocês tomem o partido dos comunistas nisso — falou Patrick em tom de gracejo.

— Espere um minuto. Isso era...

Mas Patrick seguiu em frente como um boi bravo.

— O Pentágono confirmou que foram os norte-coreanos que lançaram os mísseis nucleares. E foi a boa e velha tecnologia norte-americana que conseguiu virá-los e enviá-los de volta. O estúdio em que estamos neste momento e muitos nova-iorquinos que assistem ao programa não estariam aqui se não fosse pelo sistema RTS.

— Talvez isso seja verdade — respondeu o jornalista — mas a administração enviou uma declaração para o Comitê Especial do Congresso que investiga esse incidente, afirmando que o presidente Corland *não* autorizou o uso do RTS durante a crise. O entendimento do presidente era que nossa defesa ar-terra do comando da Defesa Aeroespacial Norte-americana e do Setor Nordeste de Defesa Aérea poderiam ter abatido esses mísseis com nossos interceptadores aéreos convencionais.

Mas Patrick também tinha resposta para isso.

— Se você se lembra da situação, Mike, não havia tempo suficiente para isso.

— No entanto, sem notificar a Casa Branca e o Congresso, um fornecedor de defesa tomou o assunto nas próprias mãos. Agora, esse mesmo fornecedor de defesa recusa-se a cooperar com o Congresso — continuou Kaufman. — Ele nega-se a falar. O governo norte-americano tem o direito de saber exatamente como seu sistema opera.

— O único motivo pelo qual essa administração quer essa informação é para poder vender a tecnologia para outros países, como o secretário Danburg anunciou com tanta eloquência durante seu discurso em Davos.

— Ei, ninguém disse nada sobre vender nada, Patrick! — gritou o estrategista liberal. — Se alguém está tentando fazer dinheiro, é o seu companheiro Joshua Jordan que, obviamente, está segurando o segredo para o comprador que pagar mais.

— Está bem, camaradas, não precisam se exaltar — interrompeu o entrevistador. — Vamos tomar um fôlego. Este é um bom momento para fazer um intervalo. Quando voltarmos, quero falar sobre o verdadeiro problema: na minha opinião, as repercussões éticas de mandar de volta armas nucleares sobre a população civil. Porque, com certeza, o sistema de defesa RTS de Joshua Jordan acabará fazendo isso. Também quero discutir como realmente é o Sr. Jordan e por que ele está no fogo cruzado no Congresso.

Enquanto ele não for mais acessível, permanecemos todos no escuro. E no mundo volátil de hoje, esse nunca é um lugar seguro para se estar. Retornaremos já, já.

O secretário de imprensa da Casa Branca, como um raio, saiu para a ala oeste. Ele seguia diretamente para o lado do Salão Oval.

No meio do caminho, o presidente do Estado-Maior, Hank Strand, juntou-se a ele.

— Você já tem uma declaração rascunhada? — disparou Strand, um pouco sem fôlego por causa do ritmo da caminhada dos dois, bastante similar ao dos atletas olimpícos de corridas de longa distância.

O secretário de imprensa bateu na testa e disse.

— Tenho tudo aqui.

— Bem, é melhor pôr no papel para o presidente ler. E fazer isso *imediatamente.*

— Já sei as linhas básicas que vamos usar. O discurso do secretário de Estado Danburg foi tirado de seu contexto. A administração não tomou nenhuma decisão formal de negociar os projetos RTS em troca de apoio econômico internacional. Depois, mudamos rapidamente o foco do presidente para o Congresso. Eles precisam exercer sua autoridade de congressistas. Sabe, usar o poder de persistência do comitê de supervisão para forçar Joshua Jordan a ser acessível... blá, blá, blá...

Uma hora depois, Caesar Demas, que estava de volta ao seu complexo palaciano ornamentado com colunas nos arredores de Roma, recebeu um telefonema do Departamento de Estado dos Estados Unidos. A mensagem foi cordial, mas abrupta... e nada surpreendente.

— Sr. Demas, avaliamos sua oferta de negociar como mediador entre os Estados Unidos e outros países essenciais com vistas a compartilhar nossa tecnologia RTS. Mas, lamentavelmente, temos de declinar de sua oferta.

— Entendo — respondeu casualmente Demas.

— Tenho certeza de que o senhor pode avaliar como a realidade política atual interpretou essa negociação... bem, não é praticável nenhum acordo neste momento.

— Sim, isso é muito ruim.

— Tenha um bom dia, Sr. Demas.

Cinco minutos depois, Petri Feditzch recebeu um telefonema em seu celular. Ele estava saindo do escritório no porto industrial da Holanda e indo para Roterdã para um jantar tardio.

Caesar Demas estava na linha.

— Sou eu.

— Sim, senhor?

— Sabe, Petri, disse ao Departamento de Estado para evitar que aquele idiota do Danburg deixasse óbvio em seu discurso sobre barganhar o RTS por melhores termos de comércio internacional. Mas não, ele não ouviu. Por isso, os números das pesquisas caíram para a Casa Branca e, agora, eles estão com medo. Parece que vamos ter de conseguir o RTS do jeito difícil. Estamos retornando ao plano A.

— E o mensageiro?

— Diga-lhe que estamos de volta aos trilhos.

— Está certo. Espero que essa seja a última vez que tenhamos que mudar nosso curso de ação...

— Apenas transmita a mensagem — vociferou Demas. — Sabe, considerando sua ex-posição na KGB, Petri, estou surpreso com você. Você parece uma menininha. Está com medo de conversar com o mensageiro?

Petri olhou em seu espelho retrovisor para ver se estava sendo seguido.

— De forma alguma. Minha única preocupação é o sucesso da missão.

— Felizmente, não perdemos muito tempo. Nosso homem deve conseguir chegar ao alvo e encontrar a informação sem comprometer o cronograma.

— Acho que sim.

— Ah, mais uma coisa — acrescentou Demas.

— Sim, senhor?

— Gostaria que o nosso mensageiro não deixasse uma trilha suja em sua ação.

— Isso pode ser um problema.

— E por quê? — perguntou Demas.

— Porque criar uma bagunça humana é o que ele faz de melhor.

Demas não podia argumentar com isso.

— Ótimo. Apenas se certifique de que ele consiga tudo que precisamos em relação ao RTS.

Na hora em que Atta Zimler recebeu o telefonema de Petri Feditzch, ele estava guiando outro carro e já saíra da autoestrada. Depois de seguir por uma estrada deserta e suja em uma região de floresta no norte do Estado de Nova York por alguns quilômetros, ele passou para o outro lado da estrada e entrou em um atalho que cortava a floresta. A seguir, ele guiou meio quilômetro na floresta antes de chegar ao limite de uma clareira onde havia um pântano turfoso cheio de lama negra. Antes de sair, ele parou e olhou-se no espelho.

Zimler já havia tirado o bigode, os óculos e tingido os cabelos ruivos.

A seguir, saiu do carro.

Foi quando seu celular tocou. Ele pegou o *InstaAllfone,* um aparelho barato e não rastreável que comprara no posto de gasolina local, e atendeu a chamada enquanto abria o porta-malas do carro.

Era Petri.

— O chefe disse que a missão continua. Exatamente conforme o planejado. Você pode recomeçar.

Zimler teve de rir ao ouvir isso. Ele só tinha uma coisa a dizer:

— Nunca parei.

Ele desligou o telefone e colocou-o no bolso.

A seguir, levantou a tampa do porta-malas, agarrou um grande e pesado saco de aniagem, arrastou-o para fora do porta-malas e jogou-o no chão.

Provavelmente, considerar-se-ia que o som resultante da pancada abalaria a maioria das pessoas, mas não incomodou nem um pouco a Zimler.

A seguir, ele tirou uma lata de cal do porta-malas.

O argelino abriu o saco de amianto e olhou dentro dele.

No interior do saco, olhando para ele, sem qualquer expressão, estava sua última vítima, usando a máscara da morte no rosto. Era o proprietário do carro que Zimler estava dirigindo agora. O assassino derramou metodicamente a cal no saco, acrescentou alguns tijolos e, então, amarrou-o e arrastou-o em direção à beira do pântano.

Ali, ele suspendeu o saco com o corpo acima de sua cabeça como um halterofilista, deu alguns passos cambaleantes para a frente e jogou o saco na parte mais funda do pântano.

O saco bateu no pântano cheio de água e flutuou no topo apenas por um instante. A seguir, ele afundou rapidamente na lama negra, desaparecendo totalmente da vista... com sorte, para sempre.

Vinte e cinco

Abigail tinha de perguntar-se se podia haver algum tenebroso segredo logo abaixo da superfície. Ela conhecia sua amiga Darlene bem o bastante para saber que ela parecia estar carregando um grande peso no coração naquela manhã quando estavam no carro. Enquanto os maridos preparavam-se para o primeiro grande dia da reunião do grupo clandestino da Mesa Redonda, as duas mulheres foram almoçar em Aspen. Darlene dera a ideia.

Abigail era vários anos mais moça que Darlene, uma mulher com rosto redondo. As duas conheciam-se há quase uma década e, inicialmente, o contato aconteceu por intermédio dos maridos. Darlene era casada com o juiz Fortis Rice, ex-juiz da Suprema Corte de Justiça do Estado de Idaho. Ele era membro honorário da Mesa Redonda de Joshua.

Abigail, residente antiga do Colorado, viajara através daquela vilinha rústica muitas vezes. Ela, pessoalmente, não se importava com a fama, a atmosfera de Beverly Hills das montanhas da famosa estação de esqui, a residência de várias estrelas de Hollywood e até mesmo de um príncipe saudita. Mas Darlene nunca estivera lá e perguntou se poderiam ir até lá. Abigail disse que ficaria contente em levá-la e concordou em guiar. Elas viajariam no pequeno jipe amarelo, um jipe que Darlene acha muito engraçadinho e que os Jordans mantinham durante o ano todo no Ninho do Falcão.

Quando elas se sentaram no movimentado café ao ar livre para almoçar, Abigail perguntou-se se Darlene planejara esse dia juntas para que ela pudesse falar sobre o que a angustiava. Mas Darlene ainda não estava pronta para falar. Ao contrário, estava ocupada fazendo piadas sobre a sociedade de Aspen: a mistura de modas para cães labradores que passavam pela mesa delas guiados pelos habitantes locais e as mulheres chiques vestindo calças jeans artisticamente rasgadas, usando diamantes de oito quilates e passeando com sua bolsa Prada.

Darlene fez Abigail rir e se divertir. Mas quando Abigail examinou a amiga, ela viu. A tristeza transparecia sob o véu do senso de humor de Darlene.

Elas continuaram a comer sua salada enquanto papeavam a respeito de nada em particular. Darlene pediu uma imensa salada do chefe, enquanto Abigail escolheu o prato *light* "Especial Floresta de Aspen", que consistia de uma tigela de guarnições verdes com nozes e frutas.

Darlene terminou uma garfada, espiou a amiga e balançou a cabeça.

— Oh, você é tão boa com a contagem de calorias. Olhe para mim, vou engordar com todo esse presunto e queijo. E esqueci de pedir molho *light*...

— Darley, não seja dura demais com você mesma. Apenas considere esse almoço como uma pequena celebração. Duas amigas almoçando. Fazia realmente tanto tempo...

— Desde a noite de Ano Novo.

— Precisamos nos ver mais vezes. Quero dizer... de verdade, Darley...

De repente, Darlene ficou muito quieta. Ela olhava para sua salada e, por um momento, mexeu a alface sem prestar atenção. A seguir, ela suspirou, abaixou o garfo e descansou o queixo na mão cruzada.

— Sabe, Abby, costumava achar que éramos amigas...

Darlene fez uma pausa. Abigail perguntou-se o que viria a seguir.

— Mas, agora, acho que você é minha amiga *mais querida*.

Abby corou um pouco e esticou a mão para tocar a de Darlene. Ela a pressionou enquanto Darlene continuava.

— Não nos vemos mais do que uma média de duas vezes por ano. E, claro, há muitos telefonemas entre os encontros...

Abigail sorriu ao ouvir isso.

— Sinto que realmente posso dividir qualquer coisa com você.

Agora, Abigail estava à espera.

Mas, então, de repente, Darlene saiu do curso.

— Você parece tão em forma, Abby. Você ainda faz exercício?

— Tento fazer. Mas, ultimamente, nossa agenda ficou impossível. É difícil manter a rotina com tudo que está acontecendo...

— Eu sei. Fort e eu temos acompanhado as notícias e sabemos como a mídia está atrás do pobre Josh por causa da crise dos mísseis. Este país está uma bagunça.

Abigail anuiu com a cabeça e sorriu, mas ela sabia que, agora, Darlene estava apenas evitando a questão, independentemente de qual fosse ela.

— Aposto que vocês dois têm sido muito pressionados — continuou Darlene.

— Temos mesmo. Mas é engraçado, sinto-me tão próxima do Josh ultimamente, a despeito de toda tensão e estresse.

— Humm, estresse... — repetiu Darlene como se fosse uma lamúria.

— Mas, de outro lado, sei de muitos outros camaradas que passaram por muito mais dificuldades que nós — disse Abigail com uma gentileza na voz que, inesperadamente, fez a amiga baixar a guarda.

Darlene logo cobriu a boca com a mão enquanto seus olhos ficaram marejados de lágrimas. Ela levou quase um minuto para se recuperar e responder. Quando o fez, sua voz estava visivelmente trêmula.

— Nunca me esqueço como você me ajudou a atravessar a morte do Jimmy. Essa é uma coisa que uma mãe nunca esquece. Tantas perguntas. Como meu filho de 25 anos, perfeitamente saudável, pôde morrer de aneurisma daquele jeito? Nenhum aviso. Nenhum sintoma. Um telefonema do amigo dele... eles estavam jogando basquete na Associação Cristã de Moços, a ACM... "Jimmy desmaiou", disse ele. Toda sua vida muda em um instante. Por causa de um telefonema.

— Fico contente de ter podido estar presente para você — assegurou Abigail. — E continuo aqui.

— Tentei conversar com Fort sobre isso. Mas você o conhece, ele fecha-se em si mesmo. Não o culpo. Esse é o jeito dele. Sei que ele ficou devastado. Ainda me pergunto se tudo isso não contribuiu para seu problema cardíaco. E desde que ele se aposentou do tribunal tem sido... bem... *interessante* em casa, mas não de um jeito bom.

Darlene fez uma pausa. Ela estava chegando ao assunto. Abigail deixou a amiga continuar.

— Assim, tive que me virar o melhor que pude. Encontrar meu próprio método de viver com tudo isso. É engraçado como, quando somos mais moças, não temos realmente muito medo. Depois, começamos a perder coisas, pessoas que amamos e, de repente, passamos a ter medo de tudo. Então, fazemos tudo que temos de fazer para pôr um pé na frente do outro, para manter o equilíbrio.

Enquanto ela olhava fixo para o espaço, suas mãos estavam sobre a mesa, e os dedos moviam-se graciosamente, com ritmo, como se ela estivesse dedilhando algum violão invisível.

Então, abruptamente, ela sentou-se ereta e começou a olhar em volta.

— Onde estamos? Onde está minha bolsa?

Havia um olhar de pânico na face de Darlene.

Abigail descobriu a bolsa embaixo da cadeira dela e abaixou-se para pegá-la. Darlene atravessou com ímpeto a mão através da mesa para agarrar a bolsa. Quando ela, inadvertidamente, puxou a bolsa da mão de Abigail, a bolsa abriu e seu conteúdo se espalhou pela mesa.

Incluindo uma dezena de vidros de comprimido vendidos com receita médica.

Abigail pegou um dos vidros. Depois, outro. E outro. Todos eles diziam *Diazepan*.

Abigail sabia o que era.

— Todos esses vidros são tranquilizantes...

Darlene inclinou-se para alcançá-los e os colocou de novo na bolsa. Ela tentava parecer serena. Mas não estava se saindo bem em sua tentativa. Suas mãos tremiam e, acidentalmente, derrubou vários vidros de pílulas no chão de novo. Calada, Abigail ajudou-a a recolhê-los e colocou-os sobre a mesa.

A seguir, ela estendeu a mão e apertou a mão de Darlene.

— Está bem, amiga. Você está tendo de lidar com muitos problemas, não é mesmo?

Darlene tentava fazer uma brincadeira com seu momento de embaraço com os vidros de pílulas. Ela tentou sorrir e começar a falar, mas não conseguiu, pelo menos, por um momento ou dois. Ela olhou nervosamente em torno para os outros clientes do café enquanto seu queixo tremia, e as lágrimas desciam por sua face.

Por fim, ela reuniu forças para dizer:

— Está bem, Abby. Agora, você sabe. Meu pequeno segredo sujo. É assim que enfrento as dificuldades.

— É muito tranquilizante, Darley...

Darlene anuiu com a cabeça.

— Tenho três médicos diferentes. Em três cidades diferentes. Todos eles prescrevem tranquilizante. Acho que eles não sabem um do outro. Embora dois deles conheçam o Fort de nome e, por meu marido ser quem ele é, eles não fazem muitas perguntas. Assim, triplico a dose. Estou usando isso para existir, Abigail.

— E?

— E acho que não consigo viver sem isso. Literalmente. Não posso abrir mão disso. Deus, ajude-me, tentei parar. Mas sempre que paro, o medo e a ansiedade começam a me sufocar. Não consigo respirar. Não consigo dormir. Não consigo nem mesmo começar a contar para você como essa sensação é terrível.

— Fort sabe?

— Acho que não. Ele sabia que eu estava tomando alguma medicação logo depois da morte de Jimmy para relaxar, mas isso é tudo.

Abigail pensou na pergunta seguinte que queria fazer para a amiga. Ela sabia que podia soar um pouco brusca. Mas era necessário. Então, ela decidiu seguir em frente.

— Estou perguntando isso apenas porque me importo com você, Darley. Mas estava me perguntando, por que você decidiu compartilhar isso comigo?

Darlene encolheu os ombros e balançou de leve a cabeça.

Por um instante, Abigail temeu ter ofendido a amiga. Mas, a seguir, Darlene falou.

— Acho que não sei... talvez porque achasse que você fosse uma das poucas pessoas que não me julgariam, mas seria honesta comigo.

— Honesta a respeito do quê?

— Meu, hum... você sabe...

— Estou ouvindo...

— Está bem, meu vício. Muito bem, já disse. Estou totalmente dependente das minhas pílulas para sobreviver. Por favor, não me odeie por isso...

— Darley, é claro que não. Eu a amo como uma irmã. Mas o que vamos fazer a respeito disso?

— Não sei. Talvez você tenha algum conselho. Não tenho respostas. Estou apenas sobrevivendo de um minuto até o seguinte. Mal e porcamente, para falar a verdade.

— Olhe, fico contente por você confiar em mim. Mas não sou especialista. Contudo, conheço um pouco sobre dependência química. Quando eu praticava advocacia em tempo integral, alguns clientes enfrentavam problemas iguais ao seu. E sei o bastante para saber que sua disposição em admitir que tem um problema é o primeiro grande passo.

— É bom ouvir isso...

— O passo seguinte é encontrar um lugar discreto, no qual os conselheiros possam ajudá-la a largar essa coisa. Posso ajudá-la a procurar um bom centro de reabilitação.

Darlene chorava suavemente.

Abigail continuou.

— Você vai ter também de conversar com Fort sobre isso...

— Abby, ele vai ficar arrasado...

— Mas ele a ama, Darley. Tenho certeza de que ele vai apoiá-la. Há mais uma coisa, um passo ainda mais importante...

Só quando o garçom passou, Darlene olhou para o último vidro de pílula sobre a mesa, agarrou-o e, rapidamente, jogou-o na bolsa.

A seguir, ela olhou para Abigail através das lágrimas e perguntou:

— Um passo ainda mais importante? Qual?

— Você mesma disse.

— Disse?

— Sim, quando disse: *Deus, ajude-me...* Acredito que ele pode ajudar e a ajudará, se você o deixar fazer isso. Deus está nesse negócio de consertar pessoas.

O rosto de Darlene relaxou, e a expressão de seu olhar era de surpresa. Como se acabassem de lhe dizer algo que presumia que sabia o tempo todo, mas, agora, percebia que nunca pensara realmente no assunto.

Parte dois

Quando o leão conta a história

Em menos de uma geração, as cinco corporações da mídia conectatas umas às outras aumentaram sua influência na vida doméstica, escolar e profissional de todo cidadão. Sua influência concentrada exerce força política e cultural remanescente dos decretos reais rejeitados pelos revolucionários de 1776.

Ben H. Bagdikian, jornalista ganhador do prêmio Pulitzer

A mídia pode determinar a política externa e pode ajudar a ganhar ou perder guerras. Ela pode provocar recessão ou reforçar a confiança na economia. Em suma, vivemos em uma ditadura da mídia. Ela controla o que sabemos, o que pensamos e o que compramos. Não é o *Big Brother* que temos de temer tanto quanto o cidadão Kane. E se for para sermos realmente livres, temos de levantar o véu que nos cega.

Tom Neumann, editor,
The Journal of International Security Affairs
[*O Jornal de Assuntos da Segurança Internacional*]

Por contraposição, no caso da BBC e CNN, ficamos explicitamente conscientes de que essas emissoras, em vez de apresentar o mundo como elas o encontram, tomam um partido distinto — o lado internacionalista da esquerda liberal — em um debate honesto e fundamental sobre política estrangeira.

Robert D. Kaplan, "Why I Love Al Jazeera" ["Por que Amo Al Jazeera"]
The Atlantic [*O Atlântico*] (outubro de 2009)

Vinte e seis

Jerry Hendrickson andava de cá para lá, como um *hamster* em uma gaiola. Era um daqueles momentos de suar frio.

Como gerente de atendimento do estúdio da rede Los Angeles da Global News Network, Jerry acabara de ler a espessa transcrição do testemunho no Congresso. Era espantoso. Agora, ele estava em um dilema. Olhou seu relógio. Bob Kosterman, o vice-presidente executivo da rede, teria saído de seu almoço particular, em Washington, com a vice-presidente Tulrude, na residência oficial, há cinco minutos. Jerry estava programado para telefonar para Bob agora, enquanto Kosterman estava sozinho no interior da limusine fornecida pela administração e sendo levado para o aeroporto.

Então, ele telefonou. Três toques. A seguir, Kosterman atendeu. Jerry não perdeu tempo.

— Sr. Kosterman, li a transcrição do testemunho de Joshua Jordan para o comitê de congressistas. Acho que temos uma questão explosiva aqui.

— Explosiva. Isso mesmo, sem qualquer trocadilho — Kosterman ria do jogo de palavras.

— Certo. Bem, acho que moldamos essa história toda de um jeito levemente... humm... *mal direcionado.* Esse Jordan não está pressionando o Pentágono para conseguir um melhor acordo comercial. De forma alguma. Está escrito bem aqui que o verdadeiro motivo pelo qual ele reluta em revelar toda sua pesquisa sobre o projeto RTS é...

Mas Kosterman não o deixou terminar.

— Jerry, você está acusando sua própria rede de criar uma história falsa?

— Não, senhor.

— A GNN cometeu difamação passível de ser contestada em um tribunal? É isso que você está dizendo?

— Não, senhor, mas...

— Você leu a transcrição?

— Sim, senhor.

— E ela foi entregue anonimamente para você?

— Certamente.

— Uma transcrição de um comitê de congressistas secreto investigando questões de segurança nacional das altas esferas? Você percebe em quantos problemas podemos nos meter se divulgarmos isso?

— Mas, Sr. Kosterman, divulgamos aquele relatório original vazado do comitê sobre Jordan desafiar o Congresso. E, agora, parece que o ponto de vista da história que divulgamos estava todo errado...

— Não, não estava. Diga a si mesmo que não criamos uma história falsa.

— Bem, não intencionalmente, não mesmo. Mas, agora, parece que a exatidão da...

— Jerry, não, e repito mais uma vez: não ponha nada dessa transcrição em nosso noticiário. Em nenhum lugar. Em nenhum momento. Está claro?

— Sim, senhor.

— E entregue imediatamente essa transcrição para meu assistente executivo. Não faça cópias.

Depois de desligar, Jerry sentia de novo aquela sensação de enjoo causada pelo arrependimento. Ultimamente, ela acontecia com maior frequência. Ele estava na indústria da televisão havia 22 anos. Tempo bastante para ter visto como o negócio da mídia se tornara podre, como bananas estragadas com moscas voando em torno delas. E ele sabia a razão para isso.

Jerry voltou durante o período de transição, em 2009-2010, quando todas as emissoras de televisão norte-americanas, respondendo à exigência do governo federal, tiveram de converter o antigo sistema de sinal analógico para o formato digital. Do ponto de vista técnico, o sinal digital fazia sentido e parecia funcionar razoavelmente bem para os consumidores. Assim, quando, vários anos depois, foi ordenada uma segunda "conversão" pelo governo dos Estados Unidos, a maioria dos norte-americanos não ficou muito chateada. Eles já tinham visto tudo isso antes. Claro que, na época, alguns observadores e entendidos de mídia alertaram sobre o potencial para um monopólio imoral que poderia se desenvolver depois dessa transição da mídia. Jerry concordava.

A maioria dos políticos não percebeu isso — ou não quis perceber — portanto o Congresso deixou de agir. Afinal, o público recebera a garantia de que a conversão de todas as transmissões de televisão e rádio distribuídas pela internet seriam espetaculares, novas opções de entretenimento. Os expectadores ainda teriam a comodidade de assistir em seu monitor grande e de tela plana, mas uma vez que a televisão e o rádio seriam alterados para a internet, a média dos norte-americanos teria um banquete de atrações fantásticas. Se John e Jane, em Lansing, Michigan, estivessem assistindo a um filme na televisão sobre o assassinato de Lincoln, eles podiam fazer uma pausa no programa enquanto pesquisavam no Google na tela da televisão sobre a morte de Abe Lincoln — tudo sem sair do conforto de suas poltronas. Ou se a multidão em frente à vitrina da Casey's, em Boston, estivesse assistindo à final do campeonato de beisebol na tela da televisão, eles podiam tirar o som e ligar o áudio no comentarista esportivo favorito de qualquer emissora do país — no mesmo aparelho de televisão para conseguir sua tomada do jogo. Além disso, o governo disse que tinha de confiscar o antiquado espectro de "meios" de transmissão que a televisão e o rádio usaram durante décadas para que pudesse ser usado para outros propósitos, como serviços de emergência e grandes transmissões de alta velocidade de dados técnicos para agências federais, fornecedores federais e indústrias.

Poucas pessoas viram o que Jerry e outros veteranos da mídia viram que estava para acontecer. Mas a maioria dos participantes da mídia, como Jerry, achou mais fácil manter a boca fechada. Afinal, ele tinha uma família para sustentar e um emprego para manter.

Àquela altura, quase todos os jornais e revistas do país também tinham fugido para a internet. A publicação impressa mundial enfrentava a ruína financeira; portanto, aderir ao meio eletrônico era uma questão de sobrevivência. A televisão e o rádio foram convertidos em um único sistema de transmissão baseado na internet; agora, todas as formas de noticiários nacionais e de informação eram transformadas em uma única plataforma: a rede. Era como se toda empresa de mídia tivesse reservado uma entrada para elas mesmas no mesmo navio de cruzeiro. Mas poucas pessoas fizeram as perguntas corretas, como as seguintes: quem era o piloto desse barco e para onde ele ia?

Jerry e alguns colegas da indústria viam como esse podia se tornar um navio de tolos. A conversão do noticiário para a internet abrira a porta para o monopólio sobre todas as notícias e informações o qual podia ser exercido por poucas e imensas empresas de telecomunicações.

E ele também não deixou de perceber o efeito do controle internacional. Nações estrangeiras usaram habilmente fundos camuflados de riqueza soberana para adquirir o controle de redes de notícias e telecomunicações norte-americanas durante a crise econômica nacional. Jerry ouvira por acaso o secretário de Bob Kosterman dizendo-lhe que grandes investidores de Paris, Moscou, Pequim ou de Bahrain estavam ao telefone. Ele sabia que não se tratava apenas de finanças. Como isso podia não se infiltrar nas decisões que eram tomadas em relação a que programas de notícias e de entrevistas descartar e quais manter? O mesmo cenário acontecia em todas as outras emissoras de televisão. E no sindicato do rádio também.

E quanto à ordem de Bob Kosterman a respeito de descartar a verdade sobre o testemunho de Jordan, bem... ele sabia que seu chefe nunca iria contra a corrente.

Jerry disse para si mesmo as duas palavras que sabia estarem por trás do que acabara de acontecer.

Jessica Tulrude.

Nas montanhas do Colorado, os membros da Mesa Redonda faziam um intervalo, circulando pela grande sala de reunião do rancho Ninho do Falcão de Joshua Jordan, pegando sanduíches e bebidas do bufê de madeira com ranhuras de seis metros de comprimento. As grandes janelas descortinavam uma magnífica vista das Montanhas Rochosas e um panorama abrangente do vale abaixo delas, repleto de artemísias verde-escuras e juníperos e de um tortuoso rio que corria no meio delas.

O juiz Fortis Rice, um homem alto e magro na casa dos cinquenta anos, estava de pé em frente de uma das grandes janelas de vidro espelhado com as mãos nos bolsos das calças de corte ocidental, olhando para fora.

— Josh, nunca me canso de olhar essa vista que você tem aqui. Você se cansa?

Joshua Jordan balançou a cabeça e sorriu.

— Nunca.

As pessoas que visitavam seu rancho de oitenta hectares com frequência faziam perguntas desse tipo. Embora não demonstrasse, isso, na verdade, fazia com que Joshua se sentisse desconfortável. Era quase como se elas estivessem perguntando se Joshua estava contente quando estava lá. E, claro, ele não estava. Estava inquieto. A despeito de sua esplêndida mansão de madeira envernizada, na qual sempre havia um leve aroma de fumaça vindo de suas muitas lareiras de pedra bruta e das brincadeiras a respeito da grande pele de urso cinzento pendurada na parede sobre quem realmente tinha matado a fera enquanto esta, inesperadamente, atacou o seu grupo de caçadores, se foi Joshua ou seu amigo e chefe de segurança do rancho, Bill Lawrence. Os dois atiraram ao mesmo tempo e os dois usavam Winchester Big Bore 94 idênticas; portanto, a questão nunca foi resolvida. Esse era um lugar que falava da alma de Joshua mais que qualquer outro lugar do globo. Um lugar cheio de boas lembranças da família e dos amigos. Um lugar, aparentemente, afastado das decisões de negócios que sempre o fatigavam e o consumiam.

Contudo, ele nunca estava realmente em paz. Nem mesmo quando estava lá.

— Isso é realmente bonito — continuou Fort. — Já contei sobre o lugarzinho que Darley e eu temos à beira do lago, em Idaho. Mas, veja, não é nada parecido com o seu. Mas imagino um pouco como deve se sentir quando está aqui. Sempre me esqueço de trazer uma fotografia da nossa cabana...

— E a Darley, como ela está, Fort? Sei que Abby aguardava com ansiedade para passar um dia com ela.

— Bem, ela nunca foi a Aspen. Foi simpático a Abby ter sido paciente com a insistência dela de ver o lugar. Embora, de minha parte, não entendo por que ela queria ir. Talvez para ficar o mais longe possível da Mesa Redonda. Eu me pergunto se ela acha que somos muito sérios nessas reuniões, sabe, só negócios...

A seguir, o juiz Rice afastou-se abruptamente da janela, como se tivesse acabo de se lembrar de algo.

— Mas não, Darley está bem. Está bem.

No meio do almoço, Joshua trouxe a ordem de novo à reunião, e todos se sentaram de novo à volta da longa mesa oval, grande o bastante para que todos os quatorze membros da Mesa Redonda se sentassem a sua volta.

Joshua, como fundador, era o presidente permanente. O grupo Mesa Redonda era composto de cinco subgrupos, cada um com um foco e presidente distintos. Cada subgrupo tinha um ou dois membros associados adicionais.

O juiz Rice era o presidente do grupo legal. O general Rocky Bridger liderava a unidade de defesa nacional. O presidente do grupo de mídia era o grisalho Phil Rankowitz, ex-presidente de uma rede de televisão, atual presidente de uma rede de satélite e fundador de diversas empresas experimentais da "nova mídia".

Beverly Rose Cortez estava no comando do subgrupo de negócios do mercado livre. Ela tinha uma história de Cinderela. Com apenas vinte anos, ela já desenvolvera sua própria linha de roupa e joias para uma única lojinha do Novo México. Poucos anos depois, ela diversificou sua atividade com diversas lojas de alta qualidade em todo o estado. Quando, finalmente, sua empresa abriu o capital, seu controle acionário disparou para quase meio bilhão de dólares. Agora, ela fazia parte do conselho de diversas empresas que apareciam constantemente na lista da revista *Fortune 500*.

A unidade política do grupo era encabeçada pelo ex-senador dos Estados Unidos Alvin Leander, um homem baixo e ardoroso que, com frequência, falava com certa aspereza brutal, familiarizado como poucos com o trabalho interno da construção de um rodoanel de Washington.

Os homens e mulheres da Mesa Redonda encontravam-se com regularidade, pelo menos a cada trimestre e, às vezes, com mais frequência, em geral no rancho de Joshua nas Montanhas Rochosas, mas, de vez em quando, reuniam-se em alguns hotéis selecionados e convenientemente centrais. Todos eles eram talentosos em seu próprio campo. Mas havia outra ameaça mais importante que os mantinha firmemente juntos.

Após abrir a sessão da tarde, Joshua entregou o comando ao general Rocky Bridger, que disse:

— Vocês todos receberam o *e-mail* enviado a respeito da prisão do pregador em São Francisco. Tem havido inúmeros incidentes como esse, envolvendo a aplicação do tratado internacional de tolerância, para o qual foi pedida a ajuda dos Estados Unidos. Francamente, isso me deixa nauseado. Juiz Rice, sei que você pode nos atualizar a respeito do lado legal das coisas. Mas, do meu ponto de vista, essa é uma outra série contínua de ataques a nossa soberania nacional. Fico realmente irritado só de pensar que funcionários da ONU com escritório bem aqui nos Estados Unidos selecionam cidadãos de uma determinada convicção religiosa e dão parte deles às autoridades federais para que elas os prendam. Esse não é os Estados Unidos pelo qual lutei. Não sei nada sobre esse pregador. Mas temos de fazer alguma coisa. Não foi por isso que iniciamos esse grupo? Tentar tirar os Estados Unidos da América das mãos daqueles que estão leiloando nossas liberdades em troca de acordos de comércio internacional que nos possibilitam comprar mais carros da China, enquanto nossos trabalhadores não têm emprego aqui em casa.

O juiz Rice desabafou. Por natureza, ele era um homem calmo. Seu entusiasmo por esses assuntos não se refletia em seu comportamento, mas na intensidade de suas ideias.

— Estou em contato com algumas organizações legais que combatem esses casos relacionados com o tratado de tolerância. Infelizmente, não há nenhuma boa notícia. Em um caso, uma corte distrital federal presidida pela juíza Anne Plymouth decidiu que a primeira emenda tem precedência sobre o tratado. Infelizmente, a decisão dela foi derrubada pela Corte de Apelação dos Estados Unidos. A seguir, esse terrível precedente foi citado por outro juiz em Boston, em que um comentarista de rádio foi preso por criticar um califa muçulmano local e foi citado por violar esse tratado. Assim, senhoras e senhores, como diz o ditado, temo que estejamos sobre uma camada de gelo fino e que haverá um degelo precoce. Tudo isso começou com uma resolução do Conselho de Direitos Humanos da ONU de março de 2009. Essa resolução deslanchou com os anos. Uma nação após a outra aderiu a ela. E, por fim, nosso Senado, incitado por nosso bom presidente, também aderiu.

Alvin Leander estava a ponto de explodir.

— Quando a Suprema Corte vai resolver essa dissimulação? Se ainda estivesse no Senado, votaria para mudar a sala deles para a calçada até que revissem um desses casos.

— A Suprema Corte não vai nos ajudar — replicou calmamente o juiz Rice. — Os dois nomeados mais recentes do presidente Corland são a favor da lei internacional. Agora, os globalistas detêm a maioria na alta corte. Provavelmente eles ratificariam o tratado e ajustariam o sentido da primeira emenda para harmonizar com ele. Pelo menos no que diz respeito à seção do tratado de difamação da religião. A corte já declarou que crimes alegadamente envolvendo intimidação, mesmo que seja só assunto de expressão verbal ou escrita sem uso de violência, não tem proteção sob a Liberdade de Expressão e Liberdade de Exercício da Religião. A linguagem já está lá por causa das decisões anteriores da corte. Assisti a isso acontecer durante um tempo...

Beverly Rose Cortez também já tivera o suficiente.

— É simplesmente ultrajante que uma pessoa não possa falar de suas crenças religiosas pessoais... independentemente de quais sejam elas. E desde quando nós, os norte-americanos, não podemos falar sobre as crenças religiosas de outros? Por isso, sugiro que pensemos em combater esses casos. Eu, pessoalmente, prometo um milhão de dólares para a defesa legal desse pregador, seja ele quem for...

Diversos outros membros começaram a concordar. Então...

— Estamos nos atendo aos detalhes, pessoal.

Era Phil Rankowitz. Ele estivera ouvindo com atenção. Sempre pragmático, ele tinha habilidade cirúrgica para ir ao cerne do problema. Ele tirou os óculos de leitura e deixou-os em cima da mesa, dando tempo para o grupo se acalmar.

— Estamos nos atendo aos detalhes. Sem dúvida, isso é ultrajante. E posso enumerar outras dezenas de crimes terríveis contra o senso comum que estão sendo cometidos pelo nosso governo neste momento. Importantes infrações de nossas liberdades como norte-americanos. A lenta e firme entrega da nossa nação a um país socialista que está se tornando apenas um amálgama de um grande Estado global. Cada um de nós pode mencionar atrocidades similares. Coisas que queimariam o coração de nossos pais e mães fundadores e os incitariam à ação com tanta certeza quanto à revolução que realmente ocorreu. Mas tudo isso ainda não chega ao ponto que devemos compreender.

— Então qual é o ponto, Rankowitz? — perguntou Alvin Leander com o rosto vermelho.

— É o antigo provérbio africano — replicou ele calmamente.

— Qual? — perguntou o general Bridger.

— O provérbio é mais ou menos assim: "Quando o leão conta a história, o leão sempre ganha."

— Mais sabedoria do grande guru da mídia — resmungou Leander. O grupo irrompeu em polida gargalhada.

— Bem, riam se quiserem — disse Rankowitz — mas o fato é que quem controla os meios de comunicação controla a mensagem. E em um país onde ainda temos alguns vestígios de uma república, um eleitorado informado é um poderoso instrumento de liberdade. Por sua vez, um público desinformado é uma mercadoria bastante perigosa.

— Então, Phil — perguntou a Srta. Cortez. — O que você sugere?

— Proponho que voltemos todo nosso foco para uma coisa neste instante: nosso projeto de mídia há muito esperado. Temos de interromper o monopólio de silêncio de que os grandes conglomerados de mídia desfrutam desde que todos os noticiários passaram a ser digitais. Como um camarada de noticiário, posso dizer que os danos causados pelos pecados de concessão da mídia, como os fatos errados, informação distorcida e reportagem tendenciosa podem ser devastadores; mas, por pior que sejam, são uma gota na verdadeira ameaça: o pecado jornalístico da omissão. Deixar a coisa verdadeiramente importante no chão da sala de edição porque você simplesmente não quer que o povo saiba a respeito.

— O momento é bom para isso? — inquiriu o juiz Rice.

— Não podia ser melhor — anunciou Rankowitz. — Josh, a mídia prendeu-o ao poste de açoitamento com essa situação do RTS no Congresso. Distorcendo os fatos. Fazendo você parecer um vendedor de armas atrás de ganhos rápidos, em vez do patriota que sabemos que você é. Tudo bem, esse é o pecado da concessão deles. Mas eles divulgarão o seu lado da história? Não, então esse também é o pecado da omissão deles. E é aí que nossa ideia da revolucionária AmeriNews entra. Nosso grupo de mídia está com tudo em ordem. Os técnicos desenvolveram tudo que é necessário para iniciar essa empreitada. Estamos prontos para carregar nosso serviço de notícias em todos os *Allfones* dos Estados Unidos. Conseguimos o capital de investimento. Conseguimos o serviço de satélite. A World Teleco está disposta a assinar o contrato. Só precisamos do sinal verde de vocês aqui da Mesa Redonda.

— Josh, você esteve muito quieto durante essa discussão — comentou o general Bridger.

— Só estava pensando — replicou Joshua. — Disse ao meu advogado que queria ir à corte fazer alguma coisa a respeito desse ataque contra mim. Ele disse-me que quase não tínhamos mais canais legais para retaliar contra o vazamento dessa desinformação. Pelo menos nenhum que pudesse ter sucesso. E ele tinha certeza de que um processo contra a mídia por difamação simplesmente não decolaria.

Joshua parou por um momento e organizou seus pensamentos. E, a seguir, concluiu.

— Por outro lado, pense só na importância da comunicação para a causa da liberdade e da segurança nacional na história norte-americana. Os comitês de correspondência levando à revolução. O correio a cavalo durante a expansão na direção oeste. O telégrafo durante a Primeira Guerra Mundial; acho que está na hora de nos juntarmos às fileiras dos que vieram antes de nós. Está na hora da nossa própria revolução.

Vinte e sete

Na ala norte dos doze dormitórios do rancho, Joshua e Abigail têm seus próprios quartos privativos e o quarto principal. Havia um terraço no quarto deles que, durante o dia, abria-se para a vista do vale e, de noite, para uma abóbada de estrelas incrustadas no céu escuro.

Após um longo dia, eles sentaram-se um ao lado do outro balançando suavemente nas cadeiras de balanço. Joshua dava goles em uma garrafa de água, enquanto Abigail bebericava um chá. Ela quebrou o silêncio com uma voz suave, quase reverente:

— Aquela é a Via Láctea?

— É sim, ela parece um rastro de diamante em pó que atravessa o céu.

— Você consegue pilotar usando apenas as estrelas? Quero dizer, se precisar fazer isso?

— Somos ensinados a fazer isso na escola de voo. Gostaria de pensar que ainda consigo.

Então, Joshua virou-se para sua esposa com uma expressão divertida no rosto.

— Afinal, depois de todos os anos que passamos sentados aqui neste terraço olhando as estrelas, por que essa é a primeira vez que você me pergunta isso?

Abigail precisou pensar por um momento. A seguir, ela respondeu com um sorriso.

— Não sei. Apenas me ocorreu, só isso.

Então, depois de um momento, ela acrescentou outro pensamento.

— Os astrólogos dizem que nossa vida está relacionada com as estrelas. O que acho uma porção de tolice. Mas acho que Deus teve um motivo para pôr as estrelas no céu. Você não acha?

— E o motivo seria...

Ela levou um segundo para responder.

— Bem, a Bíblia diz que os céus declaram a glória de Deus...

— Soa razoável.

— Então, você concorda com a Bíblia?

— Não, não estou dizendo isso. Não exatamente.

— O que está dizendo, então? — perguntou ela, investigando um pouco mais.

— Só que quando você mencionou o que Bíblia diz, isso soou razoável. E sei que não devo discutir com uma advogada!

Ela teve de rir da saída pela tangente dele. A seguir, ela continuou.

— De todo jeito, você ficaria surpreso com a quantidade de pessoas adultas que conheço e que ainda leem seu horóscopo todos os dias. Darley diz que lê.

— Como estão as coisas com ela?

— Ela está passando por um momento mais difícil do que pensei.

Abigail lutava sobre o quanto contar ao marido, mas ela precisava compartilhar isso com sua alma gêmea.

— Hoje, veio algo à tona enquanto almoçávamos.

— De Darley?

— Sim, uma coisa pessoal.

— Como o quê?

— Ela ainda está pranteando o Jimmy.

— Penso em Fort e Darley perdendo o filho dessa maneira, bum!, do nada. Justo quando Jimmy começava sua vida adulta. Acho que os pais não se recuperam de algo assim.

Então, ele atarraxou a tampa da sua garrafa de água e alfinetou um pouco.

— Você disse que estava relacionado...

Abigail decidiu simplesmente contar tudo. Seu marido precisava saber disso. Não só porque Darley e Fort era amigos, mas também porque Joshua e Fort estavam intimamente ligados no trabalho da Mesa Redonda.

— Darley realmente lutou com a culpa depois da morte de Jimmy. Ela não conseguia afastar a ideia de que devia ter feito alguma coisa para protegê-lo. Seu médico prescreveu antisiolítico porque ela estava com muita dificuldade para dormir. Primeiro, era apenas um comprimido, depois, isso deixou de ser suficiente, e ela começou a tomar outro. Depois de algum tempo, ela decidiu que precisava de mais. Então, ela saiu à caça de médicos. Três médicos diferentes. Agora, ela está constantemente tomando uma dose de tranquilizante. Isso acontece desde a morte do filho. Josh, ela se expôs sem rodeios e admitiu seu vício em remédios vendidos sob prescrição. Ela disse que não consegue atravessar o dia sem tomar alguma coisa.

— Pobre Darley. Fort sabe?

— Não exatamente. Embora isso seja o que a lei chama de indiferença deliberada.

— Você faz soar como se ele não se importasse.

— Não, é exatamente o contrário. Talvez ele se importe demais.

— Não estou acompanhando...

— Acho que as pessoas que amam profundamente outras pessoas têm naturalmente a tendência a pensar o melhor delas, não o pior. Fort pode perceber um monte de indícios, mas inconscientemente fica cego para eles. Ele realmente não quer ver sua esposa como viciada. Quem quereria?

— Então, o que você disse para ela?

— Ofereci ajuda. Talvez colocá-la em lugar de reabilitação. E disse a ela para contar ao marido. Ele tem o direito de saber, e ela precisa do apoio dele.

Joshua olhou atentamente para a esposa. Ele pegou as mãos dela e beijou-as.

— Graças a Deus, ela tem você como amiga. Você é fora de série, Abby. De verdade.

Ela inclinou-se e deu um longo beijo nos lábios dele.

— E você é um homem incrível.

A seguir, Joshua acrescentou.

— Se eu puder ajudar em alguma coisa, diga-me.

— Obrigada, Josh.

Depois disso, ela animou-se e focou o projeto do marido.

— Então, você termina a reunião da Mesa Redonda amanhã?

— Sim, vamos focar nosso projeto de mídia. Vai realmente ser grande. Estamos tirando todos os obstáculos. Abby, nosso país vai ser sacudido em seu âmago.

— Estou orando por seu novo empreendimento. Esse é o projeto AmeriNews, certo?

— Exatamente.

— Então, amanhã, depois que você resolver tudo, talvez você, Débora e eu possamos andar um pouco a cavalo no dia seguinte?

— Certo... hum, oh...

— Hum, oh, o que, querido? — Abigail estava realmente traduzindo a parte não falada da resposta do marido.

— Acabo de me lembrar que tenho de jogar dezoito buracos de golfe com Rocky Bridger.

— Bem, você pode levantar cedo, ser o primeiro a começar o jogo e estar de volta ainda com tempo para uma cavalgada conosco de, pelo menos, meio dia. Certo?

Ele deu um sorriso forçado.

— Sim, isso é possível. Posso acatar ordens, era um bom oficial na Força Aérea. Plano de voo modificado pelo centro de comunicações.

— Você é exagerado demais — disse ela, dando uma risada e com um certo brilho nos olhos.

Então, houve alguns momentos de quietude, no qual a única coisa que se ouvia a distância era o movimento rápido das águas do rio descendo para o vale. Abigail foi a primeira a quebrar o silêncio.

— E aí, algum plano para a noite enquanto estamos aqui?

— Nada, a não ser desfrutar a falta de planos. Uma noite dessas, preciso rever algumas aquisições e dados de investimento. Ver como estamos indo.

Então, ele entendeu.

— Você tem alguma coisa em mente, não é mesmo?

— Na verdade, tenho.

— O que é?

— Quando voltarmos para Nova York, o pastor Paul Campbell vai fazer uma série especial de conversas noturnas sobre a eternidade da igreja.

O rosto de Joshua não demonstrava hesitação, mas Abigail podia ouvir as engrenagens se movendo em sua cabeça.

— Sei o que você está pensando — disse ela.

Joshua riu.

— Você tem certeza?

— Quando você está com esse olhar, tenho sim. Você está pensando: "Mulher, essa é a milésima vez que você me convida para ir à igreja. Fui com você umas duas vezes. Apenas dois meses atrás. Mas vou ter tanta coisa da Mesa Redonda para acompanhar quando voltarmos para Nova York."

— Está bem perto disso.

— Mas isso é diferente. Acho que essa série de mensagens é mais para você que para mim. O tópico é a sua praia. De verdade!

— Bela jogada, senhora advogada. Então, vou me arrepender se não for...

— Exatamente, e se você for, acho que vai se surpreender. Na verdade, acho que se encaixa no que você está fazendo com a Mesa Redonda...

Ela conseguiu a atenção dele.

— Você despertou minha curiosidade. Conte, pelo menos, sobre o que é tudo isso.

— Melhor que isso, vou deixar você ler a brochura. Consegui com Paul. Ela diz tudo sobre o assunto.

— Está certo, vou ler. Mas não prometo...

Vinte e oito

Moscou

Hamad Katchi moveu-se cautelosamente de volta ao beco cheio de garrafas quebradas e lixo. Era por volta de meia-noite. Para a maioria das pessoas, naquela vizinhança em particular e naquela hora específica, essa experiência seria de arrepiar os cabelos.

Mas não para Katchi. Ele não tinha medo das gangues russas que controlavam aquela parte da cidade. Muitos deles tinham feito negócio com Katchi no comércio de armas ilegais. E os que não tinham feito negócio com ele, com certeza já tinham ouvido falar dele.

Com os anos, Katchi ganhou a posição de celebridade internacional no submundo. Quem diria que a "conversão" à paz global lhe daria a habilidade de continuar a negociar secretamente com líderes nacionais por trás do manto da legitimidade. Esse era um homem com quem ninguém queria se deparar.

O mestre paquistanês em armas dobrou a esquina e caminhou outros cinco metros em direção a uma loja rústica com a palavra *Кофеuwня* na placa da entrada: "Café expresso". A frente da loja estava escura e havia uma placa com a palavra "fechado" pendurada na porta. Katchi sabia que estava no lugar certo.

Ele olhou com atenção para cima e para baixo da rua, assegurando-se de que estava vazia; a seguir, ele abriu a porta e entrou na loja. O café estava vazio, as cadeiras estavam empilhadas para o dia seguinte, e as luzes da área de jantar principal estavam apagadas. Mas uma luz tênue vinda da sala de trás lançava um brilho através da loja escura. Katchi entrou em um pequeno escritório e fechou a porta.

Um homem robusto com um terno com aparência suja e fumando um charuto cubano estava sentado no canto próximo a uma pequena mesa de madeira. Ele bateu vagarosamente a ponta do charuto com o dedo anular, fazendo com que as cinzas caíssem descuidadamente no chão, e, o tempo todo, olhava para Katchi quando este entrou na sala.

— Bom vê-lo de novo, Vlad — começou Katchi.

O outro homem, Vlad Levko, era ex-agente da KGB e, agora, membro ativo da novíssima agência de espionagem da federação russa, o Serviço Federal de Segurança (SFS). Ele sorriu e moveu-se em direção a uma garrafa de vodka ladeada por dois copos pequenos. Katchi balançou a cabeça fazendo sinal que não queria. Levko serviu-se assim mesmo, pôs uma dose e, depois, tragou-a.

Levko não perdia tempo com preliminares.

— O que você vai fazer, você e eu, a respeito do nosso negócio?

— Esperava que você pudesse negociar um preço — respondeu Katchi.

— E presumo que você tem autoridade para falar em nome do Sr. Demas?

— Não vim até Moscou por causa da vodka de vocês.

— Ok, mas houve um pequeno ajuste desde nossa última conversa.

Katchi estava preparado para alguma traição de última hora dos russos. O que ele não estava preparado era para lidar com o transgressor.

Levko deu outra tragada no charuto antes de continuar.

— Queremos direitos exclusivos sobre o RTS. Não queremos o sistema sendo vendido para nossos competidores.

— Isso não é um ajuste, Levko, isso é uma revisão total. Você deveria ter me avisado antes de me fazer desperdiçar uma viagem até aqui.

— E você devia ter previsto que iríamos querer ser os únicos proprietários dessa tecnologia. Qualquer vantagem que o sistema RTS possa nos trazer diminui no momento em que a tecnologia for compartilhada com qualquer outro governo.

Katchi não estava surpreso, não mesmo. Como resultado da ruína do Império Soviético décadas atrás, a dominação militar da Rússia tinha enfraquecido. Por isso, nos anos recentes, os russos estavam fazendo um esforço louco para reconstruir a condição de superpotência, mas ainda tinham um longo caminho pela frente. Eles eram ameaçados de todos os lados e, se quisessem ter alguma esperança de poder financiar seu levantamento militar, precisavam proteger sua posse mais cobiçada — os vastos campos de petróleo que eram sua principal fonte de renda.

Katchi replicou:

— O que você está pedindo vai ser uma venda muito difícil para Demas.

— Claro que estamos preparados para compensá-los pela exclusividade. No entanto, vocês vão ter de garantir que podem entregar toda a informação necessária em relação aos detalhes do protocolo de reversão de laser do RTS para fazer valer o nosso tempo.

Hamad Katchi respondeu casualmente, sem piscar os olhos.

— Isso, certamente, não será um problema.

— E não queremos esperar até o próximo ano pela entrega. Você realemente entende isso.

— Bem, esperamos estar de posse do RTS a qualquer momento.

— Mais uma coisa, não podemos em hipótese alguma ser rastreados até seu esforço para obter o projeto RTS. Estamos entendidos a respeito disso? Não estamos atrás de uma guerra mundial com os Estados Unidos. Pelo menos, não ainda. Vocês podem garantir que nos manterão longe dos holofotes?

— Isso também não vai ser um problema. Sugiro que, nesse meio tempo, você aumente a quota de petróleo dos Estados Unidos acima do que estão oferecendo hoje para dar a impressão de que os estão ajudando a se fortalecer economicamente. Vocês vão continuar a parecer amigos, e os Estados Unidos não desconfiarão.

Agora, Levko estava interessado em ouvir o resto da história. Ele serviu-se de outra dose, tragou-a e fez um sinal para que Katchi continuasse.

Katchi continuou com entusiasmo.

— Temos alguém de primeira linha pegando o RTS para nós. O melhor profissional que há. Talvez o melhor que já houve. Tenho certeza de que ele manterá todos nós fora dos holofotes.

Mas, a seguir, Katchi surpreendeu-se, ele teria falado demais? Ele não queria que o espião russo soubesse quem eles tinham contratado para esse projeto. O russo tinha lembranças antigas. A execução de três dos melhores agentes deles por Atta Zimler deixara feridas abertas.

— Esse homem que vocês estão usando não é alguém que eu conheça? — perguntou com indiferença Levko.

— Um cavalheiro da América do Sul. Bem, talvez *cavalheiro* não seja a melhor definição. Ele opera sob radar há muitos anos. Ele é excelente para esse tipo de coisa.

Katchi, após mentir, estudou a fisionomia de Levko para verificar se ele acreditara. Vlad apenas sorriu de volta e serviu-se de outra dose.

Katchi concluiu enquanto se levantava para sair.

— Você nunca vai se aposentar, meu amigo, se continuar a beber...

— No nosso negócio, a aposentadoria nunca é garantida; não é mesmo, Hamad?

Logo antes de sair da sala do fundo do café, Hamad Katchi acrescentou quase imediatamente:

— Para ter posse exclusiva do projeto RTS, vocês terão de pagar o dobro.

Levko não hesitou. As reservas de petróleo da Rússia eram constantemente altas. E o governo conseguira, com sucesso, assumir o controle da produção de todo o petróleo privado. Outro bilhão de dólares não era um grande problema.

— Procure um lugar seguro, meu amigo — murmurou Vlad Levko para Katchi enquanto este saía do café escuro para a rua. — O mundo pode ser um lugar perigoso.

Vinte e nove

Dizer a verdade tornara-se um negócio perigoso.

Durante anos, o noticiário de base digital dos Estados Unidos pertencera a poucas corporações influentes, e elas não estariam dispostas a abrir mão disso com facilidade. Todos da Mesa Redonda sabiam disso. Esse era mais um motivo, imaginavam eles, para que sua revolução fosse lançada imediatamente.

No último dia da reunião da Mesa Redonda, o ritmo acelerou consideravelmente. A grande garrafa térmica de café na janela revestida da sala de conferência já fora enchida uma vez e, agora, estava vazia de novo. O grupo tentava fazer o ajuste fino no projeto AmeriNews, mas quanto mais achavam que o conceito estava pronto para ser executado, mais e mais detalhes finais continuavam a aparecer. Phil Rankowitz passou a maior parte do dia andando de cá para lá, sempre ao telefone com os advogados, resolvendo as dificuldades dos últimos termos do contrato com a World Teleco, a imensa empresa de telecomunicações cujo satélite transmitiria o serviço de notícias.

Financiar a coisa toda não era o maior problema. Phil trabalhara com Beverly Rose Cortez para assegurar o financiamento. Além dos investidores externos, diversos membros da Mesa Redonda tinham comprometido capital pessoal no empreendimento ou endossado empréstimos de instituições financeiras com garantias pessoais. O projeto seria estruturado por intermédio de uma corporação de cobertura chamada Mountain News Enterprise, MNE Inc., que já fora estabelecida para esse propósito.

O desafio era evitar dar informação à companhia de telecomunicações de que essa rede de notícias seria radicalmente diferente. Afinal, a World Teleco era apoiadora da administração Corland e estava firmemente ligada aos serviços de notícias existentes. Por contraposição, a AmeriNews seria uma nova raça de gigantes da notícia e desafiaria o *status quo* político atual. A AmeriNews cobriria as questões difíceis que a corrente atual das redes de televisão e rádio conduzidas pela internet recusavam-se a cobrir. E as notícias seriam transmitidas direto para o *Allfone* dos celulares usados pela metade dos cidadãos norte-americanos. Se tudo corresse bem, em dez meses, o plano expandiria e proveria o AmeriNews para quase todo norte-americano que tivesse celular.

Mas o senador Leander ainda estava criticando o grupo. Ele tinha sérias dúvidas se o conceito de transmissão de notícias era sólido e também questionava se, de qualquer modo, um negócio podia realmente ser bem-sucedido preso à companhia de telecomunicações. Por isso, Rankowitz tinha de rever novamente as coisas básicas.

— A ideia não é complicada — explicou Rankowitz para o grupo. — Cobrimos as notícias nacionais sem restrições nem regras. Consegui diretores e repórteres de noticiários desempregados, dispensados dos jornais e das revistas impressos, pessoas dispostas a fazer a reportagem investigativa e escrever a matéria do noticiário nacional. Ao mesmo tempo, jornais locais em áreas geográficas-chave recebem espaço gratuito para suas notícias locais. Quando alguém com um *Allfone* equipado com nosso serviço AmeriNews chega a oitenta quilômetros de uma cidade ou região coberta por um jornal local digital que tenha assinado conosco, então, *bum*, as notícias locais aparecem automaticamente no *Allfone* deles. Junto com os anunciantes locais. Conseguimos isso através dos sistemas de localização social existentes, já embutidos em todos os *Allfones*. Não é necessário ajustes de *hardware*. Cada telefone celular tem um sensor de GPS integrado e uma bússola eletrônica, por isso ele consegue localizar exatamente onde está. Bem, só usamos esse dado para conectar o usuário do *Allfone* ao membro mais próximo do nosso jornal local aliado. Mas lembrem-se de que a maior vantagem de tudo isso é que, em última instância, todo usuário de *Allfone* tem acesso não só às notícias locais de onde estão naquele momento, mas também a nossa própria cobertura das questões nacionais bem na ponta dos dedos. O público via *Allfone* garante-nos entrada para todo o país a partir do zero. Interrompemos o monopólio do silêncio da mídia sobre as *nossas* questões. O povo norte-americano, pela primeira vez em anos, vai começar a receber os fatos verdadeiros.

Mas Leander ainda estava preocupado com vazamentos.

— E se a companhia telefônica *Allfone*, World Teleco, de repente, ficar com medo? Descobre que nosso noticiário vai desafiar a grande corrente predominante da mídia que já é cliente deles? Que você está planejando destruir o monopólio da notícia? Tenho idade suficiente para me lembrar de como a rede Fox agitou a mídia instituída durante um tempo e de como o pessoal do Senado, incluindo eu, tinha que ficar de guarda para se proteger dos ataques e das ameaças. Era saudável; a época em que os entrevistadores controversos do rádio podiam realmente desafiar a Casa Branca. Depois, finalmente, até mesmo as outras redes de notícias pareciam também estar se movimentando, começavam a ficar um pouco mais mordazes, mais honestas, mais independentes. Mas tudo isso acabou agora. Phil, estamos para desferir um golpe nessas poderosas telecomunicações bem no olho.

Rankowitz não se sentia intimidado.

— Estou tranquilo quanto a isso, você não está? Além disso, também queremos deixar as organizações de notícias deste país de olho roxo. Elas se venderam para as empresas de telecomunicações que controlam o acesso delas à internet. Mas, agora, estamos para acabar com esse bloqueio.

Leander repreendeu o presidente de mídia.

— Você não está me ouvindo. E se a World Teleco ficar sabendo disso? Que eles estão para convidar um cavalo de Troia a entrar em seu sistema sem fio. Talvez eles pulem fora antes de assinar o contrato.

O juiz Rice levantou o dedo. Todos os olhos se voltaram para ele.

— Olhei a estrutura do contrato de Phil — disse Rice. — Acho que não há nenhuma forma da World Teleco saber que este grupo ou algum de vocês está envolvido. Eles vão pensar que é apenas mais um serviço de notícias. Phil, muito sagazmente, contratou o ex-pessoal da notícia do mercado para que o contrato saísse no nome deles. Enfim, eles são nossos laranjas. O que a World Teleco não sabe é que essas pessoas são pessoas da mídia que acreditam, caladas, nas coisas do jeito que fazemos. Pessoal, acho que estamos bem.

Joshua estivera pensativo. Agora, ele decidiu expor o ponto crucial na discussão.

— Pessoal, isso tudo diz respeito à confiança. Diversos de vocês estão bancando isso com seu próprio dinheiro e seu próprio crédito. Mas todos aqui concordam em relação a um ponto: enquanto não contarmos a verdade para o povo norte-americano, esse país vai continuar descarrilado.

Phil Rankowitz batia a caneta sobre a mesa com energia nervosa, e seu rosto estava iluminado com aquele sorriso de um menino que foi ao circo. Gesticulando em direção a Joshua, ele disse com excitação na voz:

— Queremos lançar essa nova rede de noticiário baseada no celular com uma série de manchetes sobre sua história do RTS. Divulgar a verdade sobre por que você não quer entregar seu projeto para o Congresso. E como o Congresso e a mídia de notícias o pintam falsamente como um tipo de traidor. Mais uma coisa sobre esse assunto: queremos expor o encobrimento da verdade por parte da Casa Branca sobre o que realmente aconteceu no Salão Oval no dia em que aqueles mísseis norte-coreanos vinham em nossa direção. Alguma coisa cheira muitíssimo mal na explicação do presidente. Os oficiais superiores do Pentágono com quem Rocky Bridger conversou reservadamente contaram uma história diferente. Eles dizem que a Casa Branca sabia muito bem que nossos militares iam usar o sistema RTS para fazer com que os mísseis voltassem e jamais objetaram a isso. A administração Corland dizer qualquer outra coisa é apenas um claro despautério...

Durante poucos segundos, reinou o silêncio. Como se finalmente eles tivessem começado a entender como isso era realmente grande. Em um ataque corajoso, eles estariam desafiando o Congresso, a Casa Branca e o monopólio norte-americano da notícia.

Rocky Bridger pediu uma votação.

— Precisamos aprovar formalmente isso para que possamos começar a implementação. Agora. Acabou a espera. Lembrem-se, a decisão precisa ser unânime.

Todos concordaram imediatamente. O projeto AmeriNews foi posto em votação.

— Todos a favor? — perguntou Joshua.

Todos levantaram a mão a favor, exceto o senador Leander. Ele estava recostado com uma expressão gélida no rosto.

Então, depois de um momento de hesitação, ele levantou a mão lentamente. Joshua anunciou o que, agora, estava evidente para todos.

— Pronto, o AmeriNews está lançado. Quanto tempo, Phil?

— Vou ativar o mais rápido que puder. Esperamos entrar no ar em uma semana ou duas, talvez um pouco mais que isso.

Depois de alguns assuntos finais, incluindo o estabelecimento do acompanhamento de datas para os membros, o grupo despediu-se. Foi quando Rocky Bridger foi até Joshua.

— Então, começamos amanhã bem cedinho?

Joshua virou os olhos e deu uma risadinha quando disse:

— Isso mesmo, às 6h30. Assim, ainda terei tempo de dar uma cavalgada com Abby e Debbie.

— Você tem algum plano para depois disso?

Joshua abaixou a cabeça com um sorriso paciente nos lábios e acrescentou:

— Voltamos para Nova York no dia seguinte. Com tempo suficiente para que eu vá com Abby a uma palestra na igreja que ela frequenta. E você?

— Ah, acho que vou tomar um voo matinal depois da nossa partida de golfe. Tenho uma reunião de oficiais aposentados em San Diego. Ficarei dois dias lá. Depois, vou para a Pensilvânia. Estou realmente ansioso para ver minha filha, Peg, e meu genro, Roger.

Joshua tentava se lembrar do nome.

— Roger... Roger French?

— Isso mesmo, ele é corretor de seguro comercial na Filadélfia. Um bom homem. Desde que Dolly morreu e estou sozinho, a família realmente tornou-se preciosa para mim. Mal posso esperar para ver os dois, além da minha neta.

Joshua disse a Rocky que o encontraria no hotel às 5h30 para tomar o café da manhã e, depois, guiaria até o clube de golfe.

Depois de o general Bridger sair, Joshua procurou o juiz. Rice, geralmente um homem que não demonstrava emoções, parecia pensativo e perturbado.

Ele deu um tapinha no ombro de Rice e disse:

— Você está com cara de quem tem algo em mente. Você concorda com o projeto da mídia, certo?

— Com certeza, estou com você nisso desde o início.

— Ótimo. Só estava checando...

— Tenho *algo* na minha mente.

— Alguma coisa sobre a qual queira conversar?

Fortis Rice deu um pequeno gemido e assentiu com a cabeça de uma maneira que surpreendeu Joshua por ser particularmente precipitada e aberta, sobretudo para o juiz.

Rice disse:

— Darley disse-me na noite passada que precisava conversar comigo a respeito de algo. Mas disse que isso podia esperar até depois da nossa reunião. Estava apenas pensando...

A voz de Fortis Rice apagou-se. Mas, a seguir, Rice mudou rapidamente de assunto e disse:

— Também estava pensando sobre aquele advogado, Allen Fulsin, que ia recomendar para que o trouxéssemos para a Mesa Redonda para substituir Fred Myster e trabalhar no subgrupo legal. A propósito, o tratamento de câncer de Fred está progredindo bem. Espero que eles consigam fazer a tempo. Mas o ponto é que preciso acompanhar Allen Fulsin. Quase puxei o assunto sobre nosso grupo quando conversei pessoalmente com ele. Claro que tentei ser tão discreto quanto pude.

— Diga-me alguma coisa sobre ele.

— Ele é supercompetente. Trabalhava para a Suprema Corte de Justiça. Teve um cargo no escritório do procurador-geral antes de ir para o setor privado. Essa não é a questão, são mais as coisas que não sei pessoalmente a respeito dele. Como seu caráter e sua filosofia política. Só tenho informação de segunda mão. Embora tudo soasse bem. Então, tive essa conversa com ele...

Joshua entrou em sintonia com a preocupação de Rice, por isso perguntou à queima-roupa:

— Você disse alguma coisa a ele de que se arrependeu? Quero dizer, sobre a Mesa Redonda?

— Não, não disse nada específico para ele. Não dei a ele o nome nem os detalhes dos nossos membros. Apenas um pouco sobre o que fazemos. Sabe, para senti-lo. Acho que posso ter mencionado que estávamos trabalhando em um projeto de mídia. Mencionei a World Teleco para ver se ele os tinha representado. Ele disse que não os representou.

— Você acha que ele foi sincero?

— Tive essa impressão.

— E a posição política dele?

— Muito cheio de entusiasmo em relação a nossa posição sobre as coisas. Disse que gostaria de fazer alguma coisa pelo futuro dos Estados Unidos.

— Então, nenhuma preocupação?

— Não realmente. Mas ontem à noite dei uma olhada no currículo que ele me deu e percebi que ele omitiu alguma coisa. Talvez apenas um pequeno engano. Mas ele não pôs seu trabalho para uma firma de advocacia do D.C. no ano anterior ao que ele se transferiu para a Cobrin, Cabrezze & Lincoln, onde está trabalhando agora.

— Qual era a outra firma de advocacia?

— Morgan & Whitaker.

— Não entendi, qual é a importância desse detalhe?

— Morgan, o sócio sênior da firma anterior de Allen, foi conselheiro legal na Casa Branca do presidente Corland durante o primeiro ano da sua administração. Estamos usando a Mesa Redonda para atacar de frente as políticas temerárias da administração Corland. Então, fiquei me perguntando se Fulsin omitiu deliberadamente de seu currículo o fato de que trabalhou com uma firma de advocacia pró-Corland. Só preciso ter certeza de que Allen não tem lealdades divididas, não está fazendo jogo duplo.

Joshua pensou na remota ligação de Allen Fulsin trabalhar para uma firma de *lobby* de Washington e o principal sócio dessa firma ter trabalhado para o presidente Corland. Parecia que o juiz Rice estava se apegando demais a detalhes, mas era isso que advogados e juízes faziam.

Rice disse espontaneamente:

— De todo jeito, Josh, vou investigar um pouco mais. Apenas para ter certeza de que a antiga associação de Allen com os advogados de Corland não vão alterar seu julgamento em seu trabalho conosco.

Joshua agradeceu-lhe por seu cuidado. A seguir, Joshua acrescentou:

— E espero que tudo corra bem na conversa que terá com Darley.

Rice sorriu com um olhar que dizia ter gostado da gentileza de Joshua. Mas, como era típico dele, ele não pôs o pensamento em palavras. Ao contrário, ele pegou sua pasta, virou-se e saiu da sala.

Trinta

O telefone estava tocando no escritório da Consolidated Insurance Brokers no centro da Filadélfia. Péssima hora. Todos tinham ido embora, exceto Roger French. Ele, agora, hesitava, dividido entre a culpa de sair cedo e o benefício de evitar o trânsito do horário de pico. Ele já estava visualizando o trajeto — a avenida JFK e, depois, de lá para a via expressa. Esse seria o trajeto mais rápido para chegar a tempo para assistir ao jogo de basquete da filha.

A mão de Roger abaixou, flutuando sobre o painel de botões do sistema de telefone do escritório. A lei de Murphy disse-lhe que devia deixar a ligação cair na secretária eletrônica. Mas uma firme ética de trabalho incitou-o a atender ao telefone.

Quando ele esticou a mão para pegar sua pasta, apertou o botão no painel telefônico que dizia Roger — telefone.

O homem do outro lado da linha falou com claro sotaque britânico.

— Oh, estou contente de ainda ter alguém aí. Preciso comprar urgentemente um seguro comercial para uma empresa internacional que represento.

Sabia que não devia ter atendido a chamada. Roger tentou dissuadir o insistente cliente.

— Ficarei satisfeito em encontrá-lo amanhã, tão cedo quanto o senhor queira. Mas tenho um compromisso hoje à noite...

— Ah, que pena. Mas, veja, tenho pouco tempo nos Estados Unidos para acertar isso. Meus planos de viagem foram mudados. Tenho de retornar a Londres amanhã cedo, portanto tenho de discutir esse assunto hoje à noite com um agente de seguro.

A voz de Roger era polida enquanto explicava.

— Na verdade, tenho de estar no jogo de basquete da minha filha que começa em pouco mais de uma hora.

— Realmente, isso não é problema — disse o homem com o tom de voz certo para resolver esse pequeno contratempo. — Neste instante, estou a apenas alguns minutos do seu escritório. Tenho certeza de que podemos lidar com as preliminares em trinta, quarenta minutos. Posso pagar a taxa inicial. Depois, podemos terminar os detalhes por telefone. Desse jeito, você ainda pode ver o jogo de basquete da sua filha. Isso é suficiente? É realmente muito importante que eu comece isso antes de deixar o país amanhã.

Roger levou alguns minutos para pensar.

— Com certeza... contanto que não leve muito tempo... Sr., hum... temo que não sei seu nome.

— Toby Arthur. Tenho um negócio baseado em Londres. E conseguir o certificado de seguro é, por assim dizer, a última migalha que falta, o detalhe de que ainda precisamos para conseguir nosso financiamento e, assim, podermos concluir nossa expansão no mercado norte-americano.

— Está bem, então, em cinco minutos?

— Maravilha, estarei aí.

Roger desligou e ligou para a esposa na discagem rápida. Após três ou quatro toques, ele caiu direto no correio de voz do telefone dela.

— Peg, é o Roger, vou atrasar cerca de dez ou quinze minutos para o jogo. Mas não se preocupe, estarei lá. Prometi para a Terri que iria dessa vez. Amo você.

Atta Zimler, cabelo tingido de ruivo, vestindo um caro terno listrado e carregando uma pasta, caminhava em direção ao escritório da Consolidated Insurance Brokers cinco minutos depois de terminar sua conversa com Roger. Zimler considerava esse o lado irritante da viagem. Mas necessário. Na melhor das hipóteses, o dossiê que o Dr. Yergi Banica lhe fornecera era superficial. Os agentes russos que compilaram os dados só arranharam a superfície do sistema RTS. E não havia nenhuma informação pessoal sobre Joshua Jordan que capacitasse Zimler a localizar seu ponto mais vulnerável. Não que ele não pudesse fazer isso. Ele podia, e Roger, o agente de seguro, o ajudaria a fazer isso.

Depois de Zimler entrar no saguão principal do prédio, deixando habilidosamente seu rosto fora das câmeras de vigilância, ele subiu para o quinto andar. Tocou a campainha da Consolidated Insurance. Rober abriu a porta, parecendo um pouco distraído, mas logo deu um sorriso para o cliente. Zimler pegou sua mão e a apertou com firmeza. Enquanto cumprimentava Roger, ele o media.

Quando Roger deu as costas para pegar uma grande pasta, Zimler brandiu o braço e desferiu um golpe de caratê na parte de trás do pescoço de Roger.

Roger dobrou-se, bateu em uma mesinha da recepção, espalhando as revistas que estavam ali, e caiu desmaiado no chão.

Quando ele recuperou a consciência, ele vivia um pesadelo.

Desorientado, ele tentou se lembrar do que acontecera. Alguma coisa cobria a parte de baixo do seu rosto. Fita adesiva. Mas ele não podia alcançá-la para tirá-la. Ele estava amarrado em uma das cadeiras do escritório, os braços postos para trás e amarrados firmemente nos pulsos — mais fita adesiva.

Mas havia mais alguma coisa. Fios foram amarrados em várias partes do seu corpo, incluindo no peito, nas coxas e lóbulos da orelha. Os olhos de Roger seguiram os fios, tentando rastreá-los. Eles iam do seu corpo para o chão e para um tipo de caixa que tinha sido ligada na tomada da parede.

Atta Zimler abanava um documento na frente de sua vítima. Uma cópia do *e-mail* que Roger tinha postado para um *blog* antinuclear.

— Que bonito da sua parte, Roger, defender Joshua Jordan nessa postagem na rede. Vamos ver, como mesmo você disse? Oh, sim, "um amigo do meu sogro que é ex-general do Pentágono". Então, tenho algumas perguntas para você, Roger French. Perguntas sobre Joshua Jordan. Ele é um homem difícil de ser encontrado e, a partir desse seu *e-mail*, está muito claro que seu sogro, o general Bridger, pode ter confidenciado determinadas informações sobre Jordan para você. Por isso, você vai me contar tudo que sabe sobre ele e seu negócio, sua família, tudo.

Zimler chegou perto do rosto de Roger para que pudesse transmitir seu sádico recado em voz calma e baixa. Zimler faria sua vítima entender que seu corpo, sua vida e tudo em relação a ele, agora, estava sob o controle de

Zimler. Não adiantava lutar. Não adiantava fazer planos de fuga. A ajuda não viria.

Zimler disse:

— Portanto, agora vou tirar a fita. Pronto, tirei. Agora, você pode respirar melhor. Certo? Muito bem. Agora, vou fazer as perguntas. E se você acha que não vai me contar tudo, então, vou ter de puni-lo com choque elétrico. Assim, por favor, conte-me tudo, não esconda nada quando responder a minhas perguntas. Vamos começar com a família de Jordan.

Trinta e um

— Hanz, isso é um desastre. Dê sua opinião sobre isso, certo? Estou olhando minha tela neste momento, e o dólar norte-americano está despencando...

Sean, operador de câmbio em uma grande casa de câmbio da rua Oxford, no coração de Londres, estava sentado em frente do seu computador. Ele estava ao telefone com o gerente da filial de Munique da mesma empresa.

— Estava olhando minhas posições abertas no fechamento do dia. O dólar contra o franco suíço. O dólar contra o yen. O dólar contra a libra esterlina...

De seu escritório na Goethestrasse, em Munique, na Alemanha, Hanz falou sem titubear:

— É mesmo, também estamos vendo isso. A tendência de queda do dólar, todos os dias. Mas isso está muito ruim... ainda há tempo para negociações hoje. Vamos nos desfazer das nossas posições em dólar. Não vamos esperar...

Os negociadores de dinheiro no escritório de Amsterdã da mesma empresa de câmbio também assistiam à queda da moeda norte-americana e veio a ordem para vender o dólar norte-americano, e vender rápido. Nos últimos dias, todos eles tinham feito um número estonteante de *carry trade*[1] em dólar porque a moeda dos Estados Unidos estava muito barata. Mas a coisa estava chegando a um ponto insuportável. Agora, estava arriscado demais apostar no dólar.

Era de manhãzinha em Washington, D.C. O sol ainda não batia no topo do monumento de Washington. Um enraivecido funcionário federal fazia

[1] [N. da T.] *Carry trade* é uma aplicação financeira que consiste em tomar dinheiro a uma taxa de juros em um país e aplicá-lo em outra moeda em que as taxas de juros são maiores.

outro telefonema para a Casa Branca. Dessa vez, o presidente do Estado-Maior atendeu pessoalmente.

— Desculpe pelos adiamentos. Estou bem familiarizado com o assunto urgente do secretário do Tesouro. Mas com a programação do presidente foi praticamente impossível arranjar isso antes...

O funcionário do Tesouro não seria saco de pancada dessa vez.

— Hank, o secretário tem de ver o presidente. Hoje. Sem mais desculpas. Se não fizermos nada logo, vocês verão nossa nação vivenciar o Chernobyl financeiro. E vou cuidar pessoalmente para que todos saibam que Hank Strand, presidente do Estado-Maior, é o responsável por isso. Você vai fazer com que o Bernie Madoff e o Cacciola, grandes especialistas em crimes financeiros, pareçam escoteiros.

— Não gosto de ameaças...

— E eu não gosto de incompetência. Faça seu trabalho. Faça esse encontro acontecer, hoje.

O secretário adjunto do Tesouro telefonara duas vezes nos últimos dois dias para agendar uma reunião entre o secretário do Tesouro e o presidente Corland. Mas Strand dera ordem para que a reunião fosse adiada. Ele sabia que Corland seria incapaz de tomar uma decisão em relação à questão. Estava claro que uma vez que os Estados Unidos tinham descido por essa estrada, não havia mais volta.

Mas o tempo estava se esgotando. O relatório de hoje dos mercados monetários mostrava que o dólar não estava mais com a cabeça fora da água — estava afundando. Logo não conseguiria competir nem mesmo com o peso mexicano. A moeda norte-americana mostrava sinais de catastrófica falência, e todos da administração Corland sabiam disso.

Se isso tinha acontecido por causa da imprevisível devastação da agricultura dos Estados Unidos, por causa da crise de petróleo, por causa da espiral de desemprego, por causa das estropiadas taxas federais ou por causa da gigantesca dívida dos Estados Unidos com a China e a Rússia — tudo isso parecia irrelevante agora.

Hank Strand interrompeu a conversa ao telefone e disse ao segundo no comando do Tesouro que ele entregaria pessoalmente a mensagem ao presidente. Trinta minutos depois, Strand estava no Salão Oval com o presidente Corland, que estava de pé e andava como um animal enjaulado. O presidente da sua comissão de conselheiros econômicos, que estivera sentado no sofá, fez o gesto de se levantar para ficar na mesma posição que o presidente. Mas, após alguns segundos, Corland jogou-se impulsivamente sobre uma poltrona. O presidente da comissão achava que ultimamente o comportamento do presidente ficava cada vez mais estranho. Ele olhou para o chefe do Estado-Maior de Corland na esperança de captar alguma coisa na expressão dele. Mas devia saber que isso seria impossível.

Hank Strand era um mestre em sustentar uma expressão impassível. Ele continuava sentado, as mãos abertas e relaxadas sobre os braços da poltrona. Ele já vira tudo isso antes. Corland era um comunicador excelente e firme na televisão, mas, em momentos de crise, ele era um homem que não conseguia ficar parado nem sentado. Depois, como Strand sabia muito bem, havia essa *outra* questão com o presidente.

Menos de um punhado de pessoas sabia alguma coisa sobre a estranha situação médica do presidente Corland. Strand era uma delas. Ele achava que se permanecesse calmo, compassado e confiante perto de Corland, um dos "incidentes" do presidente poderiam ser evitados.

O conselheiro econômico finalmente falou.

— Senhor presidente, esse é simplesmente o próximo passo inevitável. Outro estágio na evolução financeira dos Estados Unidos.

O presidente tentava controlar suas emoções. Seu rosto estava congelado em um sorriso forçado — tentando parecer agradável, mas a expressão resultante era quase repulsiva.

— Não quero ser aquele que passa a ter o nome inscrito na história por... você sabe... matar o dólar dos Estados Unidos. O rosto de Washington ainda está na cédula de um dólar, lembra-se? O público norte-americano não vai gostar disso...

O conselheiro disse sem hesitar.

— Acho que o que o público norte-americano quer é uma economia que não se pareça com a da Alemanha no fim da Primeira Guerra Mundial.

Corland virou-se para olhar para seu chefe do Estado-Maior.

Hank Strand queria transmitir uma atitude de calma. Mas ele sabia que a ruína estava à porta, por isso ele, em tom tranquilizador, acrescentou:

— Senhor presidente, o secretário do Tesouro quer que o senhor lhe dê carta branca para os Estados Unidos começarem o processo de conversão monetária. Claro que o processo pode ser gradual.

— Mas não muito gradual — acrescentou o conselheiro. — Não queremos a destruição do nosso mercado, senhor presidente.

Corland tentava de algum modo dar uma laçada retórica na coisa toda. Então, a face dele iluminou-se. Ele descobrira.

— Podemos descrever isso como algo histórico. Talvez o fim de uma época e o começo de uma nova era de liberdade financeira...

O conselheiro relaxou em sua cadeira quando viu o presidente reanimando-se.

— Pelo amor de Deus! Estamos nos mercados globais desde o fim do século XX. Será que é algo realmente tão radical que agora nos tornemos parte de uma moeda global unificada? — comentou o conselheiro.

— E o precedente de que você falou? — perguntou Corland.

— Bem, o Fundo Monetário Internacional, certo? É um fato pouco conhecido que o FMI teve durante anos autoridade para lançar uma forma de papel financeiro chamada Direito Especial de Saque, DES, como uma forma de dinheiro global.

— E esses DESs...

— Eles são como uma moeda internacional, senhor presidente. Assim, esse movimento para os Estados Unidos se juntar ao resto das principais nações adotando a nova moeda internacional, a Regulamentação Aplicável à Moeda de Saque, a RAMS, como parte da nossa moeda nacional, bem... afinal, não é algo novo. Além disso, a RAMS já é uma forma de dinheiro de dupla proposta. Sim, ela está sendo usada na versão em papel, mas também está disponível na forma eletrônica. Como um cartão internacional de débito. Uma grande vantagem uma vez que, muito em breve, o mundo todo vai seguir o caminho da moeda sem dinheiro vivo. E tem mais, os norte-americanos estão preparados para isso. Desde 2007, eles fazem mais compras com cartão que com dinheiro vivo. Portanto, estamos atrasados para aderir ao sistema mundial de dinheiro.

Corland olhou para Hank Strand buscando ajuda para entender as implicações políticas dessa última afirmação.

Strand sorriu e disse:

— O Congresso está com o senhor nisso. Eles estão prontos para segui-lo nessa tomada de posição.

— E a vice-presidente?

— Oh, a vice-presidente Tulrude nem piscou. Ela acredita que os Estados Unidos precisam se tornar uma entidade mais envolvida internacionalmente; mais integrada à comunidade mundial. Na verdade, ela está muito animada com essa possibilidade.

— Está bem — disse o presidente — ponha nosso secretário de imprensa para trabalhar nisso. Uma série de curtos anúncios sobre um "aprimoramento monetário". Algo vago. Algo que ainda permitirá que os norte-americanos usem o dólar. Esse tipo de coisa. Mas bem rápido, o povo norte-americano vai ver que seu dólar não tem valor, mas que pode usar a RAMS e, de repente, eles vão dizer: "Ei, sabe de uma coisa, posso comprar mais com a RAMS que com a antiga moeda". Certo?

Todos anuíram com a cabeça.

O secretário do Tesouro tinha uma reunião agendada para as 15h30 no Salão Oval. O presidente Corland daria a boa notícia a ele nessa ocasião. Os Estados Unidos logo se juntariam à nova forma de moeda global.

Contudo, às 16h30, alguém — ninguém nunca descobriu quem — na Casa Branca deixou vazar a informação para um blogueiro do movimento clandestino de resistência que tinha um *site* chamado Porta do Celeiro.

Às 16h48, o *blog* Porta do Celeiro relatou que o presidente tinha aprovado a desativação do dólar norte-americano e mudado os Estados Unidos para a RAMS.

Dezessete minutos depois, o grande servidor de telecomunicações da internet que hospedava o *blog* Porta do Celeiro, temendo represálias da Casa

Branca, fechou permanentemente o acesso do *blog* sem nenhum aviso prévio. Daí, o criador do *blog* Porta do Celeiro telefonou imediatamente para as principais redes de notícias reclamando do ocorrido.

Nenhuma delas transmitiu a notícia.

Trinta e dois

O sufocante cheiro de morte impregnava a sala.

Depois de anos de investigação de crimes violentos para o FBI, John Gallagher tinha desenvolvido o talento de sentir o pungente cheiro de carne humana em decomposição. Ele era conhecido por ter um faro de cão policial para cadáver.

Mas John Gallagher nunca se acostumou de fato com esse cheiro.

Nunca.

Nem mesmo a máscara orgânica de filtragem a vapor que Gallagher estava usando foi suficiente, e ele contraiu os músculos quando o médico do condado do norte do Estado de Nova York usou uma pesada tesoura para cortar o encharcado saco contendo o corpo. Mas o corpo não estava em uma daquelas bolsas plásticas de empreiteiro usadas pelos criminosos amadores.

Essa foi a primeira coisa que Gallagher notou, claro, depois do cheiro. A pessoa que jogara o corpo usara um saco de aniagem.

— O matador sabia o que estava fazendo — disse Gallagher, de pé ao lado do corpo sobre a mesa de aço inoxidável da sala do médico legista.

— Enrolou esse pobre camarada em aniagem para que os elementos pudessem iniciar o processo de putrefação mais rápido, em vez de mais tarde. Por isso, acrescentou cal à mistura.

O médico legista abriu a boca do cadáver para examiná-la, mas não estava preparado para o que encontrou na cavidade bucal. Gallagher também viu.

A seguir, o médico legista fechou a boca da vítima e disse:

— Mas o criminoso cometeu um erro.

— Qual?

— Jogou o cadáver em um pântano.

— Continue...

— Pântanos como esse em que encontraram essa vítima têm alto índice de ácido tânico. Ele age como preservador. Um tipo de formaldeído natural.

Gallagher pensou nisso. *Então, o matador não era local e não sabia muito sobre turfeira nem sobre pântanos. Do contrário, saberia isso.*

Agora, o médico legista estava examinando o pescoço da vítima.

— Como encontraram o corpo?

— Fale com Red Yankley, o delegado do condado. Ele está lá fora no saguão tomando uma xícara de café. Ele pode lhe dizer.

Depois de um minuto de exame mais atento da laringe, ou por volta disso, o médico legista olhou para Gallagher com um sorriso estranho que refletia algum orgulho profissional.

— Acho que ele foi estrangulado. Vou poder dar uma definição amanhã depois de examinar tudo, pulmões e tudo. Mas aposto meu último dólar que as marcas de ligaduras aqui no pescoço foram feitas por um cabo fino de metal.

Gallagher tentava permanecer calmo. Zimler gostava particularmente de exterminar suas vítimas de perto e, em geral, com um garrote. E sabia-se que ele estava nos Estados Unidos.

Gallagher desculpou-se e saiu para o saguão. Ele tirou a máscara e, depois, saiu à caça do delegado que estava de pé perto da máquina de café com uma xícara de isopor na mão.

— Delegado Yankley, sou o agente especial Gallagher, do FBI.

— O que posso fazer por você? É algum tipo de assunto federal?

— Possivelmente. Gostaria de saber como o corpo foi descoberto.

— Um caçador. A ave que caçou caiu no pântano. Não choveu por dois dias, e estava tudo seco. O cachorro achou o corpo imediatamente.

— Motivo?

— Bem, encontramos traços de pneu de carro levando até o lugar e saindo de lá. Achamos que eram do carro da vítima. Se estiver certo, você tem um ladrão de carro.

Mas Gallagher tinha uma sensação nas entranhas de que não era um simples caso de roubo de carro. Ele tentava não passar à frente de si mesmo. *Vá com calma, John. Não tire conclusões apressadas.*

— Então, delegado, nada mais de interessante?

— Vejamos... oh, sim. Todos os documentos de identificação da vítima foram tirados do corpo. Ele foi pego limpo. Quero dizer, *realmente* limpo, se entende o que quero dizer. Talvez o matador fosse um dentista ou algo assim...

— Entendi — comentou Gallagher. Ele vira que o assassino quebrara todos os dentes da vítima e os removera a fim de impedir a identificação por meio da arcada dentária.

— Sim, mas não foi tão esperto. O matador deixou a vítima com os dedos... impressão digital.

— Tivemos sorte — disse Gallagher. — Se aquele cachorro não encontrasse o corpo naquele dia, as impressões digitais estariam bem dissolvidas com todo o cal com que ele foi empacotado.

— Bem — continuou o delegado — de todo jeito, temos de nos perguntar, arrancar os dentes de um homem morto, o que estava acontecendo?

Gallagher não precisava se perguntar. O veterano do FBI imaginava que o assassino não podia se permitir deixar nenhuma ligação direta com a vítima. Então, ele queria ter certeza de que a vítima não seria identificada imediatamente. Esse era um matador sádico e calculista.

O delegado bebeu ruidosamente o último gole de café e abaixou a revista de caça; a seguir, ele descansou as mãos dos dois lados do cinto de couro em que ficava sua arma.

— Conseguiu pensar em algo a respeito de tudo isso, agente Gallagher?

Gallagher sorriu.

— Consegui sim — disse ele.

Mas ele fez questão de não contar ao delegado o que era, em vez disso, virou-se e passou pela porta de vaivém, voltando para a sala azulejada de autópsia.

Ele empurrou as portas para poder passar. O médico legista ainda estava curvado sobre o corpo e levantou os olhos.

— Você tem uma estimativa da hora da morte? — perguntou Gallagher.

— Acho... — começou a dizer o médico legista.

Mas Gallagher levantou um dedo e o parou antes que ele respondesse.

— Espere aí! Deixe eu adivinhar. De seis a dez horas.

O médico legista arregalou os olhos e mexeu um pouco a cabeça em assentimento.

— Talvez uma hora ou duas de diferença, você acertou em cheio, agente Gallagher. Como faz isso?

— É uma teoria na qual estou trabalhando — disse Gallagher com um sorriso astuto.

Ele virou-se e saiu da sala de autópsia, atravessou o saguão e deu um rápido aceno para o delegado Yankley enquanto se dirigia para o estacionamento e, ali, ter o extraordinário prazer de respirar ar fresco.

John Gallagher tinha mais que uma teoria. Seu instinto dizia-lhe que o homem que matara Yergi Banica em Bucareste era o mesmo que usou o passaporte do homem morto para entrar nos Estados Unidos pela fronteira Canadá-Estado de Nova York. A isso, seguiu-se o fato de que o assassino precisava trocar rapidamente de carros uma vez que tivesse entrado nos Estados Unidos. O agente especial do FBI apostava que esse assassino era um profissional consumado. Assim, ele escolhera o dono do carro aleatoriamente, matou-o e jogou fora o corpo de maneira a quase não deixar rastro. Tudo porque o assassino precisava usar o carro por um dia ou dois sem ser rastreado, depois, ele logo se livraria daquele carro e roubaria outro.

Assim, Gallagher usou o dia e a hora que o homem com o passaporte de Yergi Banica entrou em Nova York como ponto de partida, imaginou que fosse o mesmo camarada que matara esse pobre dono de carro. Rápido. Hora da morte totalmente equacionada.

Agora que o médico legista concordara com sua estimativa, isso queria dizer que aumentava a probabilidade de que o assassino do Dr. Banica fosse o usuário do passaporte do professor e também o assassino do dono do carro.

Agora, tudo que ele tinha a fazer era determinar se esse suspeito, Atta Zimler, era o camarada que tinha estrangulado o professor na Romênia. Fora lá que as peças de dominó começaram a cair. No fundo, Gallagher simplesmente sabia que Zimler era o homem por trás de tudo isso, embora não pudesse explicar isso em termos que pudessem ser encontrados na cartilha de investigação do FBI.

No entanto, isso o levou à pergunta muito mais enlouquecedora. O que Zimler estava fazendo nos Estados Unidos?

O coração de Gallagher estava disparado. Seu peito estava apertado com a conhecida sensação de queimação, de pressão. Ele precisava encontrar uma lanchonete em um posto de gasolina e pegar uma caixa de leite para abrandar a dor. Ele achou que tinha visto um quando entrara na cidadezinha adormecida depois de sair da rodovia interestadual 87.

Gallagher entrou no carro. Ele esperava que não houvesse mais vítimas durante um tempo e que talvez tivesse deixado para trás o cheiro de morte. Por sua vez, ele estava certo a respeito de Atta Zimler estar nos Estados Unidos *a negócios*, bem, o que queria dizer que as chances de isso ser verdade eram enormes..

Parte três

A torre de Babel global

Alguns até mesmo acreditam que fazemos parte de uma conspiração secreta trabalhando contra os melhores interesses dos Estados Unidos, acusando minha família e a mim de "internacionalistas" e de conspirar com outras pessoas do mundo todo para construir uma política global e uma estrutura econômica mais integrada — um único mundo, se preferir. Se for essa a acusação, considero-me culpado e estou orgulhoso disso.

David Rockefeller, *Memoirs* [*Memórias*]

Para estabilizar e regular uma economia verdadeiramente global, precisamos de algum sistema global de tomada de decisão política. Em suma, precisamos de uma sociedade global para sustentar nossa economia global.

George Soros, bilionário socialista

Se podemos aprender com nossa experiência de nos transformar de unidade de propósito para unidade de ação, podemos, juntos, aproveitar esse momento de mudança em nosso mundo para criar uma sociedade verdadeiramente global.

Gordon Brown, primeiro-ministro britânico

Trinta e três

— Caos. Morte. Destruição. É isso que você está pensando?

Ele parou. Ninguém se movia.

— É isso que inunda sua mente quando pensa no fim do mundo? Armagedom. Os quatro cavaleiros do Apocalipse. Qualquer frase que queira usar.

— Quando as pessoas imaginam o fim do mundo, elas visualizam o horror. Mas deixe-me contestar essa ideia. O Deus que controla o futuro é um Deus misericordioso. Em meio à catástrofe, ele ainda nos dará toda escolha de sermos salvos por meio de sua graça. Na verdade, acredito que o fim do mundo será, de fato, o primeiro capítulo em um radical novo tipo de vida. Não se trata apenas de destruição. O mundo futuro que Deus tem para nós depois que as dores tiverem terminado aqui no planeta Terra será realmente apenas a respeito da vida, e vida abundante. E a vida com ele por toda eternidade.

O pastor Paul Campbell dirigia-se a uma igreja abarrotada de sua posição no púlpito ornamentado da Igreja Eternity, localizada no centro de Manhattan.

Joshua Jordan, sentado no banco entre a esposa e a filha, esperava o ministro chegar ao ponto. Ele conhecia um pouco do histórico de Campbell. Ele checara as credenciais dele na internet. Doutor em Filosofia, Doutor em Teologia, Campbell escrevera dois livros, os dois sobre a Bíblia e as profecias do fim dos tempos. E, é verdade, Joshua tinha de concordar, Campbell era um comunicador dinâmico. Ele já o ouvira algumas vezes antes por insistência da esposa.

Mas, dessa vez, Joshua esperava o ponto alto da história. A mensagem de Campbell fora anunciada — "Globalismo — três sinais do fim dos tempos".

Francamente, Joshua esperara algo mais. Ele estava ficando impaciente e arrependido de ter vindo. Talvez ele devesse ter resistido um pouco quando Abby o encorajou a deixar o Colorado cedo só para vir ao culto.

Quando chegaremos aos perigos do globalismo? É por isso que estou aqui.

A mente de Joshua começou a divagar. Voltou à mansão de madeira deles no Colorado. Eles tinham saído do rancho nas Montanhas Rochosas no jato particular ao amanhecer daquele mesmo dia. Agora, Joshua sorria enquanto pensava na cavalgada que ele, Abby e Debbie tinham dado no dia anterior. Joshua programara primeiro jogar um pouco de golfe com o Rocky Bridger, logo depois do amanhecer, mas a caseira, Ronda, disse-lhe que Rocky já tinha ido embora do rancho enquanto ainda estava escuro e com as malas, o que queria dizer que não voltaria mais. Ela disse que Rocky estava com uma expressão preocupada e disse algo sobre um "assunto urgente de família".

Joshua tentara ligar para o celular de Rocky, mas o amigo não estava sintonizado. Assim, ele deixou uma mensagem. Ele queria saber se estava tudo bem e se havia alguma coisa que pudesse fazer.

No fim da manhã, Joshua ainda não tivera notícias dele. Então, ele, Abby e Debbie montaram seus cavalos e pegaram a trilha familiar que dava em uma grande campina cheia de flores silvestres. Foi quando Joshua, sem aviso prévio, resolveu tirar as luvas. Ele bateu alegremente com os calcanhares dos dois lados do seu cavalo quarto de milha, o General Billy Mitchell, deu um beijo alto e disparou para a frente, desafiando a esposa a apostar corrida com ele até o outro lado da clareira. Ele ganhou da esposa, mas apenas por um focinho. Ela chamou-o de brincadeira de trapaceiro. Joshua sorriu um pouco pensando. *Ok, talvez eu não tenha dado uma chance justa a ela. Vamos, Jack, admita, ela sempre foi melhor cavaleira que você...*

Mas, a seguir, algo trouxe a mente de Joshua de volta à realidade, abandonando a elevada vista das Montanhas Rochosas. O que ocasionou essa mudança? Ele estava de volta ao santuário da igreja abarrotado de pessoas. Foi outro comentário de Campbell que atraiu a atenção de Joshua. Como alguém dando um tapinha no seu ombro em uma sala cheia de gente.

— Para entender claramente o que Deus pretende para o nosso futuro, precisamos reconhecer que ele forneceu detalhes de tudo isso a nós na Bíblia. A Bíblia contém o programa de Deus para o futuro do planeta Terra e de todos que habitam nele. Tudo bem, e como sabemos que a Bíblia é verdadeira?

Joshua ligou-se nisso. *Está bem, vamos ouvir isso. Respeito o "novo relacionamento" de Abby "com Cristo", do qual ela fala o tempo todo. Mas a Bíblia é uma prognosticadora do futuro? Isso é um exagero...*

Campbell disse:

— Além de ser a palavra inspirada de Deus, a Bíblia comprovou ser verdadeira através dos séculos. Vamos focar primeiro apenas uma importante profecia. Talvez seja a mais espantosa evidência do fato de que assistimos à aproximação do fim dos tempos do planeta Terra e a vinda de Jesus Cristo para estabelecer seu novo reino. E essa prova reside em uma única palavra: *Israel.*

O argumento de Campbell era simples. Quando Israel foi reconhecido como Estado soberano em 14 de maio de 1948, pelas Nações Unidas, isso não foi nada além de um milagre dos tempos modernos.

— Esse único fato, o surgimento da nação moderna de Israel, foi um surpreendente e exato cumprimento da profecia de 2.500 anos registrada no livro de Ezequiel, do Antigo Testamento, capítulo 37. A profecia diz:

> Tirarei os israelitas das nações para onde foram. Vou ajuntá-los de todos os lugares ao redor e trazê-los de volta a sua própria terra. Eu os farei uma única nação na terra, nos montes de Israel.

— A profecia é definida — continuou Campbell — como "história escrita antecipadamente". Hoje, ninguém pode "predizer" a história, uma vez que ela já está escrita. Apenas Deus pode predizê-la *antes* de ela acontecer e de acontecer exatamente como ele disse que ocorreria. É assim que sabemos que a Bíblia tem origem divina. Ela não é só um punhado de escritos vindos da mente do homem. A maioria das pessoas não sabe que pelo menos 28% de toda a Bíblia foi profética na época em que foi escrita.

Com isso, Campbell apertou seu controle remoto, e telas colocadas de cada lado do santuário acenderam-se com uma imensa imagem de uma Bíblia de capa preta. Enfeitando a parte de baixo da Bíblia, havia uma flecha vermelha apontando para a palavra "profecia". Ele deu um *zoom* sobre a flecha. De repente, a capa da Bíblia sumiu e começou a aparecer um desfile de Escrituras proféticas, rolando pela tela. Predições do Antigo Testamento a respeito da maldição terrível que cairia sobre o homem que reconstruiria Jericó, no século IX a.C. Advertências proféticas transmitidas ao rei Davi de que em consequência do pecado dele, "a espada nunca se afastaria de sua família", fato posteriormente comprovado além de qualquer dúvida. Versículos contendo predições precisas sobre o tipo de morte que cairia sobre Acabe, o rei perverso, e sua igualmente corrupta esposa, Jezabel; tudo foi cumprido em detalhes. Seis profecias distintas em relação ao destino que cairia sobre a antiga cidade de Tiro, cada uma tendo ocorrido exatamente como fora predito.

— Metade desses eventos profetizados na Bíblia — disse Campbell, com a voz ficando mais intensa — foram cumpridos depois. A outra metade relaciona-se com o que chamamos "eventos do fim dos tempos". Mas ouçam com atenção... muitos desses eventos estão sendo cumpridos em *nosso* tempo de vida mesmo... por isso, muitos de nós acreditamos que estamos vivendo no "fim dos tempos" a respeito do qual os discípulos perguntaram a Jesus em Mateus 24. Bem, falando de cumprimento de profecia, Deus mesmo usou aqueles muitos cumprimentos para provar sua própria existência. Oitocentos anos antes de Jesus Cristo nascer, em Isaías 46:9,10, Deus usou um dos maiores profetas do Antigo Testamento para repreender sua nação escolhida por adorar ídolos. Depois, o profeta Isaías, falando em nome de Deus, disse: "Eu sou Deus, [...] desde o início faço conhecido o fim. [...] O que eu disse, isso eu farei acontecer." O que Deus diz aqui é que uma das grandes provas de que ele existe é a impressionante precisão do cumprimento de suas profecias. Só Deus pode fazer isso.

— O Dr. John Walvoord, estudioso do século XX, foi um dos maiores estudiosos das profecias — prolífico escritor e presidente do Seminário

Teológico Dallas. Certa vez, ele discorreu sobre mil profecias da Bíblia, mais da metade das quais já tinham sido cumpridas. Essas profecias cumpridas provam-nos, sem a menor sombra de dúvida, que as profecias do fim dos tempos da Bíblia também serão cumpridas ao pé da letra, exatamente como mais de quinhentas predições de Deus já ocorreram ao longo das eras passadas. Algumas dessas profecias do fim dos tempos desenvolvem-se agora mesmo, na nossa geração.

Mas, nesse ponto, o pastor deu uma guinada que pegou Joshua de surpresa. Campbell começou a se concentrar em uma única pessoa da Bíblia. Segundos depois, Joshua percebeu que devia ter previsto isso.

Campbell forjava um argumento sobre quem Jesus era baseado no fato de que ele cumpria muitas profecias.

— Estou convencido de que a profecia cumprida confirma que Jesus era verdadeiramente o único Messias que veio para "buscar e salvar o que estava perdido". Pense nisso por um minuto, ele cumpriu todas as 109 profecias do Antigo Testamento em relação ao Messias quando veio à Terra. Nenhum outro ser humano chegou nem mesmo perto disso; Jesus, contudo, cumpre todas elas. Desde nascer de uma virgem em Belém, predito setecentos anos antes de seu nascimento, a desaparecer misteriosamente para o Egito em criancinha; de curar todo tipo de doença, sobretudo restaurar a visão de homens cegos... a ser pendurado na cruz entre dois ladrões, a ressuscitar no terceiro dia depois de sua crucificação, como ele predisse seis vezes nos evangelhos... e a finalmente ser anunciado milagrosamente quando os anjos que rolaram a pedra contaram primeiro para as mulheres. Lembram-se disso? Elas foram até o sepulcro no primeiro dia da semana e foram informadas: "Ele não está aqui; ressuscitou, como tinha *dito*". Com certeza, esse Jesus da Bíblia era único. Único em toda a história. E aqui estamos nós, dois mil anos depois, ainda falando nele. Por quê? Porque ele ressuscitou da morte, assinalando que Deus ficou satisfeito com o sacrifício dele na cruz por nosso pecado. O Cristianismo é a única fé religiosa do mundo que se fundamenta na ressurreição do seu fundador. E a melhor evidência da ressurreição, não só é o testemunho unânime dos doze apóstolos ou das quinhentas testemunhas que viram Jesus na carne depois que ressuscitou, mas também é provada pela existência mesmo do Cristianismo hoje. E, lembrem-se, o Cristianismo nasceu no século I em meio à fornalha da perseguição inimaginável; todavia, as pessoas ainda acreditavam em Jesus, o Messias, o Salvador. Esse é o impacto sobrenatural dele sobre aqueles que o recebem. Se a ressurreição de Jesus fosse uma fraude, você acha que alguém estaria aqui hoje adorando-o? Ele e seus seguidores influenciaram este mundo mais que quaisquer outras pessoas que já caminharam em nosso planeta. Ouçam, amigos, hoje o Cristianismo é a maior fé religiosa do mundo. Por quê? Porque Jesus é exatamente quem a Bíblia diz que ele é.

Joshua achou os comentários de Campbell bastante interessantes, mas sua mente estava começando a divagar. E a respeito do título do sermão? E sobre o surgimento do "globalismo"? Essa era a ameaça que ele e seus companheiros da Mesa Redonda reconheciam. Uma perda cada vez maior da soberania norte-americana para a ordem mundial. Fora por isso que ele viera à igreja nessa noite.

Mas Campbell pareceu se antecipar.

— Assim, agora, examinemos as profecias para o futuro, o fim dos tempos. Embora haja muitos sinais importantes do retorno de Jesus Cristo e do fim desta era, sinais sobre os quais os discípulos perguntaram a Jesus, um dos mais proeminentes em nosso mundo atual é o que chamamos de "globalismo". Autoridades de governos anteriores chamaram-no de "governo de um mundo". Na verdade, os planejadores mundiais, independentemente de quem sejam eles, tiveram a ideia depois da Primeira Guerra Mundial. Por isso, chamaram-na de Liga das Nações. O Senado dos Estados Unidos rejeitou a ideia, e a noção só foi reavivada em 1945. Foi quando ela passou a ser chamada de Nações Unidas.

— Agora, podemos contemplar a ideia de um sistema mundial unificado, ao qual a Bíblia se refere como a futura "Babilônia", como uma banqueta de três pernas. Governo global, economia global e religião global. Na Bíblia, cada um desses eventos é profetizado como o poder mundial do fim das eras. E, a propósito, de acordo com a profecia bíblica, cada um deles será destruído por Deus. Você pode ler isso no último livro da Bíblia, Apocalipse, capítulos 17 e 18.

— Desde o século XVII, existem os que sonhavam com um governo global e usavam o lema da "paz global" como o suposto objetivo deles. Mas o que estava por trás disso? Em última instância, a paixão pelo controle da vida das pessoas por meio dos punhos de aço de um governo sempre em expansão. Em tempos recentes, encontramos incontáveis líderes na mídia, na educação e no governo que apoiam de forma incansável o objetivo de uma economia global. George Soros, um dos homens mais influentes e ricos do mundo, deu um passo adiante ao declarar publicamente que não se pode ter uma economia mundial a menos que também se tenha um governo mundial.

Campbell afastou-se do púlpito e pôs as mãos nas costas. Ele olhou fixo para a audiência por quase trinta segundos. Depois, continuou.

— O surgimento desse tipo de Babilônia política, um sistema global de governo, será um elemento integral do fim dos tempos, conforme predito na palavra de Deus... e estou hoje aqui de pé... e ouçam com atenção o que vou dizer... hoje mesmo, acredito que estamos assistindo ao estabelecimento do palco para o surgimento final dessa nova Babilônia. Pois deve haver, diz a Bíblia, a unificação global entre as nações reunidas em torno de sua grande capital. Uma coalizão política e legal. Isso está bem ali nos capítulos 17 e 18 do último livro da Bíblia.

A seguir, Campbell lançou a pedra principal sobre o assunto em uma voz que explodiu um pouco e ficou mais áspera por causa da emoção. Suas palavras elevaram-se, quase implorando, quando ele disse:

— Sejam honestos consigo mesmos... quando olham ao redor não veem o início do movimento entre as nações deste planeta para trabalhar juntas e criar uma nova ordem mundial?

Trinta e quatro

Paul Campbell conseguiu a atenção de Joshua. Ele começava a ver os pontos de ligação entre as profecias da Bíblia que o pastor descrevia e as questões que estavam consumindo seu grupo Mesa Redonda. A erosão da soberania norte-americana. O movimento para forçar as cortes dos Estados Unidos a abraçar as leis internacionais das nações do mundo. O mantra pedindo um único governo global.

Para Joshua era um pouco como estar no rancho Ninho do Falcão no outono, quando a neblina desce com um golpe frio no início da manhã. Mas quando o sol nasce, o branco cobertor de neblina dissipa-se e, de repente, aparece o imponente pico da montanha levantando-se acima de tudo. Joshua perguntou-se por apenas um instante se sua declaração de missão ao fundar a Mesa Redonda fora estreita demais. *Então, queria salvar os Estados Unidos... mas isso seria suficiente? E se tudo isso for maior que apenas os Estados Unidos?*

Campbell foi para seu segundo ponto principal.

— Assim, sem dúvida, haverá uma Babilônica *política*. A unificação dos poderes das nações do planeta. Mas também haverá uma Babilônia *religiosa* no fim dos tempos. Outra perna da nossa banqueta de três pernas. A fusão das religiões do mundo em um conglomerado maciço de falsa espiritualidade. Quando isso acontecerá? Em última instância, não acontecerá até a igreja... e com isso quero dizer a soma total de todos os que creem verdadeiramente em Jesus Cristo... até o "arrebatamento" da igreja... até ela ser levada instantaneamente para Deus... e, quando isso acontecer, com o poder refreador da igreja tirado da Terra, não haverá nada para impedir essa maciça fusão global das religiões do mundo. E aí haverá o aparecimento terrível... o falso profeta virá e porá em movimento a adoração blasfema do ídolo do anticristo exatamente como foi predito no capítulo 13 do livro de Apocalipse.

— Mas além dos aspectos político e religioso, também haverá uma Babilônia *econômica*. No Apocalipse, o apóstolo João descreve esse futuro centro financeiro global: "[...] à custa do seu luxo excessivo os negociantes da terra se enriqueceram."

— Quando Deus, finalmente, vencer a Babilônia, como somos informados que ele fará, quem pranteará sua grande queda? Somos informados que "os negociantes da terra chorarão e se lamentarão por causa dela, porque ninguém mais compra a sua mercadoria"... Quais são os sinais dessa vindoura Babilônia da economia global? Somos advertidos na Bíblia de que haverá um futuro sistema internacional de compra, venda, comércio e investimento. O livro do Apocalipse, no capítulo 13, informa-nos que, no fim, o anticristo, a "besta", estabelecerá um sistema financeiro e monetário mundial por meio do qual terá todo o planeta em suas garras mortais:

> Também obrigou todos, pequenos e grandes, ricos e pobres, livres e escravos, a receberem certa marca na mão direita ou na testa, para que ninguém pudesse comprar nem vender, a não ser quem tivesse a marca, que é o nome da besta ou o número do seu nome.

Campbell puxou um pedaço de papel da sua Bíblia. Ele disse que era algo com que se deparara por acaso na internet. Um escrito recente de um pequeno *blog* da rede chamado Porta do Celeiro.

— Estou segurando um pequeno artigo que menciona a decisão, aparentemente, tomada por legisladores de Washington. A decisão de converter a moeda dos Estados Unidos à nova forma internacional de dinheiro amplamente usada entre as nações junto com o euro, uma nova moeda chamada RAMS. Estranhamente, quando tentei voltar a esse *blog* para acompanhar o assunto, ele tinha sumido da internet. Não sei a razão por que isso ocorreu. Mas vou continuar procurando. Aconselharia vocês a fazer o mesmo. Jesus repreendeu os fariseus de sua época por não reconhecerem os sinais dos tempos. Claro, algumas pessoas dirão que a Bíblia nos assegura que não podemos saber o momento específico em que Cristo retornará à Terra. E isso é verdade. Por sua vez, por que

Jesus, como somos informados nos evangelhos de Mateus e Marcos, forneceu-nos uma extensa lista dos eventos que precederão seu retorno se não queria que usássemos essa informação? Se ele não quisesse que observássemos os tempos e os discerníssemos para que pudéssemos reconhecer os sinais de sua vinda iminente? Uma das grandes perguntas que atormenta os filósofos ao longo de milhares de anos é esta: como posso verdadeiramente saber que o que sei é verdade? Tenho uma sugestão para vocês. Você pode saber com segurança que o que sabe é verdade baseando seu conhecimento nas coisas que Deus escolheu revelar. E a única maneira de vocês fazerem isso é relendo a palavra dele, a Bíblia. Sua palavra diz que o mundo caminha para um sistema econômico global, unificado. E isso, meus amigos, é algo em que definitivamente podemos confiar...

Aconteceu exatamente de os assuntos bancários e financeiros estarem na agenda dos gabinetes do Senado de Washington, D. C., naquela noite.

O pessoal do Congresso, mais uma vez, estava trabalhando até tarde. Essa foi uma das coisas que veio com a independência. Pouca remuneração e longas e torturantes horas de trabalho — pelo menos, enquanto o Congresso estava em sessão. Mas sempre havia a esperança de que logo eles poderiam progredir na carreira política. Talvez, um dia, conseguir o cargo de chefe do conselho legal em um dos comitês que fosse influente. Ou talvez a possibilidade de entrar no setor privado, com um emprego de remuneração de seis dígitos em uma firma de advocacia de Washington D.C. ou uma empresa especializada em *lobbies*.

Uma jovem assistente legislativa, que fazia parte da equipe política noturna, arrancou o recado urgente do topo do bloco de mensagem no saguão do escritório do senador Wendell Straworth. Em seu pânico, ela rasgou o canto do recado. Por isso, ela vasculhou a mesa da recepcionista, encontrou fita adesiva e colocou-a no canto do papel do recado unindo as duas partes.

Depois, ela atravessou o saguão correndo, entrou no corredor contíguo e foi até a porta fechada que levava ao gabinete do senador. A assistente legislativa parou em frente à porta. Ela sabia que ele estava lá com Russell

Beyers, o líder da maioria. Eles não deviam ser perturbados a não ser que fosse algo absolutamente crítico.

A assistente legislativa tomou fôlego e, a seguir, deu duas batidas à porta, ainda segurando o recado remendado na mão.

A porta foi aberta pelo chefe de gabinete do senador Straworth. A assistente legislativa colocou o recado na mão do chefe de gabinete. No fundo, ela viu de relance Straworth e Beyers sentados um de frente para o outro em cadeiras de couro.

O chefe de gabinete fechou a porta e entregou o recado para o senador Strawort.

Ele leu o recado e, depois, olhou para Beyers.

— A vice-presidente quer uma decisão. Ela exige um telefonema. Imediatamente.

— Pedimos um telefonema para o presidente — murmurou Beyers para si mesmo. — Por que eles o estão isolando dessa maneira? O que está acontecendo? Ele está com câncer ou algo assim? Ele sofreu um colapso nervoso? Sinto que, agora, a Tulrude está no comando do Salão Oval.

Straworth apenas sacudiu a cabeça, mas sugeriu que dessem o telefonema. Eles não tinham escolha.

Quando, finalmente, a vice-presidente estava à linha, eles colocaram o telefone no viva-voz. Ela, como sempre, foi direta.

— Vocês vão conseguir o voto para essa nova moeda monetária ou não?

Beyers ficou um pouco irritado. Ele, como líder da maioria, não gostava de ser tratado como um colegial que estivesse entregando a lição de casa atrasado. Mas, mais uma vez, esse era o estilo de Jessica Tulrude.

— Senhora vice-presidente, temos tudo sob controle — disse Beyers. Sua voz estava confiante, polida. Calma.

— E isso quer dizer o quê? — perguntou ela.

— A votação convertendo todo o sistema de moeda dos Estados Unidos para a RAMS começa amanhã.

— Qual é o seu plano para lidar com a opinião pública? — disparou Tulrude de volta.

— Bem, a questão da RAMS está entrelaçada a um imenso projeto de lei que contém diversos dispositivos. A matéria é tão espessa quanto a lista telefônica de Nova York. Francamente, a maioria dos senadores não leu todo o projeto de lei. Duvido que a imprensa vá ler. Mas nosso pessoal do Senado, em geral, entende que isso é algo que *deve ser feito* porque o dólar está sendo devastado na troca de moeda.

— Vocês contaram os votos?

Beyers retesou um pouco o maxilar, mas falou com um sorriso forçado.

— Claro que contamos os votos. Isso não é problema. Conseguimos uma sólida maioria.

A seguir, Beyers fez uma pausa e acrescentou outro pensamento. Ele aproximou-se mais do alto-falante do telefone e disse:

— Senhora vice-presidente, presumo que quando passarmos para a senhora a votação da questão da moeda, como sei que faremos, a administração me apoiará nos três projetos de lei que, outro dia, descrevi em minha mensagem para o presidente.

Jessica Tulrude deu uma tossidinha e disse.

— Russ, você sabe que valho tanto quanto a minha palavra.

Isso era tudo que Russell Beyers precisava ouvir. Ele despediu-se de Tulrude e encaminhou-se para a porta do gabinete para uma convenção partidária, enquanto Straworth desculpou-se rapidamente e disse que não poderia comparecer.

A um sinal do senador Straworth, seu chefe de gabinete saiu da sala, fechando a porta atrás de si.

Straworth tirou o telefone do viva-voz e começou a conversar no minúsculo celular ativado pela voz preso em sua lapela.

— Como a senhora pode ver — Straworth tentou explicar para a vice-presidente — cumpri minha parte no acordo. Consegui o líder da maioria e o Senado para apoiar a conversão da moeda.

— E?

— A senhora vai me fazer falar?

— Não é preciso.

— Bom.

— Mas você ainda tem mais uma missão...

— Sim, eu sei, o assunto do RTS. Mas quero apenas que a senhora saiba que esta manhã consegui assegurar a aprovação do subcomitê para autorizar a intimação para Joshua Jordan. Agora, ele não vai ter escolha a não ser aparecer e entregar seus documentos do RTS ou correr o risco de ser preso. E se ele pensa que vai conseguir resistir a uma sentença de prisão, ele está tristemente enganado. Isso vai acabar com sua carreira profissional e com sua reputação empresarial, reduzindo as duas a uma mancha de óleo na calçada. Xeque-mate. Portanto, senhora vice-presidente, fiz tudo que prometi.

— E a posição em que você está interessado ainda é a mesma?

— Acho que serei um excelente membro da Suprema Corte de Justiça.

— Bem, o rumor interno é que o juiz Manweiller continuará durante o mandato atual e, provavelmente, anunciará sua aposentadoria depois da eleição para presidente no próximo mês de novembro. Se tudo correr bem, serei a pessoa no Salão Oval fazendo essa designação. Wendell, com o apoio de seus companheiros senadores, sua confirmação para a Suprema Corte é uma barbada. Conseguiremos sua nomeação sem maiores problemas.

Wendell Straworth sorriu. Ele esperava havia muito tempo por isso. As peças começavam a se encaixar.

— E o presidente concordou definitivamente em se afastar depois de um mandato e a apoiar totalmente durante as primárias? Isso raramente acontece...

— Nunca tivemos um presidente nessa situação antes — replicou Tulrude. — Apenas lembre-se, estou no controle aqui...

— Não pensaria em questionar isso — disse Straworth. Sua voz estava embebida do tom de desculpas.

— Ótimo — disse a vice-presidente. Sua voz era condescendente, mas havia também um ar de satisfação, agora que a situação de lobo contra cordeiro com o senador Straworth fora esclarecida.

Depois de a vice-presidente se despedir, Straworth deu um longo suspiro e recostou-se em sua cadeira. Ele estava pronto para pôr em movimento uma série de eventos que, com certeza, assegurariam seu futuro profissional. Ele debruçou-se sobre sua escrivaninha e pegou sua cópia da intimação. O original seria entregue logo pela manhã pelo Serviço de Oficiais de Justiça dos Estados Unidos.

Straworth releu as palavras no topo do documento.

Pela autoridade do senado dos Estados Unidos da América
Para: Sr. Joshua Jordan
O senhor está convocado a comparecer diante do comitê abaixo denominado do Senado dos Estados Unidos na hora e local designados abaixo e, lá, apresentar todos os documentos, registros e papéis relacionados com o projeto, a concepção, as especificações de engenharia, a produção e os princípios operacionais do sistema de armas comumente conhecido como "retorno ao remetente" (RTS), incluindo o uso de raios laser para reverter a direção ou trajetória dos mísseis ofensivos.
Ficando o intimado ciente de que o não cumprimento desta ordem acarretará todas as penalidades da lei.

Trinta e cinco

Agora que o culto noturno terminara, a multidão saía da Igreja Eternity. Débora Jordan estava ocupada conversando com algumas amigas no vestíbulo, aproveitando seu tempo fora de West Point e se atualizando rapidamente antes de retornar para lá no dia seguinte. Na frente do santuário, ao lado do púlpito, Abigail segurava uma das mãos de Joshua com as suas duas mãos quando se aproximaram do pastor, mas ela a soltou para que o marido pudesse cumprimentar Paul Campbell.

— Pastor Campbell, este é meu marido Joshua. Acho que já se encontraram antes...

— É mesmo, uma ou duas vezes algum tempo atrás — disse Campbell com um sorriso tranquilo. — É um prazer. E um privilégio. Considero-o um herói norte-americano.

Joshua sempre se encolhia um pouco diante desse cumprimento. Não que ele ficasse sem jeito; mas ele jamais se vira dessa maneira. Ele era um camarada de missão e obrigação. Como ele podia aceitar o título de "herói" por apenas fazer seu melhor no que tinha de ser feito?

— Alguns camaradas discordam do senhor nisso.

— Isso não muda minha opinião.

— Obrigado por sua mensagem desta noite — disse Joshua. — Foi muito interessante.

Joshua estava minimizando o impacto que o sermão tivera sobre ele. Ele estava se contendo e sabia disso. Mas não via nenhum motivo para se abrir totalmente. Campbell dera-lhe algum alimento para digerir.

— Fico contente em ouvir isso — disse simplesmente Campbell. — Vocês estão de volta à cidade por um período?

— Acabamos de voltar do Colorado — disse Abigail.

A seguir, Campbell olhou para Joshua e estudou-o por um momento.

— Talvez seja um tiro no escuro, mas aqui vai. Existe alguma possibilidade de você ser um jogador de golfe?

Abigail riu. Ela estava com dificuldade para ficar quieta.

Joshua lançou imediatamente um olhar distraído para a esposa antes de responder.

— Sou sim conhecido por bater algumas bolas de golfe.

Ela não conseguiu se segurar mais e caiu na risada.

— Ele não está dizendo tudo, pastor. Ele é praticamente um profissional. Você precisa ver o desempenho dele.

— Oh — disse Campbell com uma risada — então, talvez seja melhor eu repensar meu convite. Você pode humilhar o resto de nós mortais...

A curiosidade de Joshua foi aguçada, e ele perguntou.

— O que você tem em mente?

— Bem, amanhã é meu dia de folga. Esse é um segredo tenebroso entre o clero. Realmente gostamos de sair e jogar, em vez de trabalhar o tempo todo. De todo jeito, tínhamos um quarteto escalado para jogar dezoito buracos amanhã, mas um dos jogadores do nosso grupo teve de pular fora. Assim, precisamos da quarta pessoa, você estaria interessado?

Por um instante, Joshua soube exatamente qual seria sua resposta. Ele tinha uma tonelada de trabalho a sua espera no escritório. Também tinha relatórios financeiros de suas múltiplas empresas para rever. Marcara uma reunião de pesquisa e desenvolvimento com seus engenheiros sobre aperfeiçoamentos para o sistema RTS. E também planejara ter uma longa conversa telefônica com seu advogado, Harry Smythe, para descobrir o que mais ele sabia sobre sua situação no Congresso.

Nesse momento, Joshua viu a esposa com o canto do olho. Ela olhava fixamente para ele, sem pestanejar, mas com um sorriso animado na face.

Uau, pensou ele, *há uma beleza nela neste instante que não consigo realmente descrever*. Ele foi pego desprevenido por um segundo.

— Então — incitou Campbell — você vai se juntar a nós e nos ensinar como se joga?

— Parece o tipo de diversão de que gosta — acrescentou Abby.

Foi quando Joshua se surpreendeu consigo mesmo.

— Com certeza, tudo bem. Por que não? Arrumarei tempo para esse jogo. Pensava em jogar um pouco de golfe no Colorado com um amigo meu ontem, mas não deu certo. Esse jogo vai compensar.

— Ótimo. Que tal todos nós nos encontrarmos no Hanover Golfe Clube? Você sabe onde fica?

— Sei, a que horas?

— O começo da partida é às 9h30. Vamos nos encontrar na sede do clube às nove horas.

— Pode contar comigo.

Enquanto Joshua guiava para casa no trânsito de Nova York, ele notou que Abigail não estava conversando, ela estava com a cabeça recostada no descanso de cabeça e tinha um sorriso no rosto. Havia uma aura especial de paz nela.

— Você está notavelmente quieta.

— Estou contente, é só isso.

Joshua quase riu com isso. Durante o sermão daquela noite, ele sentiu como se seu cérebro estivesse correndo na autoestrada na hora de pico do trânsito. Contente?

— Quisera estar também — replicou ele. — Você divide seu segredo comigo?

De repente, Débora riu no banco de trás.

— O que é tão engraçado? — perguntou Joshua.

— É isso aí, mamãe, divida o segredo do seu contentamento com o papai...

Abigail lançou um olhar para a filha que, sem nenhuma palavra, parecia conter toda sabedoria e experiência do caráter feminino.

Débora captou a mensagem silenciosa e murmurou:

— Está bem.

Ela parou de conversar e voltou a se sentar em seu assento.

Então, Abigail virou-se para o marido e disse:

— Estou contente por você jogar golfe. Acho que vai ser uma boa oportunidade para você.

— Sabe o quão seriamente levo meu jogo de golfe. Seu pastor não vai pregar para mim no campo de golfe, vai?

Depois de uma longa pausa de efeito, Abigail respirou fundo.

— Provavelmente, vai.

Ela e Débora caíram na gargalhada.

Joshua sacudiu a cabeça e grunhiu.

— Maravilha...

Apesar de seu temor de ser uma audiência cativa de um sermão de duração de dezoito buracos, Joshua aguardava com ansiedade o jogo de golfe. O percurso do Hanover era excelente, e ele só tivera oportunidade de jogar duas vezes nesse campo.

Joshua, de pé no alto platô do buraco inicial, olhou por alguns momentos para o topo das árvores do bosque e a vista da cidade no horizonte. Ele esquecera como a vista de Nova York no horizonte, ali do primeiro buraco, era impressionante. *E se o RTS não tivesse funcionado perfeitamente... apenas pense nisso. Abby e eu não estaríamos aqui. Nem o Cal nem a Debbie também. Manhattan teria sido atacada com arma nuclear. Tantas mortes. Vamos, Josh, não foi realmente você quem salvou a cidade. De jeito nenhum. Você sempre soube isso...*

— Ok, você é o líder do quarteto.

Paul Campbell dava alguns impulsos com seu taco enquanto se aproximava. Ele estava ladeado por dois outros golfistas, Bob e Carl, homens de negócios do conselho da igreja.

A seguir, o pastor acrescentou com uma falsa careta.

— Agora, que comece a dor e o sofrimento para nós incompetentes...

Joshua explorou o montinho de colocar o pino. Ele preparou sua bola, depois fez seu costumeiro exercício de alongamento enquanto segurava a haste do bastão acima da cabeça com as duas mãos, foi para trás e deu duas tacadas no ar só para treinar.

— Talvez vocês queiram ficar a uma distância segura — soltou Joshua — Vou começar a atirar...

Os outros três riram.

Mas quando Joshua bateu, foi com a velocidade da máquina de atirar bola. Houve o som de estalo sólido quando sua pequena e redonda bola branca Bridgestone B330 levantou no ar e continuou formando um arco até finalmente cair desimpedida na marca dos 183 metros. A risada dos outros jogadores evaporou-se.

— Bela tacada — disse Campbell com admiração.

O pastor foi o segundo.

Joshua percebeu que Paul Campbell tinha uma forte constituição atlética e um balanço fácil. Ele não começou com a força de Joshua. Mas era controlado e colocou sua bola cerca de dezoito metros atrás da de Joshua.

Joshua, com duas tacadas, chegou ao *green*, a zona do buraco, a parte lisa do gramado no campo de golfe. Campbell chegou lá com três tacadas. Mas Joshua deu uma longa e vigorosa tacada na bola e só coroou o buraco, e a bola não caiu. Os dois terminaram o primeiro buraco empatados com um par.

No 17º buraco, Joshua sentia-se à vontade com Campbell como seu parceiro de jogo e o considerava um golfista respeitável. Ele estava à frente do pastor por duas tacadas. Os outros dois jogadores estavam atrás, atrasados.

— Você gosta do percurso? — perguntou Campbell.

— Ele é bem preparado; é realmente bonito. Mas você não pode baixar a guarda nesse percurso.

— Não, você está certo. Os obstáculos aparecem em todo lugar. Elevações preparadas com astúcia. Já estive uma dezena de vezes aqui com Bob e Carl. Os dois são sócios. Mas nunca tive a sensação de que dominava totalmente um único buraco.

— A vista do ponto de partida da sede do clube é espetacular. Você pode ver todo o horizonte.

— Pode, quando o ar está limpo e com o céu certo, como hoje.

Houve uma pausa enquanto Joshua levou um segundo para mergulhar sua bola no lavador de bola e limpá-la

Campbell continuou a falar e disse:

— O golfe sempre me lembra de uma coisa.

— O quê?

— Lembra-me da vida. Os dois são semelhantes em algumas coisas, mas também são diferentes.

Joshua pensou consigo mesmo: *Aqui vamos, queria saber se ele trouxe sua Bíblia na bolsa de golfe.*

Campbell apresentara uma questão intrigante. Mas Joshua não queria morder a isca. O que ele queria fazer era aumentar sua vantagem sobre o par quatro que se aproximava. Mas ele envolveu-se de todo jeito.

— Deixe adivinhar — disse Joshua com um leve ar de divertimento. — O golfe é como a vida porque é cheio de obstáculos imprevisíveis. Obstáculo de água aqui. Obstáculo de areia ali. Bosques fechados que colocam sua bola na raiz da árvore. Estou quente?

— Acertou na mosca — disse Campbell com uma risada. — Você chegou no *green*...

— Então, como o golfe é *diferente* da vida?

Campbell não respondeu. Em vez disso, ele olhou nos olhos de Joshua Jordan com um olhar que não tinha nada que ver com o balançar de um taco.

Finalmente, o pastor disse:

— Acho que vou deixar você descobrir isso por si mesmo — depois, ele acrescentou, apontando para o pino. — Ok, líder, sua vez de dar a tacada...

Trinta e seis

O agente John Gallagher, agora, olhava outro homem morto. *Que bom, tudo isso em um único dia de trabalho.*

O agente do FBI estava com humor sombrio e sarcástico quando se inclinou sobre o corpo. A vítima ainda estava amarrada à cadeira no interior do seu escritório na empresa de seguros. A polícia tivera de chamar um serralheiro para abrir a porta, que fora trancada por fora.

— Qual o nome dele?

Um dos dois detetives da polícia da Filadélfia na cena logo abriu seu caderninho de anotações no qual escrevera o nome.

— Roger French, corretor de seguro, seguro comercial.

— Então, alguma ideia sobre o que aconteceu?

— Lembre-me de novo — disse o detetive — por que o FBI está interessado nisso?

— Estou investigando um crime federal.

— E que crime *federal* seria esse?

— Um que está atualmente sob investigação — disse Gallagher com um meio sorriso. — Olhem, companheiros, peguei o relatório no meu *laptop* enquanto fazia trabalho de campo de um caso a dois estados de distância. Pus um perfil do crime na rede de interagências. Crimes que ficavam a distância passível de ser percorrida de carro no Estado de Nova York... crimes de uma determinada natureza. Surgiu esse crime aqui. Estou aqui. Não quero ser agressivo, mas vocês sabem que os federais têm jurisdição superior. Então, qual é a teoria de vocês?

O detetive não ficou contente. Mas ele sabia que, naquele momento, tinha de fazer a vontade desse intruso federal.

— Talvez um negócio de droga que acabou mal — sugeriu ele. Quando Gallagher lançou um olhar cético, o detetive acrescentou. — Essa parte da cidade acabou por ser conhecida por ter desenvolvido o tráfico ilegal de drogas.

O detetive examinou o parceiro, e este sacudiu a cabeça discordando.

— Foi encontrado algum indício de droga nesse escritório?

— Só encontramos Tylenol na escrivaninha dele.

Gallagher teve de se conter com o detetive; mas manteve a atitude profissional.

— Algum registro criminal anterior?

Os dois detetives acenaram negativamente com a cabeça.

— Alguma prisão anterior? Alguma declaração fora de série contra o Sr. French? Alguma ordem judicial de qualquer tipo contra ele?

Os dois detetives continuaram a responder negativamente com a cabeça.

— Seu Departamento de Polícia tem alguma coisa ruim a dizer sobre o Sr. Roger French? — perguntou Gallagher, agora, arriscando ser sarcástico — Tíquete de estacionamento... livros não devolvidos à biblioteca pública...

O detetive mais velho limpou a garganta e, finalmente, disse:

— Parece que o morto está limpo.

Gallagher, finalmente, tinha de desistir e, quando o fez, foi com tom de quem dizia: *Digam-me mais uma vez que estou perdendo meu tempo com vocês, camaradas?*

— Contudo, vocês ainda insistem no cenário de tráfico de drogas.

— O que você está querendo dizer? — retorquiu o detetive.

Gallagher estava ficando impaciente.

— Olhe esta cena de crime. A vítima foi amarrada em uma cadeira, e tenho o palpite de que foi ligada a essa tomada da parede por meio de condutores de eletricidade... — Gallagher apontava para as marcas minúsculas de queimado no lóbulo de cada orelha.

— Então — disse o detetive — ele foi...

— Certo, torturado — cortou Gallagher para poupar tempo. — Técnica de interrogatório perfeitamente padrão, claro, se você vive, digamos, no Irã. Mas, senhores, isso aqui é Filadélfia...

Depois, enquanto examinava o corpo, ele acrescentou:

— Acho que ele lutou. Talvez tenha relutado em falar; do contrário, não haveria necessidade de ligar a eletricidade neste pobre camarada...

— Falar sobre o quê?

— Isso é o que preciso descobrir. A que tipo de informação nossa vítima tinha acesso além das taxas de seguro e do valor de prêmio comercial? Algo que tivesse valor único para alguns camaradas ruins?

— Não temos certeza.

— Que tal algum contato incomum que ele tivesse. Alguma coisa nessa direção?

Foi quando os dois detetives olharam um para o outro. Depois de um momento, um deles falou:

— O Sr. French é genro do Sr. Rocky Bridger, um general aposentado.

— Onde o general servia?

— No Pentágono.

Gallagher já fizera as contas. Uma das primeiras coisas que os detetives lhe disseram quando chegara fora que Roger French deixara um recado na secretária eletrônica do celular da esposa dizendo que se atrasaria para o jogo de basquete da filha porque tinha que atender algum "cliente de última hora". Gallagher imaginou que o assassino tinha marcado um encontro com French. Ele calculara o tempo de viagem da cena do crime no pântano no interior do Estado de Nova York até essa parte da Filadélfia. Gallagher começava a sentir uma estranha sensação nas entranhas, no cérebro e, literalmente, bem diante de seus olhos, em todos os lugares, e essa farra de crime que estava testemunhando representava um rastro de mutilação cuidadosamente premeditado deixado por Atta Zimler.

— No Pentágono? — gritou alto Gallagher para enfatizar o óbvio.

Os dois detetives concordaram, um depois do outro.

— Companheiros! — disse o agente, entregando seu cartão para o detetive mais velho. — Agradeceria qualquer atualização que vocês possam me dar sobre seu progresso no caso.

Quando o agente Gallagher estava no carro, ele telefonou para Miles Zadernack, seu supervisor. Ele ficou contente quando Miles atendeu à ligação imediatamente.

— Miles, aqui é Gallagher. O caso em que estou trabalhando se tornou algo grande. Acho que precisa de uma investigação focada, muito especial.

— O que você tem?

— Meu assunto favorito... Atta Zimler. Miles, acho que ele entrou nos Estados Unidos.

Houve um silêncio mortal do outro lado da linha por, pelo menos, alguns segundos.

— Se isso for verdade — disse Zadernack a seguir, em tom monótono — isso, com certeza, seria notável.

Notável? Esse comentário golpeou Gallagher como algo que você espera de um observador de aves que acaba de localizar uma espécie que não via há um tempo.

— *Se* isso for verdade — acrescentou Zadernack mais uma vez para enfatizar.

— Acho que é. Andei juntando os fios da meada. Tem todos os elementos do *modus operandi* do nosso terrorista assassino.

— Sim, mas por que ele entraria nos Estados Unidos? Parece muitíssimo arriscado para ele.

Gallagher tentava manter um tom respeitoso, mas estava realmente ficando difícil fazer isso.

— Ei, Miles, você só pode estar brincando. Por favor, confie em mim nisso.

— John — disse Miles Zadernack — acho que precisamos nos encontrar para discutir isso. Cara a cara. Aqui no escritório.

— Estou na Filadélfia no momento, seguindo algumas pistas. Isso vai ser difícil. O tempo é essencial...

— Não estou *pedindo* que você volte a Nova York.

— Miles, você está brincando comigo — estourou Gallagher.

Mas Miles replicou.

— John, não sei por que motivo você fica dizendo isso. Você sabe que não sou uma pessoa de fazer brincadeiras. Quero você de volta aqui o mais rápido possível. Aí, vamos conversar.

John Gallagher desligou seu celular. O peito estava queimando de novo. Zadernack já sabotara sua investigação sobre Ivan, o terrível, o entrevistador de rádio.

Agora, isso. Reconhecidamente, seu primeiro pensamento foi de profunda autopreservação. *Vou ficar confinado? Rebaixado a um trabalho de escrivaninha? Transferido de novo para Montana? Algo está desmoronando. Independentemente do que seja, não vai ser bom para John Gallagher.*

O que ele não esperava, no entanto, era algo muito pior.

Trinta e sete

Os primeiros dezessete buracos voaram. Joshua e seus parceiros estavam tendo um passatempo agradável. O percurso do Hanover Golfe Clube era tão difícil quanto Joshua se lembrava. Quando eles chegaram ao último buraco, a bola de Joshua estava cerca de três metros fora do *green*. A bola de Campbell estava alguns metros atrás na parte lisa do campo de golfe.

Joshua estava a duas tacadas do último buraco, e este era um par de quatro, e estava três tacadas na frente de Paul Campbell. Mas o pastor também estava a duas tacadas do último buraco. Joshua sabia que o oponente fizera uma partida respeitável, fazendo-o até mesmo suar um pouco no início dos nove últimos buracos. Mas o comando firme do jogo por parte de Joshua, finalmente, o distanciou de seus oponentes.

Joshua olhou cuidadosamente sua bola, depois, estudou a distância para o *green* e o buraco. Campbell observava-o.

— Estou começando a reconhecer esse olhar em seu rosto. Você está querendo acertar esse último buraco com uma tacada só, tenho certeza disso! — gritou Campbell para ele. — Você vai tentar acertar essa bola direto no buraco.

Quando Joshua tirou seu taco número nove, sorriu e gritou de volta:

— Isso passou pela minha mente...

— Esfregue isso na minha cara. Vá em frente, faça isso!

Ele fez alguns balanços de treino, depois concentrou-se na bola. Joshua levantou os olhos e examinou o campo por mais um segundo, olhando além do grande obstáculo de areia que estava do outro lado. *Suficiente, mas não demais. Balanço controlado. Levantar sob a bola. Fazer com que ela faça um arco alto para que caia poucos metros diretamente na frente do buraco. Desta vez, esqueça o movimento giratório para trás. Não foque o obstáculo de areia. Bote para quebrar.*

Joshua deu uma tacada aparentemente sem defeito, pegando a bola com seu taco número nove, completamente plano, e atirando-a em concha alto no ar e enviando-a em direção ao campo em uma curva graciosa.

A bola parecia perfeitamente alinhada para ir direto para o buraco, que estava no meio do amplo e irregular campo.

Mas sem o movimento giratório para trás, a bola bateu firme no *green* e arremeteu uma vez, depois saltou por cima do buraco e desceu o declive do outro lado do *green* e começou a se afastar do pino, agora ganhando velocidade.

Em um instante, a bola de golfe rolou para fora do *green*, caindo fora da estreita orla do obstáculo de areia, onde este se encontrava com o campo, e rolou diversos metros até quase o início do obstáculo escarpado de areia do outro lado.

Joshua manteve a calma, como sempre fazia. Mas já fazia as contas de cabeça. Se Campbell fosse bem em sua última tacada ou duas últimas tacadas, e Joshua não se saisse bem, as coisas podiam ficar muito interessantes.

Campbell pegou seu taco número nove. Ele parecia tranquilo em frente da bola. Ele deu sua tacada.

Sua bola levantou no ar e, depois, aterrissou no campo com uma rotação habilidosa, diminuindo de velocidade, mas ainda indo direto em direção ao buraco, mas, depois, passou o leve declive e continuou rolando. Joshua assistia e, agora, estava preocupado.

A bola estava rolando para o buraco. Mas logo antes de alcançar o buraco, ela saiu de ângulo e bateu na beira do buraco.

A bola coroou o buraco, rodeou o círculo uma vez e caiu no buraco com um som abafado.

Joshua estava atônito. *Oh, cara, essa foi demais...*

— Ótima tacada — gritou Joshua. — Agora, como explicamos isso? Milagre divino ou ministro de sorte?

Campbell surpreendeu-se com o lance e estava rindo.

— Não me pergunte. Não sei dizer como fiz isso...

Joshua acabara de perder suas três tacadas de vantagem. Com sua próxima tacada, ela cairia para apenas duas. E ele teria sorte se ganhasse com apenas duas tacadas. O obstáculo de areia era desajeitado. Tinha de atravessar três metros de areia. Colina acima. Depois, ir para um *green* que parecia fazer a bola correr rápido. E ele ainda tinha que conseguir a moderada subida até o pino.

Joshua tirou seu ferro com lâmina muito inclinada para sair da areia e perambulou pela areia.

Campbell, olhando para ele do topo, sorria, observando um supercompetidor enfrentando as dificuldades de uma jogada tensa.

Mas Joshua, em sua mente, bloqueara as emoções que deixavam perceber quão importante era vencer — vencer em tudo — e, agora, estava no piloto automático.

Essa era a fórmula mental que ele desenvolvera para essas situações em que estava no vazio, voando a diversas centenas de quilômetros por hora em um jato militar quando, de repente, as coisas iam mal, e ele tinha de consertá-las — ou morrer.

Direção, altitude, poder, precisão, controle.

Agora...

Com o balanço, a lâmina abaulada do taco lançou a bola de golfe para cima e enviou-a em arco por sobre a perversa areia, para cima, em direção do *green*.

A tacada foi forte o suficiente para tirar a bola completamente do obstáculo de areia e colocá-la sobre o *green* onde ela caiu e começou a correr depressa em direção ao pino.

Joshua não conseguia ver o buraco lá de baixo onde estava, então, ele, "voando com instrumentos", como chamava isso, usava apenas a bandeira sobre o pino que o pastor Campbell, como seu guia, estava levantando lá no *green*.

Depois, o pastor Campbell deu um pequeno pulo, balançou o punho no ar e riu.

— Inacreditável! — gritou ele. — Grande tacada!

A bola de Joshua saiu da areia, subiu o *green* e foi para o buraco.

Ele tinha um calmo sentimento de satisfação quando se inclinou, sentiu a bola no fundo do buraco e pegou-a.

Bob e Carl, que jogavam atrás, chegaram bem a tempo de ver a magnífica tacada de Joshua.

Quando os quatro voltaram para a sede do clube, houve uma celebração geral a respeito da maestria do percurso de Joshua. Ao mesmo tempo, o pastor Campbell disse que esses foram os melhores dezoito buracos que já jogara no Hanover.

Os dois outros homens tiveram de sair correndo para reuniões, então o pastor Campbell e Joshua sentaram-se ali no clube para um lanche rápido.

— Você realmente me forçou a elevar o meu jogo — disse o pastor. — Mas, ao mesmo tempo, tenho que admitir... algumas das minhas tacadas foram felizes acasos. Não acho que mereci minha contagem de hoje, ficando só duas tacadas atrás de você. Por sua vez, você, realmente, mereceu sua marcação. Você joga com muita habilidade. E disciplina.

Joshua sorriu enquanto mastigava seu sanduíche de trigo integral.

Então, algo aconteceu com ele. Ele tinha de dizer isso em voz alta.

— É isso.

— O quê? — replicou Campbell.

— A resposta para o seu pequeno enigma. Você disse que a vida é diferente do jogo de golfe.

— Certo, então, qual é a sua resposta?

— Acho que o seu ponto é que se pode ter disciplina e habilidade para realizar coisas na vida. Obviamente. Mas que, de algum modo, essas coisas não são suficientes.

Paul Campbell parou de comer. Ele limpou a boca com o guardanapo e recostou-se.

— Acho que você está certo.

Mas, agora, Joshua queria que o pastor fechasse o círculo. Ele perguntou:

— Então, habilidade e disciplina não são suficientes... mas não são suficientes para *quê*?

— Para Deus.

O silêncio caiu entre os dois homens. Joshua esperava que o homem sentado diante dele à mesa de café continuasse a falar. Mas ele não continuou. Por fim, Joshua teve de cutucá-lo para que prosseguisse.

— Está bem. O que a respeito de Deus?

— Por mais habilidoso, disciplinado e realizador que você — aliás, qualquer um — seja... independentemente disso, isso não é suficiente para agradar a Deus.

— Soa como se ele fosse difícil de ser agradado — disparou Joshua com uma risada.

O pastor simplesmente replicou:

— Exatamente. Deus é difícil de ser agradado. Na verdade, impossível de ser agradado.

— Uau, isso é deprimente vindo de um clérigo. Achava que vocês eram especialistas em distribuir palavras de esperança.

— Vamos pôr desta maneira: Deus não quer ser agradado com esforço puramente humano como uma forma de conseguir um relacionamento com ele. Isso nunca funciona.

— Por que não?

— A Bíblia diz que todos nós pecamos e ficamos aquém da glória para a qual fomos, originalmente, designados. Todos nós temos a falha inerente do pecado e agimos de acordo com isso. Isso bloqueia nossa habilidade de nos conectarmos com Deus.

— Então, qual é a solução... não pecar? Ser fanático? Ser piedoso? Ir à igreja?

— Não!

Agora, Joshua estava ficando impaciente. Se havia um problema, então ele gostava de achar a solução. Campbell apresentava um trágico problema para a raça humana e não tinha solução para ele.

— Então, o quê? — perguntou Joshua. Sua voz estava alta o bastante para chamar a atenção de um grupo de mulheres que almoçava em uma mesa próxima. Daí, viraram-se e olharam para ele.

Campbell replicou:

— Aceitar a única solução que Deus nos forneceu. É o único remédio que funciona. A única coisa que nos capacita a ter algum tipo de relacionamento com ele; a receber perdão pelo pecado; a nos tirar do campo inimigo e nos pôr em amizade com o Criador do universo. É isso. Nada mais funciona.

Joshua procurava buracos na teoria.

— Então, não tem múltiplas opções disponíveis? Veja, se estou a caminho da estratosfera voando em um avião *mach* e tenho problema com o aparelho, não vou me limitar a uma única solução. Vou tentar múltiplas estratégias para conseguir controlar o avião.

— Vamos usar um modelo de comunicações. Você está lá em cima em seu avião. Você quer contatar a torre de controle. O rádio tem de ser sintonizado na frequência correta. Se a torre de controle tiver apenas uma frequência disponível, não faz muito sentido você dizer que não gosta daquela frequência e que devia ter múltiplas opções...

— Então, qual é a única frequência para Deus?

— A Bíblia deixa isso cristalino. O motivo supremo para Jesus vir à Terra foi simples, mas muito magnífico. Ele veio para ser cruelmente torturado e, depois, morrer em uma crucificação romana do lado de fora dos muros da antiga Jerusalém. Essa era a única maneira na qual ele podia ser um sacrifício. O perfeito Filho de Deus oferecido como pagamento perfeito pelo preço do meu pecado... e do seu.

Joshua calculava as probabilidades. Alguma coisa não batia.

— Há, o quê?... Treze bilhões de pessoas que vivem neste planeta, algo assim? Então, como um homem, independentemente de quem ele seja... como o sangue de um homem poderia possivelmente cobrir os pecados de todas as pessoas? Isso não poderia ser feito.

Paul Campbell anuiu com a cabeça.

— Você está certo. Não pode ser feito.

Joshua riu e avaliou o homem do outro lado da mesa.

— Agora, você concorda comigo? Qual é a pegada?

— Porque um homem comum jamais poderia morrer por seus próprios pecados, e muito menos por bilhões de pecados dos outros. Mas aí está o ponto das profecias da Bíblia sobre as quais falei na igreja. Deus deu-nos a orientação da sua palavra, como luzes de aterrissagem na pista do aeroporto. Apontando o caminho diretamente para Jesus como o único Salvador. Deus feito homem. Totalmente humano, todavia, totalmente divino. Isso é incompreensível? Sim, é. Mas quando Jesus foi crucificado, ao pé da letra, o sangue de Deus foi derramado, e esse sangue é a única coisa que pode purificar os pecados dos treze bilhões de pessoas. É claro, Josh, que Deus acha que o ser humano merece ser salvo. É simples assim. E profundo assim. A única coisa deixada em aberto é como respondemos a isso.

— Aqui está minha resposta — disse Joshua. — Algumas coisas são dignas de ser salvas, certo? Podemos concordar nisso. No meu caso, quero salvar meu país. Captei o que você estava dizendo na outra noite. Na verdade, você e eu temos alguma coisa em comum, quero dizer, além de um jogo de golfe em que pontuamos de forma bem próxima.

— O que temos em comum?

— Nós dois percebemos que talvez essa seja a última e melhor chance que temos de impedir que os Estados Unidos sejam engolidos em uma comuna global. Um lugar em que, por redefinição dos conceitos, a liberdade é destruída. Nossas fronteiras começam a se evaporar. Onde devemos pedir permissão da comunidade internacional antes de agirmos para nos defender. Onde a percepção de homens como Patrick Henry e George Washington são apagadas da lembrança de nossos netos. De acordo com o que você disse na última noite, se isso acontecer, pode ser o início do fim. Um longo e terrível pesadelo global. Bem, não vou ficar sentado assistindo a isso acontecer.

— As nações são compostas de pessoas. Isso inclui você. Portanto, talvez você queira pensar em primeiro procurar sua própria salvação, Josh. Talvez você se surpreenda com o que Deus tem reservado para você uma vez que se inscreva na equipe dele.

— Você quer que eu tenha o mesmo tipo de conversão espiritual que Abby teve? Isso foi excelente para ela. Mas, com certeza, esse não é o momento certo para o que você está me oferecendo.

— O que você quer dizer?

— Vamos encarar isso. Neste momento, minha vida está presa em uma luta intrincada. Estou em missão. Tudo que sou e tudo que tenho — absolutamente tudo está devotado a essa tarefa. Meus lucros nos negócios, minha energia. Tudo. Agradeço a você pelo que está dizendo. Mas, neste momento, estou em outra estrada. E não vou parar até ter realizado a missão.

Campbell anuiu com a cabeça e disse:

— Você mencionou Patrick Henry. Não foi ele que disse que Deus dirige o destino das nações?

— Foi sim. Mas, depois, ele levantou-se, cerrou os punhos contra a Grã-Bretanha e lutou por liberdade. Não posso esperar pela intervenção divina, pastor. Preciso agir.

— Só mais uma coisa. Algo que não tive oportunidade de dizer na noite passada.

— O que é?

— Deus é o guardião do tempo. Ele é o único que sabe o momento exato do fim. Estudei as Escrituras minha vida toda. Você quer saber em que passagem os Estados Unidos são mencionados?

— Com certeza.

— Eu também quero. E ainda estou à procura. Por que não há uma menção clara e específica aos Estados Unidos? Talvez simplesmente porque o Senhor não quer que saibamos de antemão o destino do nosso país. Assim, podemos nos levantar para o desafio. Buscar a face dele enquanto ainda há tempo.

Havia um poder penetrante no olhar do pastor Campbell. Ele olhava nos olhos de Joshua com um estranho tipo de tranquilidade.

Por fim, Joshua levantou-se da mesa, dizendo que tinha de ir para o escritório. Ele sorriu e apertou a mão de Paul Campbell.

Mas antes de se virar e sair da sede do clube, ele tinha de dar algum crédito onde o crédito era devido.

— A propósito, ótimo jogo. Você me fez suar a camisa. Vamos jogar de novo qualquer hora dessas.

Trinta e oito

Os pés da vice-presidente Jessica Tulrude a estavam matando. Ela queria não ter de usar sapatos de salto alto, sobretudo em um passeio pelas antigas ruas romanas de pedra de Pompeia. Ela pretendia prestar atenção ao guia turístico e se esforçar com igual empenho para manter um sorriso para o pequeno contingente de fotos para a imprensa internacional.

Tulrude fazia parte do pequeno séquito que incluía diversas autoridades da União Europeia e o vice-presidente adjunto da União Europeia. Tulrude viera à Itália para uma conferência conjunta entre União Europeia e Estados Unidos sobre assuntos de interesse em comum, incluindo as finanças globais.

Antes da viagem, ela tivera uma discussão acalorada com o secretário de Estado Danburg sobre quem devia participar da conferência. A vice-presidente Tulrude, sempre uma sobrevivente política, conseguiu forçá-lo a sair de cena. Ela sabia o valor das relações-públicas do evento. Afinal, seus conselheiros políticos disseram-lhe que ela precisava melhorar seu prestígio internacional em assuntos externos se quisesse dar um impulso em sua futura campanha. Esse evento era exatamente do que precisava.

Os luminares do grupo também incluíam um punhado de influentes empreendedores internacionais.

Caesar Demas era um deles. Ele passeava com sua camisa de manga curta e sorria por trás de seus exclusivos óculos escuros Georgio Armani.

Demas caminhava ao lado de Tulrude enquanto fingia examinar as entradas romanas em arco e as casas de pedra do século I que havia de cada lado da rua pavimentada com pedras brancas.

Tulrude tomava cuidado para não o encarar, mas dirigir-se a ele com um olhar de viés.

— Diga-me de novo, Caesar, quem teve essa ridícula ideia de passar metade do dia andando através das ruínas da cidade romana sem vida?

— Acho, Jessica, que foi sua eminência o presidente da União Europeia. Isso faz parte de seu impulso na mídia global por um esforço internacional entre as nações para que se preparem conjuntamente para desastres maciços.

Demas não podia ver, mas Tulrude revirou os olhos ao ouvir isso. Quando ela respondeu, sua voz destilava cinismo em tom de lamentação contra o qual seus conselheiros a advertiram.

— Então, ele escolhe uma cidade... do século I... que foi enterrada por uma erupção vulcânica como o momento para tirar fotos de celebridades para seu projeto de estimação sobre desastres globais? Ora, faça-me o favor...

— Veja desta maneira: isso, pelo menos, acaba por nos dar a oportunidade de conversar por alguns minutos de maneira a não levantar suspeitas — disse Demas. — Pretendia conversar com você de alguma maneira. Dizer como lamentei não poder trabalhar com a Casa Branca como um enviado não oficial para negociar os arranjos para compartilhar a tecnologia das armas RTS com outros países...

— Compreendo! Bem, caímos em todas as pesquisas em relação a esse assunto. Pareceu uma boa ideia na hora, mas, no fim, não poderíamos sobreviver ao efeito político colateral.

— Entendo. Mas, agora, você e eu temos que conversar sobre outras coisas. — Demas deu um tapinha no braço dela. — Como, por exemplo, seu futuro político.

Antes que Tulrude tivesse chance de responder, ela identificou sua chefe de gabinete, Lana Orvilla, e um agente do serviço secreto caminhando a passos rápidos em direção a ela.

Orvilla entregou-lhe um celular codificado.

— Desculpe, senhora vice-presidente — disse ela — mas temos um telefonema urgente do Departamento de Justiça. O procurador-geral Hamburg precisa falar com a senhora.

Tulrude desculpou-se com Caesar Demas e afastou-se do grupo para atender ao telefonema.

— Senhora vice-presidente — começou o procurador-geral Cory Hamburg — desculpe-me por interromper sua viagem, mas temos uma importante questão de segurança que precisamos verificar. O FBI e o nosso próprio pessoal de terrorismo aqui do Departamento de Justiça precisam fazer uma dupla verificação em algo.

— Com certeza, a segurança nacional sempre está em primeiro lugar. O que posso fazer por você?

— Houve uma ordem dada pela Segurança Interna relacionada ao principal alvo do terror. Um conhecido terrorista e assassino chamado Sr. Atta Zimler.

— Como isso diz respeito a mim?

— Bem, há anos Zimler está no topo da nossa lista de terroristas. Mas a Segurança Interna pediu-nos para suspender temporariamente qualquer investigação doméstica relativa a Zimler. Quando os questionamos, eles disseram que devíamos conversar com o escritório da senhora.

— Sim, agora, lembro-me da situação — disse Tulrude. — A Casa Branca e a Segurança Interna discutiram o problema de identidades erradas em nossos programas de antiterrorismo. Sabe, prender a pessoa errada por causa de uma falha do sistema. Nomes semelhantes; esse tipo de coisa. Simplesmente, não podemos tolerar esses tipos de erros...

O procurador-geral interrompeu-a de pronto.

— Sim, eles também nos disseram isso. Havia algum diplomata cujo nome não foi mencionado que acha que pode correr o risco, sabe, de ser confundido com Atta Zimler. Supostamente, esse diplomata está vindo para os Estados Unidos, e a Segurança Interna está preocupada com um embaraço internacional se ele for, erroneamente, levado em custódia. Francamente, sinto-me um pouco desconfortável em relação a isso. Não temos o nome do diplomata. Sinceramente, nem mesmo sabemos se ele existe...

— Claro que ele existe — disse Tulrude, mas absteve-se de acrescentar mais alguma coisa. Ela franziu os lábios e começou a bater de leve o dedo na tampa do telefone.

Após alguns segundos de silêncio, ela disse:

— Não tenho certeza de onde você quer chegar com essa história. Como isso me envolve...

— Como a senhora sabe — continuou o procurador-geral — senhora vice-presidente, essa ordem é altamente irregular. Ela veio da Segurança Interna para o Departamento de Justiça. Em relação a uma potencial investigação terrorista... como a senhora sabe, o protocolo é que a coisa funcione ao contrário. Eles também nos disseram que Zimler estava em custódia na Europa... talvez em Paris. Zimler está em custódia, ótimo, sem problemas... mas não conseguimos verificar essa informação. Não conseguimos nada através dos canais normais... nenhuma informação da polícia de Paris... nada da Interpol...

A réplica de Tulrude foi breve:

— O que você quer de mim, procurador Hamburg? Diga claramente.

— Enquanto a senhora está na Itália, se puder falar com o pessoal da União Europeia, fazer com que os contatos deles na França se empenhem nessa questão da inteligência. Confirmar que Zimler foi pego. Precisamos dessa informação o mais rápido possível. Obviamente, nesse ínterim, interromperemos qualquer investigação aqui nos Estados Unidos concernentes a pessoas que possam ser confundidas com esse Atta Zimler...

— Sim, claro. Quando for o momento certo... — assegurou-lhe Tulrude. — E, general Hamburg, tenho certeza de que vou poder fazer uma boa referência a você na conferência da União Europeia.

— Obrigado, senhora presidente.

Tulrude devolveu o telefone para sua chefe de gabinete. O agente do serviço secreto estava de pé bem atrás dela. O resto do grupo afastara-se mais pela rua antiga, todos, exceto Caesar Demais, que ia vagarosamente atrás do grupo.

A vice-presidente ordenou que Lana Orvilla e o homem do serviço secreto seguissem na frente e disse que logo os seguiria. O agente do serviço secreto protestou polidamente. Ele lembrou a vice-presidente que a segurança dela era responsabilidade dele. Mas Tulrude interrompeu-o.

— Agente, você gostaria de ser desobrigado de sua designação?

Ele captou a mensagem. Seu rosto contraiu-se.

— Vou esperar a senhora logo lá na frente nesta rua, senhora vice-presidente.

Quando Orvilla e o agente estavam, pelo menos, quinze metros à frente na antiga rua romana, Tulrude aproximou-se de Demas. Quando fez isso, ela balançou a cabeça na direção da entrada em arco de um prédio de pedra onde podiam conversar. Os dois subiram no pórtico, olharam para os dois lados à procura de fotógrafos e, depois, ficaram ali na entrada e fora da vista de todos.

— Você não vai adivinhar, Caesar, de quem foi esse telefonema.

Antes que Demas pudesse responder, Tulrude continuou.

— Era o procurador-geral — disse ela — telefonando sobre esse assunto do Atta Zimler. Agora, estou em uma posição vulnerável por sua causa. Por enquanto, estamos adiando qualquer investigação doméstica a respeito do Zimler. Exatamente como você pediu. Então, você tem que dizer ao seu amigo diplomata... seja ele quem for... que não precisa se preocupar com ser perturbado nos Estados Unidos por engano. Mas preciso que você peça aos seus contatos do escritório de inteligência de Paris que verifiquem com o Departamento de Justiça se têm, de fato, Zimler em custódia, como você me disse que tinham. Caesar, realmente preciso disso, estou assumindo um risco sério por você nesse assunto. Pense apenas no prejuízo para mim se você estiver errado e esse Zimler, de alguma maneira, realmente estiver nos Estados Unidos...

— Não se preocupe. Vou pedir que meus amigos da segurança francesa me forneçam as garantias necessárias para o seu pessoal do Departamento de Justiça.

— Bom! Muito bom.

Caesar Demas aproximou-se por apenas um momento para pegar a mão da vice-presidente.

— Minha fundação depositou dez milhões de euros em uma conta não sujeita à regulamentação fiscal para sua campanha eleitoral. Depois, o valor será distribuído para sua campanha por intermédio de várias organizações e associações de caridade norte-americanas. Tudo muito limpo. Vamos depositar outros vinte milhões, presumindo que você passe nas primárias em boa posição.

— Oh, vou passar nas primárias, Caesar. Não tenha dúvida quanto a isso.

— Estou apenas lembrando as regras para nós dois.

Apenas nesse momento, algo chamou a atenção de Jessica Tulrude. Ela levantou o pescoço e olhou mais de perto as desbotadas pinturas na parede do prédio antigo em que estavam.

— Caesar, que tipo de prédio era esse? Quero dizer, nos tempos romanos...

Ele riu.

— Era um bordel.

Tulrude irrompeu em uma gargalhada alta.

Os dois deliciaram-se com a ironia não expressa. Escolher aquele tipo de lugar para discutir a intenção de Tulrude para concorrer à presidência.

Trinta e nove

Na Universidade Liberty

— Sr. Jordan, talvez o senhor possa responder a essa pergunta.

Cal Jordan estivera ocupado, esboçando uma pintura em seu bloco. Ele levantou os olhos, sem jeito, e encontrou toda a classe olhando para ele.

— Desculpe, professor. Não ouvi a pergunta.

Houve risos abafados de alguns alunos sentados dez fileiras para trás que ecoaram através do grande anfiteatro da faculdade.

Na frente da classe, o professor franziu as sobrancelhas e tentou mais uma vez.

— A pergunta, Sr. Jordan, de um de seus colegas era: por que o Congresso tem o poder de forçar um cidadão privado a testemunhar em uma audiência de congressistas?

Por um momento, o cérebro de Cal congelou.

O professor estudou Cal e, depois, expandiu a pergunta.

— Estamos estudando os poderes do Congresso. O Sr. Hitcheny fez uma pergunta importante sobre o poder de intimação do Congresso.

Cal olhou em torno da sala e olhou para dez filas atrás até localizar o rosto de Jeff Hitchney, outro aluno da classe. Hitchney, um segundo anista, alto e louro, tinha um meio sorriso enviesado no rosto. Nesse instante, Cal se deu conta de que o aluno fizera a pergunta com o intuito de embaraçá-lo. Hitchney era o lançador estrela do time de basebol da faculdade e o líder da equipe de debate. Mas havia mais uma coisa. Ele tinha um agudo interesse na namorada de Cal, Karen Hester. E Hitchney parecia determinado a perturbar Cal. Afinal, como Karen podia ter preferido Cal a ele?

— Sr. Jordan — disse o professor, pressionando gentilmente. — Achei que o senhor teria algo a dizer sobre esse assunto considerando o fato de que seu pai, Joshua Jordan, está no noticiário exatamente por causa dessa questão.

Cal encolheu-se. *Aí está ele de novo. Coronel Joshua Jordan. O homem que salvou sozinho a cidade de Nova York do perigo da aproximação de mísseis nucleares. Onde quer que eu vá, não consigo escapar do meu pai.*

Agora, Cal lutava para focar a atenção e dar uma resposta inteligente. Ele fez sua melhor tentativa.

— O poder do Congresso para conduzir esse tipo de audiências, creio eu, pressupõe que o Congresso tem poder de conduzir audiências para o bem do país. E isso, conforme suponho, também diz respeito ao poder de forçar as pessoas a testemunhar.

O professor assentiu rapidamente com a cabeça. Então, ele viu Hitchney levantar a mão de novo e chamá-lo.

— Professor, parece-me que Jordan está admitindo que o pai está errado; e o Congresso, certo. Porque ele sugeriu claramente em sua resposta que o poder de intimar é o exercício apropriado da autoridade dos comitês do Congresso.

Hitchney coroou sua fala com um sorriso convencido.

Mais algumas risadas provenientes da fila de cadeiras onde estava Hitchney.

Cal levantou a mão. O professor assentiu.

— Sim, Sr. Jordan.

— O Sr. Hitchney está certo quanto ao fato de eu admitir o poder do Congresso de intimar testemunhas. Mas esse não é o caso do meu pai. O caso do meu pai é a respeito do fato de que o Congresso não pode forçar ninguém a abrir mão de segredos comerciais e de negócios de inteligência. E é exatamente isso o que eles estão tentando fazer. Além disso... também há algo mais envolvido...

— E o que é isso? — perguntou o professor.

— Às vezes, as pessoas recusam-se a dar informação para o Congresso... ou para uma corte também... por bons motivos. Na semana passada, estudamos a situação dos repórteres que se recusaram a testemunhar em corte sobre quais eram suas fontes confidenciais. Eles disseram que tinham o direito soberano de proteger suas fontes.

— E qual é esse grande direito no caso do seu pai?

Cal fez uma pausa. Agora, ele estava no interessante dilema de ter de defender o caso do pai. Ele não estava entusiasmado com essa ideia. Além disso, as coisas que a mãe e a irmã, Débora, contaram a ele sobre a situação legal do pai eram assuntos estritamente familiares. Muito pessoais. Mas Cal teve outro pensamento prioritário. *Por outro lado, não existe a mínima chance de eu deixar Hitchney escapar do anzol.*

— OK, aqui está a questão — replicou Cal. — Meu pai inventou essa arma a laser... o RTS. Essa arma de retorno ao remetente. Ele nunca deu ao governo a posse total desse projeto. Ele ainda estava, digamos, em uma fase experimental. Então, os norte-coreanos dispararam os mísseis contra nós. O governo usou a arma do meu pai para interromper a trajetória desses mísseis.

— Isso mesmo! E derreteram os norte-coreanos que podem nem ter sido os atacantes — disparou outro aluno.

A isso, alguns alunos vaiaram, mas de forma tímida.

Mas o resto da classe começou uma aclamação espontânea em favor de Joshua Jordan.

Enquanto o assunto irrompia em todo o salão de palestra a sua volta, Cal olhava quietamente suas mãos a sua frente. *Cara, não posso acreditar nisso. Por que o professor entrou nesse assunto?*

Depois de o professor pôr ordem de novo na classe, ele pediu que Cal concluísse seu pensamento.

Hitchney levantou a mão, e o professor balançou a cabeça assentindo que ele falasse de novo.

— Armas envolvem segurança nacional. Essa questão não pertence a algum negociante multimilionário; ela pertence ao governo.

Cal não esperou ser solicitado.

— Espera aí! *Nós* somos o governo — disse ele, voltando-se para Hitchney. — Estudamos isso na primeira semana desta matéria...

Dessa vez, Hitchney não esperou a anuência do professor.

— Um cidadão privado não pode decidir esse tipo de coisa. Isso seria o caos. Supõe-se que o governo decide essas questões.

— E se alguns políticos do Congresso não forem dignos de confiança? E se eles deixarem as informações sobre essa arma caírem em mãos erradas?

— Uau, fale de paranoia — murmurou Hitchney para os amigos sentados ao lado dele, mas alto o bastante para ser ouvido pela maioria da classe.

Foi quando o professor interferiu na discussão.

— Está bem. Boa discussão. A propósito, amo quando os alunos decidem exercitar suas células cinzentas. Acho ótimo.

A seguir, o professor virou-se mais uma vez para Cal.

— Só por curiosidade, Sr. Jordan, qual é sua especialização?

— Artes.

— Bem, se você se cansar das artes talvez queira pensar no preparatório para Direito. Você levantou alguns pontos bons hoje e também pode pensar em se juntar à equipe de debate.

Quando ele disse isso, o professor sorriu e jogou um sorriso na direção de Jeff Hitchney, que se esforçava para não parecer ameaçado por aquele último comentário.

Quando o professor continuou sua preleção, Cal sentiu o celular vibrar. Ele ajustara o modo vibratório no código Morse. Telefonemas de casa foram programados para vibrar pontos e traços para a palavra *família*. Mas os telefonemas do escritório do seu pai foram programados para vibrar o código *SOS* — o sinal internacional de socorro. Esse era seu gracejo particular.

Dessa vez, era o chamado SOS. Ele não atenderia. Pelo menos, não agora, quando os olhos da metade da classe ainda estavam grudados nele.

De volta ao seu escritório de muitos andares em Nova York, Joshua Jordan deixava a ligação para seu filho passar pelo viva-voz enquanto continuava a examinar o memorando do projeto de armas de sua equipe de engenharia.

O telefone continuou a tocar; Joshua abaixou o papel. *Ele não vai atender. Então, ele sabe que sou eu e não vai atender. Claro, ele pode ainda estar em aula. Vá com calma, Joshua. Dê um descanso para o menino.*

Quando Joshua ouviu o início da mensagem da secretária eletrônica do filho, ele pensou em deixar um recado. Mas é melhor dar a má notícia ao vivo.

Ele decidiu desligar e tentar de novo dali a pouco.

Joshua voltou a pensar no telefonema que acabara de receber de Rocky Bridger, um homem cuja bravura, em geral, era esculpida em granito. Mas quando Joshua atendeu ao telefonema dele, a voz deste soava diferente.

Rocky começou dizendo.

— Josh, é o Rocky. Oh, cara... — sua voz estremeceu.

Houve uma longa pausa. A seguir, um som. A voz de Rocky foi interrompida pela emoção.

— O que foi? — perguntou Joshua.

— Roger, meu genro... morreu... Joshua... meu Deus, ele se foi.

Quando Rocky se recompôs, ele transmitiu a pouca informação que tinha. A polícia estava fazendo mistério em relação ao assunto. Mas o terrível era que Roger French foi morto em seu escritório no centro da Filadélfia. A polícia local estava sendo extremamente econômica a respeito dos detalhes, embora tenham mencionado que o FBI tinha algum interesse no caso. Mas seu genro se fora, vítima de um crime brutal e, agora, Rocky estava com sua filha, que estava em choque e inconsolável.

Joshua esforçou-se ao máximo para confortar o amigo e mentor. Mas ele sentia-se tolo, inútil e desajeitado.

Ele ligou imediatamente para Abby. Ele sempre se impressionava com o senso de compaixão dela, mas, dessa vez, a disposição dela em largar tudo para ir à Filadélfia ajudar a família foi particularmente emocionante.

Então, algo atingiu Joshua como um meteoro. *Rocky acaba de perder seu genro nas mãos de um assassino insensível. Sua vida mudou em um instante. Podemos perdê-los... tão rapidamente. Quando foi a última vez que disse a Cal que o amava? Debbie e eu não temos esse problema. Ela é tão aberta com tudo. Mas Cal e eu... as coisas sempre foram complicadas entre nós. Tensas.*

E o tempo continua correndo. E nada se resolve. E se me acontecer alguma coisa? E eu não tiver a chance de ajeitar as coisas com Cal antes?

Foi quando Joshua sentiu a necessidade esmagadora de telefonar para o filho.

Ele tentou de novo e, após alguns tensos segundos, Cal atendeu.

— Cal, é o papai.

— Oi.

— Como vai você?

— Bem.

— Ótimo. Olhe... acabo de ter uma notícia realmente ruim de um amigo. Você conhece Rocky Bridger?

Cal ficou em silêncio.

Joshua acrescentou.

— O general do Pentágono. Meu amigo de longa data da Força Aérea?

— Ah, eu me lembro dele...

— Bem, o genro dele foi assassinado duas noites atrás na Filadélfia. Rocky não tinha nenhum detalhe, por que alguém iria querer matar Roger?

— Sinto muito ouvir isso, papai. Você e mamãe falam muito de Roger. Mas não o conhecia bem...

— Bem... fiquei pensando e senti que precisava falar com você.

— Tudo bem.

— E...

— O quê?

— Apenas dizer...

Houve uma pausa.

— Eu amo você.

Joshua queria elaborar seus sentimentos de alguma maneira, mas acabou simplesmente falando só isso.

Cal, agora com a guarda baixa, só conseguiu murmurar:

— Obrigado, papai.

— Precisamos conversar de vez em quando, você e eu.

— É mesmo.

— De homem para homem.

— Está certo.

Cal pensava consigo mesmo: *A troco de que isso tudo?* Mas perguntar isso seria muito arriscado.

— Quero dizer — acrescentou Joshua — sobre o que aconteceu em Nova York. O dia dos mísseis. Sobre você ainda estar na cidade...

Cal pensava: *Você quer dizer que pode me dar uma dura a respeito de como não contei a verdade sobre ficar em Manhattan com minha namorada, Karen Hester, que você não aprova? Você quer dizer que precisamos conversar sobre isso? Já admiti tudo isso para a mamãe. Será que você não pode simplesmente deixar isso para lá?*

Foi quando a conversa começou a desandar como um barco sem leme.

Finalmente, Joshua foi quem terminou o telefonema.

— Está certo, filho. Só queria telefonar. Então... tchau.

Cal foi o último a falar:

— Tchau — foi tudo que ele disse.

A seguir, ele desligou o telefone.

Alguns alunos passaram por ele, os que tinham acabado de estar em sua aula de Governo quando ele enfrentou Jeff Hitchney, disseram seu nome e fizeram o sinal de positivo para ele.

Cal sorriu debilmente e agradeceu.

Mas em seu interior, ele fervilhava.

Quarenta

O dono da loja de ferramentas e suprimentos de mineração na Virgínia Ocidental segurava cuidadosamente a caixa de explosivos. Ele depositou-a com cuidado sobre o balcão. A seguir, indicou o conteúdo, assim seu cliente podia olhar no interior da caixa.

O cliente de pé, bem em frente dele, era um homem com camisa de flanela com as mangas cortadas. Estava usando jeans e botas.

Os jeans pareciam novos.

Ele não reconheceu o cliente.

— Em que operação de mineração você disse que está trabalhando?

— Wyler Coal — disse Atta Zimler, inventando o nome instantaneamente e fazendo uma boa imitação de fala arrastada. — É uma mina pequena. Negócio de família, acabamos de abrir.

— Está certo — disse o homem das ferramentas. — Bem, de todo jeito, esse é o pacote dos detonadores potentes de Bridgewater. Eles detonam a partir de uma fagulha elétrica...

— Ótimo — disse Zimler — é isso que estou procurando.

— O que você vai usar como seu explosivo primário?

Zimler forçou um sorriso. Ele não tinha intenção de dizer a verdade a ele. Seus explosivos *primários* eram explosivos plásticos de graduação militar que ele já obtivera no mercado negro, em um ponto nos arredores de Pittsburgh, por uma boa quantidade de dinheiro. Tudo de que ele precisava agora era de um detonador. Um detonador que disparasse com carga elétrica seria perfeito. Ele já comprara os interruptores remotos em uma loja de eletrônica. Montar esses interruptores com os telefones celulares para enviar a carga seria uma brincadeira de criança.

— Explosivos primários? — replicou Zimler. — Oh, o usual. Agora, esses detonadores, eles não vão detonar por acidente com a eletricidade estática do ar, certo?

— Não.

— Algum sinal acidental de telefone celular, esse tipo de coisa não o fazem detonar?

— Não, você tem de enviar uma carga elétrica diretamente para o detonador para ele detonar.

— Ótimo — disse Zimler. — Minha atitude é que quando você dinamita quer ter certeza de que seu alvo recebe toda a carga. E só *quando* você quer que receba a carga. O momento certo é tudo, correto?

Algo soava estranho na conversa para o caixa da loja, embora ele não conseguisse dizer o que era.

— É, aposto que sim... — replicou ele.

Tirando um bolo de notas, Zimler pagou em dinheiro vivo.

Contudo, antes de o dono da loja entregar a caixa de detonadores, ele pegou uma prancheta e empurrou-a sobre o balcão.

— Temos que pegar essas informações de todos que querem explosivos. Ponha seu autógrafo bem aqui...

Zimler sorriu e agiu como se entendesse a frase. Mas ele hesitou apenas por um instante.

Ele olhou para a prancheta e observou as assinaturas nela.

— Você quer que eu assine aqui?

— Essa é a ideia geral.

Zimler assinou um nome falso. O dono da loja entregou a caixa.

— Agora, você está seguro — disse ele para Zimler.

— Claro — disse Zimler enquanto pegava o saco com a caixa de detonadores, saindo, a seguir, da loja. Ele fizera um longo desvio para pegá-los, mas valera a pena.

Em um ponto no tempo, quando Zimler estava a caminho da Virgínia Ocidental para conseguir os detonadores, seguia para o leste na estrada da Pensilvânia. Isso foi antes de ele virar para o sul em direção à fronteira da Virgínia Ocidental. Nesse exato momento, Zimler estava a menos de oitenta quilômetros da localização do agente especial John Gallagher.

O agente do FBI ainda estava preso na Filadélfia antes de voltar para Nova York. Ele ainda tinha que fazer uma parada. Mas essa era crucial. Ele sabia que tinha de enfrentar Miles Zadernack no quartel-general do FBI. Mas horas antes da hora em que devia chegar ao aeroporto, tinha recebido um telefonema dos detetives da polícia da Filadélfia. Surpreendentemente, o detetive principal fora fiel a sua palavra e telefonara com alguma informação adicional sobre a investigação da morte de Roger French.

— Agente Gallagher, conseguimos algo que talvez você ache interessante.

— Sou todo ouvidos.

— Um vídeo de vigilância.

— De onde exatamente?

— Tirado da câmera do saguão do prédio do escritório da empresa de seguro de Roger French.

— Ah! Que bom! Amo vídeos de segurança de saguões — disse Gallagher com voz vivaz.

Houve uma pausa do outro lado da linha. O detetive não sabia exatamente como responder a esse sarcástico agente do FBI.

Finalmente, ele disse:

— Venha, estamos na sala de observação.

Quando desligou, Gallagher, de repente, sentiu com se estivesse vendo a luz surgindo à distância. Com alguma sorte, Zimler seria identificado no vídeo. E se isso acontecesse, então Miles Zadernack teria de ouvi-lo.

As coisas estavam melhorando.

Quarenta e um

No saguão da Jordan Technologies, Inc., a secretária estava com um olhar atônito. Joshua advertira-a que isso podia acontecer. Mas ela ainda não estava preparada para ficar cara a cara com um agente federal segurando uma intimação na mão.

— Senhora, está me ouvindo? Sou agente federal dos Estados Unidos. Este é um documento legal. Tenho de entregá-lo para o Sr. Jordan. *Imediatamente.*

Ela abaixou os olhos para o papel. Ela viu o título no topo do documento:

Pela autoridade do Senado dos Estados Unidos da América
Para: Sr. Joshua Jordan
O senhor está convocado a comparecer...

A secretária levantou os olhos para o agente federal e disse:

— Ele não está, senhor.

— Onde ele está?

— Não sei.

— Quando ele volta?

— Não sei.

— Senhorita, você está muito próxima de obstruir um agente federal no cumprimento de suas obrigações oficiais. A senhora percebe isso?

Ela engoliu em seco antes de responder:

— Olhe, como eu disse, o Sr. Jordan teve uma emergência, pediu que eu cancelasse seus compromissos e saiu. Não sei mais o que dizer ao senhor.

O delegado federal jogou seu cartão sobre a mesa.

— Aqui está meu telefone. Telefone-me na hora em que ele chegar.

No instante em que o agente federal deixou o escritório, ela telefonou para Joshua. Ele estava na sua limusine indo para a avenida das Américas, em Manhattan.

Joshua estava ao telefone com Harry Smythe quando a chamada da secretária foi completada na segunda linha. Ele pôs Harry à espera.

— Sr. Jordan — disse a secretária sem respirar — um agente federal acaba de vir aqui com aqueles papéis.

— E?

— Disse exatamente o que o senhor mandou. Tudinho.

— Muito bem.

— Mas fiquei um pouco nervosa.

— Não se preocupe. Tenho certeza de que você se saiu bem.

Joshua despediu-se e, a seguir, voltou a falar com Harry.

— Bem, exatamente como você previu, Harry, eles estiveram no meu escritório tentando me entregar a intimação.

— Acho que precisamos apenas enfrentar isso, Josh. Receber a intimação. Vou aceitar a intimação em seu nome no meu escritório. Depois, vou ver o que se pode fazer legalmente.

— Harry, quero a opinião de Abby a respeito disso.

— Ela está com você?

— Não, ela está na Pensilvânia ajudando uma família amiga nossa. Eles sofreram uma tragédia pessoal.

— A mesma Abby de sempre.

Joshua pediu a Harry para ficar à espera enquanto ele a conectava à conversa.

Quando o *Allfone* de Abigail tocou, ela estava lavando a louça na casa dos French, enquanto a recém-viúva Peg French descansava em seu quarto. Rocky Bridger, em silêncio, procurava brincar com ela e a filha de Roger.

— Abby, querida, sou eu — disse Joshua. — Como estão as coisas aí?

— Finalmente, Peg descansou. Josh, é tão terrível.

— Eles conseguiram mais algum detalhe?

— Não muito. Eles só disseram que têm várias teorias. A polícia tem algum motivo para estar fazendo tanto segredo. Mas eles não dizem nada.

— O que é?

— Que ele não foi só morto. Ele foi torturado antes de ser morto.

— *Torturado?*

— Sim.

— Quem faria isso com Roger French? Não acredito que ele tenha se envolvido em algo sórdido, ele era um camarada firme.

— Ninguém consegue imaginar isso.

— E Rocky?

— Ele pôs um rosto de coragem, você o conhece. Ele está procurando cuidar da Violet, a filha de Peg.

— Olhe, sinto muito jogar mais um fardo em cima de você, mas estou com Harry Smythe na outra linha. Quero que você participe da conversa. Exatamente como ele imaginou, o senador Straworth vai complicar no negócio do RTS. Eles emitiram uma intimação. Um agente federal tentou entregá-la no meu escritório. Mas eu não estava.

— Ótimo. Conecte-me na conversa — disse Abigail. Ela secou as mãos com um pano de prato e, depois, encontrou um canto da sala de jantar no qual não podia ser ouvida.

Depois de Joshua conectar todos eles três, ele explicou a situação.

— Abby, Harry diz que devíamos deixá-los entregar a intimação e, depois, tentar brigar na corte.

Abigail pulou imediatamente.

— Harry, presumo que você vai à corte federal de D.C. com uma moção para cancelar a intimação?

— Essa é a estratégia. Só não quero que minha posição seja enfraquecida por qualquer postergação de Josh em aceitar a intimação do agente federal.

Abigail ficou calada do outro lado da linha. Joshua sabia que ela estava digerindo a informação. A seguir, ela falou:

— Harry, uma vez que Josh receba a intimação, o tempo começa a contar. Então, você tem de se apressar para ir à corte. E se você pegar o juiz errado e sua moção for negada?

— Bem — disse Harry — então o jogo praticamente acaba. Ou Josh entrega todos os documentos do RTS ou vai para a cadeia. O tempo todo, essas são as únicas opções.

— Você conhece o Josh — interrompeu Abigail. — Ele não vai entregar aqueles documentos para o Congresso. Ele acredita que nossa segurança nacional está muito comprometida no Capitólio neste momento. E se ele for para a cadeia, sua reputação, tudo que ele realizou será maculado e destruído.

— A coisa toda cheira mal — disse Harry. — Sei disso, mas eu não faço as regras.

— Então, talvez esteja na hora — disse Abigail — de mudar o jogo.

— No que você está pensando, querida? — perguntou Josh.

— Protele essa coisa — disparou Abigail — prolongue esse assunto. Só precisamos de alguns dias.

— Alguns dias para quê? — perguntou Harry. — Josh, quando o assunto entra em uma batalha política como essa com o senador Straworth, você está no meu terreno, minha especialidade. Conheço um pouco disso. A maior parte do meu exercício da carreira tem sido o de representar senadores, congressistas. Tive, até mesmo, por um período no conselho da Casa Branca, como você bem sabe. Olhe, eu a respeito, Abby. Você fez alguns excelentes trabalhos no governo federal quando ainda exercia a advocacia. Casos diante da Comissão Federal de Comunicações. De outras agências federais. Mas, Josh, você tem que me ouvir nisso. Há algumas pessoas lá no Congresso que querem *destruir* você. E vão destruir, acredite-me, se você começar a fazer o jogo de evitar a intimação.

— Harry, você está falando de inimigos que querem me destruir. Isso soa como guerra e, no que diz respeito à logística militar, você está no *meu* terreno, minha especialidade. Não pretendo deixar um punhado de políticos me destruirem.

— Por isso — disse Abigail — temos de atacar primeiro. Golpeamos primeiro.

— Com o quê? — disse Harry, e, agora, sua voz elevava-se com uma ponta de arrogância profissional. — A única esperança é minha moção para cancelar essa intimação.

— Essa é uma estratégia — disse Abigail. — E, francamente, Harry, acho que você vai perder a moção. A outra estratégia, nosso plano B, Josh, é conseguirmos tempo. Só o suficiente para garantir que Phil Rankowitz consiga lançar o AmeriNews.

— Do que você está falando? — disse Harry.

— Um projeto de mídia no qual estou trabalhando — disse Joshua. — Algo com que você não pode ter nenhum envolvimento. Mas Abby está certa. Essa é a nossa ofensiva.

— Se impedirmos o agente federal de entregar a intimação para você, então o mantemos fora da cadeia apenas o tempo suficiente de o povo norte-americano ler a primeira edição do AmeriNews. Uma vez que eles descubram a verdade, aposto que passarão a insultar seus senadores. Quando isso acontecer, aposto que o senador Straworth e seus camaradas vão começar a pensar em desistir dessa intimação.

— Josh, *realmente* — deixou escapar Harry — isso representa falar de um tiro de longo alcance...

Mas Joshua interrompeu-o.

— Harry, tomei minha decisão. Aqui está a manobra. Vou evitar receber a intimação. Vou me esconder se for preciso. Harry, você ainda pode tentar encontrar um juiz para cancelá-la?

— Ao não aceitar a intimação você me deixa em uma situação muito desconfortável com a justiça.

— Não estou perguntando a respeito do seu conforto, estou perguntando se você ainda pode tentar essa manobra legal se eu não receber a intimação.

Após um momento de pausa, Harry Smythe respondeu:

— Sim, acho que posso tentar.

— Ótimo. No meio tempo, Abby, você e eu precisamos garantir que o AmeriNews seja lançado o mais rápido possível. Precisamos chegar ao público norte-americano. Essa é nossa melhor esperança.

Harry Smythe não cederia sem lutar.

— Então, você está simplesmente rejeitando minha abordagem? Minha recomendação? — disse ele em tom frio.

— O que estou fazendo — disse Joshua — é, antes, seguir o plano de Abby.

E, depois, acrescentou:

— No que diz respeito ao conselho dela, estou disposto a apostar minha vida nele.

— Talvez você tenha que fazer isso — retrucou Harry com seu pessimismo de advogado. — O governo federal virá atrás do seu escalpo.

Quarenta e dois

Algo, em algum lugar do cérebro de Hamad Katchi, não estava bem. Embora ao seu redor o mar Mediterrâneo azul estivesse calmo e cintilante e soprasse um vento gentil de quatro nós de velocidade.

Katchi já estivera muitas vezes antes no imenso iate de seu parceiro Caesar Demas. Contudo, essa era a primeira vez que Demas usava uma tripulação tão pequena. Só um capitão, um primeiro e segundo oficial, e Katchi não reconheceu nenhum deles, e mais dois outros camaradas. Os dois últimos pareciam ser bem inúteis. Eles tinham pescoço grosso e musculoso, parecendo mais com fisiculturistas ou seguranças do que marinheiros.

O negociante de armas paquistanês tinha medo de barcos. Ele não fazia segredo disso. A imprevisibilidade geral do mar o deixava desconfortável. A expansão ondulante em constante mudança. Ele achava desconcertante não ver a terra. E também não o agradava o fato de o mar conter grupos de criaturas vivas sob sua superfície. Coisas que você não consegue ver. Mas criaturas que podem comê-lo.

Sentado em uma macia cadeira no convés traseiro ao lado de Caesar Demas, Katchi tentava parecer relaxado.

Eles tinham conversado um pouco.

Depois, Demas mudou de assunto. Ele queria discutir o plano deles para vender a tecnologia das armas a laser RTS tão logo Atta Zimler a conseguisse.

— Já conversamos muitas vezes sobre nossos arranjos para vender o RTS.

— Sim, alguma notícia do nosso mensageiro?

— Ele está muito perto de conseguir seu intento. A essa altura, é praticamente impossível pará-lo.

— É bom ouvir isso.

— Assim — continuou Demas — ainda temos o mesmo pensamento, você e eu, de que quando estivermos de posse do projeto RTS devemos vendê-lo a um grupo de países dispostos a comprar. Sem direitos exclusivos para um único país. Certo? Concordamos com isso?

— Claro. É a melhor maneira de maximizar o lucro.

— Lucro, sim, claro.

Caesar Demas procurou em torno por uma pessoa da tripulação. A seguir, ele apontou um dos caras musculosos tomando banho de sol no convés superior. Ele usava calças, mas estava sem camiseta.

— Georgio — chamou Demas — pegue uma gim tônica para mim.

Demas examinou Katchi, mas ele recusou o drinque, dizendo que queria apenas um copo de água.

Àquela hora, Katchi sentia um pouco de náusea. Talvez estivesse um pouco mareado.

Após alguns minutos, Georgio veio com as duas bebidas.

Não havia nenhum gelo na água de Katchi. Um detalhe. Katchi estava para pedir que o camarada trouxesse um pouco de gelo, mas decidiu não fazer isso.

— Então — disse Demas, dando uma guinada repentina na conversa — como foi sua viagem para Moscou?

Katchi ficou atônito. Ele não contara nada da viagem a Caesar.

— Bem — foi tudo que disse em resposta.

Agora, a sensação ondulante de instabilidade do iate estava pegando Katchi. Ele esperava não vomitar na madeira envernizada do convés do iate de noventa milhões de dólares de Demas.

Katchi tomou um grande gole de água, mas não adiantou.

Caesar Demas examinava casualmente a gentil ondulação do mar azul, mas não estava puxando conversa.

Agora, Katchi estava ficando nervoso. Ele sentia como se tivesse que dar alguma explicação sobre a viagem para Moscou. *Se eu não explicar, Caesar pode pensar que não considero isso um grande problema. O que seria bom.*

Por outro lado, meu silêncio pode fazer com que pense que estou escondendo alguma coisa. O que estou mesmo. Será que Caesar sabe por que fui lá? Talvez ele saiba e esteja apenas brincando comigo. Isso é bem típico do Caesar. Por que continuei no iate dele hoje? Podia ter dado uma desculpa fácil. Ter dito que estava doente. Que não gosto de barcos.

Demas deu um gole lento em seu copo e limpou os lábios.

— Quanto à viagem a Moscou — disse finalmente Katchi. — Sempre tive um entendimento com você...

— Hein?

— Sobre fazer sozinho pequenos negócios. Armas pequenas. Nada grande. Mas você me deu a impressão de que isso não era um problema.

— Negociar pequenas armas? Sem problema. Isso foi tudo que aconteceu em Moscou? Pequenas armas?

— Foi... foi sim.

— Vendendo algo sem valor para criminosos russos, suponho.

— Certo. Um trocado, para pagar a conta de luz.

Katchi tentou rir, mas o riso ficou preso na garganta.

— Pequenas armas... — murmurou Demas.

— Você sabe, AK-47s. Lançadores de míssil.

— Humm — disse Caesar Demas.

— Acredito que isso esteja bem para você.

— Ah, tudo bem. Isso não representaria um problema para mim.

Mais silêncio.

A seguir, Demas relanceou o olhar na direção de Georgio, que, conforme Katchi repentinamente acabara de perceber, ainda sem camiseta aproximara-se mais deles e estava de pé.

A seguir, o segundo camarada musculoso, que tinha um sorriso bobo no rosto, aproximou-se de Georgio.

Os dois homens estavam com as mãos no bolso. Eles olhavam para Hamad Katchi.

— A viagem a Moscou foi um sucesso para você? — perguntou Demas.

— Oh, com certeza. Não muito dinheiro, mas suponho que valeu a viagem.

Demas fez um gesto rápido e leve para os dois homens, rápido, quase imperceptível.

Os dois homens ficaram de pé um de cada lado de Katchi.

— Por favor, levante-se — disse calmamente Demas para Katchi.

Alguma coisa não estava dando o clique no cérebro de Katchi. Em seu negócio de comércio de armas de destruição e de morte, ele reconheceria o que estava acontecendo. O instinto de sobrevivência estaria ativo. Lutar ou voar.

Só que, nesse caso, nenhuma das duas coisas era uma opção. E o cérebro estava bloqueado.

— Fique de pé, Hamad — disse Demas de novo. — E pise na esteira.

Olhando para baixo, Katchi notou uma esteira de tecido grosso defronte da sua cadeira.

Ele também percebeu um colete salva-vidas no *deck*. Mas o colete salva-vidas não era de cor laranja como todos os outros que já vira. Era azul. Da cor do oceano. O que era estranho porque alguém usando-o não seria notado do ar.

Katchi seguiu a ordem de Caesar Demas e levantou-se devagar, tentando encontrar algo esperto para dizer. Algo para parar o relógio. Para parar a coisa ruim que, conforme sentia vagamente nas entranhas, estava para acontecer.

Ele tentou sorrir.

— Ginástica no convés...

Mas ele não pôde terminar sua tentativa capenga de fazer uma piada.

Antes que pudesse terminar, o camarada musculoso sem camiseta tirou um revólver do bolso e atirou na coxa de Katchi.

A explosão de dor abrasadora atravessou o meio da sua coxa. Ele gritou e caiu sobre a esteira.

Caesar Demas ainda bebericava seu copo. A seguir, curvou-se em direção a Katchi, que agarrava a perna e gemia de dor.

— Com quem você se encontrou em Moscou?

— Eu disse a você, apenas com uma gangue local. Operadores sem importância...

Dessa vez, o outro cara musculoso pegou seu revólver, mirou e atirou na outra perna de Katchi.

Katchi implorava e gritava.

— Você se encontrou com mais alguém?

Katchi não conseguia falar por causa da dor, mas ele negou com a cabeça.

Demas acenou para os dois camaradas.

Os dois camaradas prenderam o espalhafatoso Katchi no colete salva-vidas.

A seguir, eles jogaram-no no mar por cima da lateral do iate.

Sacudindo de leve no frio Mediterrâneo enquanto o sangue se esvaía das feridas de suas pernas, Katchi ainda estava consciente. Ele via Caesar Demas e os dois camaradas musculosos curvados sobre o parapeito do iate.

Demas gritou para ele:

— Apenas diga-me sim ou não. Você concordou em vender o RTS para Vlad Levko, em Moscou? Concordou em dar direitos exclusivos sobre o RTS para a Rússia? Apenas acene com a cabeça se não consegue falar. Se você falar a verdade, puxamos você de volta. Curamos suas pernas.

Katchi anuiu com a cabeça.

A seguir, um pensamento atravessou a mente de Katchi: *Estou no mar. Tubarões? Estou derramando sangue...*

Foi como se Caesar Demas pudesse ler o pensamento dele.

— Não precisa se preocupar com tubarões. Li um artigo de um biólogo marinho que eles são muito raros no Mediterrâneo.

Passou-se meio minuto, mas Demas não fez nenhum esforço para puxar o homem para o iate. Katchi tentava gritar, mas não tinha forças. Ele tentou levantar um braço para chamar a atenção deles, mas sentia como se o braço estive cheio de cimento.

Então, ele viu algo com o canto do olho. Algo movendo-se a sua esquerda na água.

Mas Demas e seus dois camaradas viram primeiro, e eles tinham melhor visão.

Era um tubarão azul, sua barbatana cortando a água em direção a Katchi. Talvez ele tivesse 1,2 metro ou 1,5 metro de comprimento.

As últimas palavras de Caesar Demas para Hamad Katchi foram:

— Acho que preciso dizer que aquele biólogo estava errado...

Katchi sentiu um golpe na perna, como se tivesse acabado de bater o carro. A seguir, outro golpe.

Agora, Hamad Katchi era estraçalhado sob a água. Ele estava todo na mandíbula do tubarão azul, e este o sacudia para trás e para frente.

As correntes de água azul acima dele e as bolhas de espuma de seu próprio silêncio, os gritos sob a água foram a última coisa que Hamad Katchi viu antes de tudo escurecer.

Quarenta e três

Harry Smythe sabia que as apostas nesse caso eram mais altas que qualquer uma com a qual já tivesse lidado.

Em Washington, D.C., na corte número doze do Tribunal Distrital dos Estados Unidos do Distrito de Colúmbia, Harry estava sentado à mesa do conselho. Na outra mesa estavam seus oponentes, dois procuradores assistentes dos Estados Unidos. Eles defendiam o caso em nome do Congresso.

Se Harry perdesse sua moção para uma ordem de emergência derrubando a intimação emitida pelo comitê do senador Straworth, só lhe restaria uma tática. Ele podia tentar conseguir que o Tribunal Federal de Apelação acolhesse a moção e emitisse uma paralisação de emergência contra a execução da intimação. Mas isso era só uma tentativa. Portanto, sua única chance real era aqui mesmo, na corte da juíza federal Olivia Jenkins.

Todavia, ele tinha uma triste e inevitável sensação de derrota na boca do estômago. Seus argumentos seriam novos. Novos demais. A juíza Jenkins não gostava de alegações exóticas. Ela gostava de decidir casos em que as questões estavam claras. Quando envolviam a aplicação comum da lei estabelecida.

Esse caso era tudo menos comum. O pedido de Smythe argumentava que a corte devia revogar a intimação emitida por um comitê do Congresso — intimação essa que, claramente, estava na jurisdição do comitê.

Smythe ouviu abrir a porta da sala interna localizada atrás da tribuna.

O funcionário da corte entrou, seguido do escrevente, que jogou uma pasta da corte de justiça sobre a tribuna da juíza e, por último, veio o oficial de registro do tribunal.

Menos de um minuto depois, a juíza Olivia Jenkins entrou no tribunal, e os advogados levantaram-se.

O resto do tribunal estava vazio. O governo garantira uma ordem da juíza impedindo visitantes e observadores e barrando a mídia, alegando assunto de segurança nacional.

Jenkins era uma atraente mulher negra de meia-idade com reputação de ser uma juíza sagaz e sensata.

Ela deu uma olhada na pasta e, depois, chamou o caso.

Harry Smythe foi para o pódio e apresentou seus argumentos. Tinha apenas dois pontos principais. Primeiro, que o projeto do RTS pertencia a Joshua Jordan, não ao governo. Era uma questão de lei de patente e direito intelectual de propriedade. O Congresso não tinha o direito de forçar a revelação de projetos de armas que eram segredo de negócio e pertenciam a um cidadão privado. Além disso, argumentou Smythe, Joshua Jordan não tinha tido receio em testemunhar para um comitê selecionado e respondera a todas as perguntas deles. O único "limite" que ele estabeleceu foi sua recusa em entregar documentos muitíssimo delicados do projeto da arma RTS para os membros do Congresso.

A juíza Jenkins pediu que os procuradores assistentes fizessem seu enunciado.

O primeiro procurador do governo foi brusco.

— O contrato que o Pentágono tinha com o Sr. Jordan afirma, vossa senhoria, que quando a arma fosse oficialmente aceita pelos Estados Unidos, ela se tornaria propriedade dos Estados Unidos. O Sr. Jordan abriu mão de quaisquer direitos especiais que tivesse sobre o projeto RTS...

Harry Smythe replicou:

— Mas o sistema RTS ainda é experimental. Nunca foi oficialmente aceito pelo governo dos Estados Unidos.

— O senhor está enganado — reagiu o procurador do governo — quando o governo dos Estados Unidos usou a arma RTS para reverter os mísseis — e usou-a, vossa senhoria, com a permissão e a participação do Sr. Jordan, devo acrescentar, e isso é a mesma coisa que "aceitar" a arma para os propósitos do contrato.

A juíza Jenkins decidiu rapidamente quanto a esse argumento.

— *Não* estou convencida — disse ela — de que o Sr. Jordan detém algum direito privado sobre o projeto da arma RTS, pelo menos não contra os Estados Unidos da América. Ele pode proteger sua patente contra outros cidadãos comuns, mas não contra o Congresso, pois tratamos aqui de uma arma do governo dos Estados Unidos. Sr. Smythe, o senhor perdeu nesse ponto.

A seguir, Smythe começou a defender seu segundo ponto. De que Joshua Jordan estava preocupado com a capacidade do comitê de congressistas de manter o projeto RTS uma informação secreta.

— Esse comitê já vazou informação para a imprensa — disse Smythe, perdendo sua característica calma profissional. Sua face começava a ficar rubra enquanto ele falava com raiva apaixonada. — Como podemos presumir que não vão deixar vazar também informações dessa arma sensível? — acrescentou ele.

— O argumento do Sr. Smythe também me preocupa — disse a juíza, fazendo sinal para que o procurador do governo respondesse.

O segundo procurador assistente caminhou para o pódio para tratar desse ponto.

— Parece-me que podemos concordar com medidas a serem adotadas para garantir as informações supersecretas desse RTS — disse ele. — Claro, quando o Sr. Jordan as revelar.

A juíza Jenkins virou-se para olhar Harry Smythe.

Harry já tinha a premonição do que a juíza diria. Era tudo muito razoável. Uma solução prática demais para que a juíza não a agarrasse.

— Sr. Smythe, o que o senhor diz sobre isso? — perguntou a juíza Jenkins. — Fazemos procedimentos confidenciais o tempo todo em casos de contestação de intimação. Faça o Sr. Jordan entregar os documentos para esta corte. Vou estabelecer algumas restrições para o comitê com as quais, assim espero, eles vão concordar. Então todos ficam felizes, certo?

Mas Smythe sabia de alguém que não ficaria feliz. Ele sabia que Joshua Jordan não tinha intenção de divulgar seu projeto RTS para o eventual uso — ou mau uso — de um grupo de políticos.

Smythe retesou-se quando começou a compartilhar a má notícia.

— Vossa senhoria, duvido que sua solução criativa funcione.

— E por quê?

Estava para puxar o detonador da bomba.

— Porque o Sr. Jordan não está inclinado a sujeitar-se à intimação. Ele não vai divulgar sua tecnologia RTS. A não ser para o Departamento de Defesa sob condições em que ele tenha alguma garantia de que a tecnologia não será usada para propósitos políticos nem será compartilhada com outros países.

Agora, havia uma expressão diferente no rosto da juíza Jenkins. Ela não tinha mais a expressão de mediadora, de conciliadora à procura de um acordo entre as partes. Agora, sua expressão era da juíza irritada que tinha poder para dar um rumo para o julgamento.

— O governo em seus papéis de resposta diz que o Sr. Jordan está evitando deliberadamente a entrega da intimação. Isso é verdade?

— Eles não conseguiram entregar a ele, vossa senhoria...

— Não foi isso que perguntei. Seu cliente está disposto a admitir a entrega formal da intimação?

— Não, vossa senhoria, ele não está.

— Então, o Sr. Jordan está em desacato com o Congresso. Ele também está desacatando uma intimação oficial. Eu me pergunto, Sr. Smythe, se ele também vai desacatar de forma deliberada esta corte.

— Vossa Senhoria...

— Como o senhor sabe, o governo pediu-me como parte desse procedimento para emitir uma ordem para que o Sr. Jordan entregue seus dados do RTS e, se ele não fizer isso, será considerado que está agindo em desobediência ao tribunal e será enviado para a prisão até que obedeça às ordens deste tribunal. O senhor está me dizendo que se o Sr. Jordan for ordenado a entregar os documentos do RTS para esta corte, ele vai desobedecer a minha ordem?

Agora, Smythe tinha de dar um rápido passo de dança legal.

— Vossa Senhoria, com todo o devido respeito, a senhora está pedindo para comprometer meu cliente a uma hipotética situação futura. O fato é que a senhora ainda não ordenou que meu cliente entregue seus documentos do RTS... temos apenas a intimação do Congresso.

— Bem, vou ordenar isso *agora* — falou entredentes a juíza. — Seu cliente tem exatamente 48 horas para entregar esses documentos para essa corte. Se não fizer isso, vou considerar, e provavelmente ordenar, seu encarceramento definitivo em uma prisão federal. É melhor o senhor dizer ao seu cliente que, agora, ele está em águas profundas. Espero que ele saiba nadar.

Tão logo Harry Smythe conseguiu passar pelos repórteres que rodeavam o corredor do lado de fora do tribunal, saiu gritando: "Sem comentários", para os que o bombardeavam com perguntas, até que encontrou um canto calmo.

A seguir, telefonou para Joshua.

— Josh, fomos derrubados pela juíza.

— Abby disse que provavelmente perderíamos.

— A juíza ordenou que você entregue seus documentos do RTS em 48 horas.

— Ou...?

— Ou os agentes federais despacham uma ordem para sua prisão. Depois, eles o levam para que você passe por todo o processo: tiram foto do seu rosto, ficam com os objetos pessoais em custódia e fazem uma revista sem roupa. Depois, eles o põem em uma cela.

— Qual o próximo movimento? — perguntou de maneira calculada Joshua.

— Apelar dessa ordem. Mas você não pode contar com um resultado favorável. Mais importante, Josh, qual é o *seu* próximo movimento?

— O que sempre faço quando o fogo inimigo está chegando. Manter a cabeça baixa e o dedo no gatilho.

Quarenta e quatro

Parte dela ainda não conseguia acreditar que isso estava acontecendo.

Darlene Rice estava bem instalada no Centro de Recuperação Living Waters, em Tucson. Do ponto de vista dela, sentia-se como se tivesse feito progresso. A questão, agora, era se a especialista em reabilitação também pensava o mesmo. Agora, Darlene estava sentada do outro lado da escrivaninha de uma conselheira sobre drogas chamada Margaret. Era sua primeira avaliação depois de estar há várias semanas no centro. Tudo isso ainda parecia estranho para Darlene. Uma coisa boa, pensou Darlene consigo mesma, era que ela realmente gostara de Margaret. Ela era gentil, mas firme. Uma pessoa direta.

Margaret levantou os olhos do relatório que lia, sorriu e começou.

— Terminamos a avaliação. Durante os dias em que está aqui, todos a achamos muito cooperativa. No fim, é você quem vai dirigir sua própria recuperação. Pode parecer que estamos no comando, mas não é realmente assim. A pessoa tem de entender que tem um vício, depois sente a *vontade* de ficar boa. Da nossa perspectiva, o processo se parece com o que você faz. Essa é uma coisa realmente boa, Darley. Estamos muito encorajados. Você também deve ficar.

Darlene sorriu de volta, mas tremia um pouco. Queria esconder as mãos, que não tinham parado de tremer desde que parara de tomar seus comprimidos. Contudo, de alguma maneira, ela sabia que esse era um lugar em que isso não tinha problema. Eles entenderiam. Sim, ela teria preferido que Abigail estivesse lá para segurar sua mão. Mas talvez tivesse sido melhor ela não ter ido. Darlene sabia que tinha de aprender como seguir a estrada da recuperação de seu vício por conta própria.

Margaret continuou:

— Agora temos uma ideia da sua situação. Gostaria de conversar com você sobre os próximos passos. Primeiro, notei que seu marido, Fortis...

— Nós o chamamos de Fort.

— Está certo. Fort não veio no horário de visitas ontem. Nada demais. As pessoas têm a agenda ocupada. Mas só gostaria de conversar um pouco mais sobre ele.

— Bem, já conversamos sobre Fort na entrevista.

Margaret anuía suavemente com a cabeça. Contudo, Darlene percebeu que ela não estava aceitando isso. Ela gostava de Margaret. Ela tinha um maravilhoso talento especial de descobrir a verdade por trás do vício em remédios de Darlene sem tornar esse processo de descoberta muito doloroso. Em outras palavras, ela usava anestesia antes de fazer a cirurgia emocional. Isso era realmente importante para Darlene. Ela pensou: *Usei drogas para adormecer a ansiedade e o medo de tantas coisas. Procurei consolo para a dor sempre que podia. Depois de perder Jimmy, precisava fugir de tudo que me feria. Agora, sei isso. Mas o que conto a ela sobre Fort...?*

— Então seu marido...

Darlene decidiu que estava na hora de contar o segredo, por isso ela disse:

— Fort não acredita nessa coisa toda de aconselhamento. Ele é muito tradicional. Um homem reservado. Ele não está convencido de que tenho realmente um vício. Ele não gosta da ideia de um programa de grupo em que as pessoas contam umas às outras seus problemas. A atitude dele é a seguinte: apenas pare de tomar as pílulas. Além disso, há a outra coisa...

— Outra coisa?

— O fato de ser um centro de reabilitação *cristão*. Oh, ai, ele realmente tem um problema com isso. — Darlene deu uma risadinha. — Fort diz que "pessoas demais usam Deus como o representante para todos seus problemas".

— Mas, de todo jeito, você veio parar aqui, não foi?

— Foi sim, minha boa amiga Abby Jordan recomendou o centro. Estou tão contente que ela o tenha recomendado. Abby é uma daquelas "garotas cristãs iluminadas". É como chamo isso. Sabe, elas têm um brilho interior. Como a luz no seu modelador babyliss que indica se ele está quente e pronto para ser usado. De todo jeito, ela tem um poder interior que outras pessoas não têm. Amaria ter isso.

— Bem, falamos sobre isso na sessão ontem à noite, certo?

— E verdade, e pensei muito no que você me disse. É um pouco parecido com o que Abby costumava me dizer. Mesmo antes de ela descobrir sobre meu vício. Não focar só a solução de um problema... mas a *transformação*.

— E lembra-se de como isso acontece?

— Você disse que era por meio do poder transformador de Jesus Cristo.

Margaret disse:

— Certo, eu também era viciada. Jesus transformou minha vida. Completamente.

Foi aí que Margaret parou de falar. Ela sorriu e recostou-se.

Por um momento, ninguém disse nenhuma palavra. Depois, Darlene, que estava absorta e com a sobrancelha franzida, levantou os olhos e disse:

— Sabe do que mais? Também quero isso.

— E você pode ter.

— Não sei. Sinto-me tão perdida desde que Jimmy morreu. Não sei nem mesmo como começar.

— Da mesma maneira que há passos para a recuperação, também há passos para se acertar com Deus. Primeiro, reconhecer que você, como todos nós, é uma pecadora. Essa não é mais uma frase popular. Nem politicamente correta. Mas eternamente verdadeira. A Bíblia diz: "Todos pecaram e estão destituídos da glória de Deus."

Darlene anuiu vigorosamente com a cabeça.

— Oh, estraguei tudo tantas vezes. Às vezes, sinto como se eu simplesmente não tivesse jeito...

— Depois, você precisa entender que Deus a ama. Ele não abandona você. Ele fez um plano para trazer você para a família dele. A palavra dele diz que ele amou tanto o mundo que entregou seu Filho unigênito, Jesus Cristo, e que todos que creem nele não vão perecer, mas ter vida eterna.

— Na cruz... Morreu por nós...

— Exatamente. Era a única maneira de os nossos pecados serem perdoados. Serem lavados. Totalmente limpos...

— Mais limpos que o alvejante extraforte com o qual costumo limpar obsessivamente as peças do banheiro — disse Darlene, e as duas riram.

— Mais limpo que limpo. Mas você tem que fazer do jeito de Deus. Declarar que Jesus Cristo é o Filho de Deus, que ele morreu por seus pecados, que ele ressuscitou da morte três dias depois, exatamente como a Bíblia diz.

Darlene precisou de um momento para ter certeza. Ela pensava nisso havia muito tempo. Depois de conversar com Abby pela primeira vez sobre a transformação que esta tivera em sua vida. E, então, nas tantas outras vezes depois disso em que conversaram sobre Deus e como as coisas tinham mudado na vida de Abby. Era como se houvesse um vento em suas costas durante todo esse tempo, empurrando Darlene. Movendo-a para esse ponto.

— Sim, acredito em tudo isso — disse Darlene. — Lembro-me do que Abby costumava dizer. Ela costumava me perguntar se estava disposta a convidar Jesus Cristo a entrar em meu coração, a perdoar meus pecados e a transformar minha vida para sempre. Eu mudava de assunto; não estava pronta para isso. Mas, agora, estou. Quero que Jesus seja meu Salvador. Quer dizer... pessoal. Não apenas alguma figura religiosa na cruz ou em uma pintura. Mas real... Quero conhecê-lo em meu coração. Não quero mais afastar isso.

As duas abaixaram a cabeça.

Só nesse momento Darlene teve o instinto de se ajoelhar. E assim o fez. Margaret seguiu-a, ajoelhando-se ao lado dela; as duas repousaram o braço e a mão sobre o sofá.

— Deus, sou uma pecadora — disse Darlene com os olhos bem fechados, e sua voz tremia. — Nenhuma surpresa nisso, certo? O Senhor sempre soube disso. E, agora, eu também sei. Creio que seu Filho, Jesus, morreu na cruz pelos meus pecados. Depois, ele saiu do sepulcro porque, bem... ele tinha de sair porque é o Filho de Deus. Não é nenhum problema para o Filho de Deus fazer isso. Assim, Senhor, quero que Jesus Cristo entre no meu coração. Por favor, faça-o entrar, Deus. Preciso que ele me salve. Purifique-me. Não só das pílulas, mas de tudo...

As palavras dela vacilaram e ficaram presas na garganta quando ela continuou.

— Quero que Jesus esteja totalmente no comando da minha vida. Uma vida transformada. Transformação. Por favor, Deus, preciso muitíssimo disso...

Foi nesse ponto que as lágrimas correram de seus olhos e as palavras cessaram.

Margaret passou o braço em torno de Darlene, cujos ombros tremiam.

Elas ficaram juntas, sentadas sobre os joelhos, durante muito tempo. As pessoas passavam pelo escritório conversando e rindo, mas Darlene não percebeu.

Algumas horas mais tarde, Darlene estava em seu quarto, ainda pensando no que acontecera. Ocorreu-lhe um pensamento. Ela riu alto e gritou:

— Oh, sim! Vou conseguir fazer isso!

Ela discou o número de cor.

Ela foi atendida pela secretária eletrônica de Abigail Jordan e disse:

— Adivinhe, Abby querida! Fiz uma oração hoje. E de algum jeito... acho que me tornei uma "garota iluminada"!

Darlene desligou o telefone e sentou-se na cama. Ela não conseguia esperar para conversar com Abby sobre isso.

Aí, um instante depois, um pensamento atravessou sua mente.

O que vou dizer ao Fort?

Quarenta e cinco

Agora, Joshua estava em um esconderijo. Ele instalara-se na suíte tríplex do Palace Hotel no centro de Manhattan. Só duas pessoas sabiam onde ele estava. Uma delas era Abby. A outra era seu motorista particular de longa data que reservara o quarto no nome de seu cunhado e pagara em dinheiro para que o nome de Joshua não aparecesse no registro. Depois, ele tomou mais uma atitude para não ser rastreado. A empresa de Joshua estivera desenvolvendo um *Allfone* superseguro com capacidade de sinal secreta de forma que não podia ser localizado via satélite nem rastreado por torre. Ele foi projetado para camaradas de forças especiais operando em territórios hostis, mas o Departamento de Defesa deixara o projeto em suspenso. Joshua levava o protótipo com ele.

Nem mesmo Harry sabia sua localização. Mas ele advertira Joshua que enquanto o mandato do tribunal federal não avaliasse o tipo de prioridade dada a prisioneiros fugitivos ou a ofensores violentos, esse ainda era um negócio sério. Se Joshua fosse parado para ser multado ou fosse reconhecido por um agente federal em algum lugar público, o anzol estava pronto.

O plano de Joshua era ficar escondido até que o serviço de mídia AmeriNews decolasse. O projeto estava demorando mais do que Phil Rankowitz previra. Assim, a esperança era que o projeto Mesa Redonda incitasse os cidadãos à ação imediata. As pessoas poderiam saber que o verdadeiro motivo de Joshua para resistir à autoritária exigência do senador Straworth a respeito do sistema RTS era proteger os Estados Unidos. Os eleitores descobririam que a gangue dos políticos de Washington tentava enviar um herói norte-americano para a cadeia. A central telefônica do Capitólio ficaria iluminada com os telefonemas raivosos dos cidadãos norte-americanos. Straworth veria seu índice de aprovação afundar como uma bola de boliche na piscina. Portanto, o que mais ele poderia fazer além de evitar totalmente a intimação?

Pelo menos, esse era o cenário. Mas Joshua entendia as probabilidades, exatamente quantos pontos tinham de estar perfeitamente ligados para que tudo funcionasse. O pensamento da cadeia não o preocupava. Sem dúvida, era provável que Abby estivesse certa de que a má notícia de sua prisão poderia macular sua reputação profissional e prejudicar de forma irreversível seus negócios.

Mas Joshua tinha uma preocupação mais tática. *Se ficar trancafiado, não posso dirigir as coisas. Não posso dirigir as decisões que precisam ser tomadas em relação ao projeto AmeriNews. E os aperfeiçoamentos do RTS nos quais minha equipe de engenharia e eu estávamos trabalhando? Estamos à beira de resolver um problema potencial do projeto. Não posso me dar ao luxo de ser tirado de ação.*

Mas, antes que se desse conta, já era hora de jantar e ele estava com fome. Quando estava para pedir o serviço de quarto, ele notou a luz de recado do telefone piscando. Era da recepção. Ele ligou para eles e foi informado que havia um recado à espera dele. Joshua disse-lhes que mandassem o recado para o quarto. Poucos minutos depois, chegou um mensageiro com um envelope lacrado. Do lado de fora estavam escritas as palavras: *Para o cavalheiro do quarto 2507*. Depois de dar uma gorjeta para o mensageiro, ele voltou para seu quarto e leu o recado.

> Joshua Jordan:
>
> Você não nos conhece, mas nós o conhecemos. É importante que conversemos. Podemos ajudar. Estou aqui embaixo na sala de jantar privativa, e a conversa seria a portas fechadas. Não é visível para o público. Estarei à espera com jantar para nós dois. Por favor, perdoe-me pelo recado, mas no interesse da discrição não devo ser vista indo ao seu quarto.
>
> *A esposa do patriota*

O primeiro pensamento de Joshua foi que seu esconderijo fora descoberto. Alguém sabia onde ele estava. Seria uma armadilha para tirá-lo do seu quarto?

Mas se os agentes federais estivessem por trás disso, eles não usariam essa coisa clandestina. Eles simplesmente subiriam até o seu quarto sem ser anunciados e munidos com uma ordem de prisão. Não, isso era outra coisa. Ele sabia que tinha amigos no Pentágono que o apoiavam em silêncio. Talvez houvesse outros. Mas uma coisa estava clara. Agora que um juiz federal o tinha na mira para ser preso, ele precisava de toda ajuda possível.

Parece que é o momento de assumir um risco calculado.

Dez minutos depois, Joshua estava sentado em uma sala privada separada da sala de jantar principal, atrás das polidas portas de mogno fechadas, jantando de frente para uma bela mulher de meia-idade.

Joshua comeu outro bocado de seu filé mignon. Ele notou que sua anfitriã estava vestida de acordo com a moda. Apesar de que Abby teria reconhecido muito mais detalhes, como o vestido exclusivo Vera Wang e o quilate do brinco de diamante na orelha dela — provavelmente de dois quilates cada.

— Desculpe por ser tão discreta — disse a mulher — mas sei que, no momento, o senhor está escondido, Sr. Jordan. Primeiro, deixe-me dizer como meu marido e eu temos apreço pelo senhor.

Joshua deu um rápido sorriso e disse:

— Obrigado — mas ele imediatamente fez diversas perguntas. — Seu marido é descrito no seu recado apenas como "o patriota". Eu o conheço?

— Acho que não — depois, ela acrescentou — mas ele acha que você está no rumo certo. Ele queria conhecê-lo.

— Que rumo seria esse?

— Sua desconfiança em relação ao senador Straworth. E talvez em relação a alguns outros membros do comitê, ou a equipe deles, que investiga a crise dos mísseis norte-coreanos. Meu marido também concorda com sua decisão de não entregar a informação do projeto RTS para eles. Alguns membros desse comitê não são confiáveis.

Estava claro que essa mulher tinha uma compreensão aguçada do mundo de Joshua.

— Aplaudo você e seu marido, seja ele quem for — disse Joshua. — Aparentemente, você tem acesso a questões que a mídia não cobriu.

Ela sorriu. Havia algo por trás daquele sorriso. O comentário seguinte dela disse muito a Joshua.

— Desculpe ser tão clandestina, mas nós dois precisamos ter cuidado.

A escolha das palavras por parte dela tocou o alarme. Então, Joshua forçou um pouco mais.

— O que você veio me dizer?

— Você está em perigo.

— Isso não é muito específico.

— Sei disso. Vamos apenas dizer que não estou falando das coisas de que você já está consciente. Como os loucos lá fora que não entendem seus motivos para fazer o que fez. Ou o bando de políticos do Capitólio que querem enterrar sua carreira. Não é nada disso.

— Então, o que é?

— Temos a clara percepção, de múltiplas fontes, de que você está em grande risco vindo de atores estrangeiros.

Mais uma vez, a escolha de palavras, o jargão familiar do pessoal de inteligência soou o alarme de Joshua.

— O que posso fazer a respeito?

— Nada ainda. Só quero que você saiba que estamos presentes. E se você estiver disposto, podemos arranjar uma reunião para que você tome conhecimento dessa ameaça com mais detalhes.

— Isso tudo é muito interessante... mas ainda não sei seu nome.

— Por enquanto, sou apenas a esposa do patriota — disse ela com um sorriso.

A seguir, ela pôs a mão no interior de sua bolsa, perfeitamente decorada com contas brancas, e tirou algo de lá. Ela colocou sobre a mesa um cartão comercial branco. Tudo que o cartão dizia era: *O Patriota*. E havia um número de telefone.

Ele pegou o cartão, manuseou-o, depois examinou a mulher. Agora, estava na hora de ser direto.

— Como sei que posso confiar em você... ou no seu marido?

— Isso é simples — disse ela com um riso forçado. A seguir, ela levantou-se para sair.

Sempre cavalheiro, Joshua levantou-se com ela.

Ela estendeu a mão e apertou a mão dele. Depois, antes de se virar para sair, ela disse mais uma coisa para Joshua.

— Talvez você possa refletir sobre duas coisas. Primeiro, conseguimos localizá-lo aqui, embora você tenha tomado precauções para se esconder das autoridades federais. Os agentes federais não conseguiram encontrá-lo até agora; mas nós conseguimos.

— E a segunda coisa?

— Não denunciamos você.

Quarenta e seis

No movimentado e elegante piano-bar chamado Johnny One Note na Park Avenue South, o advogado Allen Fulsin estava sentado em frente ao seu contato. Eles tinham acabado de pedir bebidas e começaram a conversar um pouco. Mas o outro homem, Bill Cheavers, vice-presidente executivo para a Divisão Norte-americana da World Teleco, estava ficando impaciente.

— Allen, você disse que tinha informação de dentro para mim.

— Você está atuando para apressar a negociação pendente entre a World Teleco e um grupo de mídia chamado Mountain News Enterprises, MNE?

— Essa não é mais uma negociação pendente. É um contrato de distribuição de mídia assinado. Não estou certo se quero entrar em mais detalhes que isso. Talvez você deva conversar com nossos advogados corporativos.

Allen Fulsin riu de modo rude e disse:

— Oh, não, Bill, isso *não* é definitivamente o que devo fazer.

— Por que não?

— Sou advogado. Sei o que acontece quando o conselho corporativo fraco de uma organização como a sua sente o cheiro desse tipo de informação de dentro. Eles todos ficam nervosos. Correm para a primeira oportunidade da qual podem lançar mão. Eles ameaçam chamar alguma agência federal para verificar o assunto. Tudo porque não querem ser pegos no meio do assunto; nem perder a carteira da OAB. Ou coisa pior.

Bill Cheavers relanceou o olhar rapidamente pelo bar à procura de alguma fisionomia conhecida. Não encontrando nenhuma, virou-se para o advogado sentado a sua frente.

— Está bem. Olhe, Allen, o único motivo para você e eu estarmos tendo esta conversa é que você cuida dos meus assuntos legais pessoais e delicados. Então, vamos ao assunto.

— Esse grupo de mídia MNE é fachada.

— Para o quê?

— Um grupo radical, não sei o nome. Mas ele se reúne em segredo. Há algumas pessoas muito poderosas nele.

— Como você sabe isso?

— Por sorte, um ex-juiz aposentado da Suprema Corte do Estado de Idaho chamado Fortis Rice abordou-me a respeito desse grupo secreto, sabe, para sentir como eu reagiria a ele. Eles se encontram com regularidade em algum local clandestino nas Montanhas Rochosas.

— Por que ele o abordou?

— Acho que o grupo precisa de mais alguma força no quadro legal. Acho que foi porque eles gostaram de algumas das questões que defendi enquanto estava no escritório do procurador-geral. Francamente, não concordava com metade dos casos que tinha de defender, mas isso é Washington. Você faz o que tem de fazer e finge acreditar na coisa. Devo ter sido mais convincente do que imaginava...

— E esse grupo que você mencionou...

— Sim, cheio de gente radical e contra Corland. Parece que você tem de ser obscenamente rico ou muitíssimo bem relacionado, ou ambos, para ser convidado a entrar nesse grupo. Acho que eles pensaram que eu me encaixava no último caso. Com certeza, não estou no primeiro, embora esteja trabalhando nisso — depois Fulsin sorriu e deu um gole na bebida do seu copo.

— E eles não sabem que você tem ligação comigo? Que é meu advogado pessoal?

— Não, a pergunta que Rice me fez foi se já tinha representado a World Teleco. E eu disse que não, o que tecnicamente é verdade. Muito tecnicamente.

— Mas como você descobriu a ligação entre a Mountain News Enterprises e esse grupo político secreto?

Allen Fulsin riu de novo.

— Bem, depois de Rice conversar comigo comecei a cavoucar como um mineiro da Virgínia Ocidental à procura de informação. E sei como encontrar isso nessa cidade. Ei, quando a oportunidade bate à porta...

Bill Cheavers juntou tudo isso em sua mente. Depois, ele tinha uma pergunta.

— O que me leva, Allen, à pergunta óbvia: o que há nisso para você?

— Só estou tentando ser um bom menino.

— Vamos, o que você quer com isso?

— Bill, tudo que preciso de você é a garantia de que esse contrato entre a World Teleco e a Mountain News Enterprises em favor do grupo de Rice não vai dar em nada. Você não precisa se preocupar com a forma como vou me beneficiar com esse acordo quando isso acontecer.

— Se rompermos um contrato assinado com uma compra de mídia nacional como esse, uau, isso pode ser um verdadeiro pesadelo de litígio para nós.

— Pense nas consequências.

— Como o quê?

— Esse grupo secreto planeja direcionar-se contra a administração Corland. Algo que realmente vai abalar a todos. Ao facilitar o plano deles, independentemente de qual seja ele, a World Teleco vai provocar a raiva da Casa Branca.

— Temos que nos arriscar.

— Você definitivamente *não* quer fazer isso.

— Por que não?

— A Casa Branca poderia derrubar todo o império de telecomunicações da sua empresa, Bill. Sério. Junto com sua carteira de ações da World Teleco, seu plano de participação nos lucros. Você captou a mensagem?

— Essa é uma declaração de peso. Na verdade, bombástica. Preciso de detalhes.

— Que tal um telefonema da Casa Branca? Isso funcionaria para você?

Bill Cheavers estava atônito. Ele tirou os óculos e, depois, disse:

— Mas um rompimento de contrato...

— As empresas fazem isso todo dia — disse Fulsin. — Peça para seus advogados encontrarem alguma brecha. É para isso que você os paga.

A seguir, ele inclinou-se para a frente e disse:

— Você precisa impedir que esse plano da mídia aconteça.

Depois de olhar seu relógio, Fulsin rematou:

— Em uma hora, vou conseguir um telefonema de um número restrito. Atenda. Vai ser da Casa Branca. Depois desse telefonema, acho que você vai querer puxar o tapete desse negócio de Mountain News Enterprises.

Bill Cheavers não terminou seu drinque. Ele levantou-se rapidamente e olhou ao redor mais uma vez. Suas últimas palavras para o advogado foram:

— Estarei esperando esse telefonema.

A seguir, ele saiu.

Allen Fulsin esvaziou seu copo e saiu cinco minutos depois.

Naquele momento, outro homem que estava no bar, observando os dois, pegou seu celular e discou um número.

Um homem atendeu do outro lado da linha e apenas anunciou:

— É o patriota.

O homem no bar disse:

— Acabo de testemunhar o encontro entre Fulsin e um camarada chamado Bill Cheavers.

— Quem é Cheavers?

— Executivo do alto escalão da World Teleco.

— Está certo, continue nisso. Mande-me a informação do jeito usual.

— Farei isso.

O homem no bar desligou seu celular codificado, pagou sua conta e saiu.

No centro da Filadélfia, na sede da polícia, John Gallagher estava ficando cansado de esperar. Ele devia encontrar-se com o detetive que ia lhe mostrar o filme de vigilância do saguão do prédio empresarial no qual Roger French trabalhava. Mas logo antes de Gallagher chegar, o detetive saiu em outra investigação de campo.

Gallagher olhou o relógio. *Cara, vou ter que mudar minha reserva de avião. Nunca vou chegar em Nova York a tempo de me encontrar amanhã cedo com Miles. Talvez haja um último trem que eu possa pegar.*

Gallagher telefonou para o escritório de passagem para reservar uma passagem no trem expresso. Sim, ele ainda podia pegar o último trem que partiria em noventa minutos. Ele reservou a passagem por telefone.

Nesse momento, o detetive entrou na sala de projeção de vídeo em que Gallagher estivera esperando por ele. Ele tinha um policial à paisana com ele.

Ele pediu desculpas a Gallagher com expressão cansada, depois virou-se para o policial de vídeo forense e disse-lhe para começar a rodar o filme.

Os olhos de Gallagher estavam fixos na tela plana de papel fino sobre a parede.

A hora e a data corriam no canto direito de baixo da imagem em branco e preto do vídeo, enquanto a imagem do saguão vazio do prédio empresarial aparecia na tela.

— Desculpe, eles não usam filme colorido. Esses donos de prédio sempre procuram o mais barato.

— Não, é melhor assim — murmurou Gallagher. — A imagem em preto e branco tem melhor definição. Pelo menos, para o que eu quero.

Então, o técnico adiantou o vídeo para o ponto duas horas antes da hora estimada da morte de Roger French. A seguir, ele diminuiu o ritmo só um pouquinho.

Até eles verem a imagem de um homem de terno entrando no saguão.

— Pare aí! — gritou Gallagher.

Eles congelaram a imagem.

Um homem de estatura mediana. Bem vestido. De ombros largos. Andar confiante. Mas sua cabeça estava levemente voltada para longe da câmera.

Um arrepio percorreu a espinha de Gallagher.

— Dê um *zoom*.

O técnico aproximou mais a imagem. Ela ficou um pouco fora de foco com a ampliação.

Gallagher olhou fixo para ela. Ele tinha de saber. Era Atta Zimler?

— Está bem — disse ele — roda o filme, mas bem devagar, quadro a quadro.

O técnico fez isso.

O homem no saguão, enquanto era pego em cada quadro sequencial separado, manteve o rosto virado.

Então, ele trouxe o rosto de volta para a câmera.

Gallagher levantou-se.

— Deixe-me vê-lo, você, seu escória nojento... mostre seu rosto!

O homem no saguão, nos quadros que passavam aos trancos, continuava a olhar para baixo, mexendo nos botões do paletó, mantendo o rosto escondido.

— Olhe para mim! — gritou Gallagher.

O quadro congelou.

— Aumente...

O técnico ampliou a imagem até ser possível ver parcialmente o rosto. Gallagher caminhou direto para a tela. Tocou-a com o dedo indicador.

— Sei que é você. Eu sei!

A seguir, Gallagher virou-se.

— Podemos conseguir uma imagem de alta definição em arquivo JPG para mandar por *e-mail* para alguém?

O policial de vídeo forense saiu da sala de controle e olhou para o detetive, que assentiu com a cabeça.

Gallagher pegou sua carteira e tirou o endereço de *e-mail* da Unidade de Identificação Facial da Divisão de Tecnologia Biométrica do FBI. A seguir, ele deu o endereço para o camarada do vídeo.

— Preciso que esse *e-mail* seja enviado *imediatamente* — disse ele.

A caminho da estação de trem, Gallagher telefonou para o número privado da casa de Sally Borcheck, a guru de identificação facial do Bureau.

Ela estava assistindo à televisão. Depois de nove toques, ela atendeu.

— Sally, aqui é John Gallagher.

Oi, John, estou aqui em casa de pijama. O que você manda?

— Preciso de um favor. Desculpe, mas é muito importante.

— Sim?

— Tem uma imagem de um camarada sendo enviado por *e-mail* para o seu escritório enquanto conversamos.

— É mesmo... isso não pode esperar?

— Não, não pode. De verdade, é um caso de vida ou morte. Por favoooor?

— Está bem — gemeu ela. — Qual é a possível combinação?

— Um camarada em nosso arquivo com o nome de Atta Zimler. Preciso da combinação da identificação facial.

— De onde é a imagem?

— Filme de vigilância de um saguão.

Ela gemeu de novo.

— Em geral, essas imagens são de muito má qualidade.

— Você é um gênio, pode melhorá-la.

— Está bem, dê-me uma hora para chegar ao Bureau. Você vai ficar me devendo essa, Gallagher. A conta vai ser alta.

— Você pode escolher o que quiser.

— Telefono para você no celular quando concluir a análise.

— Vou pôr você no meu testamento, Sally, de verdade.

— Maravilha — disse ela. — Um quarto de nada é... deixa ver...

— Vou ficar esperando, e já estou aflito com a expectativa dessa espera. Até já.

Gallagher olhou o relógio de novo. Ele constatou que, afinal, conseguiria pegar aquele trem.

Em Manhattan, Bill Cheavers, executivo da World Teleco, também olhava para seu relógio. Ele assentara-se em seu quarto de hotel, mas estava ficando tarde. Já fazia uma hora que se encontrara com Allen Fulsin. *Então, cadê aquele telefonema?*

Ele imaginava que, por algum motivo, seu advogado estava mentindo ou exagerando. Por quê? Ele não fazia a menor ideia. Cheavers estava prestes a desligar seu celular só por aquela noite quando ele tocou.

Ele olhou para a tela de LCD e leu os dizeres: *Restrito*. Cheavers não conseguia acreditar.

Quando ele atendeu, a pessoa do outro lado, uma mulher, falou:

— Sr. Cheavers, aqui é Lana Orvilla. Sou chefe de gabinete da vice-presidente Jessica Tulrude. Como está o senhor?

— Bem, obrigado.

— Desculpe ligar tão tarde.

— Não tem problema.

— O objetivo do meu telefonema — continuou ela — é porque a administração Corland está muito preocupada com possíveis violações antitruste sendo cometidas.

— Oh?

— Isso mesmo.

— Que tipo de violações?

— Bem, grandes empresas de telecomunicações como, por exemplo, a sua World Teleco. Estamos pensando se seria apropriado investigar esses tipos de alegações. Isso chamou a atenção do Departamento de Justiça.

— Posso assegurar que a World Teleco não violou o Ato Sherman nem qualquer outro.

— Tenho certeza de que o senhor está certo — disse ela. — Esse é apenas um telefonema amigável pedindo sua cooperação.

— Que tipo de cooperação?

— Qualquer cooperação que o senhor considerar apropriada.

Cheavers fez uma pausa. Ele precisava ter certeza. Se ele tinha de fazer sua empresa romper o contrato com a Mountain News Enterprises precisava ter certeza de que era isso que a Casa Branca estava pedindo a ele a fim de evitar uma investigação antitruste.

— Por favor, saiba que é claro que ficaria feliz em cooperar completamente...

Mas a chefe de gabinete da vice-presidente interrompeu-o.

— Entendi que o senhor é amigo de Allen Fulsin, o advogado, certo?

— Sim.

— Ele é um bom homem. Ele dá bons conselhos, o senhor não acha?

— Certamente — disse Cheavers. Então era isso, não havia mais nada a ser dito.

Lana Orvilla agradeceu-lhe por atender a chamada tão tarde e, depois, despediu-se.

Cheavers telefonou imediatamente para o conselho legal corporativo do Departamento de Transações de Mídia *Allfone* e deixou um recado na secretária eletrônica.

— Aqui é Bill Cheavers. Por favor, dê-me seu melhor canal legal logo amanhã cedo para o rompimento do nosso contrato *Allfone* com a Mountain News Enterprises. Vamos seguir uma direção diferente nesse assunto. Por favor, faça com que esse assunto tenha a mais alta prioridade. E, por favor, envie um alerta para o Departamento de Operações sobre o negócio pendente que acho que chamavam de AmeriNews. Digam ao operacional que o negócio está sendo cancelado em caráter permanente.

Quarenta e sete

Finalmente, John Gallagher saltou na Grand Central Station às 7h30 da manhã. O trem atrasara para sair da estação da Filadélfia. Depois, houve outro atraso em uma das paradas. Depois de pegar uma xícara de café na janela de uma barraca de lanche, ele subiu as escadas e saiu da estação para pegar um táxi.

Sua reunião com Miles Zadernack estava marcada para as 8h30. Tendo que atravessar a cidade na hora de pico do trânsito, ele teria sorte se chegasse no horário.

No meio do tráfego, que se arrastava como uma lesma, ele recebeu um telefonema de Sally Borcheck. Ela terminara o trabalho na imagem de vídeo.

— Senso de momento perfeito — disse Gallagher. — Preciso dessa informação para uma reunião. Qual é o veredicto?

— Oh, não, não vou lhe dar isso — replicou ela — não até fazer algumas preliminares primeiro.

No táxi, Gallagher fingia estrangular seu celular com as duas mãos.

— Sally, não podemos pular essa coisa? — disse ele — Estou realmente com pressa.

— Olhe, foi você que me tirou do meu aconchegante pijama e da frente da televisão. Já estava na metade da versão antiga de *O detetive*, com Robert Mitchum. *Amo* esse filme. E eles quase nunca o passam na televisão. Portanto, desista, John.

— Sally, tenha misericórdia e me dá uma folga nisso.

— Não, você é quem tem de *me* dar uma folga. Fiz um favor para você. E você sabe o que vai acontecer. Você vai usar minha análise como motivo para alguma invasão da Normandia, algo que você quer lançar em algum lugar. E se as coisas correrem mal, quem você acha que o Bureau vai culpar?

— Eu, é claro — disse Gallagher. — Mas está bem, você ganhou. Dê-me o furo.

— Está bem — começou ela. — A identificação facial em compatibilidade biométrica depende da qualidade da imagem do sujeito. Nesse caso, o clipe do vídeo que você enviou não estava bom.

— Mas adequado para análise, certo? Diga-me que ele estava minimamente adequado.

Borcheck suspirou.

— Sim, estava minimamente adequado. Agora, tem oitenta variantes faciais que usamos para criar um rosto impresso. Tamanho do crânio, dimensões faciais, inter-relação entre estruturas faciais...

— Oitenta variantes, muito bom. Vá em frente...

— A variação de certeza na escala maior chegou à medida de 60% a 90%.

— E como você pontua essa foto?

— Lembrando os qualificadores que acabei de mencionar...

— Sem dúvida, certo. Qual é a pontuação?

— Pontuei que sua imagem de vídeo em 67% de certeza de que as características faciais do vídeo batem com as do sujeito conhecido como Atta Zimler.

— *Certeza*... amo essa palavra.

— Isso mesmo, mas está no lado mais baixo da escala de certeza — lembrou-lhe Borcheck.

— Mas só por causa da má qualidade do vídeo e do ângulo da cabeça desse camarada deixá-la parcialmente obscura.

— É verdade. Por outro lado, com um vídeo melhor e uma tomada de rosto inteiro, quem sabe, talvez a gente tivesse muito menos de 67% de combinação... em outras palavras, sem combinação nenhuma.

Mas Gallagher não se importava com as possibilidades negativas. Nesse momento, ele tinha a base forense necessária para insistir em uma investigação completa a respeito da presença de Atta Zimler nos Estados Unidos. Ele estava com sorte.

— Sally, consegui o que precisava — disse Gallagher enquanto se inclinava para pagar o motorista do táxi. — Você é brilhante!

Gallagher atravessou depressa a segurança da sede do Bureau às 8h35. Ele estava no escritório de Miles Zadernack às 8h39.

Miles usava seu terno preto, uma camisa branca bem passada e gravata lisa.

Gallagher estava amarrotado e suado por causa da viagem de trem que durara a noite toda.

— Miles, consegui uma coisa de arrasar que preciso contar a você — disse Gallagher.

— E tenho algumas coisas para lhe dizer — disse Zadernack de maneira suave. — Vamos começar com o meu assunto primeiro.

— Claro.

— Você vai ter que se afastar de qualquer futura investigação de Atta Zimler.

Gallagher manteve o riso forçado e balançou atleticamente a cabeça para cima e para baixo. Ele meio que esperava por isso. Mas ele imaginava que, agora, tinha algo que podia segurar a porta antes que seu supervisor a fechasse completamente para ele.

— Está bem, exatamente sobre o que eu queria conversar com você — ele começou a dizer.

Mas Zadernack interrompeu-o. Ficou claro que ele tinha um discurso preparado e ia fazê-lo.

— Você não entende, John. Você está sendo *afastado* de qualquer investigação adicional. Não só das que tratam de Atta Zimler, mas de todo trabalho de campo. Por enquanto. Você está sendo posto em trabalho burocrático aqui na sede. Nesse meio tempo, estou arranjando para você ter algum aconselhamento em profissionalismo do Bureau.

Gallagher estava ficando corado.

— Espere aí...

— É exatamente sobre isso que estou falando — disse Zadernack. — Sua atitude beira à insubordinação, o que é um problema sério!

Mas Gallagher forçaria seu caminho.

— Tenho uma combinação facial entre Atta Zimler e o suspeito que acabou de torturar e matar o genro de um ex-general de alta patente do

Pentágono. Isso *acabou* de acontecer, na Filadélfia. Temos uma combinação forense, Miles. Vamos...

— Forense, nossa?

— Sim. Sally Borcheck, de biométricas. Ela conseguiu a combinação com imagem do vídeo de vigilância do saguão do prédio feita na hora do assassinato e na cena do crime.

— Qual o grau de certeza?

Agora, Gallagher engoliu em seco. Essa era a parte difícil.

— Sessenta e sete por cento. Mas a partir do vídeo do *saguão*. Zimler tentava claramente ficar fora da câmera. Mas ainda estamos nos índices de certeza que precisamos para uma investigação. Suficiente para causa provável para mandado de busca, grampo telefônico e todas as outras ações protocolares.

O semblante Zadernack tinha aquela expressão habitual sem emoção, engessada, estática. Ele falou em um tom logo acima do monótono. Mas o que ele tinha a dizer era revoltante.

— Está certo, John. Respire fundo. Tudo certo? Relaxe. Aqui está a história. Fomos informados que Atta Zimler está em custódia. Em Paris.

— Quem o prendeu?

— Estamos aguardando confirmação, mas o próprio procurador-geral nos informou para desistir. Não queremos correr o risco de fazer alguma falsa identificação de pessoas inocentes. Aparentemente, algum diplomata estrangeiro está entrando nos Estados Unidos e está preocupado em ser confundido com Zimler. Isso é tudo que sei.

Gallagher fechou os olhos e sacudiu a cabeça enquanto falava.

— Não, não queremos isso. Com certeza, talvez um terrorista psicopata escape através dos nossos dedos e passeie pelos Estados Unidos cortando, torturando e matando. Mas o principal é que tratemos bem as pessoas.

— Chega — quase gritou Zadernack. Foi uma rara demonstração de emoção. Depois, ele continuou: — John, isso se chama "profissionalismo de Bureau". Você vai aprender tudo sobre o assunto em suas sessões de aconselhamento. Isso é tudo por enquanto. Tenho que cuidar de outros assuntos. Obrigado pelo seu tempo. Vera, minha secretária, vai lhe mostrar sua escrivaninha.

Gallagher sentiu seu cérebro paralisado como se tivessem lhe dado uma injeção de anestésico, mas tivessem se esquecido de fazer a cirurgia.

Ele foi para a escrivaninha de Vera. Ela sorriu cordialmente e levou-o para um cubículo, não era nem mesmo um escritório. Ela apontou para uma escrivaninha.

— Essa vai ser sua área de trabalho — disse ela, e saiu.

Gallagher sentou-se à escravinha. Ele soube, naquele momento, que estava à beira de um ponto sem retorno. Um ponto em que, anos depois, ele rememoraria e perceberia que precisou tomar uma decisão realmente sagaz. Algo que faria sentido, um caminho que garantiria seu futuro.

Ele não demoraria muito para se aposentar. Ele pusera muita coisa em seu trabalho no Bureau para jogar tudo no lixo agora. Portanto, havia uma questão importante pendente: ele jogaria tudo fora por um mero 67% de certeza? Quanto mais ele pensava nisso, menos a coisa fazia algum sentido. *Homem, 67 não é nem mesmo a nota mínima para passar de ano na escola, é reprovação.*

A seguir, ele tamborilou os dedos sobre a escrivaninha vazia a sua frente. Ele não conseguia afastar outro pensamento concorrente: *Por outro lado, podia-se, afinal, passar com a nota 67. Alguns professores consideravam 67 como D. Certo? Assim, há o fato de que alguns professores fazem uma curva da média das notas para a aprovação...*

Ele ficou de pé. Ele passou caminhando depressa pela escrivaninha de Vera a caminho do elevador.

— Agente Gallagher? — chamou Vera em direção ao seu corpo que se movia rapidamente.

— Tenho de pôr dinheiro no parquímetro — disse ele, e desapareceu no elevador.

Quando estava na rua, ele telefonou para Ken Leary da CIA.

— Ken, aqui é Gallagher. Tenho que falar rápido. Eles estão acabando com minha investigação do Zimler.

— Não acredito!

— Preciso de qualquer atualização que você tenha sobre Zimler ou do assassinato daquele professor em Bucareste. E preciso disso em, oh... cinco minutos.

— Você realmente está metido nessa investigação até o pescoço, John. E não sei quanto mais vou conseguir esticar meu pescoço para evitar me afogar.

— Se você me deve dinheiro, Ken, todas as dívidas estão canceladas. Que tal isso?

— Na verdade, *você* me deve dinheiro.

— Está certo, esquece. Olhe, Ken, realmente, preciso disso. Você sabe há quanto tempo estou atrás desse doente do Zimler.

Leary levou cinco segundos.

Gallagher andava na calçada, olhando em volta para ter certeza de que não estava sendo observado.

Finalmente, Leary falou.

— Olhe, tem uma lavanderia coreana a cerca de dois quarteirões do meu escritório. Yang's Dry Cleaning. Encontre-me lá em dez minutos.

— Antes, diga-me uma coisa — pediu Gallagher.

— O quê?

— Você tem mais coisas sobre Zimler ou não? Não posso desperdiçar tempo.

— Uh, entenda isso, John — disse Leary com uma risada — vamos discutir possíveis informações clandestinas da CIA sobre terroristas de classe mundial e escolhi uma lavanderia coreana como lugar de encontro. O que isso lhe diz?

Quarenta e oito

Joshua Jordan e Abby estavam abraçados, bem juntinhos. Ele beijava-a apaixonadamente no vestíbulo da suíte do Palace Hotel.

— Estava com tanta saudade de você, querida — disse ele, ainda abraçando-a apertado.

— Não tanto quanto senti de você — ronronou ela, e beijou-o de novo.

A seguir, ela parou e moveu a cabeça um pouco para trás a fim de dizer algo para ele.

— Oh, tive sonhos ruins — disse ela.

— Estando com Rocky e Peg naquela casa, ajudando-os com sua dor, não é de surpreender.

— Não a respeito deles. A respeito de nós.

— O que você quer dizer?

— Sonhos ruins. Por um tempo, agora. Essa sensação de desastre. Como se algo ruim, um desastre iminente ou algo assim estivesse para acontecer. Não consigo afastar essa sensação. Na noite passada, sonhei que havia uma figura sombria no nosso condomínio, observando nossas coisas. Esperando para nos ferir, acho.

Joshua encolheu os ombros.

— É só um sonho. Só isso.

Ele notou a mala da esposa, para passar a noite ali, sobre o chão de mármore, pegou-a e carregou-a para ela.

Ele perguntou como as coisas estavam indo para Peg enquanto ela lidava com sua perda e como Rocky Bridger estava passando. Abigail fez um resumo detalhado para ele.

Mas Joshua viu a exaustão na fisionomia dela.

— A maneira como você se dá aos outros, Abby... você também tem que se cuidar.

— Estou bem — disse ela. A seguir, ela olhou a espaçosa suíte do hotel. — Então, esse é o nosso lar por um tempo.

— É sim, bastante confortável. Mas definitivamente não é um lar. Honestamente, preferiria que estivéssemos juntos no Ninho do Falcão, em nossa cadeira de balanço, olhando as estrelas.

Isso soava bom para eles dois. Contudo, eles sabiam que isso não aconteceria por um bom tempo. Não até que a confusão com o Congresso e com a ordem da juíza Jenkins e os problemas com o projeto AmeriNews fossem todos resolvidos primeiro.

— Abby, minha querida, você veio em um bom momento. Bem, uma espécie de bom momento.

— O que você quer dizer?

— Bem, boas e más notícias.

— Vamos começar com a boa...

— Vamos ter, daqui trinta minutos, uma conferência por telefone com vários dos camaradas da Mesa Redonda. Felizmente, para me dizer que o AmeriNews será transmitida ainda hoje. Quero você comigo nisso. Preciso de você nisso.

— Então, qual é a má notícia?

— O motivo por que quero você nesse telefonema é que recebi um *e-mail* de Fort Rice. Ele, agora, diz que, como chefe da nossa seção de direito, tem de se curvar. Ele diz que existe um conflito de interesse.

— Que tipo de conflito de interesse?

— Darley seguiu seu conselho e internou-se em um lugar de reabilitação de viciados. O lugar que você recomendou.

— Mas essa é uma boa notícia.

— Não do ponto de vista de Fort. Ele acha que o "vício" dela foi tratado de forma desproporcional para a situação dela. Sinceramente, acho que Fort está se sentindo embaraçado por sua mulher precisar de ajuda. Ele é muito reservado, um camarada da velha guarda.

— Sabe — disse Abigail — acho que Fort vai acabar vendo que ela realmente precisa de ajuda.

— Bem, é mais complicado que isso. Darley tornou-se uma cristã nascida de novo naquele centro de reabilitação.

Abby arregalou os olhos; a seguir, eles encheram-se de lágrimas.

— Querida Darley, minha amiga querida. Não podia estar mais feliz por ela. Isso é tão incrível...

— Fort está realmente muito bravo com tudo isso. Ele não é um verdadeiro entusiasta dessa coisa cristã. Ele a considera parcialmente culpada.

— Assumo esse tipo de culpa, Josh. Vou realmente assumir. A Darley vai melhorar. Do vício de tomar pílulas, com certeza. Mas ela também vai se curar espiritualmente, de dentro para fora. É isso que acontece quando Cristo entra na nossa vida. Ele transforma você.

— Não a culpo por nada — disse Joshua, pegando a mão dela e a apertando — mas entre Fort e eu houve um esfriamento em nosso relacionamento. Acho difícil acreditar que Fort vai sair da Mesa Redonda dessa maneira...

— Olhe, Josh, você disse que ele é da "velha guarda". Lembre-se de que ele é um ex-juiz da Suprema Corte do Estado. Ele leva o conflito de interesses muito a sério. Os juízes são treinados para pensar assim. Se ele tem um ressentimento contra mim, achando que influenciei a esposa e realmente achar que isso vai influenciar sua eficácia na Mesa Redonda por você ser o presidente, então Fort Rice é o tipo de camarada que se recusaria a continuar. Sei que isso soa pedante, mas estrategicamente, posso entender essa atitude, considerando-se de onde vem. Além disso, existem os problemas pessoais que ele também está tendo com a situação da Darley...

— Bem, o ponto é que é aí que você entra.

— Como?

— Você tem que ser a representante legal na conferência telefônica de hoje.

— Como os outros da Mesa Redonda vão receber isso?

— Eu lido com eles.

Abby estava dando uma olhada em torno da cozinha da suíte para poder fazer um chá para si mesma quando o *Allfone* de Joshua tocou. Abby e os membros da Mesa Redonda eram os únicos que tinham aquele número especial.

— Engraçado — disse Joshua. — Eles estão adiantados.

Ele atendeu. Phil Rankowitz e todos os outros membros estavam na chamada.

Phil começou a falar.

— Josh, tivemos uma emergência aqui. Todos os outros já foram informados.

— Eu sei, Fort pediu afastamento — disse Joshua. — Não é importante por que isso aconteceu justo agora. Ele diz que tem um conflito de interesse. Mas precisamos de algum conselheiro legal conosco...

— Precisamos muito — disse Phil. — Em um minuto, você vai saber a razão para isso. Tem algo mais acontecendo.

— Pedi para Abby se juntar a nós nesse telefonema — continuou Joshua. — Ela é uma advogada sagaz. Acho que ela pode substituí-lo.

— Acho que você está subestimando sua esposa — soltou Phil. — Ela tem uma mente brilhante e conhece muito as leis. Vamos trazê-la para o grupo.

— Espere um minuto — falou Alvin Leander. — Talvez sejam meus antigos dias de serviço no comitê de ética do Senado que estejam falando, mas, por falar em conflito de interesse, não temos um problema com Abby aconselhando toda a Mesa Redonda enquanto seu marido é o presidente?

— Deixe de lado esse discurso sobre ética — a voz ao telefone era de Rocky Bridger.

— Rocky — disse Joshua — todos nós sentimos muito por sua perda. Se você quiser se afastar, realmente entenderemos.

— Estou nesse telefonema porque acho que é importante — disse ele. — E quanto a Abby estar a bordo, meu voto é um sonoro sim.

Leander recuou naquele ponto.

Joshua mudou para o viva-voz para que Abby pudesse participar da conversa.

Phil Rankowitz foi direto para a crise.

— A World Teleco cancelou nosso contrato para o AmeriNews.

— O quê? — gritou Joshua — Com base em quê?

— Eles inventaram um argumento ridículo baseado em pormenores. Verifiquei com nossos advogados da transação. Eles dizem que é uma desculpa bem patética. Chamo isso, pura e simplesmente, de quebra de contrato. Podem me chamar de paranoico, mas vejo algo muito político por trás de tudo isso. Eles sabem alguma coisa a respeito da nossa mensagem. E a World Teleco não quer ter nenhuma participação nisso.

— Bem, conselheira — disse Rankowitz, dirigindo-se a Abby. — O que vamos fazer a partir daqui?

— Assumindo que é uma clara quebra de contrato — disse Abby — podemos ir ao tribunal para pedir uma medida cautelar. Mas essa é uma demanda difícil. Sem garantias. Além disso, a empresa de telecomunicações pode nos amarrar nesse litígio durante anos.

— Não temos esse tipo de tempo — disse Rankowitz. — Josh, a juíza não mandou você entregar seus documentos do RTS até amanhã?

— Esse é o prazo final — replicou Joshua. — Harry apelou da ordem. Mas ele diz que as chances são nulas.

— Então, eu pergunto de novo — disse Rankowitz. — Abby, o que podemos fazer?

— Dê-me algum tempo para pensar — disse ela. — Dê-me uma hora ou duas.

Todos na conferência ouviram Alvin Leander resmungando no fundo.

— Está bem — disse Joshua — devemos nos reunir de novo em uma hora. Phil, você monta a mesma conferência. Chame Abby e eu por último.

Quando a chamada terminou, Joshua olhou para Abby. Ela estava concentrada em seus pensamentos.

— Preciso de chá — disse ela — e algum tempo para pensar.

Ela foi para a cozinha e esquentou a água da garrafa.

Joshua conhecia-a o suficiente para deixá-la sozinha. Ele foi para o grande estúdio e tentou examinar alguma informação que tinha recebido de seus engenheiros, sugerindo melhorias para o RTS.

Mas ele estava com dificuldade para focar a atenção nesses detalhes. *Como vou administrar essa empresa de uma cela?*

Poucos minutos transformaram-se em uma hora. Joshua olhou seu relógio e, depois, chamou Abby. Mas não conseguia encontrá-la.

Ele começou a examinar a grande suíte, até encontrá-la em um dos quartos.

Adormecida.

Ele acariciou gentilmente a maçã do rosto dela. *Você está exausta. Sinto muito.*

Ela abriu um olho.

— Está na hora. Temo que vamos receber a conferência por telefone agora, querida.

Ela anuiu com a cabeça e se esforçou para abrir o outro olho e, depois, para começar a se levantar. Abigail andou com dificuldade até o banheiro e jogou um pouco de água no rosto.

A seguir, Joshua e Abigail sentaram-se ao lado um do outro no sofá da grande sala com o *Allfone* montado no telefone com alto-falante para a chamada.

Um minuto depois chegou o telefonema.

Phil Rankowitz começou.

— Está bem, Abby, vamos ouvir. Você tem um plano?

— Você pode me conseguir alguns advogados? — perguntou Abby.

— Quantos?

— Quatro.

— Quando?

— Às 8 horas da manhã de amanhã, e eles têm de ser versados em lei de telecomunicações.

— Tudo bem, acho que podemos arrumar isso.

— Lembra-se de que você disse que o litígio podia nos amarrar durante anos — disse Alvin Leander.

— Realmente poderia — replicou Abigail — mas não estou falando em processo.

— Abby, você pode descobrir alguma mágica sobre isso até amanhã? Você realmente acredita nisso? — perguntou Beverly Rose Cortez.

— Tive uma ideia, mas exige uma peça de evidência vital.

— Qual? — perguntou Joshua para a esposa.

— Precisamos saber algo definitivo a respeito dos motivos da World Teleco. Alguma forte evidência de que a suspeita de Phil está correta. De que eles nos abandonaram para impedir que a nossa mensagem seja divulgada.

— Descobrir esse tipo de prova — disse Leander — toma muito tempo.

Mas Joshua interveio.

— Não necessariamente. Pessoal, vamos trabalhar nisso.

Quarenta e nove

John Gallagher chegou à Yang's Dry Cleaning alguns minutos antes da hora.

Um amigável asiático no balcão perguntou se ele fora pegar alguma roupa lavada.

— Não, obrigado — disse Gallagher — mas acho que meu amigo vai fazer isso.

Cinco minutos depois, Ken Leary entrou tomando um sorvete de casquinha. Ele trazia um grande envelope marrom sob o braço.

O asiático estava de novo no balcão, sorrindo. Leary entregou-lhe um tíquete da lavanderia.

O asiático anuiu com a cabeça, deu a volta no balcão, foi até a porta, trancou-a, mudou a placa para "Fechado" e fechou a cortina da janela. A seguir, ele desapareceu na sala de trás.

Leary sentou-se em uma cadeira forrada com um pano vermelho desbotado, bem em frente ao balcão. Gallagher sentou-se em outra cadeira enquanto Leary tirava alguns papéis do envelope.

— Essa é a transcrição — começou ele — de uma entrevista entre um de nossos agentes e a Sra. Elena Banica. A entrevista aconteceu logo depois da morte do marido dela. Não posso deixar você levar isso. Já é bastante ruim para mim estar deixando você ler isso. E pior ainda é o fato de esse material sair do nosso escritório de Nova York até mesmo por poucos minutos. Portanto, examine agora. Isso é tudo que tenho para você. Quando você terminar, preciso levar isso de volta ao escritório.

Gallagher voltou-se para a primeira página. Ele já lera muitas transcrições de interrogatório em sua carreira. Ele sabia que uma transcrição não podia contar toda a história. Sempre havia o elemento humano que vinha à tona naquele tipo de entrevista. Algo que não era bem traduzido pelo teclado do computador enquanto a secretária da Agência digitava o depoimento. Mas algumas décadas de trabalho de campo com o FBI, a amizade com a CIA e um extraordinário grau de instinto deram a Gallagher uma ideia muito boa de como tudo aconteceu no escritório de Yergi Banica. Ele podia praticamente visualizar a cena.

Essa transcrição em particular continha uma entrevista que fora conduzida na Bulgária por um agente norte-americano da Unidade de Serviços Clandestinos. Elena Banica era a esposa jovem e atraente de um homem muito mais velho, o Dr. Yergi Banica.

Quando a entrevista aconteceu, o sujeito depoente, Elena, estava sentado na sala vazia no fundo de uma grande catedral logo ao lado da passagem subterrânea Unirea, em Bucareste. Ela tinha um sacerdote amigo lá, por isso insistiu que a reunião fosse naquele local. Considerando-se sua sórdida ocupação de antes, é provável que a exigência de Elena de dar sua declaração em uma igreja tenha parecido irônica para seu interrogador.

Mas o agente que a interrogou não se prolongou nisso. A Agência precisava ir a fundo em relação ao Dr. Banica. Elena era a única testemunha que sabia o bastante sobre ele e que também podia ser pressionada para dizer tudo que soubesse.

Ao lado de Elena, no chão, estava um gravador digital que gravava a conversa. As perguntas do agente concentravam-se no relacionamento dela com Yergi. A pergunta seguinte foi bastante direta:

— Considerando a diferença de idade, por que você se casou com ele?

— Por amor — disse ela, mas ela não olhou para seu interrogador ao dizer isso. Elena tentou sorrir e precisou de um segundo para bater a cinza do seu cigarro.

— O que mais?

— Oh, ele me sustentava.

— Dava dinheiro?

— Dava sim, ele cuidava de mim.

— Você estava vendo mais alguém enquanto estava com Yergi?

— Não, mas provavelmente você não acredita nisso...

O agente começou a falar no assassinato.

— Você o viu no dia da sua morte?

— Servi o café da manhã para ele. Salsicha picante. Tomate grelhado. Café.

Elena falou sem expressão. Sim, ela era valente. Ela tinha trabalhado como prostituta na Bulgária. Isso fora antes de conhecer Yergi. Ela sempre achou que ele conhecia seu passado, mas era muito gentil para mencionar o fato. Por isso, certo dia, ela, discretamente, deixara-o ver o resultado de seu exame médico de rotina e do exame de sangue, assim ele podia relaxar e saber com segurança que ela não tinha nenhuma doença.

O agente continuou a extrair as camadas durante seu interrogatório.

— Yergi lhe disse naquela manhã para onde estava indo?

— Não, na ocasião não.

— Você sabia para onde ele estava indo?

— Acho que sim.

— Então, ele conversou com você a respeito disso?

— Conversou, mas apenas de modo geral. Disse apenas que estava vendendo alguma informação que tinha chegado a ele.

— Ele obteve a informação originalmente de um agente russo?

Elena mordeu um canto da boca. Ela perguntava-se se o agente norte-americano fora honesto quando lhe dissera que ele, se ela cooperasse, a manteria fora desse problema. Por outro lado, que escolha tinha?

— Isso mesmo! — replicou ela. — Ele me disse que conseguiu a informação com um agente russo.

— Informação sobre um sistema norte-americano de arma?

— Era... algum coisa que tinha que ver com míssil.

— Que tipo de coisa?

— Enviaria um míssil vindo para um lugar... bem, o faria virar... como uma grande surpresa. Voltaria para o lugar de onde veio. Bum. Esse tipo de coisa.

— Retorno ao remetente... RTS? Ele chamou-a assim?

— Não me lembro direito, mas acho que sim.

O agente fez uma pausa longa o bastante para reclinar-se e avaliar a pessoa. Ele não se importava se ela amara Yergi Banica. Esse não era o ponto. O que realmente interessava eram suas respostas para as perguntas que se seguiriam.

— Então, Yergi estava levando essa informação do retorno ao remetente, que conseguira com um agente russo, e ia vender para outra pessoa, certo?

— Esse era o plano dele. Conseguiria muito dinheiro com isso. Compraríamos uma casa nova. Perto da praia.

— Ele lhe revelou algum nome?

— De quem?

— Digo, o nome da pessoa para quem ia vender essa informação... em Bucareste... a pessoa que ele ia encontrar no hotel. Esse nome.

— Não, não mencionou nomes.

— Alguma descrição?

— O que você quer dizer?

— Homem ou mulher.

— Homem.

— Altura?

— Não.

— Peso?

— Não, nenhum outro detalhe.

— Compleição?

Elena suspirou e deu uma tragada no cigarro.

— Não, Yergi nunca mencionou nada.

— Idade?

— Não, ele realmente não...

Então, o agente interrompeu-a.

— Alguma coisa sobre a nacionalidade dele?

Elena soltou uma baforada de fumaça de cigarro no ar. Ela franziu os lábios. Levantou uma sobrancelha.

— Diga de novo.

— Alguma coisa sobre a nacionalidade do homem? De que país ele era?

Passaram-se mais alguns segundos. Elena pensava em dar outra tragada no cigarro e levantou-o até seus lábios como se fosse dar outra tragada.

Mas, nesse instante, ela parou.

— Yergi chamava-o de "o argelino".

— "O argelino"? Você tem certeza?

— Tenho... tenho certeza sim.

— Está certo, obrigado.

— Mas quero lhe dizer mais uma coisa — disse Elena.

— O quê?

— Quando você encontrar esse homem que matou meu Yergi, por favor... — o queixo de Elena tremia um pouco.

— Diga?

Ela tentava parar de tremer. Depois, ela falou com controle glacial.

— Bem, mate-o.

Essa era a última entrada que aparecia na última página da transcrição da entrevista da CIA.

Quando Gallagher terminou de ler a transcrição, recolheu as páginas e devolveu-as para Ken Leary, que, àquela altura, terminara seu sorvete de casquinha. Leary empurrou os papéis de volta para o grande envelope.

— Obrigado — disse Gallagher.

Leary ficou impressionado com a maneira como o amigo disse isso. Gallagher parecia muitíssimo metódico, de uma forma como Leary nunca o vira assim antes. Comprometido. Inflexível. Por isso, Leary deu outro aviso para Gallagher, apenas por precaução.

— Olhe, John, não posso mais tratar com você sobre esse assunto. Desse ponto em diante, você está por conta própria. Vou negar nossa conversa. Tudo isso. Você sabe disso.

— Certo.

Mas Leary tinha de fazer uma última pergunta.

— Você vai continuar atrás de Zimler, não é mesmo? John, você sabe o que está fazendo?

— Ken, achei que você e eu não íamos mais falar sobre isso. Você não acabou de me alertar sobre isso?

Leary sorriu e levantou-se com o envelope sob o braço. Suas últimas palavras para John Gallagher foram:

— Boa sorte.

Cinquenta

De sua posição contra o parapeito da balsa, Joshua Jordan tinha uma boa vista da estátua da Liberdade enquanto ela se agigantava na água além da proa da balsa. O céu estava cinza e nublado, e a água cor de ferro da baía estava agitada quando a balsa saiu do porto Battery Park, em Manhattan. Ele sentia-se desconfortável por deixar a privacidade de seu quarto de hotel. Usar um boné de beisebol e óculos escuros era um começo. Mas ele sabia que estava se arriscando. Contudo, a esposa do patriota, fosse quem fosse, disse que tinha informações de dentro sobre ameaças contra Joshua, e ele precisava de ajuda. Era hora de assumir outro risco calculado. Mas ele não podia se permitir muitos outros mais. Só esperava não estar se pondo em uma situação de perigo ao concordar com o encontro.

Ele voltou o foco para os passageiros no convés e tentou localizar seu contato. Joshua não sabia como ele era, mas a voz ao telefone lhe disse que o homem conhecido como "o Patriota" o reconheceria.

Dando uma última olhada no cartão comercial que continha apenas as palavras "O Patriota" e um número de telefone, Joshua perguntava-se se apareceria alguém. Joshua telefonara-lhe imediatamente após a conferência telefônica com a Mesa Redonda. O patriota insistiu que a reunião deles fosse na balsa. Não seria exatamente a primeira escolha de Joshua.

Havia uma multidão na balsa naquele dia. Joshua examinava o mar de rostos que perambulava pelo convés.

Então, ele ouviu a voz de um homem ao seu lado.

— Você me lembra um homem que gosta de jogar xadrez.

Esse era o preâmbulo combinado. O roteiro introdutório inventado pelo Patriota parecia melodramático. Mas foi pedido que Joshua lhe desse a resposta combinada.

— Jogo; e prefiro liderar com o cavalo.

O outro homem estendeu a mão e deu um forte aperto de mão em retorno à resposta de Joshua. Ele tinha um rosto de bom caráter, no começo da casa dos sessenta anos, altura mediana e em muito boa forma. Por sua aparência, ele podia ter sido um banqueiro ou balconista em uma loja de roupas masculinas.

— Desculpe pela coisa de agente secreto — disse o homem. — Sr. Jordan, é um prazer conhecê-lo.

— Chame-me de Josh.

— E você pode parar de me chamar de o Patriota. Meu nome é Packard McHenry. Sou apenas Pack para meus amigos. Então, você queria conversar comigo?

— Sua esposa me deu seu cartão. Parece que você é um homem que está pronto a ajudar. Exatamente como, não tenho certeza.

— Informações, Josh. Entre outras coisas. Tenho um pequeno grupo de amigos que trabalha comigo em assuntos importantes para o nosso país. Semelhante a sua Mesa Redonda.

— Como você sabe a respeito de nosso grupo?

— Se você conhecesse meus amigos, entenderia. Pessoal aposentado da Agência Nacional de Segurança. Ex-membros da Agência de Inteligência de Defesa. Antigos agentes do Serviço Secreto. Eu, sou aposentado da... Companhia.

— CIA?

Pack McHenry sorriu, não respondeu diretamente, mas perguntou:

— O que podemos fazer para ajudar?

— Temos uma emergência. Precisamos saber algo sobre a World Teleco. Eles estão acabando com um projeto nosso. Fizemos um contrato com eles, mas eles estão se recusando a honrá-lo. Nosso plano de mídia depende disso. E este, por sua vez, seria a chave para tudo.

— Você quer dizer, a chave para conseguir que o senador Straworth cancele a intimação, para que, assim, a juíza Jenkins não ordene sua prisão por desacato à corte e ao Congresso... assim você pode manter o projeto da arma RTS protegido e só nas mãos do Departamento de Defesa dos Estados Unidos, de forma que ele não vaze para países menos que amigáveis? Você refere-se a esse tipo de chave?

Joshua riu e disse:

— Então, você realmente está em cima do jogo.

— Olhe, meu grupo gosta do que você está fazendo. Para o país. Por isso, pedi para parte do meu pessoal rastrear você. Para sua própria segurança. E também para rastrear algumas pessoas não tão legais que podem representar uma ameaça para você. Tenho informações de um advogado em particular não muito legal chamado Allen Fulsin, um homem do qual você já ouviu falar porque o juiz Fortis Rice da sua Mesa Redonda conversou com ele sobre ele se juntar ao seu grupo. Tenho certeza de que o juiz Rice achava que estava sendo discreto quando teve a conversa. Mas acontece que Fulsin é um daqueles camaradas bem relacionados que conhece todos os truques sujos e consegue cavar informações com apenas algumas pistas. Assim, Fulsin investigou sua Mesa Redonda com base apenas nas migalhas que o juiz Rice forneceu a ele, conseguiu o que precisava e, depois, encontrou-se, em um bar, com um vice-presidente do alto escalão da World Teleco. Em uma mesa de canto. Conseguimos a história toda. Fulsin advertiu a empresa de telecomunicações de que sua mensagem criticaria a Casa Branca. Expondo corrupção. Mostrando que as informações errôneas foram transmitidas ao povo norte-americano de forma extremamente deliberada. Como o monopólio da mídia ajuda e coopera com isso. E mais importante para nós, para explicar como o controle do nosso país está sendo vendido, pedaço a pedaço, para uma rede global.

— Mas como você consegue todas essas informações?

Pack McHenry apontou para a estátua da Liberdade que se aproximava.

— Pergunto-me quando eles vão começar a chamar um jogo de futebol pelo nome desse monumento.

Joshua apenas sacudiu a cabeça.

McHenry disse:

— Bem, algum dia antes da virada do século, pelo menos, um time de faculdade vai disputar a primeira Estátua da Liberdade. O mesmo jogo, ou a mesma variação desse jogo, ainda é usado de vez em quando na esfera da faculdade. Já vi até mesmo ser usado na Liga Nacional de Futebol. Acho que isso prova uma coisa.

— O quê?

— É bom se agarrar à coisa antiga que funciona. Seguimos um manual estratégico antigo com Fulsin. Mantivemos uma vigilância próxima à moda antiga. Valeu a pena. Era de noite, e os dois camaradas são do tipo que bebem. Não era provável que tomassem café. Assim, colocamos um dispositivo de escuta em um dos pacotinhos de açúcar da cestinha. Estou lhe contando tudo isso porque é nosso primeiro encontro e estamos construindo uma confiança mútua. Mas não espere que lhe conte mais algum dos nossos truques no futuro.

— Entendido.

— Vou pedir para alguém do meu pessoal enviar um *e-mail* agora mesmo para você com um atestado juramentado confirmando o encontro entre Fulsin e o executivo da World Teleco.

— Vou lhe dar meu *e-mail* privado.

— Não precisa — disse McHenry — já o temos. A propósito, talvez você queira atualizar o programa de segurança do seu *e-mail* criptografo — aí ele sorriu enquanto continuava. — Só esteja avisado, espero que isso não chegue à corte nem ao público. Se isso acontecer, nosso operacional que assinou o atestado juramentado vai ter de se distanciar totalmente de nós. Isso acabaria com a utilidade dele para o nosso grupo. E ele é um homem bom.

— Não se preocupe, minha esposa tem um plano, mas não é litígio.

— Isso é bom.

— Mas há algo mais que preciso saber — disse Joshua.

— Certo — disse McHenry antecipando-se a ele — o que minha esposa, Samanta, disse a você no restaurante do hotel sobre você estar em perigo por causa de atores estrangeiros? Tudo que conseguimos são bocados e peças que não estão se encaixando. O que sabemos é que as agências federais, incluindo o Departamento de Justiça, estão em cima disso. Fechando o cerco. Não conseguimos nenhuma informação até o momento sobre isso. Mas estamos trabalhando nisso. No entanto, tenho uma recomendação.

— Qual é?

McHenry entregou a Joshua um pedaço de papel, depois disse:

— Peça para o general Rocky Bridger, do seu grupo, telefonar para esse homem nesse número. Eles precisam conversar.

No pedaço de papel, ele escrevera o nome do agente especial John Gallagher junto com seu número de telefone particular.

Depois disso, Pack McHenry disse algo que soou como um tipo de bênção.

— Vá com Deus.

A seguir, ele atravessou o convés e desapareceu na multidão de passageiros.

Cinquenta e um

A juíza Olivia Jenkins chegou cedo ao seu gabinete claro. Ela abriu sua agenda para ver o que tinha pendente. Ela tinha uma lista completa. Mas ela tinha um caso em particular em mente. E esse seria o primeiro caso que chamaria.

Do lado de fora, na sala do tribunal, Harry Smythe e dois procuradores assistentes do governo federal esperavam pacientemente a escrevente chamá-los ao gabinete da juíza.

A seguir, a escrevente colocou a cabeça na sala do tribunal e acenou para eles entrarem.

Quando todos estavam sentados, e a escrevente fechara a porta, Jenkins começou.

— Harry, notei que seu cliente, o Sr. Jordan, não está com você hoje.

— Ele não está mesmo, Vossa Senhoria.

— Você está preparado para fornecer a esta corte a moradia do Sr. Jordan para que meu mandato de prisão hoje seja cumprido?

— Não estou, juíza.

— Qual o motivo para isso?

— Nada que eu possa discutir sem quebrar o sigilo advogado-cliente.

— Reconheço isso — disse a juíza Jenkins — mas pode-se argumentar que o juramento que você fez quando se tornou advogado, o juramento de defender nosso sistema de justiça, é igualmente importante. Talvez até mais importante.

— Não há nada mais que eu possa dizer, juíza — disse Smythe em sua calma estudada. — Exceto que sou confrontado com um dilema... muito desafiador.

— O senhor sabe que posso lhe causar um mundo de problemas — disse a juíza.

— Como juíza federal, o poder da senhora é vasto e impressionante — disse Smythe. — Só peço que a senhora nos conceda um tempo até o fim do dia de hoje antes de emitir sua ordem de prisão para o Sr. Jordan.

— Juíza — interveio um dos procuradores assistentes — isso seria *mais* que 48 horas. E sua ordem do outro dia dizia 48 horas.

— Terminar o negócio hoje — disse Harry Smythe — é tudo que estou pedindo.

Em seu rosto havia o pedido por misericórdia, em vez de por justiça.

A juíza Jenkins reconheceu a expressão. Ela pegou a pasta do caso e a balançou em uma mão. Então, ela decidiu.

— Está bem, fim do negócio hoje. Mas é isso. Sem mais adiamentos. Sem mais desculpas. A menos que haja uma mudança radical das circunstâncias, na hora marcada, estarei emitindo uma ordem para a apreensão imediata de Joshua Jordan. Desse ponto em diante, ele será tratado com fugitivo da justiça pelo governo federal.

Harry Smythe saiu rapidamente da sala do tribunal e telefonou para Joshua a fim de lhe transmitir uma posição imediata do relato. Seu telefonema caiu na secretária eletrônica e ele deixou um recado longo.

Enclausurado em sua suíte de hotel, Joshua não recebia nenhum outro telefonema além do membros da Mesa Redonda. Naquele dia, ele estivera em contato constante com Phil Rankowitz a respeito do projeto AmeriNews. Phil tinha toda sua equipe técnica de comunicação sem fio preparada para ligar o interruptor a fim de inaugurar o serviço de notícias deles, enviando-o para metade dos telefones celulares dos Estados Unidos. Mas faltava uma coisa. Os engenheiros de suporte técnico da World Teleco tinham de abrir a porta eletrônica.

Na noite anterior e logo no início daquela manhã, o agente de mídia de Phil telefonou para o engenheiro chefe de telecomunicações da empresa global de telecomunicações ameaçando, bajulando, implorando a ele para que conectasse o alimentador da AmeriNews aos *Allfones* servidos pela World Teleco exatamente como o contrato deles exigia.

— Olhe — replicou o engenheiro — fui informado que essa é uma transação em discussão. Não vamos ligar o computador apenas porque você quer. Meus superiores disseram não, e, desculpe, mas eu sigo ordens.

A seguir, Joshua recebeu uma mensagem de texto de Abigail. Dizia apenas:

— Com advogados agora. Aconselharei.

Abigail pegara uma ponte aérea para a capital na noite anterior.

Agora, Abigail estava sentada à mesa de uma pequena cafeteria próxima do prédio da Comissão Federal de Telecomunicações, no D.C., com quatro advogados, todos eles veteranos em leis de comunicação. Ela estava informando-os sobre a missão de defesa deles.

— Todos vocês têm a declaração juramentada — começou ela — da testemunha da conversa entre Allen Fulsin e Bill Cheavers, o executivo da World Teleco. Ele fala tudo isso lá.

— Tenho de perguntar — disse um dos advogados, uma mulher de meia-idade — a respeito desse camarada que assinou o testemunho juramentado, onde ele conseguiu esse material? Como ele conseguiu simplesmente ouvir "por acaso", como ele descreve vagamente o fato, essa conversa realmente estarrecedora entre Fulsin e Cheavers?

— Você pode perguntar — respondeu Abigail sem rodeios — mas não vou responder. Agora, vamos determinar toda a estratégia aqui. A Comissão Federal de Comunicações tem cinco membros. Vou cuidar do presidente, Jacob Daniels. Designei cada um de vocês para um dos outros representantes. Como vocês sabem, por alguma estranha razão, o presidente Corland, depois de eleito, tem adiado exercer sua prerrogativa executiva de denominar um novo presidente para a CFC. Acho que, simplesmente, Corland está imerso em suas crises. Tenho um bom relacionamento profissional com Daniels, assim o abordarei primeiro. Se achar que ele ficou sensibilizado com meu argumento, vou acionar a função de som do meu celular e enviar uma mensagem para todos vocês dando o sinal para que abordem seus respectivos representantes.

— Gostaria de examinar a teoria legal que vamos defender com esses representantes — disse outro advogado.

— Muito simples — disse Abigail — vocês vão lembrá-los de quando foi exigido que todo o serviço nacional de notícias, todas as redes de televisão e todas as emissoras de rádio de notícias sindicalizadas fossem transferidos para a internet para a transmissão de seu conteúdo de comunicação. Surgiram discussões sobre quem controlaria isso. Quem supervisionaria isso. Os tribunais derrubaram todas as tentativas do Legislativo de estruturar uma supervisão federal. O Congresso, preocupado com o apuro econômico da indústria da mídia e do noticiário, levantou as restrições antitruste desses negócios. Logo, a mídia fundamentada na internet tornou-se um monopólio que, agora, está nas mãos de algumas poucas corporações transnacionais. Mas lembrem-se, a CFC ainda detém um poder muito estreito e raramente usado sobre a internet.

— Certo, só usado em casos de um claro ponto de vista discriminatório por parte das empresas de telecomunicações — acrescentou outro advogado.

— Exatamente — disse Abigail. — Todos nós sabemos que ocorre discriminação por parte das empresas de telecomunicações contra pontos de vista "politicamente incorretos" na rede. Mas ninguém conseguiu provar a discriminação. Até agora. Esse testemunho juramentado é a prova de que a World Teleco está cometendo um ato de discriminação ilegal contra nosso cliente e o projeto AmeriNews.

— Soa lógico — disse a primeira advogada. Mas ela, em seguida, observou: — O presidente tem uma grande dose de discrição. Como você sabe que ele vai concordar com esse argumento? E como você vai conseguir que ele aja imediatamente? A CFC é conhecida por arrastar algumas questões por anos.

Abigail sorriu e disse.

— Deixe isso comigo.

— Mas o presidente não vai emitir uma ordem de cessação e desistência por conta própria — retorquiu um advogado, batendo a caneta na mesa para dar ênfase ao seu comentário.

— Não, ele não vai — replicou Abigail. — Ele vai querer o apoio de, pelo menos, dois outros dos quatro representantes e, assim, conseguir a maioria de três dos cinco. — A seguir, ela acrescentou: — E é aí que vocês, excelentes advogados legais, entram.

Menos de trinta minutos depois, Abigail estava no oitavo andar do prédio da Comissão Federal de Comunicação, no vestíbulo do escritório de Jacob Daniels, o presidente. Segurava nas mãos a pasta contendo o testemunho juramentado. Ela já dissera à secretária do presidente Daniels que tinha necessidade urgente de falar com o presidente.

Após uma espera de quarenta minutos, o conselheiro legal do presidente saiu da sala. Ele era um advogado jovem no início da casa dos trinta anos, tinha um sorriso impresso no rosto e um aperto de mão fraco.

— Sra... — disse ele, tentando lembrar o nome de Abigail.

— Abigail Jordan — disse ela. — Você sabe me dizer se o advogado Cort Windom ainda é o conselheiro legal chefe do presidente Daniels?

— Temo que não. Ele saiu há cerca de um ano a fim de advogar em uma empresa de D.C. Fiquei no lugar dele. Posso ajudá-la?

— Costumava fazer muito trabalho aqui com o Sr. Windom, representando clientes da mídia diante da CFC — disse ela. — Também trabalhei muito próxima ao presidente Daniels em várias questões de comunicações. Quando ele era um representante novo no cargo. Não o vejo desde que está servindo como presidente. Mas sempre desfrutei de um ótimo relacionamento com Jacob.

— Bem... isso é ótimo — disse ele de forma delicada.

— Você recebeu meu recado...?

— Sim, a senhora gostaria de conversar com o presidente. Ficaria contente em passar seu nome para a secretária do presidente Daniels agendar uma entrevista. Talvez possamos conseguir algo para as próximas semanas.

— Trata-se de uma emergência. Não posso esperar.

O advogado fez uma pose como se sua mãe tivesse acabado de ser insultada.

— Desculpe, mas o protocolo é que os pedidos de entrevista que chegam até nós devem primeiro ser triados pela secretária de agendamento. Sem exceções.

— Asseguro que esse é um assunto que o presidente Daniels, definitivamente, vai querer discutir sem demora.

— Sem exceções — disse o advogado com um sorriso forçado.

Abigail voltou a sentar-se na cadeira do vestíbulo.

— A senhora gostaria de falar com a secretária de agendamento?

— Não, vou esperar por Jacob.

— O presidente Daniels não vai ter uma entrevista não marcada com a senhora.

Abigail sorriu de volta para o jovem advogado, mas não se moveu.

— Talvez — disse ele — a senhora devesse voltar outra hora.

Ela continuou a sorrir. Mas não se mexeu do lugar.

— Realmente, não quero ter de chamar a segurança...

— Então, talvez você não deva chamar — disse ela, segurando ainda mais apertado sua pasta.

Houve um longo e desconfortável momento enquanto o advogado balançava sobre os pés, e Abigail continuava sentada imóvel como uma pedra com a pasta no colo.

A secretária à mesa da recepção observava a cena e tinha a boca levemente aberta em espanto ansioso. Todos no vestíbulo do escritório do presidente sabiam que algo estava para acontecer.

E aconteceu.

A porta do vestíbulo se abriu, e o presidente Jacob Daniels entrou, sem paletó e em mangas de camisa, segurando uma xícara de café de isopor.

— Tive de atravessar a rua para conseguir isso — disse ele distraidamente. — Quando eles devem consertar nossa máquina de café? Alguém sabe?

A seguir, Jacob Daniels passou os olhos em torno da sala em busca de uma resposta. Seus olhos caíram em Abigail.

— Abigail... hum...

— Jordan — completou ela.

— Sim, é claro. Com todas as notícias sobre seu marido como pude esquecer seu sobrenome?

— Certo — disse ela com um largo sorriso.

— Sentimos saudade de vê-la por aqui. Você fez ótimos trabalhos de comunicação para seus clientes de mídia.

— Obrigada. Gostava do trabalho, mas deixei de praticar por um tempo.

— Então, foi o direito que perdeu — disse ele. — E, aí, minha equipe tratou você bem?

Abigail olhou de relance para o advogado, que não se balançava mais sobre os pés. Agora, ele estava de pé perfeitamente ereto, torcendo para que a rajada de metralhadora que estava para vir a qualquer momento causasse apenas ferimento leve, e não matasse sua carreira.

— Oh, sim — disse Abigail, dando outro sorriso luminoso. — Seu assessor legal aqui foi muito útil.

O advogado forçou um sorriso dócil em retribuição e voltou a respirar.

— Bem, o que a traz aqui? — perguntou Daniels.

— Um assunto urgente que acho que você vai achar muito interessante — disse ela.

— Deve ser importante para trazê-la aqui — disse o presidente.

A seguir, ele apontou para seu escritório e disse:

— Vamos conversar. Tenho alguns minutos.

Cinquenta e dois

Na movimentada Manhattan, Joshua Jordan, na suíte de seu hotel, estava em uma sessão de busca de solução com Phil Rankowitz. Eles estavam delineando os últimos passos do projeto AmeriNews. Todavia, eles sabiam que tudo dependia de uma coisa. Abigail ainda tinha de conseguir que a CFC ordenasse que a World Teleco honrasse seu contrato e lançasse o explosivamente controverso serviço sem fio de notícias da Mesa Redonda para milhões de *Allfones*. Mas depois de desligar o telefonema de Phil, Joshua estava com uma irritante sensação de que se esquecera de algo. Ele relanceou os olhos em sua lista de checagem da Mesa Redonda para o projeto. Não, todos os itens estavam ticados. Talvez fosse outra coisa. Algo pessoal?

Então, ele lembrou-se de sua conversa com Abby. Antes de ela ir para Washington, ela incentivou-o a ligar para Cal e ver como ele estava indo. Ele ainda lembrava-se das palavras dela:

— Josh, acho que ele precisa receber mais uma vez um telefonema do pai. Ele sempre soube que sua mãe está do seu lado. Mas *você* precisa procurá-lo. Já faz um tempo desde que tivemos notícia dele. Além disso, você disse que seu último telefonema para ele não deu em nada.

Joshua andava esgotado recentemente. Talvez Abby tivesse razão. Além disso, ela tinha uma intuição fantástica em relação às crianças. Joshua discou o número de Cal, sempre confiante em seu celular não rastreável.

No *campus* da Universidade Liberty, o celular de Cal tocou. Ele não atendeu logo. Ele estava ocupado observando sua ex-namorada Karen afastar-se dele. O telefone continuou a tocar. Sem olhar o identificador de chamada, Cal respondeu com tom de voz raivoso.

Houve uma pausa estranha. Então, Joshua Jordan falou:

— Cal, sou eu, papai. Está tudo bem?

— Está, com certeza.

— A escola está bem?

— Está sim.

— E tudo o mais?

— Ótimo.

Houve outra pausa. Joshua foi mais fundo.

— Como estão as coisas entre você e Karen?

Cal murmurou.

— Uau, dois pontos.

— Não entendi...

— Não faz mal, papai. Só a respeito da coisa da Karen...

— Diga.

Cal não queria realmente contar. Mas ele despejou sua aflição assim mesmo.

— Rompemos hoje.

— Desculpe, como você está se sentindo em relação a isso?

— Não foi minha ideia. Ela está voltando com o Jeff Hitchney.

— Entendi, isso dói. O ego masculino é uma coisa terrível. Mas sei que você tinha sentimentos fortes por ela. Sinto que não tenha dado certo.

— De verdade? Acho difícil de acreditar...

— Só porque eu tinha algumas dúvidas em relação a ela e achava que você devia se concentrar em seus estudos...

— Bem, não foi bem assim que aconteceu, certo? Do jeito que entendi, foi só mais uma maneira de Joshua Jordan tentar controlar o mundo, incluindo seu filho.

— Essa é uma agressão desnecessária, Cal. Pago sua instrução; acho que isso me dá alguma autoridade em sua vida escolar. Em sua escolha da profissão. Em relacionamentos que podem pôr em risco seus estudos — a voz de Joshua estava firme, mas não raivosa.

Cal, por sua vez, estava com dificuldade para se controlar, por isso ele não falou nada. Seu pai preencheu os brancos.

— Olhe, vamos manter a conversa civilizada, adulta. Você não é mais uma criança, Cal; você é um homem. Por isso, vou falar com você como tal. Você e eu precisamos conseguir conversar desarmados, certo? Você tem um problema comigo, tudo bem. Posso aguentar isso. Seja franco, mas eu também serei. Não fique esquivo comigo só porque digo que sua bússola ficou louca e sua trajetória está fora de prumo, certo?

— Tudo bem.

— Isto é um sim?

— Sim, senhor.

— Mais uma coisa.

Cal estava ouvindo.

— Você precisa saber algo, mais importante que qualquer outra coisa.

— O que é?

— Seu pai ama você, não se esqueça disso. Nada vai mudar meu sentimento por você.

— Está certo.

Nesse momento, houve um toque na linha de Joshua.

— É minha próxima conferência por telefone entrando. Tenho de ir. Lembre-se da última coisa que lhe disse, Cal, certo? Isso é importante.

— Tá bem, papai.

Então, a ligação acabou. Um instante depois, enquanto Cal olhava fixo para o telefone, ele percebeu que fizera tudo errado. Pela segunda vez, nos últimos tempos, seu pai disse que o amava. Mas Cal não dissera o mesmo para o pai. Ele perguntava-se: *Qual é o meu problema, afinal?* Lá no fundo, Cal sabia que devia ter dito alguma coisa. Ter deixado o pai saber como se sentia realmente. É claro que Cal o admirava; mas, mais que isso, ele tinha um grande sentimento de respeito pelo pai. Mas sempre havia tantos outros tumultos acontecendo entre os dois. Sempre que seu pai o procurava, o que não era algo que acontecia com frequência, ele não sabia como lidar com isso. Então, ele ficava em silêncio. Talvez estivesse na hora de mudar isso. *Da próxima vez que falar com ele, vou dizer como me sinto. E que o amo. E o respeito. Independentemente de qualquer coisa.*

Agora, Cal voltava para seu quarto.

Naquele dia, a irmã de Cal, Débora, estava ocupada com os horários de suas aulas em West Point. Quanto ao resto da família de Cal — Abby e Joshua — eles estavam imersos em suas próprias batalhas. Mas nenhum deles tinha consciência do perigo que estava no encalço deles — e se aproximando.

Naquele exato momento, Atta Zimler estava a apenas três quilômetros do seu destino. E chegava cada vez mais perto.

Ele sabia que estacionar seria um problema. Sua habilidade para achar uma solução rápida para o utilitário era a prioridade máxima. Como tudo o mais, também tinha um plano para isso.

A programação estava perfeita. Ele sabia que logo seu alvo estaria em suas mãos. Depois, ele protegeria os documentos do projeto RTS. E o prazeroso pensamento da fortuna que seria transferida para sua conta bancária em um paraíso fiscal aumentaria seu já grande saldo do pagamento adiantado feito por Caesar Demas. Mas não se tratava apenas de dinheiro para Atta Zimler. Ele era um homem com ego do tamanho do mundo. Quando dizia que mataria um homem, o homem morria. Quando dizia que determinada coisa seria feita, a coisa era feita. Ele considerava-se uma força da natureza. Inevitável. Ininterrupta. Inexorável.

Zimler tinha seu arquivo tático no banco ao seu lado. Fotografias, esquemas, mapas, rotas de fuga. E mais importante, é claro, as ferramentas mortais de seu negócio estavam cuidadosamente dispostas no banco do utilitário.

Pensando adiante no golpe final de graça, Zimler sabia que ainda correria muito sangue antes disso.

Mas ele tinha uma sensação de divertida satisfação quando pensava exatamente em como o sangue seria derramado.

Cinquenta e três

O presidente da CFC, Jacob Daniels, tinha só uma pessoa em seu escritório. Abigail Jordan. Nenhum membro de sua equipe. Nenhum outro conselheiro legal. Apenas eles dois.

Abigail tentava parecer tranquila. Mas, em seu íntimo, estava com dificuldade para manter a pose. Ela sabia quão alta era a aposta para Josh. E também era esperta o suficiente para saber o quão improvável toda sua estratégia parecia. Um pensamento dominava sua mente, independentemente do quanto tentasse se manter focada. *Como vamos conseguir isso?*

Ela convenceria realmente a CFC a emitir uma ordem imediata de cessação contra uma das maiores empresas de telecomunicações do mundo até o final do horário comercial daquele dia?

Enquanto o presidente Daniels lia uma cópia do testemunho juramentado que entregou a ele, Abigail aproveitou para se familiarizar com o escritório. Ela não ia lá fazia anos. O escritório era espaçoso, mas eclético. Tinha dois sofás grandes, diversos armários ornados e duas estantes *art nouveau* vitorianas que pareciam antigas. Quatro cadeiras foram arranjadas em torno da incomum mesa de café, que tinha pernas de ferro trabalhadas e tampo feito de uma camada de pedras de Jerusalém. Abigail estava sentada em uma das cadeiras; e o presidente Daniels, em outra.

Ela tentava com dois dedos tirar uma ruga do papel do testemunho juramentado que estava segurando. A declaração juramentada foi uma cortesia do amigo deles, o "Patriota", o homem de vigilância de Pack McHenry que gravara o encontro de Allen Fulsin com o executivo da World Teleco no bar de Nova York. Esse testemunho juramentado era a única evidência que Abigail tinha para apresentar. De repente, o documento de três páginas pareceu muito escasso.

Daniels terminou a leitura, voltou rapidamente para a primeira página, levantou os olhos e jogou o testemunho juramentado sobre a mesa de café.

Abigail sorriu.

Ele olhou discretamente para seu relógio. Abigail tomou fôlego e, como um corredor pondo o pé no bloco de partida, preparou-se silenciosamente. *Ok, aqui vamos nós...*

Então, ela começou seu argumento.

— Como presidente da CFC, você sempre falou ousadamente sobre o potencial desenvolvimento de um monopólio da mídia.

— Claro, com certeza. Mas não acredito que as pessoas certas estivessem ouvindo.

— Lembro-me de você dizer que o pior cenário seria a ditadura de poucos gigantes da mídia controlando as notícias divulgadas para todo o país.

— Disse sim, é verdade — confirmou ele com um sorriso.

Ele estava contente por alguém se lembrar de seus comentários e prosseguiu:

— Sabia que, no fim, todas as redes de notícias migrariam para a plataforma da internet. Assim, a questão era como evitaríamos a censura das notícias se apenas poucas empresas de telecomunicações controlassem as linhas e ninguém tivesse jurisdição para policiar a internet? Veja, meu objetivo não era controle de conteúdo nem mesmo regulamentação. Esqueça isso. Sempre achei que o mercado livre, em geral, devesse prevalecer sobre a rede. Só queria ter certeza de que os serviços norte-americanos de notícias não pudessem ser censurados, que pontos de vista impopulares não fossem bloqueados por umas poucas empresas poderosas de telecomunicações.

Abigail deu o bote.

— Essa situação com a World Teleco é a chance perfeita para defender sua posição. Todos nós sabemos que o presidente Corland pode e, provavelmente, ainda substituirá você.

— Sempre me perguntei por que ele simplesmente não me pediu para renunciar. É o procedimento padrão. Claro que eu teria feito isso.

Exatamente como todos os outros presidentes antes de mim. Mas ele não pediu. Então, aqui estou.

— Não por acidente — sugeriu cuidadosamente Abigail. Ela hesitou apenas um segundo antes de dizer o que realmente tinha no coração. — Acho que Deus dirige os eventos. Os destinos. Ele fornece oportunidades históricas. O fato de você ainda ser presidente pode ser uma delas.

— Você acha que essa disputa entre a AmeriNews e a World Teleco é tão importante assim?

— Acho, isso vai muito além do que apenas a flagrante ilegalidade praticada pela World Teleco. Se você estiver disposto a ordenar que eles obedeçam ao contrato conosco, e fizer isso hoje, as máscaras vão começar a cair. O campo das notícias e das informações repentinamente seria nivelado. Isso sem falar em algumas outras consequências cruciais que não estou autorizada a contar.

O presidente da CFC, Daniels, olhou o testemunho juramentado sobre a mesa de café.

— Tenho de admitir — disse ele, movendo-se em direção ao documento — que há alguma coisa poderosa aqui...

— Você sempre disse que procurava o caso certo para exercer seu muito limitado, mas importante, poder para manter a internet aberta. Lembro-me das suas palavras: "Manter os canais de comunicação livres da tirania dos poucos que poderiam exercer controle absoluto sobre os muitos."

— Sim, eu disse isso certa vez — disse Daniels. Em sua voz havia uma nostalgia, como a de um lançador de beisebol que está quase para se aposentar da liga principal e percebe que nunca lançou na final do campeonato. — Bem, pelo menos você está certa a respeito de uma coisa: a Casa Branca vai se livrar de mim. Talvez amanhã mesmo. Ou no dia seguinte. Mas não parece que isso vai acontecer hoje — a seguir, pegando e levantando o testemunho juramentado, ele disse. — Até hoje, ainda sou o presidente.

Foi quando Abigail se deu conta do que estava acontecendo. Ela estava ansiosa para ouvir o que vinha a seguir.

— Está bem, Abby. Você me consegue dois outros representantes da comissão para me apoiar e vou fazer isso. Vou dizer para a World Teleco que não podem violar esse contrato com o serviço AmeriNews sem enfrentar sérias consequências por parte da CFC. Mas preciso de, pelo menos, dois outros representantes para que tenhamos a maioria. O que quer dizer que é melhor você conseguir ajuda.

— Meus advogados estão na porta do escritório dos representantes neste momento — disse Abigail.

— Você sabe que o representante Winston não vai apoiar isso — disse Daniels — nem o Johnston, eu acho. Fale com a representante Susan Copple. Vale a pena tentar com ela. Tenho quase certeza de que o representante Justin Lattig vai me apoiar nisso. Embora ache que ele pode estar fora da cidade, dando uma palestra em algum lugar. Você tem que verificar com o escritório dele.

— Vamos fazer isso.

— Agora, não preciso lembrá-la de que desse ponto em diante não posso mais discutir o assunto com você. Pelo menos, não enquanto não puser isso em uma circular de emergência oficial entre os outros representantes.

— Entendido.

— Mas, felizmente, vamos ter uma resposta para você hoje.

Nesse ponto, Abigail levantou-se para sair. Daniels levantou-se, apertou a mão dela e acrescentou mais um pensamento:

— Meu pai era rabino, como você provavelmente sabe — disse Daniels. — Ele costumava citar o estudioso judeu do século I, Gamaliel: "Garanta um professor para você mesmo." Acumulei alguns professores para mim mesmo ao longo dos anos. Abby, hoje você é um deles.

Abigail estava exultante. Ela saiu apressadamente do escritório do presidente e, com uma mão, enviou a mensagem para o celular dos outros quatro advogados, cada um deles empoleirado do lado de fora do escritório de um dos outros quatro representantes da CFC. A mensagem dizia: "Daniels está dentro — garantir apoio de mais dois representantes."

Os quatro advogados, simultaneamente, pegaram suas pastas e entraram nos escritórios.

Embora o representante Winston estivesse no escritório, ele recusou-se a se encontrar com o advogado. Ele transmitiu por intermédio de seu assistente que não tinha absolutamente nenhum interesse em agir contra a World Teleco.

No escritório do representante Johnston, o advogado conseguiu fazer uma breve exposição para ele pessoalmente. Mas o representante declinou diplomaticamente.

— Não vou apoiar nenhuma ação imediata a respeito disso — disse ele. — O que vou fazer é considerar pôr isso em um futuro procedimento de Notificação de Proposta de Regulamento, talvez daqui a alguns meses. Mas só com audiência plena. Notificação pública completa. Esse tipo de coisa. Mas não vou votar hoje para que um esforço descomunal pressione essa empresa de telecomunicações sob essas condições.

A representante Susan Copple ficou presa no trânsito na ponte Wilson vindo de Maryland para D.C. O advogado designado para ela conseguiu fazer uma ligação de celular para ela na hora.

Copple disse que, do ponto de vista filosófico, concordava com o presidente Daniels, mas tinha que discutir com sua equipe legal antes de tomar uma decisão oficial.

— Talvez em algum momento depois do almoço, vamos tentar rever isso — disse ela.

Quanto ao representante Justin Lattig, estava retornando de uma palestra em Nashville. O avião dele estava previsto para chegar às 13 horas, mas estava atrasado. Sua equipe telefonou para ele no celular. A seguir, eles retransmitiram para o advogado o recado do próprio Lattig.

— Digam para Abigail Jordan que não vou fazer nada a menos que ela e eu discutamos isso pessoalmente, cara a cara.

Todos os advogados reuniram-se de novo para um almoço de trabalho no Monocle, na rua D, bem ao lado do Capitólio.

Abigail tentava ser otimista, mas a tensão entre os advogados era palpável. Os dois votos adicionais não estavam confirmados. Dois representantes já tinham se recusado. Copple parecia uma possibilidade. Mas Lattig ainda estava fora de alcance.

— Olhe, Abby — disse um dos advogados — isso pode ser factível... talvez... mas tentar decidir isso tendo como prazo final o fim do horário comercial de hoje... quero dizer, somos todos advogados acostumados com a CFC... mas o que você está pedindo, bem... provavelmente é impossível conseguir. Desculpe, só estou dizendo como é a coisa.

— Nada é impossível — replicou Abigail. Ela respirou fundo, colocou o cardápio sobre a mesa e passou os olhos ao redor da mesa. — Vocês são alguns dos melhores advogados de mídia do país. Todos vocês. Nós podemos fazer isso, sei que podemos.

Abigail pediu uma salada. Mas enquanto o garçom anotava o pedido dos outros, Abigail, calmamente, juntava tudo isso em sua mente. Ela sabia que, em poucas horas, a menos que a World Teleco fosse repreendida, que o AmeriNews fosse lançado e o Capitólio fosse inundado de telefonemas raivosos, a não ser que tudo isso acontecesse, e acontecesse com perfeição, a intimação não seria retirada. E a juíza Jenkins terminaria assinando uma ordem que transformaria seu marido em um fugitivo da lei.

Às 13 horas, os advogados dispersaram-se para o ponto indicado para cada um deles. Dois deles foram para o escritório de Copple, dois ficaram esperando no escritório de Lattig a chegada do representante do aeroporto Reagan. Abigail posicionou-se do lado de fora do escritório do representante.

Então, eles esperaram. De início, uma hora. Logo, o relógio de parede da Comissão estava para passar das 14h30.

O primeiro a se pronunciar foi a representante Copple. Depois de se reunir com sua equipe legal, ela chamou os dois advogados para seu escritório a fim de discutir pessoalmente o assunto.

Foi uma sessão de trinta minutos, com os advogados da representante bombardeando os advogados de Abigail de perguntas, de vários "e se" e embargos hipotéticos, enquanto a representante permanecia recostada e observava. Que tipo de precedente isso estabeleceria? Não devia haver uma audiência plena antes desse tipo de ação drástica ser adotada? Antes de tudo, a CFC tinha autoridade estatutária para fazer isso? Um único testemunho juramentado seria suficiente para enfrentar uma gigantesca empresa de telecomunicações? No fim, a própria representante estava pronta para se pronunciar.

— Estou inclinada a apoiar o presidente Daniels nisso — disse Susan Copple — mas só depois que falar pessoalmente com o presidente. Ainda tenho algumas preocupações.

Isso era bom o bastante para a equipe de Abigail. Eles enviaram uma mensagem a respeito disso para Abigail e o resto da equipe.

Por volta das 15 horas, um dos membros da equipe do representante Justin Lattig colocou a cabeça para fora da porta no saguão e dirigiu-se aos dois advogados que estavam à espera.

— Lamento — disse ele — mas o avião do representante Lattig acaba de pousar. Já é tão tarde que ele não vem aqui hoje. Ele está a caminho de outra palestra que tem que fazer esta noite em Winchester, Virgínia, lá na fronteira oeste do estado. Sinto muito por isso.

Os advogados subiram até onde estava Abigail, ainda do lado de fora do escritório do representante, e lhe deram a má notícia. Mas ela não aceitaria isso.

— Vocês disseram ao membro da equipe de Lattig como isso era urgente?

— Dissemos, mas não temos como saber se disseram isso para o representante.

Abigail subiu correndo até o escritório de Jacob Daniels e conseguiu que ele fosse até o saguão para um último pedido.

— Disse a você, Abby, que não posso discutir nada mais com você...

— Jacob, você não pode, ao menos, telefonar para o representante Lattig e pedir que ele faça uma conferência telefônica conosco de sua limusine?

Daniels aproximou-se mais de Abigail e sussurrou:

— Já tentei isso. O camarada desligou o celular.

A seguir, ele estendeu a mão, apertou a mão dela, disse que lamentava muito e retornou vagarosamente para seu escritório. Abigail agarrou sua pasta e saiu correndo do prédio, desceu a rampa do estacionamento em direção ao seu carro alugado. Agora tudo que ela podia fazer era mudar sua passagem para um voo mais cedo. Ir para casa, para Josh. Dizer a ele que falhara. E ver se pensando juntos consegueriam bolar algum tipo de plano B. Embora ela soubesse que não havia plano B.

Ela conseguiu chegar à interestadual 66 vindo do centro governamental do D.C. muito mais depressa do que podia imaginar e se dirigia para o oeste. Mas ela não tinha coragem de telefonar para Joshua. Ainda não. Como ela podia fazer isso? *Senhor, por que o Senhor me trouxe tão perto de um milagre... só para tudo ruir?*

As lágrimas começaram a vir. Então, o tráfego parou, nas duas faixas. *Ótimo, agora, vou chegar tarde ao aeroporto. Vou ter sorte se conseguir um voo para hoje à noite. Isso é um desastre... perdoe-me, Deus, mas estou tão... totalmente...*

Nesse momento, ela percebeu algo a sua direita, na rampa de acesso que servia a interestadual. Uma limusine preta. A limusine diminuiu a marcha enquanto o motorista, claramente, avaliava uma forma de evitar o estacionamento em que o trânsito se transformara. Mas um caminhão cerca de vinte carros à frente de Abigail manobrou para mudar para a faixa adjacente criando um espaço. O motorista da limusine apressou-se para sair da rampa tentando ocupar esse espaço.

Os olhos de Abigail demoraram-se na longa limusine e observaram a placa de licença do governo. A placa dizia: "CFC2". O representante Lattig devia estar se dirigindo para oeste na I-66 para ir para sua próxima reunião no canto ocidental do estado. Ela não podia acreditar nisso. A limusine preta espremida no corredor de tráfego entre motoristas irritados e buzinando. A corrente de tráfego ainda estava parada.

Pense. Pense, disse ela a si mesma. A limusine estava vinte carros à frente dela. Uma vez que o trânsito andasse, ela nunca conseguiria alcançá-la.

Abigail desviou abruptamente seu carro do trânsito e se dirigiu para a faixa de emergência à direita da estrada. Apertou o botão dos faróis de emergência e estacionou o carro. Ela agarrou firmemente sua pasta, quebrando uma unha esmaltada no processo, mas, finalmente, pegou a pasta contendo o testemunho juramentado. Ela tirou o papel da pasta, desceu do carro e trancou a porta. A seguir, alguma coisa lhe disse para fazer mais uma coisa. Ela trouxera sua sacola de ginástica na esperança de conseguir se exercitar na esteira do hotel. *Ah, por que não?* murmurou. Ela abriu o porta-malas, tirou o sapato de salto alto, jogou-os lá dentro e amarrou freneticamente seus tênis.

Mas foi quando o tráfego, de repente, começou a se mover.

Não! Não! gritou ela. A motorista do carro na pista próxima olhou-a quando ela começou a correr na faixa de segurança e sacudiu a cabeça quando passou vagarosamente por ela.

Com a pasta contendo o testemunho juramentado na mão, ela acelerou o ritmo ao lado da faixa do trânsito serpenteado, indo em direção à limusine preta do governo. Agora, ela estava a apenas vinte carros da limusine. Mas o trânsito começou a andar um pouco mais rápido, mais de onze quilômetros por hora. Ela lançou os braços e acelerou mais. O engarrafamento estava se desfazendo. Agora, os carros estavam a mais de quatorze quilômetros por hora. Depois, a dezesseis. Agora, Abigail corria a pleno vapor, e o suor pingava do seu rosto. A limusine estava apenas dois carros à frente. Um motorista ao lado dela gritou alguma coisa para ela, mas tudo que ela conseguiu ouvir foi a palavra “louca” enquanto passava correndo por ele.

Ajude-me, Senhor! Ela gritou enquanto, exausta, não conseguia diminuir o espaço de dois carros entre ela e a limusine, andando apenas além do alcance dela. O tráfego diminuiu um pouquinho o ritmo. Ela continuou a correr. Quando um ônibus de turismo, logo à frente, passou vagarosamente da faixa da direita para a da esquerda, um estrangulamento no trânsito provocou outra paralisação no tráfego. Abigail precipitou-se para a janela traseira da limusine. O representante Lattig viu alguém ao lado da sua porta e deslizou rapidamente para o lado mais distante do banco traseiro com um olhar assustado. Ela acenou a pasta em frente da janela. Então, uma leve expressão de reconhecimento atravessou a face dele. Lattig deslizou rápido sobre o banco e abaixou a janela até a metade.

— Você não é... — começou ele a dizer.

— Abigail Jordan, sou sim — ela tentava dizer, enquanto ficava ofegante.

— Caramba, o que a traz até...

— Um assunto de emergência diante do CFC.

Embora o tráfego ainda estivesse parado, o carro logo atrás deles disparou a buzina. Lattig ignorou.

— Oh — disse ele distraidamente. — Não percebi que era uma emergência...

— É, temos dois votos a nosso favor — disse ela sem ar. — O do presidente e acho que o da representante Copple. Tudo de que precisamos é do seu voto... contra a World Teleco... é um ultraje, senhor representante... isso tem de ser feito esta tarde. Aqui está a prova do ponto de vista discriminatório deliberado e de censura cometidos pela World Teleco... — dizendo isso, ela entregou a pasta contendo o testemunho juramentado através da janela da limusine aberta até a metade. Depois, ela acrescentou: — Sua equipe falou da sua exigência de me ver pessoalmente. Por isso, estou aqui...

— Em pessoa? Oh, então é isso. Tudo bem. Mas não a respeito desse caso...

— A respeito do que então? — perguntou Abigail sem pensar e quase gritando.

— Bem, para lhe dizer algo pessoal. Sobre seu marido — Lattig abaixou todo o vidro da limusine. O rosto de Lattig estava inteiro na janela aberta da limusine. — Queria que você soubesse que acho seu marido um herói.

Abigail não conseguiu se controlar, ela começou a rir e a soluçar ao mesmo tempo.

— Agora, a respeito desse caso seu — disse Lattig. — Entre, entre. Vamos conversar — disse isso escancarando a porta da limusine. Ela entrou bem a tempo de o tráfego começar a andar de novo.

Às 16h10, depois de conferenciar pessoalmente com a representante Copple e conversar por telefone com o representante Lattig, o presidente da CFC Jacob Daniels escreveu uma nota para si mesmo em seu diário pessoal. No topo, estava a data e a hora. A entrada dizia:

> A respeito do assunto da World Teleco, concernente à negação deles de servir a internet para a AmeriNews...

Nesse ponto, ele tirou a caneta do papel por um momento. Ele pensava no resultado. E em tudo que poderia acontecer. A seguir, ele terminou a nota.

> Depois de consultar os representantes KC e JL, tomei minha decisão. Ordenarei que a World Teleco honre seu contrato com a AmeriNews. Os representantes KC e JL concordaram, fazendo com que a decisão fosse majoritária.

Às 16h16, o presidente Daniels deu um telefonema para Bill Cheavers, vice-presidente executivo da Divisão para a América do Norte da World Teleco.

Cheavers ameaçou o presidente por liderar uma "conspiração para tirar a World Teleco do negócio". Daniels respondeu calmamente que não tinha essa intenção.

— A menos, é claro — continuou Daniels — que vocês violem a ordem de cessação e não honrem seu contrato de prestação de serviço com a AmeriNews. Nesse caso, revogaremos a autorização da sua empresa para fazer telecomunicações nos Estados Unidos, coisa para a qual você e eu sabemos que tenho poder... e tenho os votos para isso.

— Vou apelar — resmungou Cheavers. — Você vai perder, vai ficar com cara de idiota. Então, o presidente vai finalmente tirá-lo da CFC.

— Tudo isso pode ser verdade — disse Daniels — mas não vai acontecer até a Wall Street e a NASDAQ reagirem ao fato de sua empresa estar suspensa de fazer negócios. Pergunto-me qual foi o recorde de queda mais rápida e mais profunda nas ações de qualquer corporação norte-americana. Vocês da World Teleco podem bater o recorde.

Às 16h31, sob a ordem do executivo da World Teleco, Bill Cheavers, a AmeriNews foi lançada para metade dos *Allfones* dos Estados Unidos. A manchete era:

Herói norte-americano perseguido: senador mente a respeito do Sistema de Míssil de Defesa RTS de Joshua Jordan

O subtítulo dizia:

Traição no Congresso?

Cerca de cinco minutos antes das 17 horas daquela tarde, a central telefônica do Congresso ficou tão sobrecarregada de telefonemas indignados de cidadãos que ficou inoperável. Às 17h25, o senador Straworth foi convocado para uma reunião de emergência com os membros do seu partido.

O senador líder da maioria Russel Beyers falou para eles todos:

— Straworth, você provocou um ciclone — disse ele. — Essa questão da intimação envolvendo Joshua Jordan agora ameaça todos nós do partido. Você precisa revogar essa intimação, e já. Acabe com tudo isso.

O senador Straworth inchou o peito e recusou-se, gritando tanto que voou um pouco de saliva de sua boca.

— Não tenho medo de um tornado político.

— Eu sou de Oklahoma — disse o líder da maioria calmamente — você não é. Sabemos um pouco sobre o poder de um tornado. Ele pode sugar um homem e varrê-lo da face da terra.

A seguir, ele acrescentou:

— E se ele não remover você, seus colegas senadores o removerão.

Às 17h30, o senador Straworth ordenou que o funcionário revogasse retroativamente a intimação que emitira contra Joshua Jordan. E, adequadamente, avisou o escrevente da corte da juíza Jenkins a respeito desse fato.

Harry Smythe correu para a corte judicial federal a fim de tentar alcançar a juíza Jenkins e conseguir que ela cancelasse sua ordem contra Joshua Jordan com base no fato de que toda a disputa com o Congresso, agora, mostrara-se legalmente discutível.

Joshua, Abigail e todos os membros da Mesa Redonda faziam uma conferência telefônica convocada às pressas para receber as notícias.

O júbilo reverberava. Phil Rankowitz estava tão eufórico que mal conseguia falar. Até mesmo Alvin Leander ria, dizendo que ainda não acreditava que tinham conseguido. Depois, a celebração acalmou e o telefonema acabou. Abigail telefonou de novo para Joshua para que pudessem conversar só os dois. Ela explicou que recebera um telefonema de Harry Smythe, que disse que ainda havia apenas um problema — e Joshua e Abigail precisavam saber.

— A única má notícia — disse Abigail — é que a juíza Jenkins saiu da corte hoje sem revogar a ordem para a sua prisão. O escrevente não quis incomodá-la em casa. Assim, Harry vai estar lá na primeira hora da manhã para conversar com ela. Achei que ela revogaria a ordem de prisão contra você tão logo soubesse que a intimação do Congresso, a base legal para toda essa disputa, tinha sido revogada.

— Harry vai fazer a coisa certa — disse Joshua com ar de confiança. — Não estou preocupado. Acho que vencemos, querida. E devo tudo isso a você. Sua estratégia foi absolutamente brilhante.

— Dou o crédito a Deus, Josh, querido. Ele faz os milagres. Até mesmo quando desistimos de procurar por eles.

Cinquenta e quatro

Em sua vila campestre a norte de Roma, logo ao lado da via Salaria, Caesar Demas estava para tratar de negócios com seu convidado do Oriente Médio. Ele já fizera um curto passeio com ele pelos 4.000 m^2 dos seus jardins, por seus estábulos de mogno alinhado com cinquenta baias e pela antiga estrada romana restaurada que compunha parte de sua estrada privativa de três quilômetros de comprimento. Agora, ele e seu visitante estavam sentados na sala dourada, assim chamada por causa das paredes cor de trigo escuro, com a magnífica vista das ondulantes colinas de sua propriedade. Demas estava sentado em uma cadeira de couro marrom; e seu convidado, ao lado dele na cadeira que fazia par com a sua.

Agora que as bebidas foram servidas, Demas fez sinal para os empregados deixarem a sala. Mas antes de sair, o mordomo chefe inclinou-se perto do ouvido de Demas e sussurrou:

— Desculpe-me, senhor, mas a Sra. Demas está perguntando se o senhor vai poder tratar do assunto da vinha hoje. O chefe de operações de sua propriedade na Toscana se demitiu há uma semana. Sua esposa está preocupada com o fato de não haver ninguém para supervisionar todo o trabalho da vinha.

Demas virou-se para o mordomo e deu-lhe um olhar seco.

— Não, repito, não me amole com essas ninharias. Você entendeu?

— Sim, senhor — sussurrou o mordomo — mas o que o senhor quer que eu diga à Sra. Demas?

— Diga-lhe o que você quiser. Agora, por favor, saia.

O mordomo anuiu cortesmente com a cabeça e estava para sair, quando Demas pensou em algo e fez um gesto para ele voltar.

Quando o mordomo se inclinou mais uma vez ao lado de Demas, o patrão sussurrou ao ouvido do mordomo:

— Lembre-se de que quero que ela esteja acompanhada o tempo todo. Não quero que ela saia por conta própria. Entendido? E, por favor, peça que o acompanhante dela, que vai ajudá-la com a cadeira de rodas, mande-me mensagens instantâneas com regularidade. Quero saber tudo sobre o paradeiro e também tudo sobre as atividades dela.

O mordomo anuiu com a cabeça e saiu da sala.

A seguir, Caesar Demas voltou sua atenção para o visitante, que bebericava chá.

O delegado da República do Irã sorriu com apreço agora que eles, finalmente, tratariam do motivo de sua visita. Ele passou rapidamente a mão por sua barba aparada rente e alisou seu colete de seda branca.

— Espero que Hamad Katchi faça parte dessa discussão. Tratamos desse assunto com ele anteriormente.

— Infelizmente, temos muitos inimigos — disse Demas. A seguir, ele cruzou as mãos, fez uma expressão triste e pensativa e acrescentou: — Temo que o Sr. Katchi possa ter sido pego por um deles. Ele está desaparecido. Não conseguimos localizá-lo. Estou muito preocupado que ele possa ter sido liquidado.

— Seria uma perda terrível.

— Seria sim, para todos nós.

— Bem, então temos de conversar, você e eu, sobre essas importantes questões. As especificações do RTS... — disse o iraniano — serão entregues... quando?

— Nas próximas quarenta e oito horas vamos estar de posse delas. Depois disso, a entrega será feita com toda rapidez possível.

— A assistência técnica está garantida? — perguntou o iraniano.

— Faz parte do pacote. Temos alguns físicos e projetistas de armas preparados para ajudá-los a integrar o RTS em seus sistemas de armas existentes.

— O assunto da exclusividade é uma grande preocupação do nosso presidente — disse o iraniano. — Não queremos que o RTS se transforme em um tipo de artigo global barato e disponível para qualquer republiqueta ou ilha sem nome.

— Claro que não — disse Demas, oferecendo-se para encher de novo a xícara de chá de seu convidado.

O iraniano sorriu, mas levantou a mão para recusar com um agradecimento.

Demas continuou a explicar.

— Para reiterar. A tecnologia do RTS só estará disponível para países cooperados ou uniões internacionais que forem membros da nossa Liga dos Dez a ser estabelecida logo.

A seguir, ele lembrou algo mais e acrescentou:

— E lembre-se de que outro benefício que seu país e outros da nossa Liga vão ter é o da tecnologia de revogação anti-RTS que esperamos desenvolver tão logo nossos cientistas analisem os principais fatores operacionais do RTS. Assim, vocês não só vão ter o benefício de fazer os mísseis retornarem ao ponto de origem, mas seu país, e aqueles entre os nossos dez, também poderão enviar seus mísseis para estados não membros da Liga, como os Estados Unidos e seus aliados... e a maravilha é que vocês vão poder contornar o sistema RTS deles.

O iraniano sorriu e disse:

— Muito bom. Tudo isso é muito bom.

Caesar Demas sorriu de volta. Então, teve um pensamento particular: *Estou tão contente de ter escolhido Atta Zimler para esse trabalho. Homens realmente confiáveis são difíceis de encontrar.*

Em um diferente fuso horário, em uma parte muito diferente do mundo, Cal Jordan estava em seu dormitório na Universidade Liberty, pondo o calção e a camiseta de ginástica. Ele estava alegre, agora que pensava em jogar um pouco de basquete com seus amigos a fim de distrair a cabeça.

E também estava alegre por ter conversado com o pai. *Quem sabe, talvez ele e eu vamos começar a nos conectar. Talvez as coisas melhorem entre nós.*

Cal estava para desligar as luzes do seu dormitório antes de sair, quando, de repente, elas começaram a escurecer — a seguir, elas apagaram completamente.

Ele apertou o interruptor duas vezes. Ainda sem luz. *Maravilha, quanto tempo a manutenção vai levar para consertar isso? Tenho que estudar muito hoje à noite.*

A seguir, ele escutou uma batida à porta.

Ele abriu a porta.

Um homem vestindo um macacão cinza da manutenção estava de pé à porta.

— Desculpe incomodar — disse o homem da manutenção — cortamos a energia de alguns quartos. Essas lâmpadas fluorescentes antigas de teto têm de ser substituídas uma a uma. É a sua vez.

— Sorte a minha — disse Cal e, depois, acrescentou — espero que isso não vá demorar. Em poucos minutos, sou esperado para jogar basquete com alguns amigos.

O homem da manutenção deu um olhar como quem não tinha entendido algo na resposta de Cal, mas, de todo jeito, deu um rápido sorriso. A seguir, empurrou um grande carrinho de utilidades coberto para o dormitório. Alguns estudantes que passavam pela porta aberta olharam com alguma curiosidade antes de o homem fechar a porta atrás de si.

— Trago minha escada portátil e ferramentas aqui — disse o reparador, apontando para o carrinho.

— Está bem, faça seu trabalho — disse Cal, e deu um passo em direção à porta.

— Você pode me ajudar por um segundo?

— Claro.

— Só preciso que você pegue aquele grande suporte de lâmpada quando eu o descer. Não vai demorar muito. Se olhar para o suporte no teto vai ver onde o bulbo da lâmpada se encaixa nas duas pontas. Só tenha cuidado para não deslocar o longo bulbo da lâmpada quando eu o der para você. O bulbo pode quebrar. Ele tem algum conteúdo tóxico no interior.

— Não parece muito difícil — disse Cal.

A seguir, Cal foi até o centro do quarto e levantou o pescoço para olhar o suporte da lâmpada.

— Acho que vi o detalhe sobre o qual você está falando — disse Cal enquanto estudava o suporte.

Bem atrás dele, vestido com o macacão de manutenção, Atta Zimler sorria.

Ele aproximou-se mais de Cal e pensava satisfeito enquanto fazia isso.

Isso é fácil demais.

Cinquenta e cinco

A vice-presidente Jessica Tulrude não percebeu o leve olhar de pânico no rosto de sua chefe de gabinete. Em seu escritório de trabalho na ala oeste da Casa Branca, Tulrude revisava sua agenda com Lana Orvilla. Mas Orvilla estava aflita e, finalmente, teve de anunciar que tinha um assunto para pôr na pauta.

— Senhora vice-presidente — começou ela — a senhora mencionou há pouco que os senadores voltaram atrás e revogaram a intimação contra Joshua Jordan na questão da arma RTS.

— O senador Straworth tinha um acordo comigo, no entanto ele quebrou-o. Todas as apostas foram canceladas com essa sujeira.

— Bem — tentou sugerir Lana — essa volta atrás dos senadores vai prejudicar a eles muito mais que à senhora... quero dizer...

— Você está louca? — gritou Tulrude. — Fui eu quem disse para o presidente dizer que não precisávamos de nenhum sistema exótico de arma de defesa. Essas foram exatamente as minhas palavras. Essa é a posição oficial da Casa Branca passada para a mídia. Estávamos fazendo cortes no orçamento de defesa, lembra-se? Também estamos preocupados com a crítica internacional em relação ao nosso ataque àquele navio norte-coreano com mísseis. A respeito de potenciais casualidades acontecerem para os civis se usarmos de novo o RTS no futuro. Tomamos partido nessa briga. Tomamos partido contra o RTS. Joshua Jordan desafia mais uma vez o Congresso. Lembre-se, Lana, logo estarei concorrendo à presidência. Você vive se esquecendo disso.

— O que tem relação com o que quero discutir...

— Não desperdice tempo. Diga logo.

— No dia do ataque a Nova York — começou Lana — quando descobrimos que os mísseis estavam vindo, a senhora teve confiança suficiente em mim para me incluir em sua reunião com o Pentágono. As coisas estavam amedrontadoras naquele dia. Tenho que admitir que estava bem assustada...

— Isso não é uma reprise do programa da Oprah, Lana. Aonde você quer chegar?

— Tenho um irmão... não sei se já lhe disse isso. Ele trabalha em Nova York, em Manhattan. Ele é engenheiro técnico de um programa de rádio.

— Chegue ao ponto, Lana. Tem um ponto nessa história?

— Estava preocupada com ele, isso é tudo. Na reunião privada com a equipe da Casa Branca depois de vinte minutos da reunião com o Pentágono, a senhora disse basicamente... "O Pentágono vai dar luz verde para essa arma RTS e vai usá-la contra os norte-coreanos. Não acho que vai funcionar, mas que escolha nós temos?"

— Nunca disse isso.

— Senhora vice-presidente, a senhora disse isso, quase palavra por palavra...

— Bem, se realmente disse isso, eu *não* disse isso, se você entende o que quero dizer, Lana, em nossa carta para o comitê do senador Straworth dissemos que a Casa Branca *não* autorizou o uso do RTS e que não sabíamos que ia ser usado. Agora, não podemos dizer, bem, desculpe, nós mentimos, estávamos apenas brincando.

— Naquele dia, eu estava preocupada com meu irmão, Ted, que trabalha para o programa de rádio de Ivan Teretsky, em Nova York. O apelido do entrevistador é Ivan, o terrível...

Agora, Jessica Tulrude começava a juntar as peças. Ela olhou fixamente para sua chefe de gabinete com olhar horrorizado, permitindo, agora, que ela terminasse sua terrível confissão.

— Estava em choque. A senhora disse que o RTS não ia funcionar. Entrei em pânico e telefonei para o meu irmão no único número de telefone que tinha, a linha direta do estúdio e gritei algo como "vá para o porão, proteja-se, há mísseis indo na direção de Nova York" ou algo assim.

— Está certo, a família do seu irmão. Podemos mantê-lo quieto... — disparou Tulrude.

— Não, a senhora não entendeu. Não foi meu irmão quem atendeu ao telefone. Foi algum outro homem. Acho que era o tal Ivan, o entrevistador do programa de rádio que atendeu ao telefone quando falei sem pensar.

Tulrude sacudiu a cabeça, seu rosto contorceu-se como se dissesse: "Não, que desculpa ruim para um ser humano, você não pode ter sido tão estúpida!"

A seguir, ela explodiu.

— Você deu informação reservada para um entrevistador de programa de rádio! Você percebe isso? E pior, o motivo pelo qual você tentou telefonar para o seu irmão foi porque me ouviu dizer que o RTS era nossa única esperança, mas que não achava que fosse funcionar. Isso quer dizer que eu sabia que o RTS ia ser usado. Isso quer dizer que eles podem provar que a Casa Branca autorizou o uso do RTS, sua idiota! Se alguém rastrear esse telefonema seu para o cara do rádio, vai acabar chegando até mim. Vai me destruir politicamente!

Orvilla gaguejou um pouco e disse:

— Mas... mas o presidente era responsável por tomar a decisão, não era? Não você...

— O presidente acabara de sofrer outro dos seus ataques de inconsciência, imbecil. Não se lembra? Você está louca?

A sala ficou em silêncio. Orvilla começou a recuperar sua compostura, agora que sua chefe fizera uma confissão que nem sua chefe de gabinete ouvira antes.

— A senhora nunca me disse que o presidente tem ataques de inconsciência... disse Orvilla com voz controlada.

— Disse a você.

— Não, nunca disse. Disse-me que ele estava "indisposto". "Não disponível." "Tratando de assuntos pessoais." No dia dos mísseis, quando perguntei por que o presidente não estava nessas reuniões, a senhora me disse simplesmente para "ficar quieta".

Jessica Tulrude examinou atentamente sua chefe de gabinete. Um sentimento muito pessoal de raiva caiu sobre ela enquanto avaliava seu dilema político. *Só mais uma pessoa perigosa que, agora, preciso controlar.*

Em seu cubículo no escritório do FBI de Nova York, Gallagher comia um burrito de café da manhã e avaliava suas opções.

A investigação do entrevistador de rádio Ivan, o terrível, estivera fora do seu radar mental por um tempo. Primeiro, porque Miles Zadernack o tinha tirado do projeto. Segundo, porque ele tinha um peixe muito maior para pegar. Mas, agora, Gallagher estava convencido de que Atta Zimler estava nos Estados Unidos. Embora ainda tivesse que responder à pergunta mais importante de todas: por que Zimler se aventurara nesse território tão perigoso para ele?

Tinha de ser algo grande. Ele tinha certeza disso.

Então, recebeu um telefonema no celular de Rocky Bridger. Depois disso, ele teve ainda mais certeza.

Gallagher perguntara-lhe:

— Quem lhe disse para me ligar?

— Meu amigo Joshua Jordan, ele recebeu a dica de outro amigo.

— Esse outro amigo tem um nome?

— Josh não me deu o nome. Só disse que ele atendia pelo título de "o Patriota".

Gallagher ligou com o telefonema ao envolvimento de Rocy Bridger na tortura e morte de seu genro, Roger French. Assassinato que Gallagher ligava a Atta Zimler. Então, Gallagher saiu de seu cubículo e foi depressa para o banheiro masculino a fim de que pudessem conversar sem serem ouvidos.

— Sinto muito por sua perda — disse ele. — Presumo que a polícia da Filadélfia o entrevistou?

— Eles entrevistaram. Não acho que a investigação fez muito progresso.

Assim, Gallagher decidiu ele mesmo fazer algumas perguntas. Afinal, Bridger foi quem lhe telefonou. Ele não violara ativamente a ordem de Zadernack de deixar a investigação de Zimler. Não levou muito tempo para Gallagher conseguir os detalhes da ligação de Bridger com Joshua Jordan. Incluindo suas reuniões regulares com Joshua em um tipo de grupo político, embora Bridger tenha se recusado a se referir à Mesa Redonda pelo nome.

A seguir, Gallagher perguntou:

— Você alguma vez confiou informação ao seu genro, Roger French, sobre Joshua Jordan? A localização da casa dele? Alguma informação comercial dele? Descrição da família dele? Informações particulares como essas?

— Ele sabia que eu fora comandante de Joshua e era um bom amigo da família Jordan. Mencionei algumas dessas coisas em conversas informais. Por quê?

Gallagher não gostava de fazer isso, mas tinha que admitir o óbvio.

— Você falou sobre Joshua Jordan para seu genro. Jordan é um camarada controverso com acesso a poderosas informações de defesa. Depois, Roger French é torturado e morto. Talvez por causa desse tipo de informação. Não tenho certeza de nada, é apenas uma teoria.

Quando Gallagher agradeceu a Bridger por telefonar, sabia que tinha acabado de soltar uma bomba sobre o general aposentado, bem na cabeça dele. Bridger recebeu a bomba como homem. Mas Gallagher imaginou que ele devia estar morrendo por dentro, sabendo que inadvertidamente contribuíra para a morte do genro.

Depois da conversa, o veterano do FBI ficou alguns momentos no banheiro masculino, juntando as peças. Ele tinha seguido as notícias, a maioria das que chegavam às pessoas, sobre Joshua Jordan e seu sistema antimíssil retorno para o remetente. O agente do FBI soubera, a partir da última reunião com Ken Leary na lavanderia, que Zimler estava interessado em conseguir a tecnologia RTS.

Sua situação era torturante. Se ele atirasse toda essa informação sobre Miles, talvez seu supervisor visse a luz. Por outro lado, Miles era um camarada que seguia o livro de regras. Ele tinha a ordem do Departamento de Justiça para parar toda investigação sobre Zimler nos Estados Unidos continental. No fim, não parecia haver muita esperança de que Zadernack confrontaria essa ordem. Mesmo que ele estivesse disposto a pensar nisso, tudo que ele faria seria subir vagarosamente a cadeia de comando. Ir até o chefe de divisão, ao diretor representante, talvez, mesmo, até ao próprio diretor do FBI e, depois, ao Departamento de Justiça e subir a cadeia de comando mais uma vez e assim por diante.

A essa altura, já seria tarde demais. Quantos mais corpos seriam encontrados? Quanto mais sangue seria derramado? Quanta informação de defesa norte-americana seria roubada por um terrorista sociopata?

Gallagher inclinou-se sobre a pia, jogou água no rosto e pegou uma toalha de papel. Quando olhou para o espelho, ele, à visão de seu rosto pálido e côncavo de um idoso agente do FBI perto do fim da carreira, decidiu dar-se um pouco de alento.

É a semifinal do campeonato, John. Jogue para ganhar.

Rocky Bridger ficou abalado com sua conversa com John Gallagher. Ele já começava a sentir a esmagadora avalanche de culpa de que pudesse ter posto o genro em algum tipo de armadilha mortal. Ele também sentiu que precisava avisar Joshua de que podia estar acontecendo alguma coisa.

Mas os dois homens mal tocaram no assunto quando o celular de Joshua tocou. Ele olhou a tela de LCD que dizia: "Escritório de segurança da Universidade Liberty."

Ele pôs Rocky à espera e atendeu ao telefonema.

— Sr. Jordan? — perguntou um homem do outro lado da linha.

— Sim, sou eu.

— Estou com o segurança da escola. Estamos tentando localizar seu filho, Calvin. Há alguma preocupação quanto ao paradeiro dele. Gostaríamos de saber se teve notícias dele hoje.

— Não, a última vez que falei com ele foi ontem. Está acontecendo algum problema?

— Bem, Cal não apareceu no jogo de basquete que tinha com alguns amigos. Estamos também checando um relato de alguns alunos do dormitório dele sobre uma pessoa não autorizada que, aparentemente, entrou no dormitório dele. Olhe, Sr. Jordan, não se preocupe. Tenho certeza de que ele vai aparecer.

Depois desse telefonema e antes de conectar Rocky de novo, Joshua tinha de se recompor. Ele tinha que se restabelecer do sentimento muitíssimo enervante de que algo estava terrivelmente errado. Ele se lembrou no mesmo instante do aviso que Pack McHenry lhe dera sobre "atores estrangeiros" virem atrás dele.

Agora, ele sentia a ameaça o envolvendo. Nos últimos dias, será que ele devia ter focado a segurança de sua família, em vez de travar todas aquelas guerras? Essa situação com Cal fazia parte da ameaça contra ele? O que eles queriam dizer com "pessoa não autorizada" entrar no dormitório dele? E essa levava a uma pergunta ainda mais devastadora que Joshua fez a si mesmo. Sobre sua falha na responsabilidade para com o filho. Essa era uma pergunta que não tinha uma resposta clara nem fácil, mas ela retalhou seu coração.

O que eu fiz?

Cinquenta e seis

No momento em que o avião de Abigail aterrissou no JFK, Joshua telefonou-lhe e explicou que Cal estava desaparecido. Abigail ficou frenética e bombardeou-o com perguntas. Joshua respondeu pacientemente a cada uma delas, às vezes mais de uma vez. Sim, Joshua tentara o celular de Cal, mas ele fora desligado, e a chamada caía direto na caixa postal. Não, a segurança do *campus* não conseguira nada além da investigação inicial: que uma pessoa não identificada e não autorizada, vestindo uniforme de manutenção, fora vista por estudantes entrando no quarto de Cal com um grande carrinho de utilidades pouco antes de ele sumir. Cal devia jogar basquete com os amigos, mas não apareceu.

A segurança da escola tinha perguntado se Joshua queria que a polícia local de Lynchburg fosse acionada. Ele dissera que queria.

Quando Abigail chegou ao hotel e, finalmente, irrompeu porta adentro, Joshua reconheceu no rosto dela a mesma expressão de apreensão ansiosa que ele sentia em seu íntimo. Ele disse que não tivera nenhuma notícia nos últimos vinte minutos depois que conversaram.

Mas quando ele se ouviu dizendo isso, explodiu.

— *Não* vou ficar esperando alguma coisa acontecer — soltou Joshua. — Vou investigar, vou conseguir respostas...

Abigail passou as mãos pelo cabelo, ficou de pé e esticou a mão em direção ao marido como se fosse um guarda em um cruzamento mandando o trânsito parar.

— Não podemos entrar nisso até conseguirmos mais fatos — disse ela. — Podemos criar mais obstáculos para a polícia, terminar atrapalhando-os, em vez de ajudá-los.

Joshua ia dizer alguma coisa, mas esqueceu-se totalmente do que era por causa do barulho que ouviu a seguir.

Seu *Allfone*. Ele atendeu-o.

A voz do outro lado era de homem, mas fora alterada digitalmente. A voz era baixa, metálica e computadorizada.

A voz começou dizendo:

— Não desligue.

— Como você conseguiu este número?

— No celular do seu filho Cal, é claro, Sr. Jordan. Isso não é brincadeira, é para valer. Estou com seu filho.

Joshua acenou loucamente para Abigail se aproximar e ouvir o telefonema.

— Seu filho está seguro... por enquanto — disse a voz — mas se você contatar algum agente da lei, polícia, FBI ou qualquer outro órgão do governo, eu vou saber. E se isso acontecer, então, vou ter de ferir seu filho...

Abigail teve de tampar a boca com as duas mãos para abafar seu choro a fim de que o homem não escutasse.

— Para ser mais específico, se você cometer esse erro — continuou a voz — então, vou pegar uma serra enferrujada e cortar a cabeça do seu filho. E vou filmar enquanto ele grita chamando o pai e a mãe. Depois, posto o filme na VídeoNet para que não só vocês, mas também milhões de pessoas possam ver isso.

A voz terminou dizendo:

— Vou ligar daqui algumas horas. Você vai ter que seguir cuidadosamente minhas instruções se quiser ver seu filho Cal de novo. Agora, Sr. Joshua Jordan, você deve estar preparado para produzir para mim todo documento relacionado com o projeto da arma antimíssil RTS, os princípios da operação a laser, as tabelas de especificação, os desenhos de engenharia, tudo. Quando eu ligar de novo, direi exatamente como você vai me entregar isso.

— Meu filho! — gritou Joshua ao telefone.

— Você não está ouvindo — disse a voz. — Já lhe disse que seu filho está seguro. Por enquanto. Quando ligar de novo, vou mostrar isso para você. Vou lhe dar uma prova de que ele está bem.

A seguir, o telefonema terminou.

Joshua apertou imediatamente a função de busca de seu celular. Mas quando ele fez isso, apareceu simplesmente na tela: "Função não autorizada." Abigail soluçava.

Joshua estava furioso. Ele gritava e dava murros no ar. Mas debaixo de sua raiva havia uma profunda corrente de terror e dor. Ele queria ficar cara a cara com a pessoa a odiar e a esmagar, em vez de enfrentar uma voz eletrônica. Quando estivera na Divisão de Operações Especiais da Força Aérea, fora treinado a jogar bombas, com exatidão mortal, sobre alvos clandestinos incrivelmente hostis. Mas onde estava seu alvo agora? Ele fora treinado em habilidades para sobreviver e nos princípios básicos do combate corpo a corpo se caísse atrás das linhas inimigas. Mas onde estavam as linhas agora? Quem era o inimigo?

Em meio às lágrimas, Abigail conseguiu dizer:

— Precisamos planejar isso...

— Precisamos matar esse monstro, seja ele quem for! — gritou Joshua, apontando para o celular.

— Precisamos salvar nosso filho.

Joshua aproximou-se da esposa, e ela caiu nos seus braços. Eles ficaram abraçados, em um silêncio no qual dava para ouvir a batida do coração.

A seguir, Joshua soltou-a e disse:

— Estamos desperdiçando tempo.

— O que... o que vamos fazer? — disse Abigail. — Ele disse que sabe se contatarmos as autoridades. Não podemos correr o risco.

— Ouça, eu estava ao telefone com Rocky Bridger quando o pessoal da segurança da universidade me ligou para falar do Cal. Quando nos conectamos de novo, Rocky explicou-me algo. Por sugestão de Pack McHenry, o Patriota, contei a você e disse ao Rocky para ligar para um agente do FBI chamado Gallagher. Rocky disse que depois de falar com o agente, ele, agora, sente que a morte do genro está de alguma maneira ligada a mim e aos documentos do projeto RTS.

— O que você está dizendo?

— Não sei. Não sei. Talvez tenhamos que pensar junto com o Rocky. Talvez consigamos juntar todas as peças.

— E fazer o quê? Esse maníaco está com nosso filho. Ele está dando as cartas.

A resposta de Joshua tinha uma determinação que a esposa nunca vira antes.

— Vou salvar meu filho, independentemente do que seja preciso fazer.

— Josh, ele está realmente seguro por enquanto...? — a voz dela apagou-se; ela estava sufocada de dor.

Joshua segurou-a gentilmente pelos ombros e olhou-a nos olhos.

— Acredito que ele está. Realmente acredito. O sequestrador precisa nos dar a prova de que ele ainda está vivo. Nesse momento, ele está seguro. Ele tem de estar.

Abigail enxugou as lágrimas e anuiu com a cabeça.

— Precisamos que Rocky venha até aqui — disse Joshua. — Imediatamente. Temos que telefonar para ele. Mas não do meu celular. Agora, o sequestrador sabe o número do meu celular protótipo e pode estar rastreando minhas ligações. Não posso mais me dar ao luxo de confiar no meu *Allfone* de alta segurança.

— Não podemos usar o meu também pela mesma razão — disse Abigail. — Vou ao centro empresarial do hotel no segundo andar e uso o telefone de lá. Eles têm áreas privativas de trabalho. O que devo dizer ao Rocky?

— Que precisamos dele aqui no hotel o mais rápido possível. E que ele não diga a ninguém para onde está indo, pois nosso filho está em perigo. E que isso tem que ver com as coisas que ele me contou hoje cedo.

Abigail parou por um segundo antes de sair. Ela tremia. Ela disse algo, uma oração ou algo assim, talvez só um desabafo do fundo do coração, Joshua não tinha certeza. Mas Abigail parecia dizer isso a partir do oco, do vazio da sua dor. E também havia uma estranha determinação na maneira como ela disse isso.

— Não seja feita a minha vontade, mas a tua vontade.

A seguir, ela saiu rapidamente da suíte do hotel e fechou firmemente a porta atrás de si ao sair.

Quando ela saiu, Joshua pegou o cartão do Patriota com o telefone de Pack McHenry. Ele olhou fixo para o cartão por um longo tempo, tentado a entrar em contato com ele. Até finalmente decidir que não deveria fazer isso.

Nada de movimentos intempestivos. A vida de Cal estava em risco.

Cinquenta e sete

Cal Jordan começava a recuperar a consciência. Ele adivinhou que estava em um veículo em movimento. Uma perua ou um utilitário. Estava deitado em uma superfície dura com um capuz preto na cabeça e fita adesiva sobre a boca. As mãos e os pés estavam amarrados tão apertados que parecia que a circulação era cortada lentamente.

Quando sua cabeça clareou, Cal teve consciência da dor entorpecedora do lado esquerdo do pescoço. E sentiu algo gotejar no local em que sentia a picada de uma agulha. Ele não sabia nada sobre a droga Nembutal, mas tinha certeza de que estava sentindo os efeitos posteriores de ela ter sido injetada nele. Pior ainda era a forte dor de cabeça que martelava seu crânio como uma perfuratriz.

Depois de avaliar a dor e a confusão, estabeleceu-se o medo. *O que está acontecendo? Eu estava... no meu dormitório. Alguém estava lá comigo. Alguma coisa sobre lâmpadas... no teto... estávamos olhando para o teto. Como cheguei aqui? Está certo, estou amarrado. Em uma perua ou algo assim. Tinha um camarada no meu quarto. Ele deve ter feito isso. Preciso me livrar. Agora.*

Cal lutava, mas era impossível se mexer. Não só seus pulsos e pernas estavam amarrados juntos, mas seu pescoço, seu torso e pernas estavam amarrados ao chão da perua. Quando ele tentou se livrar, sua respiração ficou forçada. Ele tinha dificuldade em inspirar o ar por causa da fita na boca e tentou respirar pelo nariz, mas quanto mais freneticamente ele tentava, mais ficava em pânico, e hiperventilou e quase desmaiou.

Houve a sensação de movimento e o som de estrada debaixo dos pneus, de brecada e parada momentânea. Depois, o carro começou a andar novamente.

Por um momento, quando pensou que a perua pararia, Cal sentiu-se um tanto esperançoso de que logo tudo terminaria. Mas com a mesma rapidez, sua percepção mudou para algo tenebroso e assustador. E se ele tivesse apenas passado diante de espelhos deformantes de uma casa de diversão?

O que vai acontecer quando o carro parar? Fui sequestrado, mas por quem? O que eles querem? Dinheiro. Mamãe e papai vão pagar o resgate por mim. Vou ficar bem. Só não posso olhar para os sequestradores — estou bem, contanto que não consiga identificá-los.

A perua começou a diminuir a marcha de novo. E parou.

Mas, dessa vez, o motorista estacionou-a e desligou a chave.

O coração de Cal batia tão alto em seu peito que ele se perguntava se não estava fazendo eco na perua.

Naquele segundo, algo ficou claro para Cal. Suas pressuposições a respeito da própria fé, agora, começavam a se espalhar sobre uma mesa de terror. Tudo que ele achava que sabia sobre Deus e seu relacionamento com um Salvador que guiava seus passos e habitava em sua vida; tudo isso era testado agora no exato centro do fogo. Ele sobrevivera ao tumulto da população enlouquecida na estação de trem no dia dos mísseis, mas nem aquilo se comparava a isso. Nada se comparava a isso.

Ele convocou seu simples conhecimento de que existia um Senhor invisível. Ele, com certeza, ouviria seu clamor e responderia a ele. Ele formou as palavras na boca e disse-as silenciosamente. *Oh, Deus, protege-me. Por favor.*

Um minuto depois, ouviu o som de portas duplas abrindo na traseira da perua.

Alguém estava entrando nela. A seguir, as portas foram fechadas. Mesmo com o capuz preto na cabeça, Cal podia ver uma luz brilhar em toda a parte de trás da perua em que estava amarrado no chão.

O capuz foi puxado, e a fita adesiva foi tirada da sua boca arrancando os fios de barba de seu lábio superior.

Alguém o olhava fixamente, iluminado por trás pela claridade dolorosa de uma lâmpada de fotógrafo.

— Vou lhe dar um minuto para se acostumar com a luz — disse Atta Zimler.

Cal achou que podia reconhecer a voz. Soava como a do homem da manutenção que fora ao seu dormitório. A seguir, ele conseguiu ver melhor a cara do homem. Sim, era ele mesmo.

A seguir, Cal viu que o homem armara um tripé com uma filmadora portátil nele. Zimler segurava a separata de dois jornais *online*.

— Cal Jordan — disse Zimler com estranha indiferença. — Você vai fazer um filminho para seu pai. Você tem que dizer seu nome no vídeo da câmera e a data de hoje. E que você não foi ferido. Depois, quero que você implore por sua vida. Porque se seu pai não me der o que quero, vou matar você, Cal. E vou filmar tudo e pôr sua execução na VídeoNet para que milhões de pessoas se divirtam com ela. Você entendeu o que acabei de lhe dizer?

Cal estava aterrorizado e não conseguia falar, mas anuiu com a cabeça.

— Diga em voz alta — gritou Zimler na cara dele. — Diga que você me entendeu!

— Entendi você.

— Bom — disse Zimler com estranho deleite na voz. Depois, Zimler acrescentou. — Sabe, Cal, isso vai ser muito interessante — e sorriu para Cal. — Você sabe por quê?

Cal ainda estava em choque de tanto medo e só conseguiu sacudir a cabeça negando.

— Vou lhe dizer a razão para isso — explicou Zimler. — Porque quando isso acabar vamos descobrir algo importante sobre seu pai, o grande Joshua Jordan. Realmente quero saber... o que ele ama mais: seu filho ou seu país?

A menos de duas horas de caminhada do local em que Cal estava na traseira da perua de Zimler, o destino legal de Joshua Jordan era discutido. No prédio da corte federal em Washington, D.C., Harry Smythe tinha se esforçado para conseguir uma breve audiência com a juíza Jenkins. Só um procurador federal assistente representando o Congresso se deu ao trabalho de aparecer.

— Estou pedindo — disse Smythe — que a senhora revogue a ordem de prisão contra meu cliente, Sr. Jordan. A base para a ordem, de que ele ignorara uma intimação legal emitida pelo comitê do Senado dos Estados Unidos, agora é discutível porque essa intimação foi revogada pelo senador Straworth, o presidente do comitê. Também gostaria de enfatizar que o governo não faz objeção ao nosso pedido.

— Tudo isso é muito interessante — replicou a juíza — mas nada disso me obriga a mudar minha decisão. Tenho a liberdade de executar minha ordem de prisão independentemente da validade da base original para a acusação de desacato. O senhor é um bom advogado, e tenho certeza de que reconhece o que estou dizendo.

— Reconheço — disparou de volta Smythe. — Mas equidade e justiça...

— É algo para eu decidir — disse a juíza Jenkins, terminando a sentença dele. — E decidi que essa corte precisa se convencer de que Joshua Jordan possui o devido respeito à regra da lei. Sobretudo à luz de seu desafio ao Congresso e à desconsideração com essa corte. Gostaria de conversar pessoalmente com o Sr. Jordan aqui em minha corte. Ele está aqui?

Smythe sacudiu a cabeça e preparou-se para outra humilhação.

— Não, ele não está, Vossa Senhoria.

Harry Smythe telefonara para Joshua mais cedo a fim de sugerir que ele comparecesse à audiência da corte com ele, mas o telefonema caiu na caixa de mensagem. Ele deixara uma mensagem, mas não teve retorno de Josh, o que era incomum. Smythe, agora, não tinha como explicar para a juíza e tinha poucos argumentos para acalmá-la.

A juíza Jenkins levou um minuto para se recompor, mas não conseguiu esconder totalmente sua fúria.

— Se seu cliente não tem respeito por essa corte para vir pessoalmente pedir a revogação da ordem de prisão, então não tenho obrigação de revogá-la.

— Mas, juíza, a senhora deixou a mim e ao meu cliente em um dilema irremediável — queixou-se Smythe.

— Isso é problema de vocês — reagiu a juíza Jenkins. — A ordem de prisão continua com força e efeito plenos. Já ordenei que um pequeno exército de agentes federais procurem e prendam o Sr. Jordan. Tenha um bom dia, Sr. Smythe.

Cinquenta e oito

Rocky Bridger, como general aposentado, tinha diversos amigos que possuíam helicóptero. Em pouco tempo, ele conseguiu um que o levasse de helicóptero até Manhattan. Eles alugaram um heliporto no quarteirão do Palace Hotel.

Durante as duas horas de espera pela chegada de Rocky, Joshua e Abigail permaneceram congelados no quarto do hotel, sentados próximo do celular de Joshua.

Mas não houve nenhum telefonema.

A seguir, Abigail virou-se para Joshua e fez uma sugestão surpreendente.

— Você quer Rocky aqui — começou ela — para que ele nos ajude a imaginar a logística prática dessa situação terrível. E concordei. Mas agora eu quero mais alguém aqui para me ajudar a imaginar algo.

— Imaginar o quê?

— A logística espiritual — disse ela. — Preciso do pastor Paul Campbell aqui comigo.

— Abby, isso é realmente necessário? — descarregou Joshua. Ele estava consumido mentalmente pela situação de Cal e de como resgatá-lo. Joshua não precisava de interferência de fora. — Precisamos manter isso restrito a um círculo pequeno de pessoas em quem podemos confiar.

— Por isso, preciso do meu pastor aqui. Ele é confiável.

— Olhe, essa não é uma situação para pastor. Estamos em uma guerra aqui...

— Então, considere-o o capelão do campo de batalha. Essa é a coisa mais assustadora que já enfrentamos. Pior que suas missões de espionagem. Estamos falando sobre a vida do nosso filho. Nosso filho... As decisões que tomarmos aqui podem salvá-lo ou matá-lo. Por favor, Josh, por favor, entenda...

Nesse momento, Rocky Bridge interfonou para a suíte deles e disse que estava subindo.

Joshua virou-se para Abigail. O bonito rosto de sua esposa estava deformado pela emoção. Ela era uma mulher inteligente, mas, mais que isso, ela tinha o hábito de ser direta em relação às coisas pelas quais era mais apaixonada.

— Está bem — disse Joshua para Abigail. — Telefone para o pastor Campbell. Só diga a ele que temos um assunto pessoal urgente para discutir com ele e que precisamos que venha aqui. Mas ele não pode dizer para ninguém onde está indo nem a razão por que está vindo aqui.

Ela sorriu e limpou as lágrimas com a parte de trás da mão.

Então, Joshua insistiu de novo:

— Espero que o camarada mantenha a boca fechada.

A campainha da porta tocou, Rocky Bridger estava de pé à porta. Abigail cumprimentou-o com um longo abraço, agradecendo-lhe por vir, depois passou depressa por ele a caminho do centro empresarial do hotel para telefonar para o pastor Campbell.

Quando Joshua estendeu sua mão, de repente, foi golpeado pela percepção de que Rocky parecia menor e mais velho enquanto os dois apertavam firmemente as mãos e ficavam ali por um longo momento.

Eles estudavam a angústia um nos olhos do outro. Rocky acabara de perder um genro e viera de uma casa em que tentava confortar sua filha e neta, ambas de coração partido. Agora, o filho de Joshua era feito refém — sua vida estava sob ameaça. E parecia claro que os trágicos ataques estavam relacionados. Os dois tinham ligação com a tecnologia do RTS de Joshua. Esse era um preço com o qual Joshua não tinha contado.

Joshua contou a situação de novo para ele, dessa vez com detalhes, sobre a informação da equipe de segurança da universidade e, depois, o que o sequestrador dissera ao telefone.

— E o sequestrador não o contatou mais? — perguntou Rocky.

— Não, ele só disse para esperar seu telefonema.

— Vamos ser diretos aqui, Josh. Não sou especialista em situações com refém. Você sabe que...

— Não é do que me lembro. Lembro a situação do aviador derrubado no Equador e capturado pelos rebeldes da FARC, você conseguiu resgatar o camarada sem percalços...

— Tive muita ajuda...

— Você ainda é o melhor homem que conheço em situações de crise.

— Bem, então você está disposto a aceitar algum conselho deste velho general?

— Você sabe que sim.

— Você precisa espalhar sua rede um pouco mais.

— Como?

— Sei que você está preocupado que alguém esteja ajudando esse criminoso.

— Ele tem conexões muito boas. Meu amigo, o Patriota, disse que interesses estrangeiros estavam atrás de mim por causa do RTS. E achamos que esse lunático torturou seu genro para conseguir informação sobre minha família. Depois, ele pegou meu filho. As pistas vão do dormitório do meu filho até alguns terroristas internacionais que, provavelmente, estão orquestrando isso.

— Não estou exatamente dizendo que devemos chamar o FBI e relatar um sequestro...

— O que então?

— É um cenário como o de 11 de setembro — disse Rocky. — A falha em coordenar os recursos de inteligência pode ser desastrosa. Acho que precisamos trazer para esse assunto aquele camarada que você me indicou, o Gallagher. Ele parece estar trabalhando nisso a partir de outra direção. Gallagher está perseguindo um suspeito e não sabe onde ele vai atacar a seguir. Gallagher só sabe que aponta em sua direção. Essa pode ser a ligação.

— E se ele se sentir obrigado a relatar o fato ao comando, e isso vazar para os contatos do sequestrado, sejam eles quem forem, esse é um risco que acho que não podemos correr.

— Tudo que sei é que depois de conversar com o agente John Gallagher tive esse sentimento.

— Sobre o quê?

— Passei minha carreira inteira dando e recebendo ordens — disse Rocky. — *Muita* ordem mandando voltar ao início. Depois, você consegue seus galões, a seguir algumas estrelas e fitas e, finalmente, você dá mais ordens do que as recebe. Tudo isso desce a cadeia de comando. Reconheci esse tom quando falei com o agente Gallagher. O camarada não gosta exatamente de cumprir ordens, não ao pé da letra, mas ele ainda tenta não lutar contra ela. Mas ele está ali, no perímetro exterior. Com os pés na beira do precipício.

— Então, você acha que precisamos trazê-lo para isso?

— Sim, acho que ele sabe quem matou Roger. Também acho que tem ideia de quem é o sequestrador. Provavelmente, o mesmo animal fez as duas coisas. Gallagher tem a visão global, ao contrário dos detetives locais que me entrevistaram. Gallagher sabe muita coisa, apostaria minha aposentadoria nisso.

— Então a questão é: o sequestrador vai descobrir?

— E se ele descobrir?

— Não, não, daí ele mata Cal...

— Talvez não.

— Não posso sequer correr esse risco.

— Cal corre o mesmo risco se você contatar Gallagher ou se não fizer isso.

— Mas tenho que seguir o que sei. A pessoa que telefonou disse para não contatar a polícia nem o FBI.

— Mas se Gallagher estiver lá fora, como penso que está, talvez ele persiga o assunto de uma maneira discreta, de maneira isolada — disse Rocky. — Nesse caso, diminui a chance de que esse horrendo sequestrador descubra alguma coisa. E se ele for o mesmo monstro que matou Roger... então quero que o agente Gallagher saiba o que sabemos. Quero que Roger seja vingado tanto quanto sei que você quer que Cal seja salvo.

— Você realmente acha que podemos arriscar a trazer Gallagher para isso? — perguntou Joshua mais uma vez. Ele estava de olhos fechados enquanto tentava calcular o incalculável, imaginando o filho em uma laje de sacrifício. Um movimento errado, e a lâmina cairia, e o sangue começaria a fluir.

— Acho sim — disse Rocky. Não havia sombra de hesitação em sua voz.

— E eu concordo.

Joshua abriu os olhos e viu Abigail de pé na entrada da grande sala da suíte do hotel.

— Acho que o agente Gallagher, até aqui, provou ser digno de confiança até o momento, seja quem ele for — disse ela. — Precisamos de ajuda de fora nisso. Não podemos deixar a segurança de Cal apenas por nossa conta. Esse sequestrador já matou Roger. Talvez outros que não sabemos. Assim que ele conseguir o que quer de você, Josh, não há garantia de que ele vai deixar Cal ir embora.

— Então, estamos falando em correr risco calculado... com a vida do nosso filho — disse Joshua.

— Isto é tudo o que temos para continuar — disse Rocky.

Abigail acrescentou o que pensava.

— Isso... e o poder da oração.

Joshua olhou nos olhos da esposa. Debaixo de sua dor e medo, ela ainda tinha um tipo de calma, e isso o chocou até o âmago do seu ser. Ele deu uma olhada em Rocky. Mas um pensamento atormentava Joshua desde o início, estava à espreita e, agora, viera à tona.

Ele procurou no bolso e encontrou o cartão do Patriota, Pack McHenry.

Mas antes que pudesse dizer o que tinha em mente, foi distraído por um som distintivo.

Ele virou-se para olhar direto no lugar em que seu *Allfone* estava.

Ele estava tocando.

Cinquenta e nove

Joshua agarrou o *Allfone* e o atendeu.

Na tela estava escrito: "Mensagem de vídeo. Sim? Não?"

Joshua apertou o sim na tela.

Abigail e Rocky olhavam quando a imagem começou a carregar.

Era Cal. Eles só podiam vê-lo dos ombros para cima. Ele estava sentado contra um pano de fundo liso. E havia terror nos olhos dele.

A seguir, ele levantou a versão impressa de dois jornais *online*, um em cada mão.

Um era o *Washington Post* e o outro era o *Boston Herald*. A câmera aproximou a imagem do cabeçalho e os dois tinham a data daquele dia.

Depois, Cal abaixou os jornais e olhou para o lado como se estivesse recebendo instruções.

Ele curvou-se para o lado e sussurrou algo para uma pessoa que não dava para ser vista.

Então, em um instante, uma mão voou no quadro e bateu no rosto de Cal, ele gritou e começou a sair sangue do seu nariz.

Abigail gritou.

Joshua estava de pé com o punho cerrado, seu rosto estava contorcido de raiva. *Por que você não vem direto a mim, seu verme deformado! Deixe-me pôr as mãos em você.*

A seguir, na tela pequena, Cal recompôs-se e com um rio carmesim saindo das duas narinas, ele olhou para a câmera.

— Não estou ferido — disse ele com uma voz perto da monótona, como se seguisse um roteiro. — Estou sendo mantido refém. Por favor, façam exatamente o que essa pessoa pede. Estou implorando por minha vida. Mamãe e papai, exatamente como vocês foram informados, se você não der a informação sobre o RTS, eu vou ser morto. Minha morte será postada na internet...

Nesse momento, Cal engasgou com as palavras e teve de parar. A seguir, ele respirou fundo e terminou.

Olhando direto para a câmera, Cal transmitiu a mensagem final.

Mas essa não estava no roteiro.

— E papai, tenho algo para lhe dizer. Quero dizer que sinto muito não ter dito que o amava em nossos últimos telefonemas. Sinto muito por isso porque realmente o amo...

Mas ele foi interrompido por um punho que atravessou a tela de novo e o esmurrou de novo no rosto, ele caiu fora do quadro do filme.

Dois segundos depois, a imagem no celular ficou escura e o telefonema terminou.

Abigail lutava para controlar seu choro. Rocky soltou um longo e angustiado suspiro.

Mas Joshua, ainda fervendo de raiva com a pessoa que batera em seu filho, sentia-se mais e mais como se seu mundo estivesse em uma avalanche na encosta da montanha. E ele perguntava-se se tinha algum poder para pará-lo.

O piloto de teste e herói da espionagem de avião que desafiara o medo e enfrentara perigos sem paralelo sentia-se subjugado por uma onda de terror e de desamparo.

A seguir, Joshua limpou a garganta e começou a falar; sua voz falhou um pouco.

— Ainda temos que receber instruções...

— Sobre como ele quer que sejam entregues os dados do RTS... — Rocky terminou o pensamento.

Abigail fez a pergunta óbvia que estava no ar, enchendo a sala.

— Ele vai matar Cal? Vai? Diga-me...

Nenhum dos homens falou nada.

— Sei que essa não é uma pergunta justa — disse ela. — Mas não me *importo* com o que é justo. Preciso saber...

— É uma coisa difícil com aquele cara batendo no Cal daquele jeito na câmera — disse Rocky. — Aquilo foi para você, Josh. Ele sabe que você é militar. Ele acha que você precisa ver que ele pretende realmente levar a cabo as ameaças que fez. Foi apenas uma demonstração de força, isso é tudo. Acho que Cal ainda está bem.

— Rocky — disse Joshua — você está com o seu celular?

Ele estava.

— Ótimo — continuou Josh — você telefona para Gallagher do seu telefone. Depois de pô-lo a par do assunto, você me passa o telefone.

O agente especial John Gallagher estava em seu cubículo quando recebeu o telefonema.

— Aqui é o general Bridger.

Gallagher saiu depressa em direção ao banheiro masculino, tentando não fazer contato visual com a secretária de Miles Zadernack. Mas ele, quando voou para dentro do banheiro, viu dois pares de pés em cada uma das duas cabines. Ele saiu de novo e desceu o corredor.

— Não posso falar muito desse lado — disse Gallagher com voz apressada e tentando sorrir casualmente e acenando com a cabeça para os agentes que passavam por ele no corredor. — Você fala, não vou falar muito.

Rocky Bridger passou-lhe um breve resumo. O filho de Joshua fora pego como refém; o camarada no comando queria os documentos do RTS em troca do rapaz. Ele transmitira o vídeo com Cal segurando dois jornais do dia como prova de vida. A seguir, Rocky passou o telefone para Joshua.

— Você falou com a polícia ou o FBI? — perguntou Gallagher.

— Não, esse camarada nos deu ordem expressa para não fazer isso ou ele mata meu filho. Achamos que ele tem informação de dentro.

John Gallagher replicou:

— Isso é rotina — depois ele acrescentou. — Ouça, a posição oficial do Bureau em casos de sequestro é a seguinte: quando o sequestrador diz para não chamar policiais ou algo parecido, em geral está blefando. Ou se não está, ainda sentimos que podemos mantê-lo na ignorância até ser muito tarde para ele...

Mas o agente do FBI sabia que estava apenas dando uma resposta do guia. Na maioria das situações de refém, o camarada mau não tem nada a perder ao fazer esse tipo de exigência. Mas esse caso estava longe do guia de orientação. Gallagher tinha o péssimo pressentimento de que havia algo muito podre em algum ponto do alto escalão do governo dos Estados Unidos. A prova A fora a enlouquecedora ordem dada a Gallagher, o especialista número um do Bureau em Atta Zimler, para ficar fora da investigação da entrada de Zimler nos Estados Unidos. Os camaradas que o contrataram, independentemente de quem eram eles, tinham esse tipo de influência?

— Talvez, mas não podemos arriscar. Rocky acha que você conhece esse camarada. Isto está certo?

— Não tenho certeza se posso contar isso para você...

— Precisamos de ajuda. Recebemos esse vídeo que prova que meu filho ainda está vivo. Você pode nos ajudar?

— Não tenho certeza — confessou Gallagher.

— Por favor...

— Alguma instrução a respeito da entrega?

— Não, ainda não. Esperamos alguma instrução para breve.

Houve um silêncio.

— Telefone-me quando receber as instruções.

Joshua sentia-se desesperado.

— Agente Gallagher, é isso? Isso é tudo que pode dizer? Tudo o que você vai fazer?

— Bem, vamos pôr dessa maneira — replicou Gallagher. — Bem, isso é tudo que vou *dizer*...

A seguir, Gallagher desligou o telefone e voltou para seu cubículo.

Ele esfregou a testa por um momento. Seu peito queimava, e ele queria ter um pouco de leite para acalmar sua agitação. Talvez houvesse algo no refeitório. Ele foi até lá e abriu a porta da geladeira. Ele estava com sorte.

Havia um pacote quase vazio de leite no fundo da geladeira. Ele levou-o aos lábios. *Acho que vou evitar examinar a validade.*

Mas quando ele tomou o último gole, sua mente rodopiava.

As peças do quebra-cabeça mostraram a Gallagher que Zimler estava trabalhando nessa missão do RTS a partir de uma base de operações estrangeira, começando em Bucareste. Ele tinha que presumir que Zimler fora contratado por alguns camaradas internacionais extremamente influentes. E eles podiam ter algumas ligações poderosas nos Estados Unidos.

Gallagher sentia que só tinha uma chance de ajudar os Jordans. E de ir atrás de Zimler. Mas tudo isso tinha que ver com o próximo movimento de Zimler, e Gallagher tinha um palpite bastante bom de qual seria esse.

Gallagher ainda segurava o pacote vazio de leite na mão enquanto olhava o lixo a 1,5 metro dele. Mas sua concentração foi quebrada por uma voz.

— Sei o que você está pensando...

O comentário veio de Miles Zadernack. Ele estava no refeitório pegando uma xícara de café. Gallagher deu-lhe um débil sorriso.

A seguir, Miles mudou de assunto.

— Soube que você se inscreveu para a aula de profissionalismo.

— Isso mesmo, Miles, eu me inscrevi.

— Isso é bom.

Miles ficou lá com sua xícara de café, olhando como se ainda tivesse algo em mente. Gallagher estava com o celular em uma mão e a caixa de leite na outra, perguntando-se se seu supervisor conseguia ler sua mente.

A seguir, Miles acrescentou:

— Agora, John, posso lhe dar um aviso sério? Sei o que você está planejando. Posso dizer o que você tem em mente neste momento...

Gallagher disse:

— Hein?

Mas por dentro, ele estava realmente preocupado que a dança tivesse acabado. Que Miles tivesse descoberto que ele ainda perseguia Zimler. Ele preparou-se para ouvir isso.

Miles deu um sorriso forçado e demorado. Os dois homens ficaram ali olhando um para o outro.

A seguir, Miles disse:

— Isso mesmo, toda vez que você tenta jogadas de longe com a caixa vazia de leite ou com a caixa com os restos de cachorro-quente ou qualquer outra coisa, você não acerta a lata de lixo. E, nesse processo, derruba comida no chão. Não é justo fazer outra pessoa limpar depois. Todos nós temos a obrigação de manter esta sala arrumada. *Profissionalismo*, lembra-se?

Gallagher anuiu, e Miles Zadernack pegou sua xícara de café e saiu do refeitório.

Agora, sozinho, Gallagher virou-se e da distância de 1,5 metro arremessou a caixa vazia de leite em um lance espetacular. *Xuá*!

— Três pontos — disse Gallagher para si mesmo.

Sessenta

Trinta minutos depois, na suíte de Joshua no Palace Hotel, o celular dele tocou de novo. Ele pegou-o e o pôs no viva-voz. Ele ouviu mais uma vez a voz distorcida e digital do sequestrador.

— Seu filho está um pouco fraco — disse a voz. — Ele não lida bem com a dor. Espero, por ele, que você decida cooperar comigo.

— E espero por você — disparou Joshua de volta — que eu não o pegue sozinho em uma sala.

— Você é um baita herói norte-americano. Que tal eu matar seu filho agora mesmo, Sr. Herói? Isso seria bom? Você gostaria de ouvi-lo gritar mais?

Abigail acenava freneticamente para Joshua e formava as palavras *não, não, não* com a boca.

Zimler continuou:

— Agora, falemos de negócios. Você vai entregar seus documentos do projeto do sistema RTS. E se certificar de que eles expliquem duas coisas. Primeiro, o método de imagem de espelho que o laser usa para captar a trajetória do padrão de voo sobre a informação interna do computador do míssil lançado. Segundo, quero ver o sistema reprogramando remotamente essa trajetória em 180º.

— Como devo entregar isso a você? — perguntou Josh.

— Você vai me enviar tudo por *e-mail* em um endereço criptografado que vou lhe dar. Quando meus especialistas analisarem os documentos e me disserem que estão completos, vou soltar seu filho.

Joshua não hesitou nem um segundo. Ele disparou de volta.

— Não posso fazer isso.

— Tenho seu filho. Lembre-se disso. Você não tem escolha.

— Não — estalou Joshua — você entendeu errado. Os arquivos são muito grandes para passar por *e-mail*. Se você quiser os documentos do RTS, combinamos um local de encontro. Uma troca. É assim que isso vai ser feito.

Abigail estava chocada, e com os olhos arregalados de assombro.

Mas Rocky Bridger anuía com a cabeça.

Houve silêncio a seguir. E o silêncio do outro lado durou tanto tempo que todos temiam que a pessoa tivesse desligado.

Uma sensação de pânico começou a surgir em Joshua. E se ele tivesse acabado de detonar a negociação? E se o sequestrador decidisse cancelar tudo? Então, a vida de Cal não teria nenhum valor para o sequestrador. O que queria dizer que Joshua só deixara Cal um passo mais perto de uma execução.

De repente, o silêncio foi interrompido pelo som de um grito de Cal ao fundo.

Foi quando a voz digital voltou.

— Seu filho está chorando porque acabo de quebrar um dos seus dedos com um alicate. Pensei em cortar o dedo fora, mas não quis me dar ao trabalho de mudar minhas roupas para vestir as de açougueiro.

Joshua encorajou a si mesmo: *Fique firme, homem. Temos que ser mais espertos que esse camarada.*

Abigail cobriu o rosto e soluçava em silêncio.

— Se você tentar bancar o durão de novo e fizer exigências, então vou começar a cortar partes do corpo. Agora, escute-me... vamos fazer o seguinte: você vai salvar os documentos em um *pen drive*, colocá-lo em uma pasta à prova de fogo e ir até a Grand Central Station em exatamente duas horas e meia. Quando você estiver lá, vou telefonar para você e dar mais instruções.

— E o meu filho?

— Você vai receber prova de que ele ainda está vivo. Mas você também vai ver exatamente como ele vai morrer se não me obedecer.

A seguir, Zimler acrescentou:

— Mas antes de qualquer coisa, você vai provar que pode me entregar o que quero. Portanto, pegue uma caneta e esteja preparado para escrever.

— Estou à espera.

Então, Zimler deu-lhe um endereço de *e-mail*.

— Você vai enviar dois documentos do RTS para esse endereço. Se você não me convencer de que tem o que quero, então vou lhe dizer onde encontrar o corpo do seu filho e desapareço.

A seguir, ele desligou.

Rocky virou-se para Abigail e disse:

— Josh agiu com perfeição. Sei que você estava preocupada...

— O que acaba de acontecer? — perguntou ela brava.

— Abby, tinha que fazer isso — disparou Josh de volta. — Não podemos arriscar fazer essa transação com alguma entrega eletrônica à distância...

— Se você começasse a entregar tudo por *e-mail* — disse Rocky — Cal não teria nenhuma chance. A única esperança é manter esse verme encurralado. Mantê-lo em aquartelamento limitado. Na mira. Forçá-lo a fazer uma mudança. Quanto mais próximos ficamos desse camarada, mais próximo ficamos de Cal.

Joshua telefonou de novo para o agente Gallagher do celular de Rocky, e quando ele atendeu, Joshua disparou:

— O sequestrador acaba de ligar. Ele queria tudo por *e-mail*. Disse que não... exigi uma troca cara a cara. A coisa do RTS pelo meu filho.

— Bom movimento da sua parte. Esperto...

— Então, ele disse que a entrega vai ser na Grand Central Station. Devo estar lá em duas horas e meia com os documentos do RTS. Então, vou receber mais instruções. Mas parecia que ele já tinha essa ideia de entrega em mente...

— Dois passos à frente. Essa é exatamente a maneira como esse camarada trabalha...

— Você o conhece?

Gallagher não mordeu a isca, mas perguntou:

— Mais alguma coisa?

— Sim, ele quer que eu passe por *e-mail* dois documentos do RTS só para provar que posso entregar o que ele quer.

Joshua deu-lhe o endereço do *e-mail* criptografado, e Gallagher escreveu-o.

— Então, você vai enviar o *e-mail*? — perguntou o agente.

— Tenho alguma escolha?

Gallagher não se incomodou em dizer o óbvio. Que quaisquer documentos do RTS que Joshua enviasse provavelmente seriam confidenciais.

— Está bem. Vou fazer o que puder — disse Gallagher.

— Preciso ouvir mais que isso — replicou Joshua.

— Também gostaria se estivesse no seu lugar — respondeu ele. — Você vai ter que confiar em mim. Saiba apenas que vou estar vendo quem o está seguindo. Não me peça para explicar.

Depois de desligar, Joshua tinha o sentimento pesado de que talvez Cal estivesse além do seu alcance, além de sua habilidade de salvá-lo. Mas ele ainda tinha mais um telefonema para dar e não hesitou por um segundo sequer.

Quando ele discou o número, o homem do outro lado da linha simplesmente respondeu:

— Patriota.

— Pack McHenry?

— Quem está falando?

— Joshua Jordan.

— Parece sua voz.

— Preciso de ajuda. Temos uma emergência...

— Interessante, porque estávamos para telefonar para você — disse McHenry.

— Por quê?

— Acabamos de receber uma informação confiável de que agentes federais estão a caminho do seu hotel. Na verdade, é provável que eles já estejam aí.

— Agentes federais?

— Isso mesmo, para levá-lo em custódia. Eles receberam uma ordem de prisão de uma juíza federal.

— Isso não pode estar acontecendo.

— Mas, está. Conte com isso.

Joshua disse:

— Tenho um problema com meu filho. De vida ou morte. Ele está sendo mantido refém... Tenho que sair deste hotel...

— De jeito nenhum. Você vai correr direto para eles. Tenho certeza de que estão espalhados por todo o terreno do hotel.

— Não posso me dar ao luxo de ser preso. Meu filho precisa de mim...

— Você disse... *mantido refém*?

— Vou explicar tudo.

— Primeiro, passe-me o número do seu quarto no hotel.

Joshua deu o número para ele, e McHenry disse que ligaria de volta para ele em exatamente dois minutos.

A seguir, ele perguntou:

— A propósito, em que andar você está?

— Estamos no 25º andar...

— Acho que vai funcionar...

— O quê?

— Apenas fique no quarto. Não abra a porta para ninguém... só para um camarada de entrega com uma caixa com o seguinte dizeres: "Entrega do correio para o Sr. Joshua Jordan." Se disser isso, abra a porta, pegue a caixa e abra-a. E quanto ao seu filho...

— Sim, o quê?

— Vamos ver o que podemos fazer para ajudar.

Enquanto Joshua terminava a conversa com McHenry, lá embaixo no caro saguão do Palace, dois delegados federais armados, usando patentes e jaquetas azuis com as palavras *Agente Federal* impressas nas costas, estavam na recepção. Três outros agentes estavam espalhados pelo recinto do hotel.

— Desculpe-me — disse o homem da recepção — ninguém com o nome de Joshua Jordan deu entrada no hotel.

— Tenho certeza de que o quarto está em outro nome — disse o delegado. — Quero examinar todas as entradas recentes.

Então, ele localizou um mensageiro, o agente chamou-o e tirou uma fotografia de Joshua.

— Você viu esse homem aqui no hotel nos últimos dias?

O mensageiro estudou o retrato por um momento, depois sacudiu a cabeça anuindo e disse:

— Eu o vi quando ele deu entrada. Talvez em algum dos andares...

— Você pode me dizer em que andar do hotel o viu?

— Acho que...

Nesse momento, um homem com um uniforme marrom de entrega, carregando uma caixa, entrou no saguão do hotel e foi para o elevador.

A seguir, ele esperou a porta abrir. Quando a porta do elevador abriu, o entregador entrou e apertou o botão do andar de Joshua. O agente federal que ainda estava com o mensageiro relanceou o olhar bem a tempo de ver a porta do elevador se fechar.

Sessenta e um

Abigail não parava de olhar para seu relógio, perguntando-se quando o pastor Campbell apareceria. Rocky Bridger pegou o guia turístico na mesa de café e foi para a página que mostrava algumas fotos da Grand Central Station. Ele já tentava imaginar por que o sequestrador escolhera esse lugar.

Joshua telefonou de volta para Pack McHenry e, depois, contou-lhe depressa tudo que acontecera. Ele também lhe disse que telefonara para o agente do FBI Gallagher, mas não tinha recebido nenhuma promessa de como ele ajudaria.

— Não se preocupe com isso — disse McHenry. — Gallagher é um bom homem em um local difícil.

— Você o conhece?

— Não diretamente. Tenho que desligar. Tenho muita lição de casa para fazer por você.

No momento em que Joshua terminava o telefonema, a campainha da porta tocou.

— Talvez seja meu pastor — disse Abigail, e foi para a porta. Mas Joshua parou-a e sinalizou que ele deveria atender a porta.

— Os agentes federais estão a caminho daqui — sussurrou ele — precisamos checar quem está tocando com cuidado...

Ele olhou através do olho mágico e viu um entregador de uniforme marrom segurando uma caixa do tamanho de um pequeno micro-ondas.

Joshua abriu a porta.

— Entrega do correio para o Sr. Joshua Jordan — disse o entregador e entregou-lhe a caixa. A seguir, ele acrescentou rapidamente:

— Você tem que se apressar, Sr. Jordan.

Depois, ele virou-se e saiu apressado pelo corredor.

Depois de trancar a porta, e com Abigail e Rocky olhando, Joshua abriu a caixa.

— O que é...? — começou a dizer Abigail enquanto olhava o interior da caixa.

Joshua tirou da caixa o que parecia ser um carretel de cabo enorme encaixado em uma tampa plástica preta com duas alças de cada lado. No fundo da caixa havia um colete de nylon para um homem adulto com pesados ganchos de metal presos nele.

O bilhete que estava na caixa dizia:

Prenda a ponta do cabo em algo seguro. Um cabo do carretel é para segurar, o outro é para uma freada de emergência. Vista o colete, prenda-o ao cabo, depois, desça pela janela e aperte o botão de soltar. Aproveite a corrida. O Patriota.

— Então é assim que ele acha que vou sair daqui? — disse Joshua.

— Qual foi a última vez que você praticou *rappel* em uma montanha escarpada? — perguntou Rocky.

— No campo de sobrevivência na Academia da Força Aérea — disse Joshua.

A campainha da porta tocou de novo. Dessa vez, depois de dois segundos, eles ouviram alguém dizer:

— Abra, agentes federais!

— Acho que você está para ter um novo curso — disparou Ricky.

No fundo, eles ouviam mais batidas à porta e avisos:

— Abra a porta! Agentes federais. Temos uma ordem de prisão. Abra a porta...

— Você tem que estar lá para o Cal — gritou Abigail. — Salve-o. Contate-nos.

Rocky colocou seu próprio *Allfone* no bolso da calça de Joshua.

Joshua prendeu a ponta do cabo do carretel e o prendeu na maçaneta da porta. A seguir, ele correu para a janela sobre uma cama distante. Mas a janela só abriu alguns centímetros. Ela era impedida de abrir por um suporte de segurança. Joshua agarrou a janela e forçou-a furiosamente para frente e para trás.

— Afaste-se da porta — gritou um dos delegados de sua posição no corredor.

— É melhor empurrar — gritou Rocky. — Eles vão derrubar a porta...

Com uma última puxada, Joshua quebrou a proteção e a estreita janela francesa abriu toda. Joshua colocou o colete, prendeu o botão do carretel e, depois, desceu vagarosamente pela janela, seu pé firmando no peitoril da janela.

Ele olhou para baixo e viu o tráfego em miniatura e os minúsculos pedestres vinte e cinco andares abaixo.

— Cara, pareceu uma boa ideia enquanto o equipamento estava na caixa — murmurou Joshua.

A seguir, ele apertou o botão de soltar e o grande carretel começou a soltar vagarosamente o cabo em um movimento firme. Suspenso pelo cabo desenrolado e segurando as alças, Joshua descia com os pés encostados na parede do hotel a uma velocidade de 1,5 metro por vez. De sua posição no ar, ele podia ver a Grand Central Station à distância, a cinco quarteirões.

Aguente, Cal, disse ele no ar. *Estou indo.*

Andar a andar, ele descia ao longo do lado do Palace Hotel que dava para a Park Avenue.

Quando estava a cerca de seis metros do chão, pôde ver uma multidão reunida abaixo dele na calçada. Alguém gritava para ele.

Quando seus pés tocaram o chão, alguns pedestres começaram a aplaudir.

Uns vinte e poucos caras na multidão com um boné de beisebol com a aba virada para trás e carregando sacola de esportes continuavam a gritar e a apontar para Joshua.

— Estou lhe dizendo, esse é o mágico Marvin! Vi a propaganda no metrô. O cara fazendo aquela coisa de escapar e todos esses truques vai se apresentar no Garden hoje à noite. Bravo, cara!

Joshua apertou o botão "retirar" e o carretel voou da sua mão, arrastando o gancho com ele, subindo os vinte e cinco andares até parar do lado de fora da janela da sua suíte.

— Agora, já vi de tudo...

Joshua tentou localizar a voz. Era o pastor Paul Campbell.

— Mal posso esperar para saber o que é isso — disse Campbell.

— Você tem carro?

— Acabo de estacioná-lo aí adiante. Estava a caminho do seu hotel...

— Vamos sair daqui — gritou Joshua. — Você tem que me levar para um lugar.

— Espero que você possa me informar — disse Campbell quando os dois homens começaram a correr em direção ao local do estacionamento do outro lado da rua. — Abigail disse que vocês estavam com uma crise.

— Isso é abrandar as coisas. Espantosa coincidência de você chegar na hora que chegou — disse Joshua enquanto eles desciam correndo a rampa de entrada do estacionamento.

— Não acredito em coincidências — gritou de volta Campbell, correndo ao lado dele. Depois, ele acrescentou: — Mas acredito na providência de Deus.

— Está certo — disse Joshua — fico com essa explicação.

Sessenta e dois

Enquanto o carro zunia pela rampa do estacionamento acima, Joshua continuou a dar um rápido relato para o pastor Paul Campbell da crise na qual Cal acabara como refém de um assassino. Eles puseram o carro ao lado da cabine de bilhete e pagaram rapidamente a taxa de estacionamento. Então, Campbell dirigiu o carro para a Park Avenue.

— Para o meu escritório. Eu ensino o caminho! — disse Joshua.

— Não é para a Grand Central Station? — replicou Campbell. — Pensei que você tivesse sido informado que a reunião seria lá! Fica a apenas alguns quarteirões daqui.

— Não, só precisamos estar lá... — Joshua olhou o relógio — exatamente daqui uma hora e cinquenta e oito minutos...

Campbell tirou seu relógio de pulso e o entregou para Joshua.

— Por que você não sincroniza meu relógio com o seu? Isso é o que se faz nesse tipo de situação, certo?

— Sim — disse Joshua, e tentou forçar um sorriso, mas estava difícil de conseguir isso. Em algum lugar de sua mente, ele pensava que ponto dessa crise já tinha alcançado, talvez um ponto tão elevado onde o ar era escasso. Sem um paraquedas. Quase sem retaguarda. Mas, dessa vez, não era sua vida que estava em perigo, como em todos aqueles anos como piloto de teste e em missões de espionagem de avião. Agora, era Cal. Ele tinha de calar a voz indistinta, aquele eco que ameaçava liquidar seu equilíbrio e abalar sua concentração. Ele sempre fora um tomador de decisões frio, agindo como aço e deliberado. Ele fora assim a vida toda. Mas, agora, a voz continuava a plantar dúvidas.

Você tem certeza de que sabe o que está fazendo? É a vida do seu filho...

Joshua acertou o relógio de Campbell e devolveu-o a ele. A seguir, ele disse:

— Para atravessar a cidade com esse trânsito devemos chegar lá em vinte ou trinta minutos. Está certo, vire à direita na primeira oportunidade que tiver e saia da Park Avenue.

Depois, Joshua telefonou para seu escritório e a recepcionista atendeu.

— Aqui é Joshua. Quem está no escritório agora? — vociferou ele.

— Hum, só... bem, deixe ver... o senhor quer saber quem da pesquisa e desenvolvimento ou...

— Não, só me diga se temos algum visitante...

— Os agentes federais passaram por aqui. Cerca de duas horas atrás. Disse a eles que o senhor estava fora, não disse mais nada. Juro. De verdade. Disse a eles que não sabia absolutamente de nada. Que ninguém sabia. Que não podia ajudá-los...

Joshua interrompeu e disse:

— Está certo. Você tem esse número de telefone do qual estou ligando no identificador de chamada da recepção?

— Tenho, com certeza.

— Ligue-me no minuto que alguém chegar ao escritório.

— Farei isso.

— Estou chegando ao escritório daqui a pouquinho. Não posso ser incomodado nem interrompido, entendeu?

— Sim, senhor.

A seguir, ele desligou o celular de Rocky.

— Sei que você é um homem de oração — disse Joshua a Campbell.

— Sou.

— Preciso que você ore para que Cal seja resgatado.

— Já orei.

— E, por favor, ore bem e bastante.

Depois, houve uma pausa enquanto Joshua passava a mão no cabelo e olhava pela janela. Joshua acrescentou:

— Tenho que tomar uma decisão, em pouco tempo...

— Você se refere à parte de mandar o *e-mail*...

— Não, já sei o que vou fazer a respeito disso. Já selecionei os documentos na minha mente. É suficiente para deixar esse camarada saber que vou entregar o que ele quer. Mas nada que forneça aos camaradas maus a tecnologia que precisam para copiar o RTS.

— Qual decisão então?

— Estou preocupado com outra coisa. O conjunto total de protocolos. Os esquemas. As especificações exatas para as funções do laser. O módulo de captação de informação. O programa para a leitura a distância do sistema de orientação dos mísseis que são disparados.

— Então, isso é o que possibilita que eles copiem o que você fez...

— Sem dúvida, se der esses documentos para eles, nossos inimigos podem montar rapidamente um sistema de defesa de míssil contra os Estados Unidos. Eles poderiam não só criar sua própria defesa que retornaria nossos mísseis de volta para nós, mas também poderiam projetar como contornar nosso sistema RTS, se ele realmente for implementado. E soltar armas nucleares em nossas costas que seriam impossíveis de ser paradas.

— Você é o especialista em armas, não eu. Mas, de todo jeito, os Estados Unidos não possuem a tecnologia de ponta em tudo isso?

— Veja, todo mundo acha isso — disse Joshua com um tom cortante na voz. — O segredinho sujo é que a pesquisa e o desenvolvimento foram quase interrompidos pelo decreto do presidente Corland contra quaisquer "novos sistemas de defesa de mísseis exóticos". O Departamento de Defesa ficou de mãos atadas. Por isso, meu laser RTS se tornou tão controverso nos círculos políticos. Ele faz a administração Corland ficar em maus lençóis. Ele cai na categoria dos proibidos "exóticos", apesar de ter salvo Nova York. Por isso, ele tornou-se uma espécie de embaraço. Você pode acreditar nisso? Essa coisa toda diz respeito à podridão na política, e cheira mal...

— Então, qual é o seu plano? Com Cal, quero dizer, e os documentos do RTS?

Joshua examinou o pastor. Ele gostaria de ter a Mesa Redonda reunida naquele momento. Toda a composição de especialistas e patriotas sentados em torno da mesa com ele. Conselheiros. Amigos. Em vez disso, ele estava preso em um carro com esse ministro cristão que estava bem fora de seu campo de ação. Mas seria necessário gastar um tempo precioso para tentar encontrar os outros. E, depois, havia a chance de a coisa vazar de alguma maneira para o sequestrador. Uma vez que eles já tinham tido uma falha de segurança na Mesa Redonda com o advogado Allen Fulsin, será que poderia haver outras?

Joshua sabia que tinha de superar seu orgulho e seguir a abordagem "do meu jeito ou, então, a porta da rua". Pelo menos, o pastor era um sujeito bom, inteligente e se importava o bastante para correr o risco de se envolver.

Então, um pensamento atravessou sua mente. Engraçado isso não ter lhe ocorrido de imediato: *Esse camarada sabe que tecnicamente sou um fugitivo da justiça neste momento. Contudo, aqui está ele me levando em seu carro. Ajudando-me. Uau, isso pode ser potencialmente prejudicial para sua posição como clérigo conhecido. Tenho que dar crédito ao camarada por isso...*

— Pastor, estou em um dilema terrível.

Campbell balançou a cabeça anuindo e esperou por mais um instante até chegarem a um farol.

Joshua continuou:

— Se der os documentos do RTS a esse camarada, meu país vai correr perigo. Jurei pela minha vida que jamais deixaria algo assim acontecer. Nunca. Tudo em mim luta contra esse pensamento. Mas se não entregar... bem, você sabe o que estou enfrentando. Nunca fiz alguma coisa para ferir Cal. Não posso... mas só... não posso, ai...

A voz de Joshua apagou-se enquanto sua garganta se fechou, e os olhos se encheram de lágrimas. Ele virou o rosto e olhou através da janela do carro, semblante ausente, enquanto tentava se recompor.

— Tento imaginar pelo que você está passando — disse Campbell. — Mas vamos encarar isso, não consigo nem imaginar. Não consigo nem mesmo chegar perto de imaginar sua situação.

Ele acelerou o carro depois que o sinal de trânsito abriu e continuou a guiar. Campbell olhava para a frente, prestando atenção à sinalização da rua enquanto, ao mesmo tempo, dirigia-se a Joshua.

— Quão bem você conhece a Bíblia? — perguntou ele.

Joshua deu de ombros.

— Alguma coisa, não tanto quanto deveria. Nem perto do que Abby conhece...

— A história de Abraão e Isaque, você se lembra dela?

— Hum, não sei — disse Joshua sem entusiasmo.

— Deus disse a Abraão para sacrificar seu filho Isaque, como uma oferta, uma demonstração de fé...

— É mesmo! — e, então, um instante depois Joshua prosseguiu: — Então, qual é o ponto? Que devo ajudar a sacrificar meu próprio filho. É isso? Você está brincando, certo?

— Não — disse calmamente Campbell — refiro-me à outra parte da história.

— Que outra parte?

— Como a história termina.

Joshua ficou em silêncio. Seus olhos vagueavam pela janela, mas prestava atenção às palavras do pastor. A seguir, ele perguntou:

— Qual o sentido do fim?

— Deus segurou a mão de Abraão. Ele disse que Abraão passara no teste. Então, o Senhor mostrou a Abraão algo que estava preso nos arbustos...

— O quê?

— Um carneiro. Deus forneceu o carneiro. Preso na moita de arbustos a dois metros de Abraão. Deus salvou o menino e forneceu o carneiro para o seu próprio sacrifício.

Finalmente, Joshua tirou os olhos da janela e virou-se para Campbell.

— Aonde você está querendo chegar?

— Deus é especialista em resgates.

Passou um momento, enquanto Joshua pensava no assunto.

Campbell acrescentou:

— Talvez devamos orar a Deus pedindo que nos forneça um carneiro.

Agora, o carro estava a apenas alguns quarteirões do escritório de Joshua. Este perguntou:

— Então, por que Deus fez Abraão ir até o fim? Matar o próprio filho como teste de fé? Ele poderia tê-lo forçado a fazer isso...

Campbell ligou a seta indicando que faria uma conversão e entrou na pista de virada para a avenida que levava direto para o escritório de Joshua.

— Boa pergunta — disse finalmente Campbell. — Mas Deus só podia permitir que um filho morresse como sacrifício pelos pecados dos outros. E isso aconteceria dois mil anos mais tarde, quando o Filho de Deus viria à terra como pregador itinerante e morreria em uma cruz romana em Jerusalém. Ele morreu por mim. E por você.

Então, quando o prédio do escritório de Joshua ficou visível a dois quarteirões, Campbell acrescentou:

— E também morreu por seu filho, Cal.

Joshua ficou em silêncio.

O carro entrou na área privada de estacionamento reservada para o "presidente". Os dois homens saíram do carro e começaram a atravessar correndo o estacionamento. Mas, a seguir, Joshua começou a diminuir a velocidade, mas não ficou claro para Campbell o que tinha acontecido ou estava acontecendo.

Campbell diminuiu a velocidade para acompanhar o ritmo de Joshua.

Agora, Joshua havia parado.

Campbell teve de perguntar o óbvio.

— O que foi?

Joshua olhou para cima, depois viu o rosto de Campbell como se tivesse acabado de perceber a presença dele.

— Bem — começou a dizer Joshua. Havia quase uma centelha de um sorriso radiante no canto de sua boca. Mas havia algo mais no olhar de Joshua. O reconhecimento assustador e sério de algo muito mais profundo. O tipo de coisa que só surge quando a pessoa está no lugar mais ardente da fornalha da aflição. — Acabo de descobrir algo.

— O quê?

— Onde podemos encontrar o carneiro.

Sessenta e três

Joshua e o pastor Campbell entraram depressa no escritório de Joshua, passaram pela recepcionista, que piscou os olhos arregalados à visão deles.

Em seu escritório, Joshua acessou seu computador particular. Ele digitou no código:

RetornoaoRemetenteAltaSegurançaProtocolosFinaisJoshuaMíssil RDX143TSC.DoD.AgenciadePesquisaAvançadadeProjetosde Defesa.U.S.A.

Em poucos segundos, a tela do computador foi inundada por uma longa lista dos documentos do projeto das armas RTS.

Joshua selecionou dois documentos introdutórios do RTS que só incluíam resumos e, depois, enviou-os para um arquivo separado por *e-mail*.

Ele pegou o pedaço de papel com o endereço do *e-mail* criptografado que Atta Zimler lhe passara por telefone. A seguir, ele digitou o endereço do *e-mail*. Finalmente, Joshua anexou os documentos ao *e-mail*.

Depois, com os dedos pousados sobre o teclado, dando um curto suspiro, ele olhou para Campbell. O pastor olhava fixo para o chão. Os lábios dele mal se moviam.

Continue a orar, pastor, Joshua disse consigo mesmo.

Joshua apertou a tecla de enviar.

Um segundo depois, apareceu a palavra "enviado" na tela.

— Está feito — disse Joshua. Então, com uma expressão amarga no rosto, ele murmurou: — Acabo de cometer meu primeiro ato de traição.

— Não foi danoso, não foi delito — replicou Campbell. — Você disse que esses documentos não revelam nada essencial.

— Certo — disse Joshua — não acho que revelem.

A seguir, ele acrescentou com honestidade desesperada:

— Assim espero.

Então, Joshua disse para Campbell:

— Por favor, saia do meu escritório.

O pastor deu uma olhada curiosa para ele, mas anuiu rapidamente.

Com uma expressão sóbria, Joshua disse:

— Não quero nenhuma testemunha do que vou fazer.

Campbell saiu da sala e fechou a porta atrás de si.

Joshua abriu uma pasta segura de metal para começar a enchê-la. Sabia exatamente o que o sequestrador queria. Ele tinha todos os documentos. Tinha-os no índice de documentos na tela de seu computador naquele exato momento. Levaria cerca de dez minutos para imprimir todos eles na impressora de alta velocidade ao lado de sua escrivaninha. E, depois, pô-los na pasta e trancá-la. Por outro lado, levaria só um minuto ou dois copiá-los zipados em um *pen drive*.

— Deus, por favor, ajude-me — disse ele calmamente. Depois, acrescentou: — Espero saber o que estou fazendo.

Nove minutos depois, ele saiu do escritório. O pastor Campbell esperava por ele.

— Vamos — disse Joshua.

Enquanto eles se dirigiam apressadamente para o carro, Joshua ouviu um toque do *Allfone*. Uma mensagem de texto de Abby. Ela estava enviando a mensagem do centro empresarial do hotel.

Resolvido com agentes fed. Não satisfeitos. Conversa mole & pensamento rápido.

— Grande garota — Joshua falou em voz alta.

O fim do texto dizia:

Não posso ficar de fora. Preciso estar lá. Rocky & eu estaremos do lado de fora da G C Station para estar no local. Vamos garantir que não seremos seguidos. Estou orando. Amo você. Oh, Deus nos ajude.

Joshua disse ao pastor que eles precisavam voltar depressa para a Grand Central Station. Eles precisavam chegar lá antes do horário combinado. Ele não podia arriscar chegar nenhum minuto atrasado. Então, eles esperariam o outro contato do sequestrador.

O trânsito para voltar estava ruim. Joshua olhava seu relógio a cada minuto ou por aí.

— Vou deixar você na entrada principal, onde os táxis deixam os passageiros — disse Campbell. — Depois tento estacionar por perto. Esse é o número do meu celular caso você precise de mim. Vou ficar no carro até receber mais instruções enviadas por você.

Campbell deu seu cartão a Joshua com o número do seu celular escrito nele.

O trânsito estava muito lento. Parecia que eles só pegavam sinal fechado. Um sinal vermelho atrás do outro.

À medida que eles se arrastavam no trânsito, Joshua segurava a pasta de metal agarrada ao peito.

Vai funcionar? Joshua continuava a se perguntar. Depois, ele tiraria isso da cabeça. Tinha de funcionar. Agora, não havia outras opções.

Finalmente, Campbell parou o carro na entrada principal da rua 42nd do prédio do terminal, com suas três janelas imensas no formato de arco e com os altos pilares da colunata.

Joshua estava para sair do carro, mas Campbell, agarrando o braço dele, debruçou-se e não o deixou sair.

Os olhos de Campbell estavam fechados. O carro atrás dele começou a buzinar. Mas o pastor Paul Campbell ignorou-o. Ele daria sua bênção e faria sua oração, e nada o impediria.

— Querido Senhor, sua palavra, a Bíblia, diz que Deus falou para Josué: "Não fui eu que lhe ordenei? Seja forte e corajoso! Não se apavore, nem desanime, pois o SENHOR, o seu Deus, estará com você por onde você andar." Amém.

Joshua abriu os olhos e acenou com a cabeça para Campbell, depois estendeu a mão e apertou a mão do ministro.

— Obrigado, pastor. Continue orando para que eu consiga salvar Cal... de alguma maneira, por favor. Isso é tudo que quero. Apenas salvar meu filho.

Do lado de fora do terminal da Grand Central, uma perua branca da polícia de Nova York, não identificada e com vidros pintados, estava estacionada na Park Avenue, de costas para as colunas da imponente colunata na frente da estação de trem. Para ajudar que ela se misturasse à cena da rua, foi colocado um cartão de estacionamento sob o limpador de para-brisa do carro. No interior da perua, dois homens aguardavam, tensos e focados, observando a frente da estação de trem pelo espelho retrovisor lateral. Um dos homens era o agente do FBI John Gallagher. O outro era o detetive Lou Cramer do Departamento de Polícia de Nova York, veterano da unidade de contraterrorismo da cidade. Os dois homens conheciam-se há anos.

Cramer ajustou seu fone de ouvido, à espera de alguma palavra do policial de observação que se localizara em um dos pisos superiores do prédio Lincoln com boa visão do terminal de trem. Mas ainda não fora dita nenhuma palavra.

— Bom estarmos de tocaia juntos de novo — disse Cramer.

Gallagher respondeu com um simples: "É mesmo", e uma visível anuência de cabeça. Mas cada um deles sabia exatamente o que o outro estava pensando. As tensões entre a polícia de Nova York e o FBI eram lendárias. Elas saíram de proporção. Depois, voltaram a crescer de novo em 2009 com a prisão do terrorista Najibullah Zazi. As acusações diziam que ele pretendia explodir o metrô de Nova York. A imprensa fez a festa com a suposta rixa entre os dois departamentos. A verdade era que Gallagher, dos federais, e Cramer, da polícia de Nova York, tinham trabalhado juntos naquele caso em surdina, nos bastidores, longe dos holofotes. Eles tinham de rir das manchetes. Aquela foi a última vez que foram parceiros em um caso conjunto de terror.

Até agora.

Nesse momento, o detetive Cramer recebeu uma mensagem em seu fone de ouvido. Ele anuiu e ouviu. A seguir, fez um sinal e virou-se para Gallagher.

— Joshua Jordan acaba de sair de um carro em frente ao terminal. Ele está carregando uma pasta.

Joshua estava na calçada do lado de fora da estação de trem. Ele olhou seu relógio.

Deu uma longa olhada na área em volta e localizou Abigail e Rick de pé perto de uma banca de jornal na calçada, a cerca de trinta metros de distância.

Joshua deu um aceno rápido e contido com os dois dedos da mão que estavam em sua cintura.

Abigail pôs a mão sobre o coração e fez um movimento em direção a ele.

Ele podia ler a face dela, sua postura corporal até mesmo a distância. Medo, anseio e esperança. Ela transmitia tudo isso naquele único momento. O olhar furtivo entre marido e mulher. Separados, mas unidos pela mesma crise impensável.

Mas Joshua, de imediato, balançou a cabeça sinalizando um não quando Abigail instintivamente deu um meio passo em direção a ele. Ao mesmo tempo, Rocky simultaneamente esticou a mão e segurou com gentileza o braço de Abigail.

Joshua fez uma breve anuência em direção a eles e começou a andar em direção às portas da entrada principal.

No interior da perua da polícia, o detetive Cramer virou-se para um casal de policiais que estava no banco de trás da perua. Os dois estavam vestidos como turistas.

— Muito bem, agora é a vez de vocês — disse ele.

Os dois policiais à paisana saíram do carro e começaram a andar casualmente, mas depressa, em direção à posição de Joshua, próximo da porta de entrada. O homem fingia ler um guia turístico do mapa de Nova York, em seguida ele e a parceira pediram informação a um passante, mas foram ignorados. A seguir, aproximaram-se de Joshua.

— Diga — disse o homem para Joshua apontando para o mapa — você pode me dizer onde fica o prédio do Empire State a partir daqui?

Joshua estava para despachá-los, quando o homem deslizou um pequeno fone de ouvido plástico para a mão de Joshua. Ele pôde ver que era um sofisticado fone de ouvido multidirecional que podia transmitir em duas direções.

— Coloque isso no seu ouvido direito, Sr. Jordan — sussurrou ele. — Somos policiais, estamos aqui para ajudar.

A seguir, o homem e a mulher sorriram, riram e agradeceram a Joshua em voz alta pela orientação e se afastaram.

Joshua inseriu discretamente o pequeno fone de ouvido em seu ouvido.

Ele esperou. Nada.

Então, ouviu uma voz.

— Sr. Jordan, aqui é Lou Cramer, detetive do Departamento de Polícia de Nova York. Vamos auxiliá-lo hoje. Vamos trabalhar juntos para salvar seu filho.

— Como você sabe...

— Não se preocupe com isso agora, senhor.

— O que devo fazer?

— Continue com o encontro. Vamos estar observando você.

— E se ele ouvir essa conversa?

— Sem chance. Essa é uma frequência especial. Se ele tentar nos rastrear eletronicamente tudo que vai conseguir é estática.

— Você deve saber que ainda estou aguardando o próximo contato dele comigo.

— Ótimo, muito bom. Você precisa falar com voz alta e audível se receber alguma orientação ou dica de onde seu filho está. Escutaremos tudo daqui.

— Esse camarada é esperto. Não acho que ele vai me dizer onde Cal está.

— Não, isso é verdade. Pelo menos, não diretamente.

— Então, como?

No interior da perua, Gallagher rabiscou uma nota para o detetive ler. Depois de olhar o bilhete, o detetive Cramer anuiu e disse para Joshua:

— Temos alguns outros recursos disponíveis. Maneiras de tentar ajudá-lo. E a Cal. Apenas relaxe e siga o fluxo. Vamos estar com você a cada passo disso.

A seguir, o detetive desligou seu fone de ouvido.

— Você conseguiu franco-atiradores? — perguntou Gallagher.

— Certo, todos os camaradas da nossa equipe de crise. E o esquadrão de bomba, apenas por precaução, está de prontidão. Não se preocupe, John, conseguimos essa cobertura.

— Você não conhece esse camarada. Atta Zimler é o melhor. Ele sente o cheiro de armadilha. É quase impossível pegá-lo. Sei muito bem disso, estou atrás dele há anos.

— Até mesmo os melhores sujeitos ruins têm seu dia de azar. Vamos esperar que esse seja o dia de azar dele.

— Assim, Lou — acrescentou Gallagher — no que diz respeito ao meu envolvimento nisso...

— Bem, conheço a situação. Nós chamamos você. Você não nos chamou. Entendi, você só está aqui a nosso pedido e apenas como consultor.

— Exatamente — disse Gallagher — como você pode ver não estou carregando... — disse ele indicando que não tinha trazido sua arma Smith & Wesson 357 favorita com ele.

— Entendo, agora relaxe, John.

Mas Gallagher não conseguia. Ele tinha a sensação que seu peito e seu esôfago estavam sendo esmagados em uma prensa industrial quente.

Gallagher pegou uma pequena garrafa de leite no bolso de seu paletó, desparafusou a tampa e deu um gole.

— Úlcera? — perguntou o detetive.

— O que é, agora você é meu médico, Lou?

Depois, Gallagher olhou seu relógio. Ele murmurou.

— Vamos, seu maluco, estamos esperando por você. Está tudo pronto. Venha para a armadilha. Faça isso... faça isso...

Sessenta e quatro

Um mar de pessoas entrava e saía da Grand Central Station, sem saber da catástrofe que estava à espera delas no interior da estação.

No interior do saguão principal, em um banco de canto, um homem que parecia funcionário do serviço de trem, com barba bem aparada e óculos escuros, trabalhava em seu pequeno *laptop*. Atta Zimler tinha orgulho de seus disfarces. Esse seria o que ele teria de usar para essa missão em particular.

A tela do seu *laptop* tinha proteção contra vista lateral. Só ele podia lê-la. Na tela havia um diagrama do interior do terminal. Ao lado da barra lateral havia diversas caixas. Uma dizia: *Scan e-Com*. Ele tocou o dedo indicador na caixa e apertou a tecla. A tela mostrou dois pontos piscando. Um deles estava a menos de 22 metros da posição dele. Ele tocou o dedo na tela no lugar onde o ponto piscava.

A seguir, ele inseriu um fone no ouvido. E começou a ouvir. Um homem conversava sobre um problema em uma instalação elétrica.

Zimler relanceou os olhos em direção à posição no diagrama em que a tela do seu computador tinha localizado a fonte da comunicação eletrônica. No meio da multidão de viajantes, ele localizou um homem vestido com uniforme verde de manutenção, encurvado ao lado de uma tomada elétrica com uma caixa de ferramentas ao seu lado.

A seguir, Zimler tocou o outro ponto piscando, esse indicava uma localização em outra parte do prédio, muito distante. Seu *scaner* de transmissão sem fio estava captando um rádio da polícia. Ele ouviu. Um policial fazia uma chamada de rotina sobre sua posição enquanto andava pelo saguão.

Como precaução extra, Zimler clicou na segunda caixa da sua tela que dizia: "Alimentador de Vídeo Público". No canto mais debaixo da tela apareceu uma pequena caixa. Ela estava vazia. Ele tocou o segundo ponto piscando com o dedo, e a caixa acendeu com uma imagem granulosa em preto e branco que era captada a partir de uma câmera de vigilância do terminal daquela parte do terminal.

Zimler observou enquanto o policial, em patrulha de rotina, abaixou levemente a cabeça em direção a um pequeno *walkie-talkie* preso em seu colarinho, desligando-o. Zimler tinha os olhos grudados na imagem no canto da tela do seu computador enquanto via, depois, o policial sair vagarosamente do prédio para terminar o turno do dia. A seguir, ele minimizou a imagem e voltou para a tela principal com o diagrama do terminal.

Pondo o dedo na parte do diagrama que mostrava uma pequena sala de armazenamento, ele selecionou-a batendo de leve nela com o dedo. A caixa de imagem de sua tela estava vazia. Depois, ele foi para uma terceira caixa do lado da sua tela. Nessa estava escrito: "Alimentador de Vídeo Privado". Ele clicou sobre ela. Depois, ele bateu de leve sobre a localização da sala de armazenamento de novo.

Agora, a imagem acendeu na pequena caixa de vídeo no canto debaixo de sua tela. Zimler acionou a função de *zoom* para que pudesse dar uma examinada mais de perto. Depois, tocou no *zoom* novamente para conseguir uma imagem ainda mais próxima. Agora, ele conseguia ler a tela amarela de LCD conectada à bomba que construíra com todo cuidado. Ele enchera-a com uma grande quantidade de explosivo plástico e armara-a com os detonadores que comprara em uma pequena loja de suprimento para mineração na Virgínia Ocidental. Havia um pequeno relógio digital no canto da tela de LCD da bomba. O relógio piscava as palavras "Preparado-Pronto".

Zimler pegou o controle digital do detonador que parecia um minúsculo controle remoto de televisão. Ele estava pronto para apertar a função relógio. Daí, olhou de novo para a imagem no vídeo da tela do seu *laptop* que mostrava o interior da sala de armazenamento com o *close-up* da tela de LCD da bomba.

Ele pressionou o botão relógio. Agora, a tela de LCD do relógio da bomba acendeu e iniciou a contagem regressiva: 30:00... 29:59... 29:58... 29:57... Zimler pôs o detonador remoto em seu bolso e tirou dois aparelhos celulares.

Estava tudo no lugar. Agora, tudo que ele tinha a fazer era localizar seu entregador.

Do lado de fora do terminal, perto da porta da entrada principal, Joshua começava a se preocupar. Já passara da hora que ele devia receber algum contato do sequestrador. Verificou seu próprio celular para ter certeza de que estava funcionando e a bateria estava boa. Estava em ordem.

A seguir, também examinou o outro celular, o de Rocky. Não havia mensagens. Seu cérebro estava à toda. *Vamos. Vamos. Onde você está? Vamos.*

Foi quando, de repente, teve consciência de que alguém se aproximava dele.

O camarada usava um casaco longo e sujo, estava com a barba emaranhada e usava uma faixa na cabeça. Ele parecia um sem-teto. Joshua pensou que ele fosse um mendigo à cata de alguns dólares. Ele pôs a mão no paletó para pegar algum dinheiro e dar para o camarada quando passasse por ele. Mas quando o sem-teto estava só a alguns centímetros dele, Joshua percebeu que o homem já tinha dinheiro na mão. Ele veio direto para Joshua e parou. Olhando para a mão dele, Joshua pensou consigo mesmo: *Esse camarada está segurando uma nota de cem dólares.*

A seguir, o sem-teto esticou a outra mão para Joshua. Ele tinha um pequeno saco de papel na mão.

Joshua pegou-o. Ele podia sentir alguma coisa dentro do saco, algo duro e quadrado. Por um momento, o cérebro de Joshua disse-lhe para não abrir o saco. Podia não ser nada. A cena toda era incrivelmente bizarra.

Mas, no mesmo instante, ele soube que tinha de continuar. O detetive dissera para ele seguir "o fluxo". Ele não tinha escolha. Joshua Jordan, o homem acostumado a dar as cartas, a tomar as decisões-chave, a controlar a cena, agora sabia que tudo isso era muito maior que ele e, em última instância, estava fora do seu controle.

Pelo menos, nesse momento.

Joshua pôs a mão dentro do saco e tirou algo. Era um *Allfone.*

A essa altura, o sem-teto enfiou a nota de cem dólares no bolso, deu uma rápida olhada preocupada para trás em direção ao terminal, como se alguém o estivesse vigiando, depois saiu depressa sem destino para a calçada.

Agora, Joshua lia a mensagem na tela do celular.

Dizia: "Clique em vídeo".

Joshua pressionou o dedo indicador na chave vídeo do celular.

A pequena tela ficou iluminada com uma imagem. E quando Joshua a viu, pareceu que o chão sumia sob seus pés. Como o tremor inicial de um terremoto. Ele disse a si mesmo para ficar focado, mas seu coração estava disparado.

Calma, Josh. Calma.

O que ele estava vendo? Ele estava realmente vendo isso?

Era uma imagem ao vivo de Cal. Ele estava amarrado, sua boca estava coberta com fita. Havia algo em torno do seu pescoço. Como algum tipo de grande colar eletrônico. Havia uma série de pequenos pacotes, cada um do tamanho de uma carta de baralho, presos juntos ao colar. Joshua já vira isso antes. Sua experiência militar disse-lhe o que era isso.

Bom Deus...

O colar continha diversos blocos de explosivo plástico, talvez Semtex.

Então, a imagem fez um *zoom* automático. Agora, Joshua pôde ver o relógio digital preso à bomba em torno do pescoço do seu filho. Ele estava correndo. Dizia: 25:14... 25:13... 25:12...

A imagem desapareceu e surgiu uma mensagem na tela do celular que estava na mão de Joshua. A mensagem dizia:

Quer salvá-lo? Traga o pacote do RTS para a grande escadaria no lado oeste do terminal. Venha sozinho ou vai ver seu filho explodir.

Joshua segurava o *Allfone*. Com a outra mão, segurava firme a maleta de metal. Ele foi em direção à porta, trombou nos viajantes e turistas entrando e saindo da estação de trem. Todos eles, menos Joshua, inconscientes do desastre em potencial que se aproximava a cada segundo.

Quando entrou no terminal, ele continuou a pensar em uma coisa, repetindo-a silenciosamente sem parar em sua mente.

O carneiro no arbusto. O carneiro no arbusto. O carneiro no arbusto.

Sessenta e cinco

— Meu filho tem uma bomba armada em torno do pescoço — Joshua falava alto para que Gallagher pudesse ouvir pelo microfone colocado em seu ouvido. Ele atravessava no meio da multidão em direção ao grande corredor do terminal.

— Alguma pista de onde ele está? — disse de volta John Gallagher.

— Parece uma sala em algum lugar... não tenho certeza de onde...

— O que você está fazendo agora?

— Ele quer que eu vá para a grande escadaria da extremidade oeste do terminal.

Gallagher pegou seu celular tão depressa que quase o deixou cair. Ele tinha Pack McHenry na discagem rápida.

— Certo. Vocês patriotas acham que são gênios. Está na hora de provar isso. Atta Zimler está no terminal, bem perto da grande escadaria do lado oeste. O camarada sempre trabalha sozinho, portanto a entrega vai ser para ele. Você tem foto do Zimler. Tenho certeza de que ele vai estar disfarçado. Peça para o seu pessoal de câmera remota mandar a cara dos suspeitos aqui para a tela do nosso computador. Eu confirmo quem é o Zimler.

Naquele momento, dois associados de Pack McHenry começaram a caminhar pela multidão do grande corredor em direção ao terminal oeste. Os dois tinham microcâmeras de vídeo na lapela. Cada vez que viam um suspeito, apertavam o botão do controle remoto que tinham no bolso e tiravam uma foto.

As fotos começaram a inundar a tela do computador da perua.

— Então, quem são esses camaradas tirando fotos? — perguntou o detetive Cramer para Gallagher.

— Hum, fornecedores particulares... — disse Gallagher, tentando manter o rosto correto enquanto dizia isso.

Cramer olhou-o com uma expressão divertida. Mas Gallagher estava ocupado demais para perceber. Ele pressionava freneticamente a função de apagar para cada foto na tela que via e rejeitava.

— Nenhuma dessas pessoas chega nem mesmo perto de ser Zimler — rosnou Gallagher.

Então, ele viu uma foto que chamou sua atenção.

Ele apertou o *zoom*.

Na tela estava um funcionário do serviço de trem com óculos escuros e barba, sentado em um canto, debruçado sobre um pequeno *laptop*. Gallagher aproximou mais o *zoom*. Depois, mais ainda.

— Bom disfarce — disse Gallagher, apontando a imagem.

— É ele?

— Aposto que é — disse Gallagher.

— Então, vamos entrar, certo?

— Errado. Meu palpite é que ele colocou Cal Jordan usando o colar de Semtex em algum lugar do terminal muito próximo de onde está. Temos que descobrir onde.

— Próximo? Como você sabe isso?

— Zimler emprega múltiplos planos reserva. Ter Cal perto para a ação como refém dá a ele a possibilidade de mudar o rumo das coisas se algo der errado.

A seguir, Gallagher pegou o celular de novo.

— Certo — disse ele para Pack McHenry — o camarada vestido como funcionário do serviço de trem com o computador na foto marcada jpg14b é o nosso cara.

— Ótimo, a próxima voz que você vai ouvir é do nosso chefe de inteligência cibernética — disse McHenry.

— Agente Gallagher — disse a voz — estou posicionado bem do lado de fora do terminal em uma caminhonete de sorvete. Despachei um contato para se aproximar de Zimler e fazer uma vigilância não invasiva do computador de Zimler. Entendi que você tem motivo para acreditar que ele tenha dados ali revelando a localização do refém?

— Sim, o camarada é maluco por cibernética. Provavelmente, tem a localização no seu computador. Mas vai estar tudo criptografado. Não sei como você vai conseguir entrar no sistema dele. Mas só temos minutos aqui...

— Não invadimos o sinal digital — disse a voz. — Entramos de forma assimétrica. Se a localização estiver na tela do computador dele, vamos consegui-la.

— Você precisa ter certeza disso — replicou Gallagher.

— Agente Gallagher — disse a voz — a tela do computador do Sr. Zimler, como qualquer monitor, emite sinais digitais. Ela renova-se quase cem vezes por segundo. Nós escaneamos esses sinais, corremos eles em nossos computadores e os deciframos; se você excluir as emissões padrão do monitor o que sobra são *pixels* que formam a imagem na tela. Logo estaremos vendo exatamente o que ele está vendo.

A seguir, a voz disse:

— Espere... certo, estamos inserindo os dados agora. Só precisamos que o *laptop* dele fique aberto e a tela carregada com suas imagens para em um minuto ou dois reproduzirmos a imagem. Temos de manter o *laptop* dele ligado.

No terminal, um patriota de operações, agora a seis metros de Zimler, aparecia absorto assistindo a um evento esportivo em uma pequena televisão portátil. No interior do aparelho, o sensor eletromagnético estava captando e lendo os sinais digitais do monitor do *laptop* de Zimler.

Para Zimler, a última cena do último ato estava pronta para ser tocada. Ele já recebera o *e-mail* confirmatório de um contato iraniano de armas, verificando que os documentos introdutórios do RTS enviados por Joshua Jordan eram autênticos. Agora, ele estudava a localização de Cal Jordan na tela mais uma vez. Clicou na localização da sala de armazenamento. Depois, aproximou mais a imagem para ler o relógio da bomba colocada em torno do pescoço de Cal. Dizia 19:28... 19:27...

De repente, Zimler levantou os olhos e começou a olhar em torno da sala, como se sentisse alguma coisa. Verificou seu relógio. Olhou em torno mais uma vez. Ele notou um homem vendo uma televisão portátil. O homem estava de pé um pouco perto demais. Rapidamente, Zimler começou a esticar a mão para desligar seu *laptop*, mas aconteceu alguma coisa.

— Desculpe-me — disse uma mulher, rebocando uma pequena mala de rodas. Ela tentava se dirigir a Atta Zimler. — Pelo amor de Deus, não consigo achar a lista com o horário de partida do trem para Dover. Você pode me ajudar?

— Não, desculpe-me. Vá ao balcão de informação — disse Zimler enquanto tentava de novo desligar seu *laptop*.

— Já fiz isso — insistiu ela. — Mas eles não conseguiram me ajudar de maneira nenhuma.

— Por favor, não sou a pessoa certa... — ele deixou escapar.

— Mas você é funcionário do serviço de trem, certo?

Por um momento, Zimler tinha um rosto inexpressivo enquanto olhava fixo para a mulher. Então, ele se recompôs rapidamente e sorriu.

— Claro que sim. Mas horários de trem não fazem parte do meu trabalho.

— Bem, estou tão desapontada — disse a mulher bufando de raiva, e foi embora. Quando ela passou pelo homem assistindo à televisão, os olhos deles fizeram contato, só por um milionésimo de segundo, um olhar de soslaio de camaradagem. Ela continuou andando até sumir de vista.

— Bem, como estamos nisso? — gritou Gallagher em seu celular.

— Só um segundo. Não tenho certeza — disse a voz do especialista em informação cibernética. — Conseguimos alguma imagem, mas...

No terminal, Atta Zimler desligara o *laptop*, fechara-o e levantara-se. Ele segurava o pequeno *laptop* com a mão esquerda. Estendeu a mão direita e pegou uma pequena maleta de titânio que estava no chão ao lado dele. Ela estava extremamente pesada.

A seguir, começou a caminhar em direção à extremidade oeste, em direção à grande escadaria.

Joshua Jordan já estava lá, trocando de pé a toda hora, à espera, com sua maleta na mão. Ele examinava a sala à procura do seu contato.

Daí, John Gallagher ouviu a voz do especialista em computador. Ele pôs seu celular no viva-voz, assim o detetive Cramer também ouviu a notícia.

— Certo, conseguimos a imagem do *laptop* de Zimler. Ele estava olhando o diagrama do terminal. Havia um cursor piscando em uma pequena sala... talvez algum tipo de sala de armazenamento...

— Onde?

— Na direção norte para sul, logo ao lado do grande corredor...

— Entendi — exclamou o detetive Cramer. Ele passou um rádio para seu esquadrão de bomba para entrar em cada sala de armazenamento daquela parte do terminal.

— Mas diga-lhes para manter isso em segredo — gritou Gallagher para Cramer, embora estivesse apenas a sessenta centímetros dele. — Se Zimler vir um bando de caras do Departamento de Polícia de Nova York usando a roupa acolchoada para lidar com bomba correndo desenfreadamente na estação, juro, ele detona a bomba...

Sessenta e seis

— Estou aqui na escadaria — relatava Joshua enquanto estava de pé no fundo da espiral da escadaria de mármore. Poucas pessoas passavam apressadas por ele, mas todas continuavam seu caminho. — Ainda não fui abordado. Não sei onde ele está... o que está acontecendo com o Cal?

— Achamos que o localizamos no terminal.

— Graças a Deus...

— Estamos enviando alguns especialistas em bomba.

— E se o camarada os vir?

— Eles vão ser o mais discretos possível. Achamos que seu sequestrador está usando roupa de funcionário de serviço de trem. Provavelmente, carregando uma ou duas maletas ou *laptops*. Algo assim.

— Certo... espere... acho que...

Naquele momento, Joshua viu Zimler, vestido em seu uniforme do serviço de trem, descendo rapidamente a escadaria em direção a ele, carregando duas maletas, uma pequena e outra grande.

Mais uma vez, Joshua voltou os olhos para o celular que Zimler lhe enviara com o vídeo do relógio da bomba correndo.

O relógio marcava: 09:36... 09:35...

— Ele está aqui — sussurrou Joshua.

No interior da perua da polícia não identificada, Gallagher dizia:

— O que você disse? Ei, Jordan, repita.

O ambiente barulhento do terminal dificultava ouvir o áudio de Jordan.

— Sr. Jordan — disse Zimler — que prazer.

Agora, ele estava de pé próximo de Joshua Jordan. Este o avaliava. O outro indivíduo era cerca de dois centímetros mais baixo que ele. Talvez meio quilo mais leve. Ele parecia estar em boa forma. Mas era isso. Joshua avalia suas opções. *Se tiver que derrubar esse camarada sozinho, sou capaz de fazer isso.*

No interior da perua, Gallagher tentava imaginar o que estava acontecendo. Ele queria que esses camaradas patriotas tivessem mais câmeras de controle remoto para varrer a área e filmar a ação. Mas eles já tinham usado quatro de seus agentes, dois na vigilância por vídeo, um segurando a pequena televisão portátil enquanto captava as emissões do computador de Zimler e a mulher fingindo ser uma passageira atrasada para pegar o trem para Dover. Ninguém queria assustar Zimler, pondo uma fisionomia familiar perto dele.

Mas, nesse momento, o agente do FBI teve um pensamento fugaz. Ele imaginou Joshua Jordan, herói militar, encontrando-se com o sujeito que mantinha seu filho refém. Ele conhecia a aparência despretensiosa de Zimler. Gallagher também sabia que ele era tão mortal quanto uma cobra coral.

Gallagher ligou o microfone.

— Joshua, é Gallagher. Uma última advertência, *não* subestime esse cara fisicamente. Ele é um cara muito perigoso.

Zimler estava de pé perto de Jordan e examinava a sala, movendo-se em voltas de 380 graus.

— Acho que você trouxe alguém com você hoje — disse Zimler, testando-o. — Avisei o que eu faria se isso acontecesse.

— Você acha que eu faria essa tolice? Agora, dê-me meu filho.

Zimler e Joshua encaravam um ao outro.

Joshua olhou a imagem do vídeo no celular. Agora, o relógio da bomba dizia: 07:19... 07:18... Ele precisava desesperadamente fazer progresso na negociação.

— Desligue a bomba.

— Tudo a seu tempo.

— Disse para desativar a bomba — ele aproximou-se meio passo de Zimler.

— Você não me deu os documentos do RTS. É você quem está desperdiçando tempo.

Joshua entregou-lhe a maleta de metal que carregava.

Mas Zimler não a pegou.

Em vez de fazer isso, ele disse:

— Não aqui. Não agora. Siga-me. E lembre-se, eu tenho o poder de parar a bomba ou de detoná-la. Se você tentar alguma coisa fora do comum, reduzo seu filho a um monte de cartilagem torrada e ensanguentada.

Então, Zimler virou e começou a caminhar através do terminal.

— Onde estamos indo? — perguntou Joshua.

— Você quer ver seu filho? Você pode ver seu filho. Agora mesmo. Vou levá-lo até ele. Vocês dois podem ficar juntos.

Bateu o pânico. Joshua percebeu que o esquadrão de bomba podia estar no lugar nesse momento. Zimler não podia ir lá. Seria um desastre.

— Você quer dizer onde Cal está... com a bomba ao redor do pescoço?

— Claro — disse Zimler friamente enquanto caminhavam.

— Negativo! — disse Joshua e parou.

Zimler parou. Ele trocou o *laptop* de mão, segurou-o com a que já carregava a grande mala de titânio.

Os dois homens olhavam fixo um para o outro. Zimler tirou seu detonador com controle remoto do bolso. Quando falou, ele aproximou-se do rosto de Joshua e sibilou com intensidade demoníaca.

— Veja isso, Sr. Jordan. É a vida do seu filho que seguro nas mãos. Um aperto no botão, e ele não será nada mais além de fumaça vermelha.

— Não vou ficar na mesma sala que a bomba — gaguejou Joshua.

De repente, Zimler recuou. Um sorriso flutuava em seu rosto e ele riu.

— O herói dos Estados Unidos — disse com desprezo Zimler — é um covarde! Você não quer ficar perto da bomba, é isso? — exclamou rindo de novo e, depois, rematou: — Ótimo, siga-me.

Zimler guiou Joshua corredor abaixo. Ele parou à porta de um quarto pequeno de guardar utilidades. Ele tirou umas chaves do bolso, tentou uma, não deu certo, tentou outra e, a seguir, abriu a porta. Ele puxou Joshua para dentro do quartinho, acendeu a luz e fechou a porta. No interior do quartinho de um metro por um metro, cheio de apetrechos de limpeza e um carrinho de limpeza, ele virou-se para Joshua e disse:

— Abra a maleta.

Joshua lançou um olhar para o celular: 04:03... 04:02...

— Pare a bomba! — gritou ele.

— Mostre-me os documentos do RTS!

Agora era a hora da verdade. Joshua sabia que não tinha escolha a não ser se entregar nas mãos do Deus para o qual sua esposa orava. O Senhor de toda a história sobre a qual o pastor Campbell pregara.

Ele orou silenciosamente pelo que aconteceria a seguir.

Nesse momento, Joshua respirou fundo e libertou-se de tudo que considerava querido.

Ele curvou-se em direção a sua maleta de metal. Ele girou os números da combinação no mecanismo de tranca, e a maleta abriu-se. A seguir, ele levantou alto o cofre da maleta e, direcionando o conteúdo em direção a si mesmo, abriu a maleta. Ele estava ganhando tempo, na esperança de que, a essa altura, o esquadrão de bomba já tivesse alcançado Cal. Que estivessem desarmando a bomba enquanto ele estava enclausurado em um quarto de apetrechos de limpeza face a face com o sequestrador.

— Mostre o conteúdo para mim — disse Zimler.

Joshua virou a maleta aberta para Zimler para lhe mostrar o conteúdo.

Zimler olhou o interior da maleta.

E sorriu por um segundo.

Mas no segundo seguinte o sorriso se desvaneceu, e seu rosto assumiu uma expressão de ódio cruel, quase sobrenatural.

— O que é isso? — disparou Zimler.

Atta Zimler estava olhando para o interior da maleta. Ele olhava fixo para a capa amarela de uma lista telefônica de Nova York. A seguir, ele levantou os olhos, cheios de fúria, na direção de Joshua.

— Quem você acha que é? Quem você acha que é?

Joshua replicou calmamente, com voz de total resignação.

— Sou o carneiro no arbusto.

Sessenta e sete

Atta Zimler ainda segurava o detonador na mão esquerda. Com a mão direita ele colocou o *laptop* e a maleta de titânio no chão, como se fosse um robô, sem demonstrar emoção alguma.

A seguir, com a velocidade de uma cobra pronta para dar o bote, sua mão direita atacou o pescoço de Joshua e o segurou, apertando com a força de compressão de um torno até que Joshua não conseguisse respirar.

Joshua derrubou sua maleta no chão e usou as duas mãos para tentar afrouxar o aperto de Zimler em sua laringe. Ele lutava, mas não conseguia afrouxar o aperto da mão de Zimler. Joshua estava atônito com a força de seu oponente e arfava em busca de ar.

Então, Zimler soltou-o e recuou. Ele levantou o detonador grande o suficiente para que Joshua o pudesse ver.

— Diga adeus ao seu filho...

— Não, você conseguirá os dados diretamente de mim. Posso dá-los a você...

— Como? Seu idiota...

— Vou lhe dar minha senha... você leva seu próprio *laptop* lá — disse ele apontando o *laptop*. — Você pode acessar remotamente os documentos diretamente do meu computador...

— Eu disse que queria os documentos...

— Isso é melhor. Você vai ter acesso eletrônico, a tudo...

Joshua olhou a imagem do vídeo no *Allfone*. O relógio de tempo sobre a bomba marcava: 00:49... 00:48...

Zimler olhava fixo para Joshua com o olhar de uma máquina assassina avaliando suas opções.

Então, Joshua olhou mais uma vez para a tela LCD do celular. O relógio ainda marcava 00:48. Joshua olhou uma terceira vez. O relógio parara. Ele percebeu o que acabara de acontecer. *O esquadrão de bomba foi bem-sucedido em sua tarefa para libertar Cal.*

Ele relanceou o olhar mais uma vez para a tela do celular. Agora, ele viu mãos esticadas sobre o dispositivo de tempo e arrancando os fios.

Joshua levantou os olhos para Zimler. O assassino viu algo na fisionomia de Joshua. Não o olhar de uma vítima, mas o de alguém que, agora, pensava ser o vitorioso.

Zimler tinha um sorriso torto na boca e segurava o detonador no ar. Agora, ele não estava mais preocupado com os documentos do RTS. Ele afirmaria um ponto.

— Minha reputação não tem preço — disse Zimler. — Não posso ter tolos como você pensando que podem ganhar o jogo...

Ele puxou o disparador do controle remoto preto do detonador. E esperou.

Não houve nenhum som.

Zimler agarrou o *Allfone* da mão de Joshua e olhou na tela. Ele viu as mãos dos policiais do esquadrão de bomba desamarrando Cal Jordan.

Zimler olhou-o nos olhos com expressão de fúria sombria. Joshua encarou-o de volta. Em sua face, havia a resolução férrea de um pai.

— Você não tem meu filho — disse Joshua. — Não agora, nem nunca...

— Joshua. Joshua — era Gallagher gritando para ele em seu ouvido. — Pegamos Cal. Ele está seguro. Você ouviu? Ele está seguro.

Joshua sussurrou uma única palavra, mal era audível. Só ele sabia o que queria dizer.

— Isaque.

Zimler ouviu isso e olhou Joshua nos olhos, sempre frio.

Gallagher anunciou:

— Agora, vamos atrás de você. Estivemos rastreando o fone de ouvido que lhe demos. Temos um sinal da sua localização...

Houve alguma coisa na curva da cabeça de Joshua enquanto ele ouvia o que Gallagher falava. Algo que o fez se trair.

Zimler percebeu isso. Ele sacou sua pistola 9 mm do bolso e bateu-a contra o rosto de Joshua.

A seguir, ele enviou seu dedo na orelha esquerda de Joshua. Não encontrou nada, fez o mesmo na direita. Ele pescou o fone de ouvido. Zimler jogou-o no chão e pisou-o.

— Não vou ter seu filho — disse ele para Joshua — mas ainda tenho você.

Ainda apontando a arma para Joshua, ele pegou sua maleta de titânio, pegou um par de algemas e prendeu uma ponta na alça moldada da maleta de titânio e a outra algema no pulso esquerdo de Joshua.

Zimler pegou um segundo pequeno controle remoto, esse de aço imaculado, no bolso. Ele puxou o botão de início da contagem do relógio da bomba que tinha no interior da maleta de titânio, agora presa ao pulso de Joshua.

A tela de LCD na beira da maleta dizia: 03:00... 02:59... 02:58...

— Ei, Joshua, perdemos seu sinal. O que aconteceu? Onde você está? — gritava Gallagher no microfone, mas ninguém estava ouvindo. A seguir, ele virou-se para o detetive Cramer e gritou. — Está bem, é isso aí. Você tem de tirar Joshua de lá *agora*!

Zimler, de pé ao lado de Joshua, exigiu:

— Dê-me a senha do seu sistema de *e-mail.*

— Não, meu filho está seguro agora. As regras do jogo acabaram de mudar... você perdeu...

— Você está louco? Programei essa maleta para explodir em poucos minutos. Dê-me a senha e paro a bomba...

— Você não vai conseguir meus documentos do RTS.

— Então, você vai morrer.

Isso era algo para o que Joshua, o tempo todo, estava preparado em suas entranhas. Mas ele estava angustiado. Seu mundo estava ruindo. Ele queria se despedir de Abby. Dizer alguma coisa para Cal e Deb. Mas não tinha tempo...

Joshua olhou para a maleta e correu a mão pela superfície dela. Ele reconheceu o material.

— Sim, titânio — disse Zimler — quase impossível de quebrar a partir do lado exterior. Mas à temperatura de 426ºC, quando uma bomba explode em seu interior, ela se transforma em cacos. Assim, se vai ser um herói, talvez você queira evitar a multidão. Difícil, complicado em um lugar como este. Adeus.

Zimler enfiou o revólver no bolso e voou para fora da sala. Quinze metros adiante, enfiou-se em uma das cabines do banheiro masculino. Arrancou sua barba teatral, o casaco de funcionário do serviço de trem e os óculos escuros. Olhou seu relógio. Agora, ele tinha de sair da estação.

A tela de LCD da maleta algemada a Joshua marcava: 02:05... 02:04...

Joshua saiu correndo da sala de utilidades, puxando desenfreadamente a algema em seu pulso. Não conseguia tirar a mão. Procurou uma faca, algo pontudo em algum lugar. Ele conseguiria arrancar sua mão fora?

Ele começou a correr pelo corredor na direção dos trens.

Começou a gritar:

— Bomba, bomba, afastem-se de mim! Tem uma bomba nesta maleta! Saiam da frente...

A multidão à volta começou a gritar e a tropeçar uns sobre os outros para sair do caminho dele.

Ele viu um túnel que levava aos trilhos. Longe do prédio. Longe das multidões. Ele tinha de chegar lá. Joshua corria a toda velocidade com a maleta balançando em seu pulso. Um guarda de segurança do serviço de trem se arremessou contra ele. Joshua jogou-o para trás e continuou a correr. Agora, estava entrando no pátio dos trens. Os trens estavam alinhados sobre diversos trilhos com os passageiros subindo neles.

Ele correu o olhar ao redor à procura de um espaço vazio. Olhou a tela de LCD. Ela dizia: 00:56 segundos.

Abby, amo você. Cal e Deb, amo vocês.

Ele localizou um trilho vazio na outra ponta. Ele correu a toda velocidade em direção a ele. A seguir, ele ouviu alguém gritando seu nome.

Era o agente John Gallagher, correndo e gritando:

— Sou o agente Gallagher do FBI — ele estava a cerca de trinta metros atrás dele e o reconhecera.

— Joshua, espere... — gritava o agente.

— Isso é uma bomba... — gritou Joshua de volta. — Afaste-se.

— Podemos ajudar!

— Não dá tempo...

A tela de LCD marcava: 00:36...

Uma locomotiva puxando um único carro vazio aproximava-se. Joshua corria sobre a plataforma em direção a ela examinando o trilho.

Algo disparou no cérebro de Joshua.

Preso no arbusto.

Ele olhou para Gallagher. A seguir, Joshua tomou uma decisão frenética. Quando isso aconteceu, Gallagher viu e ficou de queixo caído.

Joshua pulou no caminho da locomotiva em movimento.

Alguns dos outros passageiros que estavam nas plataformas gritaram.

Nos trilhos de trem, Joshua apoiou a corrente de doze centímetros das algemas sobre o metal do trilho com a maleta deitada do outro lado do trilho. A seguir, jogou seu corpo o mais distante que podia do trem que chegava, por cima da lateral do muro de segurança.

Com um guincho ensurdecedor, o maquinista freou com força. O trem continuou deslizando para a frente, soltando fagulhas, passando a milímetros da mão esquerda de Joshua, sobre a corrente da algema colocada sobre o trilho, esmagando-a e libertando-o da maleta.

O trem chegava lentamente ao ponto de parar, seus freios de metal batendo contra metal. O trem parou com a metade de trás do carro de passageiros vazio diretamente sobre a maleta com a bomba. Joshua lutou freneticamente para ficar de pé e pulou para tentar agarrar-se à parte de cima da plataforma e subir nela, a fim de se afastar da força da explosão que estava a segundos de acontecer. Mas não conseguiu. Ele pulou de novo, agarrando a plataforma acima dele com a ponta dos dedos. Ele soltava um grunhido como de animal, levantando os joelhos e tentando subir com a ajuda dos joelhos.

Vou explodir.

Com os braços doendo, exausto, fez um último esforço, chutando e puxando seu corpo para cima, as unhas cravadas no cimento da plataforma. Agora, suas mãos estavam achatadas sobre a superfície da plataforma e ele estava içando-se para cima. Sua cabeça. Seu torso. Depois, sua cintura. Seu ventre caiu sobre a plataforma. Joshua cambaleou sobre os pés e começou a correr em direção à estação e para longe da bomba.

Mais rápido. Mais rápido.

Então, aconteceu. Um ribombar sinistro de fumaça, e de fogo, e de tremor explodiu nos trilhos. A explosão da bomba atingiu o carro de passageiros, dobrou-o ao meio no ar e arremessou o carro e a locomotiva contra o aterro cimentado com um ronco terrível e com um estrondo infernal de aço esmagado e fagulhas.

Joshua, ainda correndo na plataforma, foi pego por toda a força da combustão e atirado no ar, voando e caindo ao longo da plataforma como um boneco de pano. Na plataforma paralela, os passageiros gritavam, corriam de encontro uns contra os outros e tropeçavam em sua bagagem, enquanto outros se atiravam no chão. Nos trilhos, vagalhões de fumaça negra saíam da locomotiva do trem, que, agora, estava tombada enquanto o combustível de diesel se derramava sobre a cena. O maquinista pulou pela janela aberta e pulou frenético para os trilhos. Ele, por causa da dor, corria mancando o mais rápido que conseguia pelos trilhos para longe do trem destruído. A seguir, o combustível de diesel incendiou e uma bola de labaredas envolveu o trem e o carro de passageiros vazio em um inferno colossal.

John Gallagher foi atirado no chão pelo ciclone da explosão. Quando se levantou e tropeçou nos próprios pés, olhou para a plataforma e localizou o corpo familiar que, agora, estava enrolado como um monte. Gallagher urrou uma única palavra em um grito rouco.

— *Joshua!*

Parte quatro

Céu vermelho ao alvorecer

Já se sabe que há cooperação entre a Coreia do Norte e o Irã no desenvolvimento de mísseis nucleares eficientes. Então, o que os impedirá de ajudar um ao outro com seus programas nucleares?

"Irã, Coreia do Norte e a bomba — Engendrando novos contos obscuros."
The Economist (12-18 de setembro de 2009)

Sob [o comando do presidente iraniano] Khatami, com contínua assistência russa, o programa iraniano de míssil estava, de fato, acelerando-se... A ajuda russa contribuía em muitos aspectos-chave para o programa iraniano de míssil: a ogiva, a fuselagem e os sistemas de orientação.

Dore Gold, ex-embaixador israelita na ONU
O crescimento nuclear do Irã (2009)

E você, filho de homem, profetiza contra Gogue e diz: "Assim diz o Soberano, o Senhor: Eu estou contra você, ó Gogue, príncipe maior de Meseque e de Tubal. Farei você girar e o arrastarei. Eu o trarei do extremo norte e o enviarei contra os montes de Israel."

Ezequiel 39:1,2

Sessenta e oito

Duas semanas depois

O agente John Gallagher estava sentado na beira de uma cadeira, imitação de couro, no quarto de hospital onde se encontrava Joshua Jordan. Ele sentia-se levemente deslocado, embora Abigail estivesse lá e tentasse fazer seu melhor para que se sentisse como parte da família.

Debbie tinha bombardeado Gallagher buscando extrair informações sobre sua vida como agente do FBI. Ele contou pacientemente alguns incidentes interessantes, embora não fosse um camarada de contar histórias de guerra. Por isso, depois de um tempo, Abigail pediu que a filha desse um descanso para ele. Então, Cal e Debbie recostaram-se para assistir à televisão pendurada em um suporte que saía do teto. Agora, Cal já estava acostumado com o gesso do seu dedo quebrado. Eles riam de um comercial bobo que passava na televisão. A vida estava voltando ao normal.

— Então, você sai amanhã — perguntou Gallagher.

— Talvez — replicou Joshua. Ele tinha múltiplas bandagens.

Enquanto falava, tentava mudar sua posição na cama sem embaraçar os tubos das intravenosas.

— Você sabe como os médicos jogam com sua ansiedade; esperam até o último minuto para contar se você vai para casa.

— Ele tem pressa em se recuperar, claro — disse Abigail com um sorriso.

A seguir, o sorriso desapareceu.

— Josh teve uma fratura fina da pélvis. Quebrou a clavícula. Fraturou o pulso. Sofreu múltiplas lacerações de estilhaços da bomba. Um deles perfurou suas costas a cerca de 2,5 centímetros da coluna. Por pouco ele não ficou paralítico.

— Considerando tudo — disse Gallagher — você devia estar morto. Você é um cara de sorte.

— Não, não de sorte — disse Abigail com suave tipo de ferocidade. — Isso foi um milagre. Isso foi Deus. O Senhor queria Josh vivo.

Gallagher examinou Joshua, e este pensava no assunto.

— Como posso argumentar com isso? — disse ele finalmente. — Estou aqui, certo?

— Bem — disse Gallagher, por fim — é melhor eu ir. Lá fora, em algum lugar, tem um cachorro-quente com o meu nome.

Então, ele levantou-se vagarosa e firmemente.

— Agente Gallagher — disse Abigail, esticando a mão e pegando a dele. — Obrigada, obrigada por estar lá com o meu marido. E por ajudar a salvar nosso filho.

John Gallagher não gostava de cenas emocionais, por isso anuiu rapidamente e virou-se para sair.

Mas Joshua tinha uma pergunta para ele.

— Esse camarada Atta Zimler, o que aconteceu com ele? Li no jornal que ele simplesmente desapareceu. Sumiu no ar. É perturbador saber que ele pode estar em algum lugar lá fora.

Quando ele disse isso, Cal parou de assistir à televisão e examinou o pai.

— Não me preocuparia com Zimler — disse Gallagher.

— Não?

— Não, temos algumas informações bastante boas de que o camarada pode ter sido morto além-mar. Aqui, espera-se...

— Alguma coisa sobre a qual você não pode falar?

— Realmente não posso. Já estou bem encrencado.

— Ei, você está brincando? Você é um herói — intrometeu-se Cal — Vi na televisão darem a você essa condecoração.

Gallagher sorriu. Com certeza, ele ganhara uma condecoração do Bureau. Mas, no dia seguinte no escritório, Miles Zadernack deixou uma reprimenda escrita em sua escrivaninha. O papel dizia: "...falha em notificar seu supervisor de um pedido de consulta da polícia local em relação a um incidente terrorista." Contudo, Gallagher não se importava. Ele olhava para Joshua Jordan e seu filho, e este, agora, ria de um estúpido programa de televisão, em vez de estar em milhões de pedaços. Então, sabia que isso era tudo que importava.

Enquanto estava de pé na porta do quarto do hospital, Gallagher virou-se para dizer uma última coisa. Isso podia soar artificial. Provavelmente, todos os agentes diziam isso para todas as outras famílias que já sofreram traumas. Mas, dessa vez, Gallagher sentia isso como nunca sentira antes.

— Vocês... vocês são os verdadeiros heróis aqui. Só queria que soubessem isso.

A seguir, deu um aceno desajeitado e saiu do quarto.

No caminho para seu carro, ele pensava no que não podia contar para Joshua Jordan e sua família. Informação confidencial sobre Atta Zimler.

Claro, a informação era perturbadora a princípio. Zimler tinha matado e torturado em seu caminho para a família Jordan e, depois, os aterrorizara, e, apesar de tudo, escapara pelos meios dos dedos do grande grupo de policiais do Departamento de Polícia de Nova York presente na cena. Uma fuga limpa. Como se fosse algum ato de mágica.

Zimler sabia que os aeroportos e as estradas estariam vigiados. Sair de Nova York seria assustador. Por isso, ele planejara desde o começo, quer conseguisse pegar os documentos do RTS quer não, a rota de fuga que usaria.

Ele gastara uma enorme quantidade de dinheiro adiantado montando sua estratégia de fuga dos Estados Unidos. Zimler preparara um grande contêiner no porto de Nova York e arrumara-o para ser uma moradia durante a travessia do Atlântico. Ele tinha banheiro químico, sistema de ar-condicionado, um pequeno gerador solar, telefone e computador por satélite e muita comida congelada e água para a viagem. De fora, esse contêiner se parecia com qualquer outro contêiner de metal ondulado que seria carregado em um navio de carga com destino a Roterdã.

Assim que aportasse na Holanda, ele entraria em contato com um membro da Irmandade Muçulmana que conhecia. Ficaria clandestino por alguns meses. Depois, começaria a fazer seu caminho para o Chipre, onde o pagamento inicial de Caesar Demas ainda estava a sua espera em uma conta bancária.

E era um plano esperto.

Exceto pelo fato de que Petri Feditzch, em seu escritório no porto de Roterdã, tomou conhecimento do plano. Ele sabia que Zimler tinha falhado em sua missão e que o assassino não tinha mais serventia para Caesar Demas. Por isso, Feditzch deu um telefonema para alguns antigos amigos de Moscou. Assim, quando o navio aportou no porto e o grande contêiner de Atta Zimler foi descarregado, ele tinha uma festa de boas-vindas à espera dele.

Estavam ali Vlad Levko e dois outros agentes russos da SFS. Eles tinham dois motivos para estar lá. Primeiro, queriam verificar se Zimler não tinha confiscado os documentos do RTS para ele mesmo enquanto fingia que sua missão tinha fracassado. Mas eles tinham uma boa noção de que Zimler, de fato, tinha voltado de mãos vazias. A única exceção foi o fato de que Joshua Jordan fora obrigado a passar um *e-mail* do resumo executivo dos protocolos do RTS. Mas era questionável a utilidade que podia ter esse dado tão limitado.

Mas também havia outro assunto. O negócio de Zimler ter assassinado diversos amigos de Levko da SFS. Isso tornava a coisa pessoal.

Depois de o contêiner ser baixado no cais, os russos prepararam-se.

Levko deu o sinal para seus agentes. Eles puseram máscara contra veneno e um deles tirou um aerossol radioativo. Eles abririam a porta de metal e pulverizariam o rosto de Zimler. Depois, os russos o trancariam no contêiner de metal. Levaria cerca de três horas de excruciante agonia antes de Zimler, finalmente, perder a consciência. Duas horas depois disso, ele morreria coberto de repugnantes feridas de radiação.

Pondo a mão na alavanca trancada da porta de metal, Levko levantou a mão e abriu a porta. Ele acendeu uma grande lanterna no interior do contêiner.

Levko deu um passo para dentro. Ele era quase grande demais para a porta estreita. Parou dentro do grande contêiner de metal com as costas voltadas para os agentes. Depois, voltou-se, sem demonstrar emoção e saiu para a luz do sol.

Depois de olhar para cada um dos agentes, o rosto de Levko ficou vermelho de raiva. Ele cerrou o punho e gritou diversos impropérios em russo. Um agente agarrou a lanterna e correu para dentro do contêiner, seguido por outro agente.

A luz iluminava muito bem o interior do contêiner. Eles podiam ver o banheiro químico. O gerador. Alguns bocados de ração de comida não terminados espalhados por ali. Algumas revistas.

Mas Atta Zimler desaparecera.

Sessenta e nove

— Sua esposa é uma pessoa incrível. Todos nós aqui do centro nos apaixonamos por ela. E ela fez um excelente trabalho para sua recuperação.

Margaret, conselheira de Darlene Rice, estava sentada à escrivaninha, de frente para Fortis Rice. Tornara-se um rosto familiar. Viajava para Tucson a fim de ver Darley em todos os dias de visita no Centro de Recuperação Living Waters. Ele não se surpreendia pela estadia dela ali lhe parecer muito longa. Quando era juiz, de vez em quando, ele sentenciava um réu à reabilitação como condição para obter *sursis*. Ele conhecia a rotina. Mas, naquela época, era um assunto de administração fria e objetiva da justiça. Era um caso arquivado em sua tribuna. Ele dava a ordem e esquecia o caso até que viesse à tona de novo.

Mas, dessa vez, o caso estava bem no cerne de sua vida. Dessa vez, tratava-se de sua esposa. Ele ainda tentava entender o que acontecera.

— Seu apoio representa muito para Darley — continuou ela. — Sei que isso é verdade.

— Ela está diferente... uma pessoa bem diferente. Não totalmente, é claro. Mas de maneiras que um marido nota — disse Rice.

— É isso que acontece — disse Margaret — quando a pessoa encontra Deus. Sua vida transforma-se. Você começa a se dirigir para uma nova e estimulante direção.

Ela fez uma pausa e, depois, acrescentou:

— Sei que de início você tinha restrição... em relação ao fato de sermos um centro de recuperação cristão.

— Sim, tinha — disse ele, enquanto ele pensava um pouco sobre o assunto. Fortis Rice sempre foi deliberativo. Talvez fosse a isso que seus pares se referissem quando falavam sobre seu "temperamento judicial". Depois, ele acrescentou: — Mas estou aberto para que seja provado que estava errado. Nesse caso, acho que posso ser totalmente suspeito.

Margaret sorriu e levantou-se. Ela percebeu Darley do lado de fora da porta de vidro, à espera do marido.

— Lá está ela — disse a conselheira. — Vou deixar você ir.

Os dois apertaram-se as mãos e, depois, Rice saiu para o saguão para saudar Darley.

Ela tinha um grande sorriso à espera dele; passou os braços ao redor dele e deu-lhe um beijo, um abraço e outro beijo.

— Oh, Fort, é muito grande o espaço entre uma visita e outra. Parece que você emagreceu um pouquinho. Mal posso esperar para voltar para casa e fazer uma refeição caseira para você. Vou fazer aquela carne assada que você ama. Com batatas cozidas. Aquela receita especial com molho.

Ela levou-o para o átrio envidraçado no qual, em geral, eles passavam as visitas. Ela amava aquele lugar. Era cheio de grandes cactos e plantas floridas, além de ter uma vista panorâmica do deserto e das montanhas.

Eles conversaram por mais de uma hora. Principalmente sobre as coisas corriqueiras da vida deles. Mas, de vez em quando, Darley dizia alguma coisa, e Fort anotava isso mentalmente fazendo um lembrete para ele mesmo, embora não verbalizasse a coisa imediatamente.

Como quando Darley comentou:

— Sou responsável pelas mudanças que preciso fazer em minha vida. Não posso pôr essa responsabilidade sobre você.

Não que Fort já tivesse pensado que estava no comando da vida da esposa, não dessa maneira. Era só que ele via como sua função administrar as coisas. Tomar decisões, isso é tudo. Alguém tinha de fazer isso, certo? Mas talvez também houvesse mudanças que deveriam ser feitas nisso.

Enquanto Darley falava, Fort aproveitou o tempo para ouvir, para ouvir de verdade. E para estudar a esposa. Havia um brilho no semblante dela, e ele rememorou de quando se conheceram. Ela era atraente e divertida, e tão cheia de vida.

E ela ainda era. Fort inclinou-se, colocou o braço em torno dela e disse:

— Amo você. É preciso coragem para fazer o que você fez aqui. Sinto orgulho de você. E sinto muito não ter percebido o que estava acontecendo na sua vida. Não até a coisa ter ido muito longe.

Darley deu um grande sorriso, virou um pouco os olhos e começou a chorar.

Quando estava perto do fim da visita, Fort mencionou que precisava telefonar para Joshua Jordan.

— Como ele está indo no hospital? — perguntou ela. — Coitado deles, que coisa assustadora eles enfrentaram.

Depois, ela acrescentou:

— Diga a Abby que recebi as cartas dela. Amo aquela menina. Mal posso esperar para abraçá-la e conversar muito com ela quando sair aqui da minha prisão antipílula!

Quando eles se despediram, Darley chorou um pouco e disse como sentia saudades da casa deles. E perguntou como estavam as plantas do interior da casa.

Do estacionamento, Fort Rice telefonou para Joshua Jordan, que fora liberado do hospital no dia anterior. Os dois homens tinham passado por muitas coisas: a recuperação de Joshua, a crise na Grand Central Station e, é claro, a Mesa Redonda.

— Enviei um pacote para você — disse Fort Rice.

— Está bem aqui junto com minha pilha de correspondência — disse Joshua. — Mas ainda não o abri.

— Você vai querer ler isso. Passei isso para a Mesa Redonda. É a cópia da transcrição de um depoimento que me foi enviada por um advogado amigo. Para encurtar uma longa história, faz parte do processo aberto pelas famílias das pessoas que foram mortas na confusão que aconteceu em Nova York quando aquele entrevistador de rádio, Ivan Teretsky, falou sem pensar no ar que Manhattan estava para ser atacada com armas nucleares. O processo é contra Teretsky e sua emissora de rádio. Mas você precisa começar a ler a partir da página 145.

— Por quê?

— É o testemunho de um camarada chamado Lance Porteau. Ele era o namorado que vivia com uma tal Lana Orvilla, a chefe de gabinete da vice-presidente Jessica Tulrude.

— Oh, isso soa interessante...

— Os advogados dos queixosos tentavam descobrir quem telefonou para Teretsky e falou sobre os mísseis norte-coreanos dirigidos contra nós. Por isso, eles examinaram a lista de funcionários do programa de rádio. Um deles era um engenheiro chamado Reggie Orvilla. Ele é irmão de Lana Orvilla. Acontece que Lana estava com a vice-presidente na sala de conferência quando chegou o alerta dos mísseis. Ela entrou em pânico e telefonou para a estação de rádio, achando que estava falando com seu irmão para adverti-lo a respeito do incidente, mas ela telefonou para a linha do estúdio, e Ivan Teretsky atendeu e ouviu a notícia. Bem, a coisa fica ainda melhor... na sala em que a situação foi discutida na Casa Branca, Lana Orvilla ouviu a vice-presidente dizer que sabia que o sistema RTS seria usado. Ela não objetou de forma alguma ao uso. E Tulrude gritou com as altas patentes do Pentágono dizendo que ela falava em nome do presidente. Supostamente, ela disse que Corland aprovara tudo.

— Isso é exatamente o oposto do que a Casa Branca disse para o Congresso... que eles *não* autorizaram o uso do RTS...

— Exatamente.

— E esse camarada Lance Porteau...

— Lana Orvilla contou tudo para ele. Portanto, isso pode ser protegido por privilégio executivo.

Joshua ficou em silêncio enquanto ordenava tudo em sua mente.

— Temos que pôr isso no AmeriNews — disse ele, a seguir.

— Imaginei isso. Vejo que nosso plano de mídia está indo extraordinariamente bem; todo mundo fala sobre ele...

— *Nosso* plano de mídia — disse Joshua.

A seguir, ele perguntou:

— Mas por que Tulrude falava pelo presidente durante uma crise nacional?

— Esse é um grande mistério. Ninguém sabe. Ainda não.

Mais tarde naquele dia, na capital do país, uma reunião reservada a portas fechadas aconteceu na ala oeste da Casa Branca. Essa era uma conferência incomum, talvez até mesmo bizarra — mesmo para os padrões de Washington.

Hank Strand, chefe de gabinete do presidente Corland, fazia uma confidência à vice-presidente. O que ele tinha a dizer era, discutivelmente, uma quebra de ética, com certeza, de protocolo e provavelmente ilegal. Mas Strand estava preocupado com seu futuro político e profissional. Em Washington, com frequência, isso vencia tudo o mais.

Strand parecia calmo, mas sua voz estava baixa e claramente tensa.

— Eles finalmente têm um diagnóstico.

— E?

— Algo chamado "ataque isquêmico transitório".

— É isso que causa as perdas de consciência do presidente?

— É, em geral, as pessoas que sofrem dessa desordem são realmente idosas. É um pouco difícil de diagnosticar. Por isso, os expoentes da medicina demoraram tanto para descobrir. De todo jeito, o presidente não é velho o bastante para se encaixar no perfil comum...

— Então?

— Bem, há apenas uma outra sugestão do motivo para ele ter desenvolvido essa condição.

— E? — Tulrude queria o fim da história.

Strand levou um segundo para montar o palco.

— A senhora sabe, senhora vice-presidente, que o presidente me mataria se soubesse que estou contando isso para a senhora.

Jessica Tulrude inclinou-se para a frente e deu um tapinha na mão dele.

— Não se preocupe, Hank. Esse é um lugar seguro. Vou proteger você.

Hank Strand acabara de ouvir as palavras mágicas. Assim, ele respondeu à pergunta da vice-presidente. Strand disse:

— Uso de drogas.

Tulrude arregalou os olhos como se acabasse de ver um contestador entrar em sua sala segurando uma torta na mão.

— Drogas? Que tipo de drogas...

— Nada que se possa conseguir com o farmacêutico local, vamos explicar assim.

Uma sequência de imprecações saiu da boca de Tulrude.

Hank Strand esperou a poeira assentar. A seguir, ele falou de novo.

— Acho, senhora vice-presidente, que tudo isso pode ser administrado. A senhora já está fazendo um trabalho magistral na tomada do comando. Puxando os cordões. Admiro isso. O presidente sabe que não pode concorrer de novo ao cargo. Não com essa emboscada à espreita. A senhora vai conseguir a indicação para ser candidata. Agora, tudo que temos de fazer, a senhora e eu, é garantir que ninguém na terra descubra essa coisa a respeito das drogas. Pelo menos, não até depois da eleição. Quando a senhora for eleita a próxima presidente dos Estados Unidos, e eu for escolhido seu próximo chefe de gabinete.

Tulrude observava Hank Strand. Ela anuía. Ele sorria. Strand percebia que tudo ia correr bastante bem. Eles dois juntos podiam fazer um controle de danos muito eficaz.

Agora, Strand pensava: *Este pode ser o início de uma bela amizade...*

Setenta

Dois meses depois

Na região chamada Krasnodar Krai, aninhada no contraforte das montanhas do Cáucaso, três homens estavam reunidos em uma mansão bem guardada pertencente à Federação Russa. Em épocas passadas, ela fora um dos palácios neoclássicos secretos de férias de Stalin, com uma vista espetacular do mar Negro. Mas em anos recentes, a Rússia usava-a para reuniões reservadas. Como essa. Agora, os homens estavam sozinhos em uma biblioteca forrada de carvalho. Todas as portas estavam fechadas.

Um deles era Ivan Kranstikov, um físico de cabelo grisalho, ex-agente da KGB e o chefe da unidade tática russa de avaliação nuclear do Serviço Federal de Segurança. Contudo, ele não tinha a aparência desgrenhada de cientista. Ele estava elegantemente vestido. Ele também não tinha a aspereza rude de um ex-oficial russo de contrainteligência. Mas ele também era isso. Tudo isso o transformava em um bem de valor inestimável no projeto global da Rússia.

O segundo homem estava vestido com simplicidade, usava um terno preto com camisa branca sem colarinho. Ele era Hasan Rashmanadhi, o principal negociador de armas para o Irã.

O último era um camarada baixo, troncudo e sem senso de humor, usando um insípido uniforme. Po Kumgang era o supervisor político do programa nuclear da Coreia do Norte.

Kranstikov ofereceu chá russo a seus convidados. Quando eles declinaram da oferta, ele passou para os negócios.

Ele descreveu a reunião como uma "extraordinária exposição de interesses em comum". A seguir, ele começou relatando a situação atual: a

Rússia ficara de mãos atadas com o Tratado de Não Proliferação de Armas Nucleares e os protocolos de Genebra e de Lisboa. Sob pressão internacional, fora obrigada a fechar — mas não a destruir — suas instalações para produção de plutônio. A Rússia ainda tinha um estoque imenso de matéria-prima de armas nucleares, mas todas elas estavam envelhecendo ou ficando obsoletas, e todas elas estavam sob intensa observação internacional.

A seguir, ele voltou-se para Po Kumgang:

— Deve ser lembrado que fornecemos a seu país seu primeiro reator nuclear.

— História antiga — replicou o norte-coreano. — Isso foi décadas atrás.

— E suas promessas para nós em relação a armas — mencionou Rashmanadhi — nunca foram totalmente cumpridas.

— Por isso, é bom que nós três estejamos conversando — disse Kranstikov. — Para nos juntarmos em uma busca em comum.

— Que busca? — perguntou o iraniano.

— A Rússia tem a experiência tecnológica e o *know-how* em armas nucleares. Mas — disse ele com um suspiro — temos desvantagens quanto à liderança mundial. Há olhos demais em cima de nós. Por sua vez, seus países, Coreia do Norte e Irã, foram bem-sucedidos no jogo de gato e rato. Vocês dois, contra todas as probabilidades, começaram programas admiráveis de enriquecimento de urânio e de produção de plutônio. Vocês têm de receber minhas congratulações. Contudo, vocês dois têm determinadas lacunas. Ao Irã, falta um forte sistema de lançamento de mísseis, e o país é relativamente novo nessa tecnologia. A Rússia pode ajudar com isso. A Coreia do Norte não consegue lançar armas nucleares de longo alcance. A Rússia pode fornecer isso. Em suma, podemos emprestar a vocês dois um alto grau de assistência tecnológica para levar o programa de armas nucleares de vocês a alcançar os mais altos patamares.

— E o que falta à Rússia? — perguntou Rashmanadhi.

O russo sorriu.

Ele sabia o que a Rússia queria, mas não diria. Ainda não. Rashmanadhi já lhe dissera em particular que o Irã queria lançar um ataque nuclear devastador e decisivo contra Israel. Moscou sabia que o auxílio russo secreto para esse projeto mortal lhe granjearia a eterna cooperação de todas as nações árabes produtoras de petróleo.

Por isso, em vez da simples verdade, Kranstikov forneceu-lhes chavões diplomáticos, mas cobertos com um apetitoso indício do ponto principal.

— Queremos uma parceria nuclear com ambos os países de vocês — disse o russo.

— E a arma de retorno ao remetente? — clamou Po Kumgang, levantando os dois braços.

Kranstikov entendia a preocupação dele. A Coreia do Norte queria desesperadamente se vingar dos Estados Unidos por causa do ataque a seu navio, quando este foi dizimado por suas próprias armas nucleares. Eles queriam atacar os Estados Unidos, mas ainda estavam preocupados com o sistema de defesa de mísseis de Joshua Jordan.

— Há maneiras — disse ele — de realizar seu desejo de atacar os Estados Unidos com arma nuclear sem se preocupar com a cobertura RTS.

Po Kumgang não sorriu. Ao que tudo indicava, ele era incapaz de fazer isso. Mas ele arqueou as sobrancelhas e anuiu com vigor. Isso já era bastante bom.

O russo sabia que um ataque bem-sucedido contra os Estados Unidos não destruiria o país. Mas um ataque nuclear na costa oriental sobre o centro comercial de Nova York e outro na sede do governo em Washington reduziria os Estados Unidos quase instantaneamente a um país de segunda categoria.

O que, então, permitiria que a Federação Russa concentrasse sua energia e recursos contra o único competidor que ficaria entre ela e o domínio mundial — a China.

— Então — disse Kranstikov — vamos falar francamente? Falar sobre como podemos seguir em frente como parceiros?

— Sim — disse rapidamente Hasan Rashmanadhi — vamos adiante.

Havia uma surpreendente urgência em sua voz. Nem mesmo um indício de diplomacia ou de duplicidade.

Po Kumgang cruzou os braços e anuiu firmemente. Os líderes do seu país estavam ansiosos pela vingança contra os Estados Unidos.

Kranstikov sorriu. Ele teve uma notável epifania.

Isso vai acontecer ainda mais depressa do que pensei.

Toda a família Jordan fora com antecedência para o Ninho do Falcão, antes da reunião seguinte da Mesa Redonda. Eles também sabiam que a viagem faria um bem enorme para Cal. Joshua estava ativo, embora tivesse sido advertido por seu médico para evitar atividades que requeriam muito esforço. Ele fora avisado para não andar a cavalo. Debbie estava desapontada com isso, mas Abby estava contente com o fato de o marido estar tentando ser sensato com sua recuperação.

Contudo, Joshua já tinha uma coisa planejada e nada, certamente nenhuma ordem médica, o dissuadiria. Tão logo acabasse a reunião da Mesa Redonda, ele e o filho Cal preparariam a bagagem para passar dois dias nas Montanhas Rochosas. Cal dissera que podia carregar o pacote mais pesado com a barraca mesmo com o dedo engessado para dar algum descanso às costas machucadas do pai. E ele trouxera algumas varas de pesca portáteis para que pudessem tentar pescar truta com isca artificial nas correntes velozes dos rios que existiam ao longo do caminho. Seria uma caminhada em ritmo lento, vagarosa, sem pressão.

Joshua disse que estava tudo bem, ele só queria passar algum tempo sozinho com o filho ao ar livre, debaixo daquele vasto céu cercado de belas montanhas.

Agora, Joshua estava de pé do lado de fora da porta da espaçosa sala usada para as reuniões da Mesa Redonda. Abigail estava ao lado dele. Eles podiam ouvir a voz de todos os outros membros da Mesa Redonda conversando do outro lado da porta. Até mesmo Fort Rice viera. Ele disse que repensara as coisas e decidiu que seu "conflito de interesse" tinha desaparecido. Agora, ele queria voltar ao grupo. Eles estavam contentes em tê-lo de volta.

Joshua virou-se para sua esposa.

— Bem, querida, você está pronta?

Ela sorriu e perguntou em tom de brincadeira para ele:

— Você tem certeza de que pode confiar em sua esposa como o mais novo membro dessa cabala secreta?

— Vou lembrá-la — replicou ele com um sorriso — que Fort Rice disse que só retornava com uma condição: que você encabeçasse a unidade legal da Mesa Redonda.

Joshua pôs a mão sobre a maçaneta da porta, mas sua esposa o fez parar.

— Ei, você ainda não respondeu à pergunta! — disse ela ainda com um pouco de provocação na voz. — Você confia em mim?

Ele inclinou-se e deu-lhe um longo beijo.

— Com a minha vida — sussurrou ele.

A seguir, ele abriu a porta.

Quando Joshua e Abigail entraram na sala, os membros da Mesa Redonda estavam de pé e aplaudiram os dois.

Durante alguns minutos, houve votos de felicidades e de boas-vindas à volta toda da mesa. Mas por mais que Joshua tenha apreciado isso, ele tinha um assunto urgente de negócio a tratar. Ele chamou a reunião à ordem.

— Vou tratar de algo que acabou de chegar ao meu conhecimento — disse ele. — Perdoem-me por passar esse assunto à frente da programação. Mas quando eu explicar, acho que vocês vão entender o porquê disso.

Mas antes de continuar, Joshua Jordan tomou um momento para recostar-se com as mãos sobre cada braço da cadeira de couro do capitão. Fora da janela, captou um vislumbre dos altos pinheiros ondulando na brisa. Ele ansiava estar fora dali. Ao ar livre. Com o cheiro da floresta. Mas ainda não era o momento para isso.

Havia uma certeza na postura de Joshua Jordan e um olhar calmo quando ele voltou sua atenção para o grupo, para o horrendo negócio à mão. Ele olhou através da mesa, para Abigail. Por um momento, eles olharam um para o outro. Havia um entendimento silencioso entre eles de que mais uma vez a vida estava para se complicar e ser muito perigosa. Abigail sabia exatamente o que seu marido estava para anunciar, sabia que era algo tão explosivo que alguns poderiam até mesmo chamar de traição.

Contudo, quando Jordan falou, sua voz estava calma e sem pressa.

— Recebi informação confiável sobre duas coisas — disse ele.

Ele teve de tomar fôlego antes de continuar.

— Primeiro, um ataque nuclear é iminente. O ataque será contra os Estados Unidos. E também contra Israel.

Então, depois de estudar a fisionomia dos membros da Mesa Redonda, seus amigos confiáveis, todos patriotas, ele continuou:

— A segunda coisa é igualmente importante. A administração atual vai desconsiderar essa informação e não tomará nenhuma atitude.

Depois de dar ao grupo um momento para avaliar o chocante anúncio, ele terminou seu pensamento.

— O que quer dizer, meus amigos, só uma coisa — explicou Joshua.

Por um instante, ele viu, diante dele, uma fugaz imagem do assustador problema que tinham à frente. Mas isso não o pararia. De forma alguma.

— Nosso curso é claro. Como a Casa Branca não vai agir, então *nós* devemos agir.

Este livro foi composto em Minion Pro 11/15 e impresso
pela Gráfica Ediouro sobre polen soft 70g/m² para a
Thomas Nelson Brasil em outubro de 2010.